RACHEL LEE

Le venin de la peur

BLACK *ROSE*

éditions HARLEQUIN

Collection : BLACK ROSE

Titre original : KILLER'S PREY

Traduction française de FLORENCE BERTRAND

ÉDITIONS HARLEQUIN

83-85, boulevard Vincent Auriol, 75646 PARIS CEDEX 13.

Service Lectrices — Tél. : 01 45 82 47 47

www.harlequin.fr

ISBN 978-2-2803-0819-9 — ISSN 1950-2753

1

Quand Nora Loftis, le corps meurtri et ensanglanté, s'était traînée hors du fossé où elle avait été laissée pour morte, sa première pensée avait été qu'au moins, elle avait survécu.

Comment aurait-elle pu savoir alors que sa lutte pour la survie ne faisait que commencer ?

Trois mois plus tard, encore convalescente, elle était accueillie à l'aéroport de Denver par la dernière personne au monde qu'elle avait envie de voir.

Jake Madison, un mètre quatre-vingts, superbement bâti, vêtu d'un jean et d'une veste légère sur une chemise en chamois vert foncé. Elle se souvenait parfaitement de ses cheveux bruns, de ses yeux si verts qui semblaient briller de l'intérieur… Loin de le vieillir, les années l'avaient rendu plus séduisant encore… Il paraissait plus fort, plus athlétique.

Jake était une des raisons qui avaient incité Nora à ne pas revenir dans sa ville natale. Une des raisons, mais pas la seule.

Il la vit et lui adressa un signe de tête, mais son regard sembla s'assombrir.

Eh bien, quoi d'étonnant ? se dit-elle. Elle avait une mine de déterrée, et de toute manière, il la détestait : il y avait entre eux un passé qu'elle aurait de loin préféré complètement oublier. Pourquoi son père l'avait-il envoyé, lui, entre tous ?

Elle réprima l'envie presque irrésistible de tourner les talons et de prendre ses jambes à son cou. Elle avait besoin d'un endroit où panser ses plaies, et puis elle avait acquis une certaine force de caractère, et n'allait certainement pas donner à Jake la satisfaction de l'avoir chassée.

— Nora.

Sa voix était plus grave qu'autrefois, remarqua-t-elle encore. En son absence, tout chez lui était devenu plus masculin, plus viril.

— Jake, répondit-elle, les nerfs tendus à craquer.

— Ton père m'a demandé de venir te chercher, expliqua-t-il. Il a des problèmes de voiture.

— Merci.

Une réponse brève, tout juste courtoise. Eh bien, Jake ne méritait pas davantage de sa part, pas après ce qu'il lui avait fait. Elle l'évitait depuis douze ans, et sa ville natale depuis dix.

Seulement, à présent, ses choix étaient plus que limités.

Bien résolue à l'ignorer, elle se tourna pour observer le tapis roulant, où les premiers sacs avaient commencé à apparaître.

— Tu vas trouver qu'il n'y a pas beaucoup de différences en ville depuis que tu es partie, remarqua-t-il.

— Je m'en doutais. Rien ne change ici.

— Oh ! si, répondit-il calmement. Beaucoup de choses ont changé.

Elle ne chercha pas à discuter. Il était déjà assez pénible d'avoir dû rentrer au bercail sans avoir à s'entendre dire que tout y allait pour le mieux dans le meilleur des mondes. De toute façon, elle ne le croirait pas.

Jake prit ses bagages, ne lui laissant qu'une petite valise à roulettes qu'elle traîna jusqu'au parking. Pendant qu'il rangeait ses sacs à l'arrière de sa Jeep, Nora se hissa sur le siège passager, l'estomac noué à l'idée de passer deux heures en tête à tête avec Jake Madison.

Par chance, il ne tenta pas d'entamer la conversation. Tant mieux, pensa-t-elle. Elle n'était vraiment pas capable de jouer la comédie.

Les médecins l'avaient avertie qu'elle se fatiguerait facilement pendant des semaines encore, et qu'elle devait conserver son énergie. Déjà, elle sentait ses nerfs se relâcher, simplement parce qu'elle n'avait pas la force de maintenir la tension. Pas maintenant, pas pour l'instant.

Jake sortit du parking et s'engagea sur la route.

— J'ai appris ce qui s'était passé.

— Je ne veux pas en parler.

Un moment s'écoula avant qu'il reprenne la parole :

— Je voulais seulement que tu saches que des rumeurs circulent.

— Quelle surprise ! Apparemment, ça au moins n'a pas changé.

Il jeta un coup d'œil vers elle.

— Tu es amère, on dirait.

— Peut-être ai-je des raisons de l'être.

— Peut-être.

Il n'insista pas.

Désireuse de couper court à la discussion, elle ferma les yeux. Sans crier gare, la fatigue la terrassa. Elle sombra dans le sommeil avant même qu'ils soient sortis de la banlieue de Denver.

Nora se réveilla aux abords de la ville et fut aussitôt ramenée des années en arrière. Beaucoup trop d'années. Avec un frisson, elle songea à la maison où elle s'était juré de ne jamais revenir.

Les vastes étendues de prairie — l'herbe marron à l'approche de l'hiver, des touffes d'amarantes accrochées aux clôtures — lui parurent lugubres. Avait-elle jamais perçu une beauté dans ce paysage ? Pourtant les montagnes qui s'empourpraient dans le lointain étaient magnifiques et l'attiraient tout autant qu'autrefois. Elles lui avaient manqué durant les années qu'elle avait passées à Minneapolis. Les collines de là-bas ne l'avaient jamais séduite à ce point.

Mais le reste, songea-t-elle, ne lui avait pas manqué du tout. Les routes interminables qui semblaient ne mener nulle part, les petits ranchs isolés, les rares lotissements. Et certainement pas la rue principale, figée dans un décor du début du vingtième siècle. La région avait connu tour à tour des périodes de prospérité et de crise, et la dernière dépression s'attardait, imposant au lieu une sorte de pauvreté respectable.

Dans les faubourgs, un panneau annonçait la construction d'une station de ski. Peut-être ce projet amorcerait-il une nouvelle ère de croissance.

La ville avait bien besoin de se moderniser.

L'idée de revenir ici horrifiait Nora, mais elle n'avait pas le choix. Plus maintenant.

« Je l'ai lu dans les journaux, avait dit son père quand il avait téléphoné, pour la première fois depuis une décennie. Rentre à la maison, ma fille. »

Une offre qui venait trop tard, mais qu'elle n'avait pas pu refuser.

Comment le faire alors que sa vie était en ruine et qu'elle osait à peine sortir de chez elle ? Alors qu'elle était devenue célèbre — tristement célèbre — et que les médias la harcelaient au lieu de la laisser en paix ?

Son père l'avait lu dans les journaux. Même ici. Cela voulait dire que Jake savait aussi.

Qu'il connaissait tous les détails sordides.

Ses mains se crispèrent au point que ses jointures blanchirent et ses doigts devinrent douloureux. Elle ne put se résoudre à le regarder tandis qu'il traversait la ville avec l'aisance qu'apporte la familiarité. Il tourna à droite, puis à gauche. Ils se retrouvèrent dans la rue principale, passèrent devant l'hôtel Lakota, puis la pharmacie de son père, le palais de justice et le bureau du shérif.

L'instant d'après, il prit à gauche, et elle reconnut la rue de son enfance. Des maisons victoriennes, construites sur de longs terrains étroits, bordés d'arbres centenaires. Les gens qui n'avaient jamais vécu là trouvaient l'endroit charmant. Pour Nora, il était étouffant.

Jake s'engagea dans l'allée et se gara derrière la voiture de son père, une vieille Cadillac qu'il chérissait depuis tant d'années que c'était probablement une voiture de collection à présent.

— Nous y voilà, dit-il, comme si elle ne le savait pas.

Ce fut seulement alors que Nora se rendit compte qu'elle tremblait, non seulement physiquement mais aussi intérieurement. *Arrête*, se dit-elle. *Arrête*.

Elle descendit, les membres raides, douloureux après le long trajet.

Si son père avait appris l'affaire dans les journaux, tout le monde en ville était au courant aussi.

Elle ne pouvait pas s'échapper.

Jake sortit ses trois sacs du coffre de la voiture et la dépassa pour aller les déposer sous le porche.

Elle grimpa les marches qui menaient à la porte principale, au lieu d'utiliser l'entrée sur le côté. Le bois grinça sous son poids, bien qu'elle ait beaucoup maigri ces derniers mois. Comme une étrangère, elle frappa puis fourra les mains dans ses poches et attendit. Elle avait l'impression que dans toutes les maisons voisines, des yeux observaient le moindre de ses mouvements.

— A un de ces jours, lança Jake.

Elle tourna la tête et le suivit des yeux tandis qu'il remontait dans sa voiture et s'en allait, la laissant seule avec son passé.

La porte s'ouvrit et son père apparut en face d'elle. Ces dix dernières années l'avaient vieilli. Chacune d'entre elles semblait avoir creusé des rides plus profondes sur son visage, et sa silhouette autrefois replète s'était amaigrie. Il la regarda calmement, fixant sur elle des yeux aussi bleus que les siens, et secoua légèrement la tête.

— Entre, ma fille. Il commence à faire froid. Je suis en train de préparer à dîner.

Sur quoi il pivota et retourna à l'intérieur. Nora lui emboîta le pas. Comme engourdie, elle traversa les pièces familières, passant dans le salon pour gagner la cuisine.

— Assieds-toi, dit-il en désignant la petite table en formica craquelé, flanquée de quatre chaises hors d'âge.

Il lui versa une tasse de café fumant qu'il plaça devant elle. Nora en but une gorgée, éprouvant le besoin d'un peu de chaleur en vue de ce qui l'attendait.

Elle inspira l'odeur du café, du pain grillé, du bacon en train de frire. Des arômes appétissants. Presque réconfortants.

Son père lui tournait le dos, penché sur le fourneau. Fallait-il voir là de la grossièreté ? Un manque d'hospitalité ? Ou simplement son père, indifférent comme d'habitude ? A quoi s'était-elle attendue ? A ce qu'il la serre dans ses bras ?

Bien sûr que non. Il y avait trop de ressentiment entre eux, trop de silence et de conflits. Des paroles coléreuses, des disputes, des accusations.

Elle avait accepté son invitation avec réticence, et

soupçonnait qu'il l'avait formulée avec plus de réticence encore.

Elle ne comprenait toujours pas pourquoi il l'avait invitée à revenir ici. La seule raison qui lui venait à l'esprit, c'était que la ville entière était au courant de ce qui s'était passé. Avait-il craint d'être accusé de manquer de charité chrétienne par les membres de la congrégation qui était au centre de sa vie ?

— Comment va tout le monde ? demanda-t-elle enfin.

— Comme d'habitude, répondit-il, sans même regarder dans sa direction.

Puis vint la première pique.

— Evidemment, il y a longtemps que tu es partie.

Il remplit les assiettes et les déposa sur la table. Nora se rendit compte qu'elle portait encore son manteau, le retira et le drapa sur le dos de sa chaise pendant que son père ajoutait des couverts.

— Jody a dit que tu devrais aller la voir, reprit-il en étalant de la marmelade sur une tranche de pain.

Jody, la meilleure amie de Nora avant qu'elle quitte la ville définitivement. Jadis, elles avaient rêvé ensemble de s'échapper dans le vaste monde. Seule Nora l'avait fait.

— Comment va-t-elle ?

— Elle est plutôt occupée, avec quatre enfants.

— Quatre ?

Son père lança un vague regard vers elle.

— Deux garçons, deux filles. Elle s'est mariée à Dave Hanson.

— Je me souviens de lui. Ça fait beaucoup d'enfants en dix ans.

Pas de réponse. Fred Loftis avait envers les femmes une attitude quasiment moyenâgeuse.

— Pourquoi as-tu envoyé Jake ?

Jake, à qui elle s'était offerte. Et qui l'avait rejetée avec un mépris qui l'avait marquée à jamais.

— Il pouvait se libérer.

— Et Beth ?

La fille que Jake lui avait préférée.

— Ils ont divorcé. Pas d'enfants.

— Oh !

Malgré elle, Nora éprouva un léger pincement de satisfaction, qu'elle se reprocha aussitôt. Ce n'était pas parce que le monde était plein de gens horribles qu'elle devait le devenir à son tour. Mais cela expliquait sans doute ce que Jake avait voulu dire à propos des choses qui changeaient.

Sans conviction, elle s'obligca à enfourner quelques bouchées. Elle avait l'estomac trop noué pour manger.

— Il n'y a pas grand-chose de neuf, déclara son père au bout d'un moment. Certains espèrent que la construction de la station de ski va améliorer les choses. Je n'en suis pas si sûr.

Bien sûr que non. Etant le propriétaire de la seule pharmacie dans un rayon de quatre-vingts kilomètres, il était à l'abri du besoin, sinon riche. Pourquoi se serait-il soucié du fait que d'autres cherchaient du travail ? D'ailleurs, la croissance risquait d'inciter des concurrents à s'installer en ville.

Elle connaissait tous les arguments. Elle les avait souvent entendus, comme elle avait souvent entendu ses récriminations. Des reproches qui lui étaient destinés, surtout, ou qui visaient sa mère. Peut-être ceux-là étaient-ils les pires.

Il termina son assiette, puis la regarda de nouveau.

— Il faut que tu manges, dit-il d'un ton sec. Tu n'as que la peau sur les os.

— Je viens de sortir de l'hôpital. Il faudra du temps.

Elle ne fit pas allusion au séjour qu'elle avait fait en prison, accusée à tort. Elle ne pouvait encore se résoudre à prononcer ces mots à voix haute.

A la stupéfaction de Nora, son père débarrassa lui-même et rinça les assiettes.

— Tu as un lave-vaisselle !

Elle n'en croyait pas ses yeux. Sa mère en avait réclamé un des années durant, et il le lui avait toujours refusé.

— Je n'ai pas le temps de faire la vaisselle moi-même.

Une bouffée de colère envahit Nora. Il n'avait pas le temps de faire la vaisselle ? Pour lui tout seul ?

Elle se leva. Elle aurait donné cher pour partir et ne jamais revenir, comme elle l'avait fait dix ans auparavant après l'enterrement de sa mère. Seulement, elle ne savait pas où aller. Elle était prisonnière.

Prisonnière.

— Ta chambre est prête, lança-t-il à sa suite.

— Merci.

Un par un, elle attrapa ses sacs et les porta tant bien que mal jusque-là. Il ne lui proposa pas son aide.

Bien sûr que non. Il ne l'avait jamais fait. Il se contenta de s'asseoir devant la télévision et se mit à regarder un match de football.

Non, il n'y avait rien de changé. Sauf un lave-vaisselle. Et toute sa vie.

Elle se réveilla quelques heures plus tard, se sentant un peu mieux. Le voyage l'avait épuisée, mais à présent il était presque 22 heures, et sa sieste l'avait revigorée. Son père devait déjà être couché, ce qui signifiait qu'elle pouvait se lever, trouver quelque chose à grignoter, et peut-être faire une brève promenade. Les médecins avaient insisté sur la nécessité de marcher souvent pour reprendre des forces.

Il devait faire froid dehors, comme toujours à cette époque de l'année.

Après avoir mangé quelques bretzels, elle prit la clé accrochée à côté de la porte et se faufila au-dehors, emmitouflée dans son manteau, une écharpe autour du cou, pour se promener dans les rues silencieuses.

Combien de fois avait-elle marché dans ces rues le soir, adolescente, troublée par un sentiment d'aliénation qui n'était pas dû qu'à son âge ?

Elle enfonça les mains dans ses poches. La plupart des maisons étaient plongées dans l'obscurité. A travers certaines fenêtres, elle apercevait la lueur vacillante d'un écran de télévision. Cela n'avait pas changé.

En revanche, elle avait changé, elle, d'une manière qu'elle avait encore du mal à comprendre vraiment.

Le ronronnement d'un moteur s'éleva derrière elle. Aussitôt en alerte, Nora se retourna, tandis qu'une voiture de police s'arrêtait à sa hauteur.

— La soirée est froide, dit la voix familière de Jake. Veux-tu monter ?

— Non. Merci.

— Je vais boire un café, et peut-être manger un sandwich. Ecoute, Nora, je ne suis plus le goujat que j'étais autrefois.

— Tu es un nouveau genre de goujat ?

Il y eut un silence dans la voiture, suivi d'un rire.

— Allons. Viens. Je ne mords pas et je n'ose même pas imaginer à quel point tu te sens seule en ce moment.

Comme s'il s'en souciait ! Et puis cette voiture de police… Elle serra les poings, le cœur battant à se rompre.

— Je… Je ne peux pas, avoua-t-elle enfin.

Un silence, puis Jake descendit et la regarda.

— Je sais ce qui s'est passé, Nora. Tu peux t'asseoir devant. Je te promets qu'on ira seulement à la cafétéria, et puis je te ramènerai à la maison.

Pourquoi insistait-il à ce point ? Elle avait envie de lui tourner le dos, mais devinait confusément qu'il n'allait pas céder avant d'avoir obtenu ce qu'il voulait. Et il devait vouloir quelque chose, sinon il ne s'entêterait pas autant.

Elle ferma à demi les yeux pour essayer de surmonter sa réticence, tendit la main vers la poignée et se glissa à l'intérieur.

Elle regretta aussitôt sa décision. L'habitacle sentait la peur, la colère, l'angoisse et l'alcool, l'obligeant à imaginer les passagers qui l'avaient précédée. Elle serra les dents, luttant contre un torrent d'émotions.

Gardant les yeux fermés, elle chercha le sanctuaire silencieux qu'elle s'était créé dans son esprit, un endroit qu'elle visualisait comme étant vide et calme. Un endroit où les odeurs ne pouvaient l'atteindre. Où rien ne pouvait l'atteindre.

Jake roula en silence. Quand ils arrivèrent à destination, Nora, qui avait hâte de sortir de cette maudite voiture, franchit le seuil du café avant même qu'il ait refermé sa portière.

Debout derrière le comptoir, Maude était seule, en train de remplir des papiers.

Elle releva la tête, cilla à sa vue, et puis sourit.

— Eh bien, on peut dire que tu n'as pas bonne mine, petite.

Nora s'efforça de lui rendre son sourire.

— Bonsoir, Maude. Toujours occupée ?

— On fait ce qu'on peut.

Son regard se posa sur Jake, qui venait d'entrer.

— Bonsoir, chef.

Chef ? Malgré elle, Nora se tourna vers lui.

— Chef ? répéta-t-elle.

— Jake est devenu chef de la police. Tu ne le savais pas ? Il y a parfois du grabuge en ville, ces temps-ci, répondit Maude d'un ton désapprobateur.

— Ah bon ?

Nora se glissa sur une banquette, tentant d'assimiler cette information et se demandant si la scène était bien réelle. Etait-elle vraiment venue prendre un café avec un homme qui l'avait humiliée et qui était maintenant chef de la police ? Elle avait dû perdre l'esprit.

Jake haussa les épaules.

— Le conseil municipal a décidé de renforcer un peu la sécurité, expliqua-t-il. Rien de majeur. J'ai un effectif de six hommes au total, et nous coopérons avec le shérif.

— Je pensais que tu avais un ranch ?

— Je l'ai toujours. Au rythme où vont les choses, je vais peut-être y retourner à plein temps bientôt.

— Pourquoi ?

Jake afficha un petit sourire.

— Disons que l'idée d'une force de police vient du conseil municipal, et qu'elle est surtout motivée par le désir de limiter le rôle du shérif. Je pense parfois que nous ne sommes que des pions dans une lutte pour le pouvoir.

— Ils ne servent pas à grand-chose, c'est vrai, grommela Maude en leur apportant un café et deux grosses parts de tarte aux pommes parfumée à la cannelle.

Nora regarda autour d'elle et eut l'impression de remonter le temps. Tout était exactement comme autrefois : les tables de bois, les banquettes en vinyle rouge, les tabourets rafistolés à l'aide de rouleau adhésif.

En fin de compte, elle se résigna à se tourner vers Jake. Les années avaient été clémentes pour lui, et les expériences, bonnes ou mauvaises, avaient fait apparaître sur ses traits quelques rides qui ne faisaient qu'ajouter à son charme.

Par contraste, elle savait quelle apparence elle devait avoir : émaciée, pâle à faire peur, ses cheveux blonds devenus tout ternes, résultat du stress et des épreuves qu'elle avait subies. Ses yeux bleus semblaient trois fois trop grands pour son visage amaigri.

— Tu as connu l'enfer, lâcha-t-il brusquement.

— Je ne veux pas en parler.

— Je comprends.

Il but une gorgée de café. Nora se souvint qu'il le prenait noir, même quand il était jeune.

Elle tendit la main vers la crème, ne sachant comment son estomac réagirait au café de Maude à cette heure tardive, d'autant qu'elle était tendue comme un ressort.

Voyant que ses doigts tremblaient, Jake prit le petit pot de crème et le versa à sa place.

— Ecoute, je sais que tu as une foule de raisons de me détester. De détester cette ville entière, j'imagine, et surtout ceux avec qui tu as grandi. Nous étions sans pitié. Mais nous ne sommes plus des enfants, Nora, et la plupart des gens pensent que la vie ne t'a pas bien traitée.

— Merci, dit-elle d'un ton sec.

Il soupira.

— Tout ce que j'essaie de dire, c'est que les gens d'ici sont peut-être plus faciles à vivre que tu n'en as eu l'impression quand nous étions encore à l'école.

— Vraiment ?

Elle s'était efforcée de parler d'un ton neutre, réprimant l'envie de rétorquer qu'elle se moquait comme d'une guigne des habitants de cette ville. C'était curieux de constater à quelle vitesse les plus anciennes cicatrices pouvaient se rouvrir quand on était confronté directement à leur cause. Quelques heures avaient suffi pour que son passé lointain revienne la hanter.

Jake soupira de nouveau. Apparemment le ton qu'elle avait employé n'était pas aussi neutre qu'elle l'avait cru.

— On t'a fait du mal, dit-il enfin. Beaucoup de mal. Et je suis autant à blâmer que n'importe qui. Je suis désolé.

Elle jeta un coup d'œil vers lui et le regretta aussitôt, car ce seul regard suffit à lui rappeler ce qu'elle s'efforçait d'oublier depuis plus d'une décennie.

Jake avait été un des rares enfants à ne pas se moquer d'elle. En fin de compte, il s'était révélé aussi méchant que les autres. Mais pendant des années, il s'était abstenu de l'insulter, de lui jouer les mauvais tours dont elle était régulièrement la victime. C'était seulement à la fin qu'elle avait compris qu'il avait exactement la même opinion d'elle que les autres.

Elle garda le silence, réticente à apaiser la conscience de Jake et à accepter ses excuses. Après ce qu'elle avait subi, tout cela semblait bien vide de sens.

— Nora.

Ses yeux se posèrent sur lui de nouveau puis se détournèrent.

— Nora, répéta-t-il. Que penserais-tu de moi si nous n'avions pas de passé ? Si nous nous rencontrions pour la première fois ?

— Je te détesterais, dit-elle d'un ton sec. Je te détesterais parce que tu es policier.

Jake songea qu'il avait mérité cette réponse. Même sans tout ce qui était arrivé à Nora ces derniers mois, il l'aurait méritée. Mais étant donné ce qu'elle avait enduré de la part de la police de Minneapolis, il ne comprenait que trop bien sa réaction.

Il n'insista pas et se mit à manger sa tarte, essayant de réfléchir, ce qu'il aurait dû faire avant de s'arrêter sur une impulsion et de l'amener ici.

Douze ans plus tôt, il s'était conduit en salaud. Il le savait. Il sentait encore la honte l'envahir en pensant aux paroles cruelles qu'il lui avait lancées à la tête alors qu'elle était particulièrement vulnérable, qu'elle comptait sur lui, au moins, pour être un ami. Il ne savait toujours pas exactement ce qui l'avait poussé à être si cruel, mais comment savoir ce qui se passait dans la tête d'un jeune de vingt ans ? Ce n'était pas le seul acte stupide qu'il avait commis dans sa jeunesse, mais c'était sans doute le pire.

Il grignota distraitement une autre bouchée de tarte, se demandant ce qu'il pouvait dire pour essayer de réparer des ponts qu'il n'aurait jamais dû détruire. Il était évident que Nora ne voulait pas entendre ses excuses.

Enfin, il lâcha la seule chose qui lui venait à l'esprit :

— Je ne t'aurais pas soupçonnée.

Elle redressa la tête et le regarda droit dans les yeux. Il sentit son cœur se serrer en voyant de nouveau à quel point elle était maigre et pâle, à quel point elle avait l'air fatiguée. Même ses magnifiques cheveux blonds semblaient sans vie. Il ne savait pas, ne saurait peut-être jamais, tout ce qu'on lui avait fait.

— Vraiment ? demanda-t-elle d'une voix nerveuse. Mon avocat n'aurait pas été d'accord avec toi.

Il tressaillit.

— Que veux-tu dire ?

— Il était du côté des policiers. Il était convaincu que je connaissais cet homme, puisque j'avais soigné son enfant. Que j'avais dû avoir une liaison avec lui et essayer de dissimuler son identité pour cacher cette liaison. Que j'avais dû faire entrave à la justice. Tant pis si je ne l'avais jamais rencontré, si je n'avais eu de contact qu'avec sa femme.

— Je suis désolé.

— Bien sûr. Tout le monde était désolé après. Mais ça ne m'a pas rendu mon travail. Ça ne m'a pas protégée du harcèlement constant de la presse. Ni des gens qui croyaient que, puisque j'avais été arrêtée, j'étais forcément coupable. As-tu la moindre idée de ce que l'on peut ressentir dans une situation pareille ?

— Je n'ose même pas l'imaginer, répondit-il, sincère.

— Ils ont fini par me libérer, et le procureur a dit à la presse qu'il avait la preuve irréfutable que je n'avais jamais eu de liaison avec cet homme. Les gens m'ont évitée comme la peste pendant toute une semaine, et puis les médias sont revenus à la charge, exigeant de savoir quelle relation j'avais entretenue avec lui, ce que j'avais pu faire pour susciter sa colère et puis… Et puis…

Elle se tut, haletante, la voix brisée.

— Et puis il t'a menacée, poursuivit Jake à sa place.

Elle baissa les yeux, le visage dissimulé par le rideau de ses cheveux.

— Ne parle pas de ça, murmura-t-elle. Ne parle pas de ça.

— On aurait dû te protéger.

— Eh bien, on ne l'a pas fait. Il était un membre respectable de la communauté, il ne présentait aucun risque de fuite… J'ai tout entendu.

Il fit mine de tendre la main vers elle pour prendre ses doigts tremblants dans les siens, désireux de lui promettre une sécurité que personne ne pouvait lui promettre.

Avant qu'il ait pu dire ou faire quoi que ce soit, elle se leva.

— Je rentre à la maison. Tout de suite.

La maison. L'endroit où elle avait été si malheureuse

durant sa jeunesse. Avec ce père qui l'avait traitée aussi durement que ses camarades.

Maude croisa son regard et fronça les sourcils alors que Nora se hâtait vers la porte. Maudissant sa propre stupidité, Jake jeta quelques billets sur la table et se dépêcha de la suivre.

— Attends ! cria-t-il. Attends ! J'ai dit que je te ramènerais.

— Je ne veux rien de toi. Rien !

A en juger par son apparence, il doutait qu'elle ait assez d'énergie pour marcher à ce rythme longtemps, et certainement pas durant tout le trajet. Il monta dans sa voiture et fit la seule chose qu'il pouvait faire — il la suivit.

Elle atteignit le premier croisement, et entreprit de grimper la côte qui montait doucement vers la maison de son père. Elle n'était plus très loin.

Mais elle n'arriva pas jusqu'au bout. La petite pente eut raison de ses forces. Ses pas ralentirent, et soudain elle trébucha. Jake se précipita hors de la voiture pour la retenir.

Elle était à bout de souffle, comme si elle venait de courir un marathon.

Cependant, elle eut assez d'énergie pour le foudroyer du regard. Peu importait. Cette fois, au moins, il allait se conduire correctement.

Sans même lui demander la permission, il la souleva dans ses bras et l'emporta jusqu'à la voiture. Ignorant les poings qui s'abattaient faiblement sur sa poitrine, il parvint à dégager une main pour ouvrir la portière, songeant qu'elle ne devait même pas peser cinquante kilos tout habillée.

Il la déposa doucement sur le siège et lui effleura la joue du bout des doigts.

— Nora, dit-il doucement. Nora, mon chou, calme-toi. Tu as été si malade…

— Je ne suis pas ton chou ! s'écria-t-elle, avant d'être secouée par une quinte de toux.

— Calme-toi, répéta-t-il comme s'il s'adressait à une jument agitée. Calme-toi. Je te ramène à la maison.

Il reprit sa place au volant, puis se tourna vers elle.

— Il faudra du temps pour que tu reprennes des forces. Donne-toi du temps.

Elle inclina la tête d'un geste bref, refusant toujours de le regarder.

Très bien, songea-t-il. Cela suffisait pour ce soir. Il la ramènerait chez elle, veillerait à ce qu'elle rentre sans encombre, et puis la laisserait en paix pour l'instant.

Le reste devrait attendre.

2

Le lendemain matin, Nora se réveilla en sursaut. Un instant, elle fut désorientée, comme souvent depuis que ses nuits étaient hantées par des cauchemars. Puis elle reconnut les rideaux usés et fanés à la fenêtre, vit de minces pans de clarté grisâtre se faufiler dans la pièce, et se souvint.

Elle était à la maison, chez son père. Il n'y avait guère de quoi se réjouir.

Elle n'avait pas envie de se lever. Depuis son agression, elle se sentait lasse, constamment à court d'énergie. On lui avait prescrit des comprimés qu'elle gardait sur sa table de nuit, et qu'elle prenait seulement parce que ne pas le faire aurait été pire. Après tout, elle avait des raisons d'être déprimée, et elle se demandait si les médicaments pouvaient y changer quoi que ce soit.

Elle tendit l'oreille, espérant qu'il était assez tard pour que son père soit parti travailler. Elle n'avait rien à lui dire, et réciproquement.

Elle se leva enfin, enfila son peignoir et ses pantoufles, quitta sa chambre et gagna la salle de bains. Quand elle ressortit, un regard à l'horloge lui apprit qu'elle était en sécurité, au moins dans l'immédiat. A 9 h 10, son père était sûrement derrière son comptoir à la pharmacie.

Ce fut à la fois un soulagement et une déception. Il ne

faisait pas bon être seule avec ses propres pensées. Elle éprouvait trop de douleur, trop de désespoir, trop de colère.

Elle fit réchauffer du café qui avait été laissé sur le fourneau et s'assit à table, les mains autour de sa tasse. Son père ne s'était même pas souvenu qu'elle aimait mettre un peu de crème dans son café, mais cela lui ressemblait. Fred Loftis était extraordinairement avare. A voir la manière dont ils avaient toujours vécu, personne n'aurait cru que son commerce était prospère. Enfant, Nora avait porté des vêtements d'occasion, achetés lors de ventes de charité. Elle avait toujours été la fille la plus mal habillée de l'école, fagotée comme une gamine des rues. De plus, la malchance avait voulu qu'elle ait besoin de lunettes, et son père avait insisté pour acheter les montures les moins chères possibles.

Une seule chose comptait aux yeux de Fred Loftis : sa réputation. Pétri de convictions religieuses, ancré dans des idées du dix-neuvième siècle, il prononçait de fréquents discours sur le péché et la vanité dans la petite église où il était révérend. Compte tenu de ses croyances, les habitants de la ville trouvaient parfaitement normal qu'il impose à sa femme et à sa fille de porter des vêtements démodés, hideux.

Nora ferma les yeux. Elle avait assez de problèmes à affronter dans le présent, elle n'avait pas besoin de se pencher sur ce passé lointain. Bien sûr, vivre avec son père n'allait pas lui faciliter la tâche. Elle se demanda s'il lui restait encore assez d'argent dans ses économies pour lui permettre de louer un petit appartement.

Mais soudain la peur la saisit, si intense qu'elle lui coupa le souffle. Après l'agression de cet homme, Langdon, après les horribles menaces qu'il avait chuchotées au téléphone, elle ne pouvait supporter l'idée d'être seule.

Même ici, dans cette maison qui semblait si loin de la vie qu'elle s'était construite à Minneapolis.

On avait contraint Langdon à porter un bracelet électronique. Il n'était autorisé à quitter son domicile que pour aller travailler. Mais même l'avocat de Nora n'avait pu lui expliquer pourquoi il n'avait pas été incarcéré avant le procès.

Cependant elle se trouvait à mille kilomètres de Minneapolis maintenant, et si Langdon s'écartait de son chemin, ne serait-ce que de deux cents mètres, les policiers l'arrêteraient. L'avocat l'avait affirmé. Nora n'était guère rassurée pour autant. Cet homme était un dément. A l'évidence. Il n'avait eu aucune bonne raison de l'agresser au départ.

Comment pouvait-elle croire qu'il ne céderait pas de nouveau à la folie ?

Ses doigts étaient douloureux tant elle serrait la tasse de café. Avec un choc, elle revint au présent, et dut affronter le fait que sa journée était vide. Et les heures vides l'effrayaient parce qu'elles lui donnaient trop de temps pour penser.

Aurait-il été préférable de se cloîtrer dans son appartement à Minneapolis, alors que cet homme vivait dans la même ville ?

Non, ç'aurait été pire. Ce qu'il lui fallait, c'était un emploi. Si seulement elle se sentait plus forte, si elle avait meilleure mine... Dans l'immédiat, elle doutait fort que quiconque veuille employer l'épouvantail décharné qu'elle était devenue.

Elle n'avait pas d'appétit, mais se força tout de même à regarder dans le réfrigérateur. Elle était censée manger six fois par jour. De petits repas, jusqu'au moment où elle recommencerait à avoir de l'appétit.

Rien ne la tentait. Rien. Elle finit par prendre un paquet

de petits pains à la cannelle, la seule petite faiblesse de son père, et en coupa un en deux, laissant l'autre moitié dans le paquet. Si elle parvenait à le finir, ce serait déjà bien.

Ensuite, peut-être aurait-elle assez d'énergie pour faire une promenade. Elle se sentait assiégée par toutes les recommandations qu'on lui avait faites pour son bien, et qu'elle devait se forcer à suivre. Elle aurait préféré trouver un coin sombre et s'y blottir.

Sauf que… Eh bien ça ne serait pas une solution non plus. Dans un coin sombre, elle serait encore plus seule avec ses pensées et ses souvenirs.

Prisonnière. Aussi sûrement qu'un rat de laboratoire dans une cage, elle se sentait prisonnière, et ne savait pas comment s'échapper. Elle éprouva un faible sentiment de triomphe lorsqu'elle acheva le petit pain. Dieu merci, le café l'aida à avaler la dernière bouchée. Elle retourna dans sa chambre, trouva un jean, une chemise en coton, et ses chaussures de marche. Elle venait de décrocher sa veste pendue dans l'entrée quand le téléphone sonna.

Nora hésita. Elle savait qui était à l'autre bout. Pourtant, avec un soupir, elle répondit.

— Viens à la pharmacie. J'ai besoin de quelqu'un pour tenir la caisse pendant quelques heures.

Comme cela ressemblait à son père ! *Viens travailler*, exactement comme il l'avait exigé quand elle était encore au lycée. Et bizarrement, ces mots déclenchèrent en elle un élan inattendu et surprenant de résistance.

— Non. Il faut que j'aille faire ma promenade. Le médecin me l'a ordonné.

Sur quoi elle raccrocha, envahie par un sentiment de satisfaction qu'elle n'avait pas connu depuis longtemps.

La sonnerie du téléphone s'éleva de nouveau, mais elle l'ignora et sortit.

Il faisait froid. Il n'y avait pas encore de neige, mais

elle pouvait presque en sentir l'odeur. Quelque chose avait changé dans l'air, quelque chose qu'elle n'avait jamais pu définir, mais qu'elle reconnaissait toujours. La contrée glissait rapidement dans l'hiver.

Qu'allait-il se passer ? se demanda-t-elle avec consternation. Après des années d'indépendance, vivre avec son père risquait de la rendre folle. Il ne lui autoriserait pas la moindre liberté. Il aurait le sentiment que, puisqu'il subvenait à ses besoins, elle était dans l'obligation de suivre toutes ses règles. Depuis la manière dont elle s'habillait jusqu'au travail qu'elle devrait effectuer pour lui, aux corvées qu'elle devrait faire à la maison.

Une des décisions les plus importantes de sa vie avait été de partir faire des études. De les payer entièrement elle-même. De se bâtir une vie aussi loin de cette ville qu'elle avait pu.

Elle s'était acheté des lentilles de contact. Avait appris à porter des vêtements plus jolis. Avait puisé une confiance en elle d'abord à travers sa réussite scolaire, puis à travers sa carrière.

Et puis, brusquement, un homme était venu la dépouiller de tout cela, y compris de son travail. Car le scandale provoqué avait poussé la direction de l'école à demander sa démission, sous prétexte que les parents s'interrogeaient à son sujet.

Et pourquoi ne se seraient-ils pas interrogés puisque même la police l'accusait ? Elle ne savait pas ce qui l'avait blessée le plus : son agresseur, ou ces maudits policiers et tous leurs doutes. Ou encore le fait que le conseil d'administration avait refusé de la soutenir. On s'était contenté de lui promettre des références brillantes.

Cependant, songea-t-elle en descendant lentement la colline, par certains côtés, elle comprenait l'attitude de ses employeurs. Des rumeurs circulaient, les parents s'inquiétaient de ce que leurs enfants risquaient d'entendre. Et puis cet homme était peut-être assez fou pour s'en prendre à elle de nouveau. Et s'il venait la chercher à l'école ? D'ailleurs, elle n'était certainement pas en état de fournir une aide psychologique à quiconque. Elle ne pouvait même pas s'aider elle-même.

De fait, elle n'était pas vraiment en état de travailler. Et combien de temps faudrait-il avant qu'elle soit capable de reprendre ses fonctions ? Combien de mois s'écouleraient avant le procès qui, à n'en pas douter, ferait lui aussi grand bruit ?

Non, elle ne pouvait pas vraiment en vouloir à la direction de l'école. Elle avait reçu une indemnité de licenciement, qu'elle avait placée à la banque, mais ce n'était pas suffisant pour vivre à long terme, et les allocations ne dureraient pas indéfiniment. Les factures continuaient à arriver, et pourtant il faudrait peut-être encore des mois avant qu'elle touche un dédommagement pour l'agression qu'elle avait subie.

Elle entendit le grondement d'un moteur derrière elle et n'eut même pas besoin de regarder pour savoir qui était là. Jake. Pourquoi diable ne pouvait-il la laisser en paix ? Le voir ne faisait que raviver ses plaies.

C'était bien lui. Il ralentit en arrivant à sa hauteur, roulant au pas.

— Ça te dirait de monter à cheval ?

Elle s'arrêta net. Lentement, elle pivota et vit qu'il était au volant de sa Jeep.

— Monter à cheval ? répéta-t-elle sans comprendre.

— Oui. Je sais que tu aimais les chevaux. Et j'en ai deux qui auraient bien besoin de faire une sortie aujourd'hui. Pourquoi ne pas te joindre à moi ?

— Tu es devenu fou ? demanda-t-elle d'un ton sec.

Il inclina la tête.

— A vrai dire, non. Tu vas t'ennuyer assez vite à faire le tour des rues. Toute seule, surtout. J'aimerais profiter de ta compagnie.

C'était vrai qu'elle aimait les chevaux. Elle était surprise qu'il s'en souvienne. Elle n'avait que rarement eu l'occasion de faire de l'équitation par le passé, une fois ou deux seulement…

Sa décision fut prise avant même qu'elle en ait conscience.

— Je ne suis pas habillée comme il faut.

— Un jean ira très bien. Les bottines de ma mère t'iront sans doute, assez pour monter de toute façon. Viens. Allons-y.

Sans dire un mot, se demandant si elle avait vraiment perdu la tête, elle ouvrit la portière et monta.

Contrairement au véhicule de patrouille, cette voiture-là sentait bon le cuir, le foin et Jake. Elle songea soudain qu'il ne portait plus l'eau de Cologne d'autrefois.

— Je détestais ton eau de Cologne, avoua-t-elle avant de se mordre la langue, atterrée.

Seigneur, avait-elle oublié toutes ses bonnes manières ?

— Beth m'en offrait un flacon à chaque anniversaire et à chaque Noël. J'aurais dû comprendre.

— Comprendre quoi ?

— Que je ne lui plaisais pas tel que j'étais.

Nora tressaillit, décontenancée.

— Je suis désolée, murmura-t-elle, ne sachant que dire.

— Moi aussi, je l'ai été pendant un temps. Et puis j'ai compris que j'avais été idiot. Au moins, nous n'avons pas eu d'enfants.

Elle ne trouva pas de réponse à cela non plus. Cependant, il ne semblait pas en attendre une.

— Je me demande encore pourquoi elle m'a épousé, continua-t-il. Ce qui est sûr, c'est qu'elle n'aimait pas la vie au ranch. A la fin, elle ne m'aimait pas beaucoup non plus.

Nora s'abstint de tout commentaire. Jake avait été un des garçons les plus séduisants et les plus populaires du lycée. Sortir avec lui avait été flatteur, l'épouser peut-être moins.

A son grand soulagement, Jake ne lui posa pas de questions, n'offrit pas de compassion inutile. Au lieu de quoi, il parla du ranch, de son nouveau poste de chef de police, lui expliquant son rôle. Une conversation à propos de tout et de rien, sans danger.

— Il y a beaucoup de délinquance ? s'étonna-t-elle.

— Disons qu'il y a des états d'ivresse, quelques échauffourées, des excès de vitesse, des disputes conjugales. Des choses très ordinaires, ce qui me convient parfaitement. Si je voulais enquêter sur des crimes sérieux, j'irais m'installer en ville.

— Le ranch ne marche pas très bien ?

Il haussa les épaules.

— Je me débrouille, mais mon salaire de policier m'aide à arrondir les fins de mois. L'élevage est en crise. J'ai réduit le nombre de mes têtes de bétail récemment. Je songe à former une coopérative avec d'autres éleveurs pour me lancer dans un autre secteur. Les petites structures familiales comme la nôtre sont en voie de disparition.

— C'est triste.

— Les temps changent, observa-t-il, philosophe. Il faut s'adapter.

Sans doute. Dans l'immédiat, cependant, elle n'était pas prête à appliquer cette théorie à sa propre vie. Avant de pouvoir aller de l'avant, elle devait se réconcilier avec son passé, d'une manière ou d'une autre. Trouver le moyen d'absorber les coups qu'elle avait subis et de se reconstruire.

Il engagea la voiture sur une route étroite qui menait au ranch. Une bouffée soudaine de panique envahit Nora. Elle ne voyait que des clôtures, à perte de vue. Comme la nuit où elle était sortie en titubant de ce fossé près de Minneapolis. Il n'y avait rien. Rien, et elle était seule dans une voiture avec un homme…

— Ramène-moi à la maison !

La terreur dut s'entendre dans sa voix, car Jake écrasa la pédale de frein, et arrêta aussitôt le véhicule sur l'accotement.

— Nora ?

Son cœur cognait si fort qu'elle l'entendit à peine. Elle était hors d'haleine, comme un athlète à la fin d'un long sprint. Sa bouche était aussi sèche que du coton, et ses paumes moites s'agrippaient aux accoudoirs.

— Nora ?

Elle hésita, vacillant entre le présent et le passé.

— Ne me touche pas. Ne me touche pas !

— Je ne te toucherai pas. Je te le promets.

Elle voulait descendre de cette voiture, mais la vaste prairie qui s'étendait au-dehors ne lui offrait aucun refuge, aucune aide.

— Nora, peux-tu me regarder ? S'il te plaît ?

Elle reconnut sa voix. *Jake*. Elle parvint à tourner la tête vers lui. Il avait pivoté sur son siège, un bras sur le volant, un à l'arrière du dossier. Il s'était éloigné d'elle autant que l'habitacle le lui permettait. Il lui donnait de l'espace. S'efforçait de ne pas la menacer par sa présence.

— Jake, lâcha-t-elle d'un ton rauque.

— Oui, Jake, murmura-t-il. Tu es en sécurité avec moi. Je ne te toucherai pas. Si tu veux rentrer chez toi, je vais te ramener tout de suite.

La vision de la maison de son père, du vide qui y régnait, la fit frissonner. La solitude l'effrayait.

— Non, souffla-t-elle enfin. Je ne veux pas retourner là-bas.

— Ça va aller ? Le ranch n'est qu'à un kilomètre environ.

Elle baissa les yeux.

— Je suis désolée.

— Pourquoi ?

— Par moments… Je me souviens…

— Je serais étonné que ce ne soit pas le cas.

Il pivota de nouveau et redémarra. Peu à peu, les battements du cœur de Nora ralentirent. Elle sentit sa tension s'apaiser.

Elle n'était pas montée à cheval depuis qu'elle était partie de cette ville. C'était pourtant une des promesses qu'elle s'était faite, de mettre de côté un peu d'argent et de s'inscrire dans un club d'équitation où elle pourrait aller passer quelques heures chaque samedi. Pour une raison ou pour une autre, elle n'y était jamais parvenue.

La panique reflua, remplacée par une sorte d'impatience. Elle ferma les yeux, se remémorant les odeurs des écuries, des chevaux et du cuir. Après toutes ces années, elles étaient demeurées incroyablement nettes dans son esprit.

La voiture tourna, et elle rouvrit les yeux. Devant elle le ranch ressemblait à un paradis — sa façade en bardeaux d'un blanc étincelant, une grange pimpante derrière, et un enclos où paissaient une demi-douzaine de chevaux.

— L'endroit n'a pas beaucoup changé, observa Jake.

Non. Elle était venue ici une fois, avec un groupe de jeunes. Elle se souvint tout à coup que, ce jour-là, Jake avait imposé silence à ceux qui avaient tenté de se moquer d'elle.

Pour la première fois depuis de nombreuses années, elle éprouva un élan de chaleur envers lui.

Il contourna la voiture pour lui ouvrir la portière, mais ne lui offrit pas son bras, comme s'il devinait que c'était trop tôt. Nora descendit et regarda autour d'elle, remarquant les pots de fleurs alignés sur la grande véranda, la vieille balancelle de bois.

La porte s'ouvrit. Une femme à la silhouette rondelette et aux cheveux noirs striés de gris apparut, s'essuyant les mains sur un tablier. Un grand sourire chaleureux éclairait son visage.

— Nora, voici Rosa Gonzales. Son mari et elle travaillent pour moi.

Rosa s'avança à leur rencontre et effleura l'épaule de Nora.

— Entrez. J'ai préparé à déjeuner.

Bien qu'attirée par les chevaux, Nora ne protesta pas. De toute façon, à cet instant précis, elle appréciait la présence d'une femme.

L'intérieur de la maison, qui n'avait guère changé non plus, était méticuleusement entretenu. Rosa insista pour qu'ils s'installent dans la salle à manger, ignorant les protestations bon enfant de Jake, qui affirmait que la table de cuisine conviendrait tout à fait.

— Pas la première fois que vous amenez une dame ici, déclara-t-elle fermement.

L'instant d'après, Nora était assise à la grande table cirée, à la droite de Jake. Rosa leur servit des assiettes bien remplies de porc en sauce accompagné de riz parfumé au safran.

— Elle a mis les petits plats dans les grands pour toi, lui glissa Jake. En général, quand il n'y a qu'Al et moi, cela ne l'ennuie pas qu'on mange sur le pouce dans la cuisine.

Nora ne put s'empêcher de sourire.

— Dis-moi qu'elle ne t'appelle pas « patron ».

Une lueur d'amusement jaillit dans les yeux verts de Jake.

— Non, elle m'appelle Jake. Ou par d'autres noms, selon ma dernière transgression.

Le riz était parfaitement épicé, et Nora n'avait rien mangé d'aussi bon depuis longtemps. Le porc, tendre à souhait, fondait dans sa bouche.

— C'est-à-dire ?

— Si j'ai oublié de retirer mes bottes en rentrant de la cour, par exemple. J'ai tendance à penser que les planchers sont faits pour qu'on marche dessus, mais elle semble croire qu'on devrait pouvoir manger dessus.

— Elle m'a l'air d'une vraie perle.

— Elle et Al sont fantastiques. Je ne sais pas ce que je ferais sans eux.

— Où habitent-ils ?

— Te souviens-tu du petit dortoir qui se trouvait à l'arrière de la maison ? Eh bien nous l'avons rénové pour eux. Leur manque de chance a été une chance pour moi.

— Vraiment ?

— Ils étaient sans travail et sans foyer. De mon côté, j'avais besoin d'aide. Au début, ils ne voulaient même pas que je les paie, mais j'ai gagné cette bataille.

Et cela expliquait sans doute qu'il ait besoin de gagner de l'argent supplémentaire, songea Nora. Elle fixa son assiette, surprise par la révélation de Jake, réévaluant son jugement. Elle se demanda aussi si elle pouvait manger encore un peu. Son estomac, habitué à une très petite quantité de nourriture, allait-il se rebeller ? Mais le plat était si délicieux…

Elle grignota lentement, par petites bouchées, à l'affût du moindre signe indiquant qu'elle faisait une erreur.

Enfin elle posa sa fourchette, et regarda avec regret

son assiette, encore aux trois quarts pleine. Jake avait déjà terminé sa part et la regardait.

— Tu veux qu'on aille voir les chevaux à présent ?

Elle lui fut reconnaissante de ne pas essayer de l'inciter à manger davantage. A Minneapolis, ses amis l'avaient rendue presque folle à force de lui répéter la même chose.

— Oui, dit-elle en se levant.

Elle fit mine de vouloir débarrasser son assiette, mais Jake l'arrêta.

— Non, Rosa serait offensée.

Une fois dehors, Nora se félicita d'avoir mis une veste bien chaude. La température semblait avoir baissé de plusieurs degrés dans le court laps de temps qu'avait duré le déjeuner.

— Je voudrais que tu essaies de monter à la longe d'abord, expliqua Jake. Je ne sais pas si tu as beaucoup de force.

— Je n'en ai pas beaucoup, admit-elle.

Plus elle s'approchait, plus les chevaux lui paraissaient énormes. Comment pouvait-elle avoir oublié cela ?

— Marguerite, là-bas, est très douce. Elle ne va pas te causer d'ennuis, et si tu commences à te fatiguer, tu n'as qu'un mot à dire.

— Marguerite ? Vraiment ?

— Ma mère aimait baptiser les juments de noms de fleurs. Mon père y a mis le holà quand elle a voulu en appeler une Bégonia.

Un rire inattendu échappa à Nora, et elle eut brusquement le cœur plus léger. Pour l'instant, son cauchemar semblait si éloigné ; la journée était magnifique, et elle était aussi fascinée par les chevaux que par le passé.

— Où sont tes parents à présent ?

— Figure-toi qu'ils se sont installés en Floride. Dans un appartement.

Elle eut un autre petit rire.

— C'est moins de travail, observa-t-elle.

— Et il fait plus chaud. Et mon père peut jouer au golf toute l'année.

Jake grimpa sur la clôture de l'enclos, et claqua doucement la langue.

— Marguerite ! Viens là, ma belle.

A la surprise de Nora, la jument grise mouchetée, aux yeux marron et doux, obéit aussitôt. Elle s'immobilisa et attendit tranquillement que Jake attache la longe à son licol.

Ensuite il se tourna de nouveau vers Nora.

— Maintenant, c'est le plus difficile. Je suppose que tu n'es pas assez forte pour monter toute seule.

Ellc jaugca la distance entre le sol et les étriers, et secoua la tête lentement.

— Je veux bien essayer.

— Si tu veux, tu peux t'asseoir sur la clôture et je te soulèverai. Mais pour cela, Nora, il faudra que je te touche. Ça ira ?

Sans doute n'avait-il pas envisagé cette difficulté quand il l'avait invitée ici. Elle non plus. Elle ferma les yeux un moment, tandis qu'une lutte intérieure se livrait en elle. C'était Jake, pas Langdon.

Quand elle rouvrit les yeux, Jake attendait toujours patiemment.

— Je veux essayer toute seule.

C'était important pour elle, même si elle n'aurait su au juste expliquer pourquoi. Bizarrement, la psychologie qu'elle connaissait ne semblait pas pouvoir l'aider dans sa situation.

Résolue, elle parvint à s'asseoir sur la clôture, les jambes à l'intérieur de l'enclos, mais l'effort nécessaire la laissa hors d'haleine. Elle détestait cette faiblesse, la lenteur de sa guérison. Son cœur battait à toute allure.

— Donne-toi une minute, suggéra Jake.

Il amena Marguerite plus près et lui frotta l'encolure.

— Les chevaux sont des animaux très sociables. Et ils aiment bien qu'on les caresse ici. Tu veux essayer ?

Nora tendit la main et tapota l'endroit qu'il indiquait. Marguerite frémit légèrement à son contact, puis se détendit. Nora eut l'impression que ce geste l'apaisait, elle, au moins autant que Marguerite.

— Je pourrais faire cela pendant des heures, avoua-t-elle.

— Elle te laisserait peut-être faire, crois-moi. Sauf que, comme ses congénères, elle a besoin de manger et de bouger, alors elle ne peut pas rester parfaitement immobile très longtemps. Tu es prête ?

— Je crois.

Marguerite était si proche que son flanc effleurait presque le genou de Nora.

— Je vais mettre ton pied dans l'étrier, expliqua Jake.

Il comprenait vite, songea-t-elle. Il ne voulait pas lui faire peur ni la surprendre par ses gestes.

— Dis-moi si tu as besoin que je te pousse.

Elle rassembla toutes ses forces et toute sa détermination, et parvint non seulement à se lever mais aussi à enjamber la croupe imposante de Marguerite.

— Bravo ! s'écria Jake.

A califourchon sur un cheval pour la première fois depuis tant d'années, Nora savourait l'instant. Marguerite n'avait même pas bougé.

— On y va ? demanda Jake en achevant d'ajuster les étriers.

— Oh oui !

— On va commencer très lentement, déclara-t-il. Détends-toi et laisse ton corps épouser ses mouvements. Tu vas vite trouver ton équilibre.

C'était le genre de promenade qu'un enfant aurait faite

sur une foire, mais Nora n'y voyait pas d'inconvénient. Ils firent lentement le tour de l'enclos. De temps en temps un des autres chevaux levait les yeux et leur lançait un regard indifférent avant de baisser la tête de nouveau.

— Si tu es fatiguée, dis-le-moi.

— D'accord.

Au contraire, pour la première fois depuis l'agression, elle avait envie de lancer les bras en l'air et de pousser des cris de joie. De là où elle était, le monde lui semblait différent et la puissance de la jument semblait se communiquer à elle.

— C'est merveilleux ! s'écria-t-elle avec un enthousiasme qu'elle avait cru ne jamais plus pouvoir éprouver.

— N'est-ce pas ? acquiesça Jake. J'adore monter. Quand tu seras plus forte, nous ferons des promenades plus longues.

— Tu dois t'ennuyer à mourir.

— Pas du tout.

Il lui sourit par-dessus son épaule.

— Pour te voir comme ça, je serais prêt à faire des choses beaucoup plus ennuyeuses que le tour d'un enclos à pied.

Sa remarque la surprit. Que voulait-il dire par là ? Sans doute exactement ce qu'il avait dit. Bien sûr, elle ne respirait pas exactement la joie de vivre quand il était venu la chercher à l'aéroport. Il devait être soulagé de la voir sourire.

Elle se promit donc d'essayer de se montrer un peu plus positive dorénavant. Pourquoi pas ? Elle était loin de cet homme, ce Langdon dont elle répugnait à prononcer le nom — elle était à l'abri dans une ville qui protégeait les siens.

Elle se rétablissait, même si ses progrès étaient lents. Avec le temps, les blessures émotionnelles et psychologiques finiraient par guérir. Certaines épreuves laissaient des cicatrices indélébiles, mais il était possible d'apprendre à les gérer pour qu'elles ne dominent pas votre vie. En tant que psychologue, elle était bien placée pour le savoir.

Il était temps, songea-t-elle alors que Marguerite accomplissait un second tour de l'enclos, de recommencer à vivre dans le présent, de ne plus penser à la veille, ni au mois passé.

C'était plus facile à dire qu'à faire, bien sûr. Néanmoins, elle inclina la tête en arrière, savourant la chaleur du soleil sur son visage, la brise fraîche sur sa peau, écoutant les claquements réguliers des sabots de Marguerite et les pas tranquilles de Jake.

C'était un moment magique, et la folie de cet homme qui l'avait agressée n'avait pas le droit de la priver des bribes de bonheur qui s'offraient à elle.

Jake prit la parole, l'arrachant à sa rêverie :

— Essaie de serrer les cuisses contre les flancs de Marguerite. Pour développer tes muscles en prévision de promenades plus longues.

Elle obéit, pressant les cuisses jusqu'à ce que ses muscles se mettent à frémir, puis relâchant, avant de recommencer.

Soudain, ses forces la quittèrent, comme un ballon qui se dégonflerait. Elle se mit à trembler, et l'effort de garder les pieds dans les étriers devint trop pénible.

— Jake…

Ils s'arrêtèrent aussitôt. Un coup d'œil suffit à Jake pour comprendre la situation.

— Je vais t'aider à descendre. Ça ira ? Dès que j'aurai sorti tes pieds des étriers, je te prendrai par la taille.

Elle acquiesça, sachant que si elle ne lui permettait pas de l'aider, elle allait tomber.

Dieu merci, Marguerite se tenait parfaitement immobile. Il libéra son pied droit, puis le gauche. Ensuite, il se passa quelque chose qu'elle aurait cru ne plus jamais tolérer — il referma ses mains fortes autour de sa taille et la souleva.

Quand ses pieds touchèrent le sol, elle avait à peine la force de tenir debout. Jake entoura ses épaules d'un bras, et la porta quasiment jusqu'à la barrière. Cette fois, il était hors de question qu'elle escalade la clôture.

— Al ?

Un homme sortit de la grange. Grand, très mince, les cheveux poivre et sel.

— Oui ?

— Occupe-toi de Marguerite, veux-tu ?

Ensuite, Jake reporta toute son attention sur Nora.

— Entre, nous allons boire quelque chose de chaud.

Elle était gênée d'être si faible. De manquer à ce point d'énergie. Elle aurait voulu se terrer dans un coin.

Parfois, elle regrettait de ne pas être morte.

3

A l'évidence, Rosa avait bien jaugé la situation. Dès que Jake eut installé Nora dans le salon, il se rendit dans la cuisine et la trouva occupée à confectionner un chocolat chaud dont elle avait le secret.

— Elle ne va pas bien.

— Non, j'en ai peur.

— Elle ne va pas mourir, au moins ?

— Non, elle va se rétablir.

Rosa acquiesça et déposa une pile de cookies sur une assiette. Jake emporta le plateau dans le salon, puis se tourna pour regarder Nora. Elle s'était pelotonnée dans le fauteuil et fermait les yeux. Peut-être dormait-elle ?

Il s'assit dans son fauteuil préféré et attendit, se contentant de l'observer. Durant l'essentiel de leur adolescence, il avait éprouvé de la pitié pour elle. En raison de la manière dont elle devait s'habiller, à cause de son père… Mais surtout parce qu'elle était différente des autres, et en butte à leurs moqueries.

Il savait très bien qu'il avait été son seul protecteur. Jusqu'au jour où elle lui avait demandé de l'emmener au bal de fin d'année et avait proposé de coucher avec lui après. La réaction qu'il avait eue l'emplissait encore de honte. Depuis des années il voulait s'excuser, mais cela devrait attendre. Elle avait d'autres soucis pour l'instant, bien plus importants.

En tant que policier, il avait pu consulter les rapports détaillés de l'enquête. Il avait du mal à croire qu'elle avait été soupçonnée d'entrave à la justice alors qu'elle venait d'être victime d'une agression qui avait failli lui coûter la vie. Il ne parvenait pas à comprendre pourquoi les policiers avaient agi ainsi. C'était un miracle qu'elle ne soit pas morte dans ce fossé. Quant au traumatisme psychologique, il devait être immense. Et voilà qu'elle était là, de retour dans sa ville natale, à partager le même toit que cet homme des cavernes, le révérend Loftis. Comment était-elle censée affronter Fred Loftis en plus du reste ?

Cependant, il était logique qu'elle soit revenue. Elle n'avait plus d'emploi. Pire, son agresseur avait été libéré sous caution. Là non plus, Jake ne comprenait pas. Comment un juge avait-il pu penser que ce Langdon ne devait pas être détenu en attendant le procès ?

En tout cas, à la place de Nora, il aurait voulu s'éloigner de Minneapolis autant que possible, et en l'absence d'un emploi, elle n'avait guère eu le choix.

Elle bougea un peu et ouvrit les yeux.

Il lui adressa un sourire.

— Rosa t'a préparé un chocolat chaud. Je t'avertis, c'est sa recette, et il n'est pas très sucré.

Elle s'étira un peu, se redressa et tendit la main vers la tasse.

— Il est amer ?

— Sans doute plus amer que celui dont tu as l'habitude.

— Merci pour l'avertissement.

Il remarqua que ses mains tremblaient un peu, alors qu'elle portait la tasse à ses lèvres. Elle but une gorgée avec circonspection, puis sourit.

— Il est vraiment bon. J'adore le chocolat noir.

— Parfois elle met un peu de piment dedans. C'est

délicieux, mais elle a décidé de ne pas t'en donner pour ta première fois.

— C'est sans doute plus sage. Mon estomac est encore un peu fragile.

Elle aussi, songea-t-il. En y réfléchissant, il était stupéfait qu'elle l'ait autorisé à la toucher, après cet incident dans la voiture. Il lui avait même passé le bras autour de la taille. Son cœur se serra alors qu'il y pensait. Il avait senti ses os sous la peau, senti qu'elle était bien trop maigre pour être en bonne santé.

Il hésita, ne sachant que dire. Il ne voulait pas aborder des sujets qui risquaient de la peiner.

— Marguerite t'aime bien, observa-t-il enfin, optant pour un terrain neutre.

— Vraiment ? Comment le sais-tu ?

— Elle secoue un peu la tête quand elle n'aime pas son cavalier. Elle ne devient jamais agressive, elle est trop bien disposée pour ça, mais je le sens.

— J'ai pris tellement de plaisir à la monter que je ne voulais pas m'arrêter.

— Nous recommencerons. Bientôt. Peut-être même tout à l'heure.

— Ce serait fantastique. Mon énergie va et vient, expliqua-t-elle, visiblement embarrassée. Je ne suis pas épuisée toute la journée, seulement par moments.

Elle soupira.

— Je suis en train d'essayer de décider si je devrais chercher un logement, avoua-t-elle.

— Ton père te cause des problèmes ?

— Pas encore. Mais il n'a pas changé du tout. C'est un peu comme…

Elle se mordit la lèvre, ne sachant si elle devait continuer, mais finalement les mots jaillirent d'eux-mêmes.

— C'est un peu comme d'échanger un cauchemar contre un autre. J'ai l'impression d'être redevenue une enfant.

Et son enfance n'avait pas été une époque heureuse, loin de là. Il n'avait pas besoin qu'elle le précise.

— Je vois.

— Il faut que je trouve un emploi, reprit-elle. Il veut que je travaille à la pharmacie, mais je…

Elle secoua la tête.

— Je ne vais pas faire ça.

Jake se félicita qu'elle soit aussi déterminée.

— Ton père est quelqu'un de spécial, en effet.

— Il aurait dû naître au dix-neuvième siècle, dit-elle avec conviction.

— Je n'y avais jamais pensé, mais tu as sans doute raison.

— Bien sûr. J'attends le moment où il va me dire que rien ne me serait arrivé si j'étais restée à la maison comme une fille bien sage. Que c'est le péché qui m'a valu tout cela.

Une bouffée de rage monta en Jake, et ses muscles se raidirent.

— S'il ose le faire, dis-le-moi. Je lui dirai ma façon de penser, moi aussi.

Le visage de Nora s'assombrit.

— Et s'il avait raison ? Si je n'étais pas allée à Minneapolis ?

Jake lâcha un juron. Un mot qui n'aurait pas plu à son père. Un mot que peut-être Nora n'avait pas l'habitude d'entendre. Tant pis.

— Ces choses-là peuvent arriver à n'importe qui. C'est le hasard, c'est tout. Tu ne peux pas avoir ce genre de pensées.

— Il est difficile de les éviter.

Sans doute. Ce n'était pas la première fois qu'il voyait

une victime se faire des reproches. Dans le cas de Nora, son sentiment de culpabilité était sans doute aggravé par l'éducation qu'elle avait reçue.

— J'ai vu beaucoup de braves gens à qui il est arrivé des choses terribles, déclara-t-il calmement. Des enfants qui n'avaient rien fait de mal. Qu'a pu faire un gamin de six ans pour mériter une leucémie ?

Elle ne répondit pas, les yeux baissés sur sa tasse.

— Je ne sais même pas pourquoi cet homme m'a agressée.

— Tu ne le sauras peut-être jamais. Son avocat va probablement lui conseiller de garder le silence.

Il se tut, comprenant qu'elle devait affronter sa situation à sa manière. Mais il était furieux de penser qu'il allait peut-être la ramener ce soir à un homme capable de la blâmer pour ce qui lui était arrivé. Son propre père. La personne qui aurait dû, plus que quiconque, la soutenir.

La sonnerie du téléphone interrompit ses réflexions.

Il répondit, se concentrant aussitôt sur son travail.

— Nora, je suis désolé, mais il va falloir que je te ramène chez toi. Il est arrivé quelque chose.

Quelque chose dont il ne voulait vraiment pas lui parler.

Nora rentra avec une portion de riz et de porc suffisante pour nourrir une famille entière. Devant l'insistance de Rosa, elle n'avait pas eu le cœur de refuser. Cette offre généreuse contribuerait peut-être à amadouer son père lorsqu'il rentrerait, sans doute encore furieux qu'elle ne soit pas venue travailler. Comme si elle avait pu se tenir debout à la caisse pendant plus de dix minutes ou un quart d'heure !

Sans doute pensait-il que la vie allait reprendre exactement comme si elle n'était jamais partie. C'était inconcevable, bien sûr. Cette possibilité avait été anéantie le jour où il l'avait blâmée pour la mort de sa mère, affirmant que celle-ci était décédée parce que Nora était partie faire ses études au lieu de s'occuper d'elle.

Nora savait très bien qu'il n'en était rien, mais la dispute amère qu'ils avaient eue après l'enterrement était restée gravée dans sa mémoire.

Comment avait-elle pu s'imaginer qu'elle pouvait revenir ici ? Avait-elle espéré que son père aurait changé ? En tant que psychologue, elle savait combien c'était peu probable. Avait-elle cru, l'espace d'un seul moment, que tel était le cas ? Tout ce qu'elle savait, c'était qu'elle était au désespoir. Sans doute avait-elle manqué de lucidité.

Mais elle n'aurait pas pu rester à Minneapolis, pas tant que cet homme était encore là. Pas après qu'il l'avait menacée au téléphone. Elle s'était laissé guider par la panique plutôt que par la raison. Et elle n'avait nulle part ailleurs où aller. Quand elle irait mieux, elle trouverait un autre emploi, loin de cette ville, mais en attendant… En attendant, ses ressources étaient trop limitées.

Elle se laissa tomber sur une chaise et prit sa tête entre ses mains. Pendant un petit moment aujourd'hui, avec Jake, elle avait eu un aperçu de la vie normale. Elle avait pris plaisir à monter Marguerite. Elle avait eu une conversation normale, et avec Jake, encore !

La veille, elle avait été consternée de le revoir. Et puis aujourd'hui… Eh bien aujourd'hui avait vraiment été une surprise.

Elle n'était guère étonnée qu'il ait proposé de la défendre contre son père. Il l'avait souvent fait quand ils étaient encore à l'école. A cet égard, il n'avait pas changé : il était toujours le défenseur des faibles et des laissés-pour-compte.

Cependant, même Jake ne pourrait empêcher Fred

Loftis d'être l'homme qu'il était. Un homme d'idées et de convictions aussi rigides que s'il avait été plongé dans un bain de ciment à la naissance.

Dommage que Jake ait eu besoin de retourner travailler inopinément : elle aurait aimé chevaucher Marguerite de nouveau. Curieusement, cette expérience l'avait transportée, lui avait rendu, un instant, sa joie de vivre. Mais Jake avait promis qu'ils recommenceraient bientôt. Elle y comptait.

Jake entra dans le bureau du shérif, encore en civil parce qu'il n'avait pas voulu bouleverser Nora en mettant son uniforme. On le fit entrer immédiatement.

— Jake, j'ai une mauvaise nouvelle. Comme tu avais exprimé un intérêt particulier pour cette affaire, j'ai demandé à la police de Minneapolis de nous tenir au courant. Ils ont découvert ce matin que Langdon avait retiré son bracelet.

Jake se raidit. C'était précisément ce qu'il avait redouté quand Gage l'avait appelé en disant qu'il était inquiet pour Nora.

— J'avais peur que tu ne m'annonces quelque chose de ce genre.

— Il l'a sectionné hier soir. Et il avait disparu avant que la police arrive chez lui. Il s'est rendu chez sa femme, sans doute parce qu'elle a témoigné en faveur de Nora. Quoi qu'il en soit, celle-ci est inconsciente, dans le coma, et le type est en cavale.

— Quelles sont les chances qu'il retrouve sa trace ?

— Je n'en sais rien. J'ai demandé aux gars de Minneapolis de vérifier si sa ville natale avait été mentionnée en public. Ils pensent que c'est peu probable. Es-tu prêt à t'y fier ?

— Sûrement pas. Elle avait probablement des amis

qui étaient au courant, à tout le moins, répondit Jake d'une voix sourde.

— Je suis d'accord avec toi. Mais je ne veux pas effrayer Nora à moins que ce ne soit absolument nécessaire.

Jake se laissa aller contre le dossier de sa chaise, s'efforçant de dominer sa fureur et de réfléchir logiquement. La colère ne résoudrait rien, et risquait même de le pousser à commettre un acte stupide.

— Ils nous envoient la description du type et ses photos. Nous pouvons les afficher en ville. Tu sais que les inconnus ne passent pas inaperçus par ici.

— Sauf au bar des routiers.

Nombre de camionneurs traversaient la ville tous les jours.

— On pourrait donner la photo à Steve.

— Je suppose.

Gage pianota sur le bureau.

— Rien n'indique que ce type aura la moindre idée de l'endroit où chercher Nora. Rien n'indique le contraire non plus. Et s'il a réussi à retirer son bracelet, ce n'est pas un imbécile.

— Mon souci principal, c'est la protection de Nora, répondit Jake d'un ton sec. Le reste, je m'en moque. Vivre dans cette maison avec son père est déjà une épreuve pour elle, et il ne lui serait d'aucune aide en cas d'agression.

— Il serait préférable de la cacher, mais il faudrait lui expliquer pourquoi. Crois-tu qu'elle soit assez forte pour qu'on lui dise ?

— Je pense qu'elle est beaucoup plus forte qu'elle ne le croit. C'est une survivante.

Jake secoua la tête.

— Mais tu as raison. Je ne veux pas lui faire peur sans raison.

— Dans ce cas, nous avons un problème. Et Loftis, dans tout ça ? A-t-il de l'affection pour sa fille, à ton avis ?

— Nora semble penser qu'il la blâme en partie pour l'agression qu'elle a subie. A ses yeux, c'est une punition pour le péché qu'elle a commis en changeant de vie.

Gage étouffa un juron.

— Je vais parler à Emma. Je suis sûr qu'elle pourrait proposer à Nora un petit emploi à la bibliothèque, quelque chose qui ne soit pas trop fatigant. Et qui lui procurerait un petit revenu. Ça lui permettrait de sortir un peu et de ne pas être seule durant la journée. Et je vais demander aux gars d'ouvrir l'œil. Discrètement. En espérant que nous perdons notre temps.

Jake partit quelques minutes plus tard, loin d'être rassuré mais soulagé que Gage prenne l'affaire au sérieux. Il monta en voiture et resta immobile quelques instants, essayant de décider si une menace pesait réellement sur Nora.

Cette ville était vraiment le bout du monde, un point minuscule sur la carte. Les camionneurs la traversaient uniquement parce que la route nationale leur servait de raccourci pour atteindre l'autoroute.

Mais qui pouvait savoir à combien de gens Nora avait parlé de sa ville natale ? Ou à quel genre d'informations Langdon avait accès ?

Personne. Ce type était un dément dangereux. Il avait dû savoir qu'en attaquant sa propre épouse, il allait s'attirer des ennuis supplémentaires. Apparemment, il s'en moquait, ou ne comprenait pas la portée de ses actes.

Troublé, Jake s'attarda encore un peu, observant les passants sur les trottoirs. Tout paraissait si normal qu'il avait du mal à croire que l'apparition d'une femme blessée avait tout changé.

Pourtant rien n'était plus pareil. Rien. A cause de Nora.

Et bon sang, il devait faire davantage pour la protéger

que se contenter d'ouvrir l'œil, comme l'avait suggéré Gage. Bien davantage ! Mais quoi, au juste ? Comment pouvait-il s'introduire plus avant dans sa vie ? Elle était devenue moins hostile envers lui au cours des dernières vingt-quatre heures, mais il doutait fort qu'elle apprécie qu'il la suive comme un toutou.

Sans compter son père. Il devait trouver le moyen de contourner cet homme, sans quoi ce dernier risquait de lui interdire l'accès à sa propriété.

Il fut brusquement frappé par une étrange pensée. Pourquoi Fred lui avait-il demandé d'aller chercher Nora ? Ils n'étaient pas amis. Loin de là. Fred aurait pu prier un fidèle de son église de lui rendre ce service.

Pourquoi diable envoyer le chef de la police ?

Plus Jake y pensait, plus cette question le préoccupait. A quoi Fred Loftis jouait-il ? Etait-il au courant de ce qui s'était passé la nuit du bal ? Avait-il demandé à Jake d'aller chercher Nora dans le but de la faire souffrir ? Ou de lui rappeler qu'elle était une pécheresse ?

Son poing se crispa sur le volant. Il aurait voulu pouvoir lire dans les pensées de cet homme. Mais il en était incapable et il commençait à soupçonner que Nora était peut-être prisonnière de plus d'une toile d'araignée.

Comment lui venir en aide ?

Soucieuse de rassurer ses amis à Minneapolis, Nora leur avait envoyé quelques messages, tout en veillant à ne pas révéler où elle se trouvait. Etant donné qu'elle n'avait pas fait mystère des problèmes qu'elle avait eus avec son père, il était peu probable que ses amis la soupçonnent d'être chez lui.

Elle avait du mal à le croire elle-même. Que faisait-elle dans cette maison, où résonnait encore l'écho des accusations proférées par son père quand sa mère s'était tuée ? Nora avait riposté que sa mère suffoquait, brimée par un homme froid et impitoyable qui ne l'autorisait pas à avoir une seule opinion ou un seul désir.

Un homme, songea-t-elle avec amertume, qui avait acheté un lave-vaisselle quand il n'avait plus eu d'épouse pour le servir. Un lave-vaisselle ! Sa mère rêvait d'en avoir un, elle qui avait souvent des quantités de plats à laver après les réunions à l'église, et dont les mains étaient rongées par les rhumatismes. « L'oisiveté, répondait son père, est mère de tous les vices. »

L'oisiveté. Sa mère n'avait jamais été oisive, même quand son arthrose était devenue si douloureuse qu'elle avait dû renoncer au tricot et à la broderie. Nora l'avait secondée de son mieux avec les travaux ménagers, mais le désir d'échapper à cet univers étriqué l'avait emporté. L'université avait été sa porte de sortie. Sa mère, elle, n'en avait pas eu.

Peut-être son père avait-il raison. Peut-être son départ avait-il privé sa mère de son dernier soutien. Nora, lorsqu'elle était encore là, fournissait à Fred Loftis matière à d'interminables sermons, à des critiques incessantes. Une fois seule, sans personne pour la défendre, Gretchen Loftis avait dû être en butte à sa rancœur.

Non ! s'insurgea Nora. Elle ne pouvait s'autoriser à avoir ces pensées. Elle se remémora que, lorsqu'elle avait annoncé qu'elle partait, sa mère n'avait pas prononcé un seul mot visant à la dissuader. Contrairement à son père, qui lui avait déclaré qu'elle était sur le chemin de la perdition, Gretchen l'avait aidée à faire ses bagages et l'avait emmenée à la gare routière. Quelle avait dû être la colère de son père !

Des larmes roulèrent sur les joues de Nora, mais elle ne chercha pas à les essuyer. Gretchen avait voulu que sa fille s'enfuie. De cela, elle était certaine. Quant à savoir si son absence avait eu une incidence sur le geste désespéré de sa mère, il était impossible de le savoir.

Alors peut-être était-elle responsable, du moins en partie.

Seigneur, que faisait-elle ici ? Pourquoi s'était-elle abaissée à revenir ? Ne pouvait-elle trouver assez de force pour se débrouiller seule ? Quitter Minneapolis était logique, en tout cas en attendant que son agresseur soit emprisonné. Et oui, elle était encore convalescente. Mais n'aurait-elle pu aller ailleurs ?

Fébrile, elle se leva et arpenta les pièces une à une. Il ne restait aucune photographie de sa mère ou d'elle. C'était comme si elles avaient été effacées, comme si elles n'avaient jamais existé. Même la photo de mariage de Gretchen et Fred avait disparu.

Pourquoi son père lui avait-il dit de revenir ? Etait-ce un vestige d'affection sincère ? Ou essayait-il seulement de faire bonne impression sur les gens qui l'entouraient ?

Elle ne comprendrait jamais cet homme. Comment était-il devenu si dur, si implacable, si arrogant, si imperméable à la compassion ? Avait-il été élevé ainsi ? Elle ne le saurait jamais, car s'il avait un passé, il ne l'avait jamais mentionné.

Un regard à l'horloge lui apprit qu'il n'allait pas tarder à rentrer.

Où aller ?

Deux possibilités s'offraient à elle : la bibliothèque ou la cafétéria de Maude.

Il y aurait trop de gens chez Maude à cette heure-ci, songea-t-elle. Par conséquent, marchant aussi lentement qu'une vieille dame, elle se dirigea vers la bibliothèque. Au moins y trouverait-elle refuge jusqu'à ce que son père ressorte pour aller fermer la pharmacie. Le trajet était assez long, mais si elle y parvenait, ce serait une petite victoire en soi.

Et elle en avait désespérément besoin.

4

A plus de cinquante ans, Emmaline Dalton, connue dans tout le comté sous le nom de mademoiselle Emma pour des raisons oubliées depuis longtemps, était encore une beauté. Nora avait toujours eu beaucoup d'affection pour la bibliothécaire de la ville. A l'époque de son adolescence, Emma lui permettait de se réfugier là des heures durant et de lire ce qu'elle voulait, tout en affirmant à Fred Loftis que bien sûr, elle faisait ses devoirs.

Les études avaient servi de prétexte à Nora pour fréquenter la bibliothèque chaque jour, jusqu'au moment où son père avait décrété qu'elle devait commencer à travailler.

Mademoiselle Emma contourna son bureau pour venir l'étreindre avec chaleur.

— Je suis tellement heureuse de te revoir, Nora ! Je regrette seulement que ce ne soit pas en de meilleures circonstances.

— Je n'ai jamais eu l'intention de revenir ici, avoua Nora avec franchise. Jamais.

— Je te comprends. Si nous prenions un thé dans mon bureau ? J'ai quelque chose à te dire.

Emma la précéda dans une pièce minuscule qui débordait de livres et de papiers.

— Pardon pour le fouillis. Nous avons lancé un projet sur l'histoire locale, et je commence à rassembler les lettres et les journaux intimes de familles qui se sont installées dans la région au siècle dernier ou même avant.

— C'est une idée fantastique.

Emma sourit.

— Du moins, ce sera fantastique quand ce sera fini. Pour l'instant, je n'ai pas assez de temps pour m'en occuper.

— Je pourrais vous aider. A vrai dire, j'en serais ravie.

— Il y a beaucoup à faire. Il faut transférer tous les documents sur microfiches et je voudrais aussi que la base de données soit disponible sur l'ordinateur pour que les gens puissent venir faire des recherches. Parfois je me dis que j'aurais besoin d'un crack en informatique.

— Ce n'est pas tout à fait mon domaine, mais je pourrais cataloguer la collection. Tant que je ne m'absorbe pas trop dans les histoires.

Emma lui désigna une chaise confortable puis brancha la bouilloire.

— Il est facile de se laisser absorber. Personnellement, je me suis passionnée pour le journal d'une femme qui vivait dans un ranch près d'ici. Tu sais de quoi elle parlait ?

— De sa famille ?

— Non. Du temps. Parfois elle évoquait une visite de sa fille ou de son petit-fils, mais dans l'ensemble c'était seulement un compte rendu extrêmement détaillé du temps qu'il faisait. Je suppose que c'était très important pour sa vie quotidienne.

— Sans doute. Et peut-être pensait-elle que le reste était trop ordinaire pour le raconter.

— C'est possible, en effet. Je n'y avais pas songé.

Emma sortit d'un tiroir un petit paquet de beignets miniatures.

— Mon péché mignon. Ne le dis à personne. Mes fils feraient une crise s'ils savaient que j'achète ça.

— Pourquoi ?

— Parce que je les oblige à manger sain, répondit Emma en riant.

Nora ne put réprimer un gloussement amusé. Elle se sentait mieux, presque détendue, maintenant qu'elle était là. Emma se laissa aller en arrière sur sa chaise, buvant à petites gorgées le thé qu'elle venait de servir.

— Tout à l'heure, j'ai dit que je voulais te parler. Je voudrais te raconter quelque chose qui me concerne, pour que tu saches que tu peux faire appel à moi.

Aussitôt, Nora se raidit.

— Oui ?

— C'est une histoire qui remonte à des années, de sorte que tu n'es probablement pas au courant. Je n'ai jamais terminé mes études.

— Vraiment ? s'écria Nora, stupéfaite.

— Vraiment. Je n'ai pas pu. J'ai été agressée, un peu comme toi, et laissée pour morte sur un terrain vague.

Nora porta une main à sa bouche et ferma les yeux, tandis que des images déferlaient en elle, ses propres souvenirs réveillés par les paroles d'Emma.

— Oh mon Dieu, murmura-t-elle.

Elle sentit qu'on lui pressait l'épaule doucement et se rendit compte qu'Emma avait fait le tour du bureau.

— Respire, conseilla celle-ci. Respire, Nora.

Au bout de quelques minutes, elle s'apaisa.

— Ça va ?

Nora parvint à acquiescer. Lentement, Emma retourna à sa place.

— Mon agresseur est revenu pour essayer de me tuer une seconde fois. Dieu merci, Gage était là.

— Il est revenu ?

— Oui. Pour lui, c'était une sorte de rite dont il devait s'acquitter. Je suis sûre que ce ne sera pas pareil pour toi.

Je veux seulement te dire que tu peux te confier à moi, que je comprends. Complètement.

Les mains tremblantes, Nora reposa sa tasse.

— Je suis tellement désolée.

— Moi aussi. Je ne voulais pas te faire de peine, mais parfois nous avons besoin de parler à quelqu'un qui comprend vraiment. Je suis là, à toute heure du jour et de la nuit.

Nora éprouva un élan de chaleur à travers l'horreur.

— J'ai peur, avoua-t-elle. J'ai peur qu'il revienne. On lui a mis un bracelet électronique, mais je ne me sentirai pas en sécurité avant qu'il soit en prison. C'est pourquoi je suis ici.

— C'est tout à fait normal, dit Emma doucement. Il va falloir un certain temps avant que tu te sentes de nouveau sereine. Je le sais. Mais ça viendra. Je peux te le promettre.

Une partie de la tension de Nora se dissipa. Emma lui apparut soudain sous un jour nouveau. Cette femme qui lui avait toujours semblé si forte et si douce avait dû lutter contre ses propres démons, contre ses propres cicatrices. Peut-être luttait-elle encore.

— J'espère devenir comme vous, murmura-t-elle.

Emma sourit.

— Alors, tu veux te charger du catalogue ? Tu en es sûre ?

— Tout à fait.

Cela lui permettrait de sortir de la maison, de s'éloigner de son père, au moins durant la journée. Et puis ce serait une occupation, une manière de se changer les idées.

— J'ai besoin d'activité.

— Dans ce cas, je t'engage. J'ai un petit budget pour un autre assistant dont je ne me sers pas depuis quelque temps. Les bibliothèques ne sont plus aussi fréquentées de nos jours.

— Je dois vous avertir que je me fatigue assez facilement. Je suis encore… convalescente.

— Ce n'est pas grave. Au rythme où ce travail avance, il faudra peut-être une génération entière pour en venir à bout. Mais je me sens coupable d'avoir demandé tous ces documents aux gens et de ne pas pouvoir en tirer profit. Tu pourras travailler dans mon bureau, à condition que je puisse venir boire un thé de temps à autre, ajouta Emma en plaisantant.

Elle lui expliqua brièvement où ranger les documents et comment les cataloguer. Très vite, Nora se mit au travail. Elle était contente de se rendre utile, et se sentait en sécurité en ce lieu. De plus, au lieu de s'aventurer sur des sentiers dangereux, son esprit était accaparé par le passé d'autres gens, morts depuis longtemps.

Trop vite, l'après-midi s'écoula, cédant la place au crépuscule. Quand Emma lui suggéra d'arrêter, Nora constata avec surprise qu'il était presque 18 heures. Son père ne rentrerait pas avant 21 heures, par conséquent elle pouvait rentrer à la maison sans risquer de le croiser.

— Je vais te déposer, déclara Emma. Candy me remplace le soir.

Nora n'avait jamais rencontré Candy, ou du moins ne se souvenait pas d'elle. La jeune fille avait une vingtaine d'années, un grand sourire, et un visage constellé de taches de rousseur.

— Alors vous êtes la nouvelle archiviste, s'écria-t-elle. Pour rien au monde je ne ferais ce travail !

Nora parvint à sourire.

— Il me plaît beaucoup.

Et c'était vrai. Cette tâche était une distraction bienvenue.

Mais à présent, il était temps de rentrer. Dans une

maison vide, heureusement, se dit Nora. Si vide qu'elle devrait sûrement affronter de nouveau ses souvenirs. Elle ne voulait pas y penser pour l'instant. D'une certaine manière, elle devait accepter ce qui lui était arrivé, et elle ne pourrait y parvenir sans y réfléchir. Elle avait assez d'expérience en matière de psychologie pour le savoir.

Néanmoins, la soirée s'annonçait longue, et la tension qu'elle était parvenue à oublier pendant qu'elle feuilletait les documents à la bibliothèque sembla revenir pendant qu'Emma roulait dans les rues obscures.

— Ça ira ? demanda celle-ci en se garant devant la maison.

— Il le faudra bien.

Emma soupira, et acquiesça.

— Je me souviens. Seigneur, je me souviens. Laisse-moi te donner mon numéro de téléphone portable. N'hésite pas à m'appeler.

Nora glissa le papier dans sa poche et gagna la demeure plongée dans l'obscurité, songeant qu'elle aurait dû laisser les lumières allumées en partant. Elle ne s'était pas attendue à être absente si longtemps.

Ses mains tremblaient légèrement quand elle introduisit la clé dans la serrure. Elle n'aurait su dire si son malaise était dû à son agression, ou tout simplement au fait d'être de retour ici.

Tout était un tel gâchis !

A l'intérieur, elle verrouilla la porte et alluma les lampes aussi vite que possible, vérifiant chaque pièce tour à tour. Il n'y avait personne. Peut-être pourrait-elle se coucher avant que son père ne rentre à la maison. Presque aussitôt, elle se rebella contre cette idée. Enfin, elle était une femme adulte à présent. Pourquoi l'éviter ? Elle n'avait rien à craindre de cet homme qui ne puisse être résolu en faisant ses bagages et en allant vivre ailleurs.

Et maintenant qu'elle avait un emploi, elle pouvait probablement se permettre de louer une chambre quelque part. De retrouver sa liberté.

Sauf que la liberté avait perdu une partie de son attrait depuis l'agression.

La sonnerie du téléphone la fit tressaillir. Ce devait être son père, songea-t-elle, et malheureusement elle avait vu juste.

— Où étais-tu ? Je t'ai cherchée toute la journée. J'avais besoin de toi à la pharmacie.

— Je ne pourrais pas rester debout des heures d'affilée. Je suis allée voir un ami et puis j'ai trouvé un emploi à la bibliothèque.

— Comment peux-tu travailler à la bibliothèque si tu ne peux pas le faire ici ? Ce n'est pas logique.

— Là-bas, je peux travailler assise et à mon propre rythme, répondit Nora en se raidissant. Papa, je suis encore malade. J'ai pris un poste que je me sens capable d'assumer. Il faut que tu l'acceptes.

Il commença à lui demander qui elle était allée voir, mais elle raccrocha avant qu'il ait terminé.

Il fallait qu'elle quitte cette maison. Il le *fallait*. C'était comme si elle avait de nouveau seize ans, qu'elle était dépendante et qu'on la questionnait à propos de tout et de rien, qu'on la critiquait si elle ne faisait pas exactement ce qui était attendu d'elle. Jamais aucune pensée, aucun acte indépendant n'avait été toléré sous ce toit.

Assise à table, elle n'esquissa pas un geste quand le téléphone se remit à sonner. Certaine que son père voulait la réprimander d'avoir été impolie, elle s'efforça de réfléchir et de prendre une décision.

Elle ne pouvait pas continuer à vivre là. Avait-elle eu tort de quitter Minneapolis ?

La peur avait guidé ses actions, elle s'en rendait compte

à présent. Elle devait trouver le moyen de la maîtriser. Oui, il faudrait du temps pour qu'elle recouvre ses forces, mais cela ne signifiait pas qu'elle devait se laisser tyranniser par Fred Loftis. Elle devait chercher une autre solution.

Le téléphone sonna de nouveau, et elle l'ignora.

Jake sentait l'angoisse le gagner. Nora ne répondait pas au téléphone. Il savait que Loftis était toujours à la pharmacie et qu'il fermait vers 21 heures. Où diable était-elle ?

Peut-être s'était-elle endormie ou avait-elle décidé de sortir prendre l'air, comme la veille. Il sillonna les rues dans son véhicule de patrouille dans l'espoir dc la croiser, mais le froid avait chassé les passants, et même l'artère principale était quasi déserte.

Au bout de vingt minutes, il décida de rappeler. Toujours pas de réponse.

C'en était assez.

Incapable de se changer les idées, il se dirigea vers la demeure des Loftis. Après ce que Gage lui avait révélé, il était résolu à veiller sur Nora. Bien sûr, rien n'indiquait que Langdon l'ait suivie jusqu'ici, mais si incertaine soit-elle, cette possibilité le préoccupait.

Les rues étaient si calmes que ce serait une heure idéale pour s'introduire en ville sans être vu. En cette saison, les promeneurs étaient rares.

Il se gara devant la maison et téléphona de nouveau. Toujours pas de réponse. Pourtant, les lumières étaient allumées. De plus en plus soucieux, Jake descendit de voiture et s'approcha de la porte d'entrée. Il était en uniforme, et il savait que cela mettrait Nora mal à l'aise, mais tant pis. Il suffirait qu'elle ouvre, et il serait tranquillisé.

Une éternité parut s'écouler entre le moment où il

frappa et celui où il vit remuer un rideau. Puis le battant s'entrebâilla et Nora se présenta devant lui, les yeux rougis.

— Pourquoi ne me laisses-tu pas en paix ? demanda-t-elle d'un ton sec.

— J'étais inquiet que tu ne répondes pas au téléphone, répondit Jake, blessé par son accueil.

— C'était toi ? Je croyais que c'était encore mon père.

Elle hésita, se mordillant la lèvre.

— Jake, tu ne me dois rien. Et… je ne peux pas t'inviter à entrer.

— Pourquoi pas ?

— Mon père.

Elle avait prononcé le mot avec tant d'amertume qu'il n'eut pas besoin d'explications supplémentaires.

— Il y a des règles ?

— Beaucoup de règles.

— Enfin, Nora, tu es une adulte.

— Ne m'en parle pas. D'abord, je ne me sens pas très adulte en ce moment ; ensuite, je vis sous son toit. Au moins pour l'instant.

Il garda le silence un moment, cherchant une issue. Il n'aurait su dire au juste pourquoi c'était si important pour lui, hormis peut-être qu'il se sentait encore coupable. Soudain, une idée lui vint.

— Va chercher ta veste. Si tu peux supporter d'être cinq minutes dans ma voiture de patrouille, nous irons quelque part et nous parlerons.

— Nous parlerons de quoi ?

— De n'importe quoi. De tout. De ce qui s'est passé il y a douze ans ou de cet après-midi.

Elle se mordit la lèvre.

— Jake, qu'y a-t-il ?

— Peut-être que je me fais du souci pour toi. Quelqu'un le devrait. Tu veux bien venir ?

Son hésitation était si palpable qu'il faillit se détourner, mais l'instant d'après, elle acquiesça.

Il en éprouva un soulagement si intense qu'il en resta stupéfait. Certes, l'incident d'autrefois le tenait encore éveillé certains soirs, mais c'était autre chose. Il se souvenait de Nora à dix-huit ans, plus jolie qu'elle ne l'avait jamais soupçonné, si vulnérable et si innocente, cherchant désespérément à mener la vie ordinaire et normale dont on l'avait privée.

Peut-être était-ce cette vision, sur laquelle se superposait l'image de la femme soumise et effrayée qu'elle était devenue, qui le hantait. Quelque chose en tout cas le hantait, et ce n'était pas seulement la nouvelle troublante qu'il avait apprise ce jour-là.

Quand il était allé la chercher à Denver, il l'avait fait par devoir, voyant là une petite compensation pour le mal qu'il lui avait fait jadis. Mais à présent… A présent il était moins sûr de ce qui le motivait. Plus jeune, il avait éprouvé le besoin de la protéger, peut-être par compassion. A présent, ses raisons étaient totalement différentes. Il était assez lucide pour s'en rendre compte. Il n'agissait plus par devoir. A cet instant, il se demanda même si les choses avaient vraiment jamais été aussi simples.

Elle sortit dans la nuit froide et referma la porte, puis hésita de nouveau en regardant la voiture.

— Cela te rappelle le moment où tu as été arrêtée ?

— En partie. J'étais abasourdie. Sous le choc.

— Eh bien, ça ne va pas se reproduire, je te le promets. Je suis sidéré que ce soit arrivé. Un idiot n'a pas fait son boulot comme il faut.

Il lui ouvrit la portière, veillant à ne pas la toucher quand elle se glissa à l'intérieur.

Chez Maude, décida-t-il. A cette heure-ci, il y aurait assez de clients pour que Nora ait l'impression de ne pas être seule avec lui, mais pas au point de se sentir observée. Et vu l'accueil chaleureux que lui avait réservé Maude la veille, celle-ci n'hésiterait pas à intervenir si quelqu'un s'avisait d'être impoli envers elle.

Il mit le contact et, voyant qu'elle frissonnait, augmenta un peu le chauffage.

— Que veux-tu dire par « en partie » ?

— Je n'en parle pas beaucoup, murmura-t-elle au bout d'un moment, mais je suis extrêmement sensible aux odeurs. Elles sont très évocatrices pour moi. Je sens la sueur, la peur, la colère, l'alcool dans cette voiture.

— Aïe. Je suppose que je devrais la faire nettoyer à fond.

La cafétéria était presque vide, et Maude ne tarda pas à leur apporter un café.

— Il faut que je grignote quelque chose, hasarda Nora timidement. Je suis censée prendre six repas par jour jusqu'à ce que mon appétit revienne. Je ne peux pas manger beaucoup à la fois.

Elle s'abstint d'ajouter qu'on avait dû lui recoudre l'estomac, entre autres interventions.

— Prends ce que tu voudras, dit Jake en lui tendant le menu. Je t'invite.

— Ce n'est pas nécessaire. J'ai trouvé un emploi aujourd'hui.

— Je t'invite quand même. C'est moi qui t'ai proposé de sortir. Quel genre d'emploi ? Ne me dis pas que tu vas travailler pour ton père.

— Je ne crois pas en être capable pour l'instant.

Elle détourna les yeux quelques secondes, fixant la vitre noire à travers laquelle la rue était à peine visible.

— J'ai subi sept opérations, Jake. J'ai des cicatrices partout. Il faudra plusieurs mois au moins avant que je sois complètement rétablie. Je ne peux pas remplir des étagères ou tenir la caisse toute la journée dans une pharmacie.

Il acquiesça.

— Alors que vas-tu faire ?

— Mademoiselle Emma m'a offert un poste. Je suis allée à la bibliothèque, parce que c'était un de mes endroits préférés autrefois. Et elle m'a tout de suite mise au travail sur l'histoire du comté. Je dois cataloguer tous les documents qu'on lui a apportés.

Elle se tourna vers lui.

— C'est passionnant, et je peux aller exactement à mon rythme.

— C'est fantastique !

Il se demanda si Gage avait suggéré cela à Emma ou si celle-ci l'avait proposé d'elle-même. Peu importait.

— Mon père ne sera pas de cet avis, commenta-t-elle, avant de se pencher sur le menu. Quelque chose de pas trop lourd, murmura-t-elle, changeant de sujet.

— Ici ? Bonne chance.

Un sourire dansa sur son visage, et Jake en fut heureux. Enfin elle se décida pour un demi-sandwich au bœuf. Maude objecta :

— Ma fille, il faut que tu manges davantage !

— Je ne peux pas, Maude, je suis désolée. Pas pour l'instant. Si j'arrive à en manger une moitié, ce sera déjà bien. Ne prenez pas ça pour une insulte.

Maude mit les mains sur les hanches. Jake se raidit, redoutant une confrontation. Il se trompait.

— Bon, grommela enfin Maude. On finira par te remplumer.

Elle prit la commande de Jake puis repartit à grands pas. A cette heure-ci, elle faisait tout, le service et la cuisine. Parfois elle était secondée par une de ses filles. Toutes les deux lui ressemblaient comme deux gouttes d'eau.

— Dis donc, elle se radoucit, observa Jake, amusé. Je me demandais si ça arriverait un jour.

Nora le prit par surprise en lui décochant un des sourires dont il se souvenait. Un sourire presque timide, qui illuminait pourtant tout son visage. Un instant, il entrevit la femme qu'elle était devenue avant l'épreuve qu'elle avait traversée. Sa poitrine se comprima.

Des occasions perdues, gaspillées. Il avait eu tout le loisir de réfléchir, surtout après l'échec de son mariage. Il se demanda subitement si Nora avait été une de ces occasions manquées. Ce qu'il savait, c'était qu'il regrettait amèrement la manière dont il l'avait traitée.

Comment avait-il pu se conduire ainsi ? Il se posait cette question depuis longtemps. Il savait qu'elle était attirée par lui, comme beaucoup de filles au lycée. Il n'y avait guère fait attention une fois qu'il avait commencé à s'intéresser à Beth. Et deux ans plus tard, il l'avait complètement oubliée. A l'époque il avait quitté le lycée, et travaillait dur pour faire des économies et demander à Beth de l'épouser.

Il avait vingt ans, il était concentré sur un seul but, et voilà qu'une jeune femme vulnérable lui avait demandé de l'emmener au bal. Et elle s'était sentie si peu désirable qu'elle s'était offerte à lui pour l'inciter à accepter.

Cela lui brisait le cœur qu'elle ait eu si peu d'estime pour elle-même. Et lui, au lieu de la rassurer, s'était mis en colère et l'avait rejetée.

Pourquoi diable avait-il agi ainsi ?

Maude déposa leurs plats devant eux. Comme prévu, Nora avait une moitié de sandwich, à laquelle Maude avait ajouté des frites et une salade pour faire bonne mesure.

Jake regarda sa propre assiette, essayant de s'arracher aux souvenirs. Ou de trouver une réponse à la question qu'il se posait.

— Ça va ? demanda Nora.

Il leva les yeux, brusquement ramené au présent.

— Très bien. Je réfléchissais, c'est tout. Bon appétit.

Il lui offrit un sourire et mordit dans son hamburger pour éviter de s'expliquer davantage. La question de savoir pourquoi il avait été si méchant envers Nora le taraudait. Il avait besoin de chasser cette pensée de son esprit et de diriger la conversation vers un terrain sûr…

Cependant, il se creusa les méninges en vain. Il ne pouvait ni aborder le sujet de son agression, ni évoquer le passé. Que restait-il ? Il la connaissait à peine à présent.

Une idée s'imposa brusquement à lui.

— Penses-tu reprendre ton travail de psychologue ?

— Je n'en suis pas sûre, avoua-t-elle, grignotant son sandwich. Il faut que je me remette les idées en place d'abord.

— Reçois-tu un soutien psychologique ?

— Plus maintenant. Quand on m'a demandé de démissionner, j'ai perdu mon assurance. Mais je connais toutes les techniques. Je devrais être capable de les mettre en pratique.

Il acquiesça, sans lui faire remarquer qu'il y avait une raison pour laquelle la plupart des médecins ne se soignaient pas eux-mêmes.

— Et ton père ? D'après ce que je vois, il n'a guère changé.

— Pas du tout. Je vais devoir quitter cette maison.

Elle fronça légèrement les sourcils.

— Il va être furieux que j'aie pris un emploi. Il a passé la journée à essayer de me trouver parce qu'il avait besoin de moi à la pharmacie. Je me demande si c'est la seule raison pour laquelle il m'a demandé de rentrer.

Jake commençait à se poser la même question.

— Il a dit que c'était le moins qu'un père puisse faire,

reprit-elle. Mais j'ai l'impression que ça ne venait pas du cœur, plutôt de la peur du qu'en-dira-t-on. Remarque, je ne m'attendais pas à autre chose.

Elle soupira.

— J'étais paniquée, Jake. Ce type m'avait rappelée. Je ne sais pas si j'ai été assez idiote pour espérer que mon père s'inquiétait pour moi ou si j'ai juste éprouvé le besoin de partir.

Il secoua la tête.

— Ce serait normal que tu aies eu cet espoir. Et je comprends que tu n'aies pas voulu rester à Minneapolis, mais n'y avait-il nulle part ailleurs où tu aurais pu aller ?

— Je n'y ai pas vraiment songé. Je me suis accrochée à son offre comme à une bouée de sauvetage.

Il acquiesça et prit une autre bouchée de hamburger.

— C'est compréhensible. Il y a longtemps que tu ne l'avais pas vu, n'est-ce pas ?

— Pas depuis la mort de ma mère.

— Il aurait pu changer.

Un sourire amer se dessina sur les lèvres de Nora.

— Je ne crois pas que ce soit possible.

— Ç'a dû être difficile de grandir avec lui. Plus difficile qu'aucun d'entre nous n'aurait pu le deviner.

— Disons seulement qu'il est plus sociable en public qu'en privé.

Elle détourna les yeux, et il l'observa avec attention, songeant qu'elle avait presque l'air irréelle, tant elle était frêle. On aurait dit qu'une bourrasque aurait pu l'emporter. Cependant, elle avait les traits moins tirés que lorsqu'il l'avait ramenée de Denver. Peut-être qu'obtenir cet emploi aujourd'hui avait été une bénédiction pour elle.

— Quels sont tes horaires de travail ? Parce que j'ai promis à Marguerite que tu reviendrais te promener.

Elle tourna la tête vers lui, arquant les sourcils.

— Tu as promis à Marguerite ?

— Bien sûr. Tu lui as plu.

Il fut ravi de la voir pouffer de rire.

— Je suis sûre qu'elle ne m'a même pas remarquée.

— Au contraire. Les chevaux sont des créatures très sensibles. Il y a longtemps qu'elle n'a pas été montée par une femme, et elle a toujours préféré ma mère à n'importe quel autre cavalier. Tu as comblé un manque chez elle.

Nora parut incrédule mais ne protesta pas.

— Emma m'a dit que je pouvais gérer mes heures à ma guise. Elle a été extraordinairement gentille.

Ce n'était guère étonnant, songea Jake. Emma Dalton avait connu une épreuve similaire à celle de Nora, et était sans doute la personnc la mieux placée en ville pour l'aider. De fait, il se promit de lui parler pour savoir s'il y avait des règles de conduite qu'il devrait appliquer, des sujets ou des gestes à éviter. Il avait l'impression de marcher sur des œufs.

Enfin il décida de prendre le taureau par les cornes. Après tout, s'ils n'abordaient jamais les sujets importants, ils n'auraient aucune chance de devenir vraiment amis.

— Pourquoi t'a-t-on demandé de démissionner ?

Elle repoussa aussitôt son assiette, et il s'en voulut de lui avoir coupé l'appétit.

— Je suis sûre que tu as lu ça dans les journaux, répondit-elle d'une voix tendue. Il y a eu un scandale affreux. J'ai été arrêtée. Ensuite j'ai été relâchée. On m'a accusée d'avoir eu une liaison avec mon agresseur. Langdon a prétendu que c'était sa femme qui m'avait agressée précisément pour cette raison. Evidemment, les analyses ADN ont contredit sa version. Mais personne ne voulait croire que j'avais pu apporter une aide psychologique à sa fille sans jamais l'avoir rencontré. Et pourtant c'était vrai !

— Je te crois, murmura-t-il.

— Enfin, j'étais malade, ma convalescence allait durer assez longtemps, les parents s'inquiétaient à cause de tout ce qu'ils avaient lu dans les journaux. Ils avaient peur que leurs enfants soient affectés, ils se demandaient si je serais à même de faire mon travail dans ces conditions. C'était une bonne question. A laquelle j'étais moi-même incapable de répondre.

Jake repoussa son assiette à son tour et se pencha en avant pour l'encourager à continuer. Il voulait qu'elle parle aussi longtemps qu'elle en aurait besoin, même si c'était douloureux à entendre.

Elle baissa les yeux, fixant ses mains.

— Je ne sais même pas pourquoi il m'a choisie, ajouta-t-elle d'une voix qui tremblait un peu. Je suppose que je ne le saurai jamais. Enfin, j'étais entre deux opérations quand on m'a incarcérée.

— Quelqu'un s'est comporté comme un vrai idiot.

La colère se percevait dans sa voix, mais Nora ne sembla pas l'entendre. Elle s'était replongée dans le passé, à cause de lui.

— J'ai essayé de comprendre, reprit-elle dans un souffle. Dès que j'ai pu, j'ai aidé la police à établir le portrait-robot de mon agresseur… Mais ma description était vague. Il portait un masque de ski et je ne l'avais jamais vu avant.

Elle marqua une pause.

— Quand les policiers ont fini par le trouver, ils ont pensé que j'avais menti. Mais pourquoi aurais-je fait ça ? Pour sauver ma carrière parce que je ne voulais pas admettre que j'avais eu une liaison ? Pourquoi aurais-je prétendu qu'un inconnu m'avait agressée si j'avais su que c'était mon amant ?

Il hésita.

— Certaines femmes font ce genre de choses parce qu'elles ont peur des représailles.

Elle cligna des yeux, et sembla revenir au présent.

— Tu as raison, dit-elle d'une voix plus ferme. Bien sûr que tu as raison. Mais il a bien failli me tuer. Il m'a laissée pour morte. Je n'aurais pas menti.

— Je te crois, répéta-t-il.

— Quand ils ont commencé à le soupçonner, je suppose que sa femme les a aidés.

Nora secoua la tête.

— C'est grâce à elle que je suis sortie de prison. Elle a juré sous serment que je n'avais jamais rencontré son mari. Qu'il n'avait jamais participé à aucune de nos séances. Elle a dit qu'il était violent, qu'il la frappait. Apparemment elle avait des documents, des rapports médicaux qui le prouvaient.

— Quelqu'un n'a pas fait son travail, répéta-t-il fermement. Tu n'aurais jamais dû être inculpée de quoi que ce soit. Point.

Son menton tremblait légèrement, puis elle se ressaisit. Jake éprouva une bouffée d'admiration envers elle. Il ne s'était pas trompé en disant à Gage qu'elle était beaucoup plus forte qu'il n'y paraissait.

— Heureusement qu'il y a eu des analyses ADN, dit-elle enfin. Il avait dû croire qu'on ne me retrouverait jamais, parce qu'il avait laissé beaucoup de preuves. Malheureusement, il a fallu un certain temps pour avoir les résultats.

— Je sais. C'est compliqué et il faut faire très attention.

— Je comprends. Enfin, tout est encore très confus dans ma tête. Tout. Je ne sais pas si ce sera clair un jour. Je ne sais même pas dans quelle mesure mes souvenirs sont fiables. Entre mes blessures, les opérations, le traumatisme, ce n'est qu'une série d'images et de pensées sans suite, un puzzle dont je ne peux pas tout à fait rassembler les morceaux. Je ne suis pas sûre d'en avoir besoin ni d'en être capable. Je veux seulement aller de l'avant.

— Il va te falloir du temps.

— Oui.

Elle tendit la main vers son sandwich.

— Mais dans l'ensemble, je me sens mieux ici. J'avais vraiment besoin de partir.

Elle inclina la tête.

— Est-ce que je te donne l'impression d'avoir pris la fuite ?

— Non. A ta place, savoir que ce type a été libéré sous caution me rendrait nerveux aussi.

Il n'ajouta pas qu'il était relativement facile de se débarrasser d'un bracelet électronique. Ni qu'il fallait parfois plusieurs jours pour retrouver les fugitifs. Langdon, cependant, avait dû particulièrement bien planifier ses mouvements pour agresser sa femme avant d'être repris.

Cela inquiétait Jake plus qu'il ne voulait l'admettre.

— La prochaine étape, dit-elle avec fermeté, c'est de déménager. Je ne peux pas rester chez mon père. Il va me rendre folle. Je n'ai même pas envie de rentrer ce soir.

Jake réprima l'envie instinctive de l'inviter à venir chez lui. Sans moyen de locomotion, elle serait prisonnière au ranch. D'ailleurs, il doutait qu'elle veuille partager un logement avec lui.

Elle avait beau essayer de mettre leur passé derrière eux, il comprenait que ce n'était pas facile. Elle avait été maltraitée de toutes parts. Il espérait que, ces dix dernières années au moins, la vie avait été clémente envers elle.

— Qu'est-ce que tu ferais demain si tu pouvais décider ? demanda-t-il, s'efforçant d'amener la conversation sur un sujet plus positif.

Elle n'hésita même pas.

— Je monterais Marguerite. Mais il faut que je travaille.

— Nous sommes parvenus à faire les deux aujourd'hui, n'est-ce pas ? Et tu dis qu'Emma te laisse libre de gérer ton emploi du temps. Si je venais te chercher demain matin et que je te ramène à la bibliothèque après déjeuner ?

Son visage s'éclaira tellement qu'il en parut méconnaissable.

— Ça ne t'ennuie vraiment pas ?

— Pas du tout. Ça me plairait aussi. C'est entendu. Je viendrai te chercher vers 8 heures, si ce n'est pas trop tôt pour toi.

La satisfaction de Jake fut de courte durée, car la gaieté de Nora se dissipa à mesure qu'ils s'approchaient de chcz elle. Il la sentait presque se tasser à côté de lui.

Mais que diable pouvait-il faire au sujet de son père ?

Nora était sûre qu'il y aurait une scène à son retour. Elle avait enfreint toutes les anciennes règles, et celles-ci ne s'étaient certainement pas assouplies en son absence. Elle avait refusé d'aller à la pharmacie, était sortie sans dire où elle allait, et n'avait pas été là pour servir le repas de son père à la fermeture du magasin. Autant d'obligations qui s'étaient gravées dans sa mémoire dès son plus jeune âge.

Elle espérait seulement que son père allait se contenir jusqu'au départ de Jake. Elle n'avait jamais, jamais, voulu que personne voie la manière dont Fred Loftis la traitait. Elle en avait étrangement honte, et bien qu'elle ait affronté ces sentiments lors de sa formation, ce retour à la maison les avait ravivés comme si elle n'avait jamais suivi de thérapie pour s'en débarrasser.

Mais cette fois, elle ne se laisserait pas faire. Fred Loftis allait peut-être avoir un choc.

Elle se crispa en prévision de la confrontation. Elle avait grandi en détestant les querelles, et il lui avait fallu longtemps pour apprendre à se défendre. Longtemps pour imaginer qu'il était possible de demander quelque chose, et cette réticence était encore un obstacle pour elle.

Elle aurait tellement voulu avoir plus d'énergie, mais en même temps, alors qu'elle imaginait la dispute à venir, elle sentait l'adrénaline courir dans ses veines. Elle s'assit plus droit, releva la tête et le menton. Elle n'allait pas se laisser piétiner par cet homme. A trente ans, elle était capable de prendre ses propres décisions. Elle l'avait prouvé cent fois depuis qu'elle avait franchi cette porte pour partir faire des études.

Jake se gara devant l'allée, coupa le contact et, en parfait gentleman, l'escorta jusqu'à la maison. Au grand dam de Nora, il resta là pendant qu'elle introduisait sa clé dans la serrure. Avait-il oublié qu'elle ne pouvait l'inviter à entrer ?

Il continua à attendre, même quand la porte fut ouverte. Désireuse qu'il parte avant que son père passe à l'offensive, elle se tourna pour lui dire bonne nuit.

— Merci, dit-elle. J'ai passé une bonne soirée. A demain matin ?

Il acquiesça, mais resta immobile. Que se passait-il ? Pressentant que la bataille risquait d'éclater d'une seconde à l'autre, elle jeta un coup d'œil par-dessus son épaule.

— Jake, murmura-t-elle, s'il te plaît.

Il secoua la tête.

— Vérifier que tu es bien rentrée ne s'arrête pas à la porte.

Nora tressaillit. Les ennuis allaient se multiplier, et elle ne savait pas quoi faire. Elle tenta de revenir en arrière, de songer à ce qu'elle avait pu lui dire durant la soirée pour qu'il devienne aussi protecteur. Quelque chose à propos des règles de la maison, c'était tout. N'est-ce pas ?

Avant qu'elle ait pu trouver une autre explication à sa conduite, son père sortit du salon.

— Où étais-tu ?

Jake la devança.

— Elle a dîné avec moi, monsieur Loftis.

— Nous avions de quoi manger à la maison. Malheureusement, j'ai dû dîner seul.

Comme s'il ne dînait pas seul depuis des années.

— Fricoter va t'attirer des ennuis, ma fille. Tu devrais le savoir à l'heure qu'il est.

L'estomac de Nora se noua brusquement. Elle sentit ses mains se crisper, ses ongles s'enfoncer dans sa paume. Ainsi, il la blâmait pour ce que ce dément lui avait fait subir ? Il la blâmait, elle ?

— Comment osez-vous ?

Derrière elle, la voix de Jake était dure comme de l'acier.

— Allez-vous-en. C'est à ma fille que je m'adresse.

— Pas question.

— Vous n'avez rien à faire ici. Je l'ai avertie de ne pas aller en ville. Je l'ai avertie de ne pas vivre seule. Maintenant qu'elle est de nouveau sous mon toit, elle va se conduire comme je l'entends, comme il faut.

Il se tourna de nouveau vers Nora.

— Qu'est-ce que c'est que cette histoire d'emploi alors que tu ne veux pas venir m'aider ? Eh bien, si c'est comme ça, tu peux me payer un loyer. Il n'y a pas de raison que je subvienne aux besoins d'une adulte.

— Non, c'est vrai.

La voix de Nora semblait différente à ses propres oreilles. Elle avait l'impression de flotter, d'être brusquement libérée de la tension qui avait failli la faire suffoquer de peur sur le chemin du retour.

— Si tu veux un loyer, papa, je ne vais pas faire la cuisine pour toi. Je ne vais pas faire le ménage pour toi. J'inviterai mes amis quand j'en aurai envie. Tes règles, c'est terminé.

— Dans ce cas, tu n'as pas ta place ici !

— Je ne l'ai jamais eue.

Une faiblesse inopportune la submergea soudain, et elle tendit la main vers la porte. Ce qu'elle trouva à la place fut le bras de Jake.

— Je vais chercher tes affaires, dit-il.

— Dans une minute.

Elle avait l'impression qu'elle regardait son père depuis très loin.

— Tu as privé maman de tout le bonheur qu'elle aurait pu avoir dans la vie. Tu ne feras pas la même chose avec moi.

— Jézabel ! lâcha-t-il avec mépris.

— Tu es un monstre, asséna-t-elle. Maintenant, écarte-toi de mon chemin. Je m'en vais.

— Pour aller vivre avec un homme que tu connais à peine ?

— Ça ne te regarde pas.

Elle fit un pas en avant, s'attendant à demi à être frappée, comme elle l'avait si souvent été durant son enfance, mais à l'évidence, avec Jake à ses côtés, en uniforme de surcroît, son père n'allait pas courir de risque. Il recula.

Chancelante, Nora gagna sa chambre, sentant la main de Jake sous son coude à chacun de ses pas. Elle avait l'impression de traverser un tunnel. Quand elle entra dans la pièce, elle s'effondra sur le lit et mit la tête entre ses genoux, luttant pour ne pas s'évanouir.

— Garde la tête en bas, conseilla Jake doucement, en posant une main légère sur sa nuque. Où sont tes affaires ?

— J'ai à peine défait mes bagages. Il y a deux ou trois

choses dans le placard. Hormis ma trousse de toilette, tout est encore dans la valise.

Le tunnel noir se dissipa peu à peu. Son cœur cognait à se rompre et elle tremblait de tous ses membres. Cela lui arrivait fréquemment, depuis l'agression. Ces crises étaient devenues régulières.

Elle sentit la nausée l'envahir.

— Je ne peux pas m'installer chez toi, protesta-t-elle faiblement.

— Tu chercheras un logement si tu veux. Pas de problème. Mais pas à cette heure-ci. Et tu ne vas pas rester ici.

Elle entendit des cintres tinter les uns contre les autres et, du coin de l'œil, vit qu'il pliait une robe dans la valise.

— Je suppose que non. Mais je pourrais aller à l'hôtel.

— Pas question.

Brusquement, il s'accroupit devant elle. Elle leva la tête suffisamment pour croiser son regard.

— Il te frappait, n'est-ce pas ?

Elle ferma les yeux, ne voulant pas répondre à cette question. Elle avait honte, sans toutefois vraiment comprendre pourquoi. Elle avait travaillé là-dessus durant sa thérapie, sur le fait qu'elle n'était pas responsable des actes de son père, mais elle sentait quand même une bouffée de tristesse et de gêne l'envahir.

— Je me suis toujours posé la question, dit-il. Et ce soir j'ai eu l'impression qu'il était à deux doigts de le faire.

Il se redressa, et continua à s'affairer.

— Tes affaires de toilette sont dans la salle de bains ?

— Oui. Dans une trousse à fleurs.

— J'y vais. Attends ici.

Elle l'entendit ouvrir, puis refermer la porte. Puis une déclaration stupéfiante parvint à ses oreilles.

— Vous kidnappez ma fille, Madison ! De quel droit ?

— Votre fille est majeure. Elle choisit de partir de son

propre gré. Maintenant, laissez-moi passer, sinon c'est vous qui serez arrêté pour tentative de séquestration.

Oh mon Dieu ! songea Nora. Oh mon Dieu ! Cette scène était-elle réellement en train d'arriver ? S'agissait-il vraiment de sa vie ou de celle de quelqu'un d'autre ?

Une minute plus tard, Jake était de retour.

— Tout est là, je crois. Veux-tu vérifier ?

C'était inutile. Elle n'avait déballé que quelques vêtements. Elle n'avait eu ni l'énergie ni le désir de s'installer ici.

— Non, je suis sûre que c'est tout.

— Te sens-tu assez forte pour te lever ?

Elle était déterminée à sortir en marchant, la tête haute. La dernière fois, elle était partie en colère après leur dispute au sujet de la mort de sa mère. Cette fois, elle serait de glace. Et ce serait infiniment plus satisfaisant.

Elle rassembla son courage et se mit debout. Jake était juste à côté d'elle, prêt à intervenir si elle avait besoin d'aide, mais elle lui fut reconnaissante d'attendre. Elle avait sacrifié assez de son indépendance et de son estime d'elle-même ces derniers mois.

Les petites victoires étaient devenues importantes à ses yeux.

Seigneur, n'était-il pas pitoyable d'éprouver ce genre de sentiment après avoir passé dix ans à devenir plus forte ?

Elle avait l'impression d'avoir régressé, de vivre de nouveau dans la peur, dans le doute, comme lorsqu'elle était enfant.

— Je me déteste, marmonna-t-elle en se dirigeant vers la porte.

— Chut, dit Jake doucement. Ne dis pas ça.

— C'est vrai.

Dieu merci, il ne discuta pas. Elle avait besoin de sortir de cette maison, de respirer un air différent, avant de trouver l'énergie de faire quoi que ce soit. Ce retour à la maison avait sapé ses forces.

S'en aller était une question de survie.

Ce fut comme si quelque chose de crucial changeait au plus profond d'elle, comme si un nuage se levait. Ces derniers mois, elle avait fonctionné sur le mode de la survie, intensément concentrée sur la peur, la rage, la douleur et la guérison. A présent, elle éprouvait un désir urgent de se focaliser sur elle-même, d'aller de l'avant.

Elle espérait que cela durerait.

A défaut d'autre chose, revoir son père, revivre dans cette maison, même brièvement, lui avait fait prendre conscience du fait qu'elle se refusait absolument à replonger dans le passé.

Fred Loftis se tenait sur le seuil du salon quand elle sortit. Derrière elle, Jake portait ses sacs. Son père semblait sur le point d'exploser. Il serra les poings, et un instant, juste un instant, elle le vit comme le tigre de papier qu'il était. Il ne pouvait plus la contrôler. Il ne pouvait plus la menacer.

Elle redressa la tête et détourna son regard vers la porte d'entrée. Au plus profond d'elle naquit la certitude qu'elle ne reviendrait jamais dans cette maison. Jamais. Ses murs contenaient des années de douleur, de dégoût et de haine de soi. Le seul fait d'être là réintroduisait le poison dans ses veines.

Elle se força à marcher d'un pas plus décidé. C'était fait. Fini. Plus jamais elle ne se permettrait de penser qu'elle n'avait pas d'autre choix que de revenir. Si bouleversée que soit sa vie, si malade soit-elle, elle n'aurait pas dû céder à l'impulsion de se terrer dans cette demeure. Pas avec cet homme.

Au moment où ils sortaient, la voix de son père s'éleva.

— Cet homme va venir. Tu regretteras que je ne sois pas là pour te protéger.

Nora trébucha. Jake la saisit par le coude.

— Continue, murmura-t-il.

Elle n'en fit rien. Au lieu de quoi elle se retourna et regarda son père.

— Pour me protéger ? Tu ne m'as jamais protégée. Jamais.

Avant qu'elle ait pu en dire davantage, Jake lui lâcha le bras et claqua la porte derrière eux.

— Tu peux aller jusqu'à la voiture ?

Elle se jura que oui, même si ses jambes semblaient être en coton. C'était le contrecoup, se dit-elle. Seulement le contrecoup. Enfin, ils atteignirent le trottoir. Jake laissa tomber les valises et ouvrit la portière pour elle, l'aidant à s'asseoir.

Ses mains s'étaient mises à trembler si fort qu'elle ne fut même pas capable d'attacher sa ceinture. Jake se pencha et le fit à sa place, puis mit ses bagages dans le coffre.

Elle se laissa aller contre le dossier du fauteuil et, pour la première fois, éprouva presque du plaisir à se retrouver dans une voiture de police.

Quelques instants plus tard, ils s'éloignaient. Elle entendit à peine Jake passer un message radio au bureau pour avertir ses collègues qu'il avait besoin de retourner chez lui.

Ensuite, il appela le ranch.

— Rosa, j'amène Nora. La chambre d'amis est prête ?

Elle ne put entendre la réponse.

— Très bien. Préparez-nous un chocolat chaud, s'il vous plaît. Nora l'aime bien.

Des larmes silencieuses se mirent à rouler sur les joues de Nora.

Jamais personne ne s'était soucié d'elle à ce point.

5

Peut-être était-ce grâce au grand air, aux bons soins de Rosa ou à son excellente cuisine, mais une semaine plus tard, Jake avait du mal à reconnaître en Nora la femme qu'il était allé chercher à l'aéroport.

Elle marchait d'un pas vif et décidé, montait Marguerite sans difficulté et projetait de se joindre à lui pour une courte randonnée équestre le week-end suivant, sans doute le dernier avant que l'hiver s'installe pour de bon. Elle se rendait à la bibliothèque tous les après-midi, et travaillait chaque jour un peu plus longtemps.

Le seul problème, c'était qu'elle avait émis le désir de louer un appartement. Langdon étant toujours en cavale, cette idée ne plaisait pas du tout à Jake. Jusqu'ici il avait pu la dissuader en soulignant les problèmes potentiels de chacun des logements qu'elle avait vus, mais il soupçonnait que cela ne durerait pas. Lors de leur dernière visite, elle l'avait regardé, une lueur amusée dans les yeux, avant de demander : « Penses-tu vraiment que je vais trouver quelque chose de parfait ? »

Ce n'était pas le cas, bien sûr. Il voulait seulement qu'elle soit plus près de lui. Qu'elle ne soit pas seule. Pas alors que Langdon était en liberté quelque part.

Il était également troublé par la menace que le père de Nora avait lancée cette nuit-là, à propos de cet homme. Loftis savait-il quelque chose ? Sans doute que non. Les policiers avaient reçu pour consigne de ne rien dire. Quant au propriétaire du bar des routiers, il était peu probable qu'il ait parlé. Certes, il pouvait être loquace, mais il connaissait aussi la valeur du silence.

Peut-être Loftis avait-il simplement voulu intimider Nora. Jake aurait aimé le croire.

Cependant, il aurait dû savoir que les secrets ne restent jamais des secrets. Ni dans cette ville, ni dans n'importe laquelle. Et il aurait dû savoir que tôt ou tard, Nora appellerait une de ses amies à Minneapolis et apprendrait la nouvelle.

Ce matin-là, il se trouvait dans l'écurie, en train de mettre du foin dans les box avec Al. A cette époque de l'année, les nuits étaient assez froides pour qu'il garde les chevaux à l'intérieur. Ils auraient sans doute pu se blottir les uns contre les autres dans l'enclos, mais Jake ne voyait pas la nécessité de leur imposer cela alors qu'il pouvait les laisser à l'abri du vent et au chaud.

Cependant il ne pensait pas aux chevaux, mais à Nora.

Au fur et à mesure qu'elle reprenait des forces, il se sentait de plus en plus attiré par elle. Il se souvenait combien elle était jolie au lycée, en dépit de ses vêtements démodés, et un soupçon s'était logé dans son esprit. Lorsqu'il s'était mis en colère contre elle cet horrible soir, était-ce parce qu'il était fiancé à Beth et qu'au fond, il désirait Nora davantage ?

Quand elle s'était offerte à lui, il avait été furieux à cause de sa proposition, bien sûr, mais peut-être aussi parce que en son for intérieur, il aurait voulu accepter. Sa cruauté d'alors avait-elle été une sorte de déni ? Ou fallait-il l'imputer à la stupidité de la jeunesse ?

Ça n'avait pas été la première fois de sa vie qu'il agissait sur un coup de tête.

Quoi qu'il en soit, Nora occupait ses pensées davantage

de jour en jour. Sans qu'il s'apprête pour autant à le lui révéler. Pas après ce qu'elle avait subi.

Par ailleurs, il était de plus en plus soucieux. Il ne comprenait pas comment Langdon avait réussi à échapper à la police de Minneapolis et celle du Minnesota. Nombre de gens se débarrassaient de leur bracelet électronique, mais la plupart d'entre eux étaient arrêtés en moins de soixante-douze heures, souvent parce qu'ils commettaient l'erreur de rester dans la même ville. Soit ce type avait un endroit où se cacher, soit il se déplaçait constamment, à bord d'un véhicule enregistré sous une fausse identité.

C'était cette possibilité qui inquiétait Jake. Au départ, il avait été certain que Langdon serait arrêté en l'espace de quelques jours. Or une semaine s'était écoulée et l'homme était toujours introuvable.

Il sortait de l'écurie, couvert de poussière, quand il vit Nora traverser la cour et se diriger vers lui. Son cœur fit un bond dans sa poitrine alors qu'il notait la détermination de son pas. Elle se rétablissait vite.

Elle s'arrêta à deux mètres de lui, les mains sur les hanches, ses yeux bleus lançant des éclairs.

A tout autre moment il aurait aimé voir en elle autant d'énergie.

Elle n'eut même pas besoin d'ouvrir la bouche pour qu'il comprenne de quoi il s'agissait. Il se raidit, soupçonnant qu'il allait passer un mauvais quart d'heure. Pire, il craignit d'avoir sacrifié la confiance qu'elle avait commencé à lui témoigner.

— Pourquoi ne m'as-tu pas dit qu'il s'était enfui ? Tu le savais, n'est-ce pas ? C'est ça que mon père suggérait quand il a dit que ce type allait venir me chercher. Tout le monde le savait sauf moi !

Jake hésita, cherchant la meilleure manière de lui exposer les faits. Quand il était jeune, sa mère avait coutume d'affirmer que le secret d'une bonne communication résidait dans la manière de dire les choses. Il n'était pas tout à fait sûr de savoir mettre en pratique ses conseils.

— Je le savais, admit-il enfin. D'habitude, les fuyards sont rattrapés en deux ou trois jours.

— D'habitude. D'habitude ! A quel moment pensais-tu que j'avais besoin d'être informée ? Quand je me serais retrouvée dans un autre fossé ?

— Nora…

— Ou t'imaginais-tu pouvoir l'arrêter à la limite du comté ?

— Ecoute, tout le monde ouvre l'œil. Nous avons lancé un avis de recherche…

— C'est censé me rassurer ? Que toi et une poignée de policiers ouvrent l'œil ? Et moi ? Je n'ai pas besoin d'ouvrir l'œil ?

Elle pâlit brusquement.

— C'est pour ça que je suis ici, n'est-ce pas ? Parce que ainsi, tu peux être sûr que je ne suis jamais seule. Si tu n'es pas là, il y a Rosa, ou Emma à la bibliothèque.

— Attends…

Elle l'ignora, tourna les talons et repartit à grands pas vers la maison. Il la suivait des yeux, ne sachant que faire, quand il remarqua qu'elle titubait légèrement. Sa fureur l'avait épuisée.

Jake ne se sentait pas fier de lui. Le bon sens lui conseillait de la laisser tranquille, mais ce fut l'émotion qui l'emporta. La colère de Nora le peinait plus profondément qu'il ne l'aurait cru.

Il était douloureux de penser qu'il lui avait une fois de plus fait du mal, même si ç'avait été dans les meilleures intentions du monde. D'ailleurs, n'avait-il pas eu les meilleures intentions du monde la dernière fois lorsqu'il avait refusé son offre, puisqu'il était fiancé à Beth ? Ce n'était pas son refus qui avait bouleversé Nora. C'était la manière dont il l'avait rejetée.

Et le problème était le même à présent. Il avait très mal géré la situation.

— Nora !

Elle continua à marcher, d'un pas moins ferme toutefois. Sans prendre le temps de s'interroger sur ses intentions, il courut derrière elle, la rattrapa et la prit dans ses bras.

Et soudain il sentit une terrible immobilité la saisir, une immobilité choquante, comme si elle était pétrifiée.

Il se figea à son tour, atterré.

Comment avait-il pu oublier ce qu'elle avait subi ? Etait-elle bouleversée, en proie à d'affreux souvenirs ? Risquait-elle de s'effondrer s'il la lâchait ? Continuer à la tenir ne semblait pas être une option.

— Nora ? demanda-t-il d'une voix aussi douce que possible. Nora, je vais te lâcher et reculer. Ça ira ?

Au bout de quelques secondes, elle hocha la tête. Avec des gestes lents, redoutant de l'effrayer ou de la surprendre, il laissa retomber ses bras. Quand il fut certain qu'elle n'allait pas tomber, il fit un pas en arrière.

— Je suis désolé. Je n'aurais pas dû.

Ce qui l'attristait le plus, c'était son regard, un regard qui ne reflétait plus la colère mais une espèce de vide. Elle le fixa et il devina l'effort qu'elle faisait pour s'arracher aux pensées qui la submergeaient. Comme si elle ne pouvait pas tout à fait se focaliser sur lui.

Peu à peu, elle parut se ressaisir.

— Non, tu n'aurais pas dû.

Puis elle ajouta quelque chose qui déchira le cœur de Jake.

— Je ne suis pas sûre que je redeviendrai normale un jour.

— Si, promit-il. Tu fais déjà des progrès de jour en jour. Cela viendra.

— Je suis désolée, murmura-t-elle.

— Désolée ? De quoi ? Nora, tu n'as pas de raison de t'excuser. C'est moi qui dois m'excuser. Je manque de finesse, comme tu le sais, et j'étais tellement contrarié de t'avoir peinée que je me suis conduit comme un idiot. J'ai eu tort, un point c'est tout.

— Tu m'as serrée dans tes bras, souffla-t-elle.

C'était vrai, bien sûr. N'empêche qu'il n'avait pas le droit de la toucher sans sa permission, agression ou pas. Il était consterné par sa propre conduite.

— Il y a une éternité que personne ne m'a prise dans ses bras, ajouta-t-elle d'une voix étranglée.

La poitrine de Jake se comprima au point qu'il pouvait à peine respirer.

— Veux-tu que je recommence ? Maintenant ?

Elle hocha nerveusement la tête.

Il s'approcha d'elle de nouveau, lentement, et l'entoura de ses bras, avec autant de précautions que s'il apprivoisait une jument sauvage. Il sentit sa raideur s'atténuer peu à peu, jusqu'à ce qu'enfin, au bout d'un long moment, elle pose la tête au creux de son épaule. Seulement alors, il raffermit son étreinte, pour la serrer vraiment contre lui.

Un soupir tremblant échappa à Nora, suivi par un geste miraculeux. Elle leva les bras et l'enlaça timidement. Tournant la tête, il pressa son visage dans ses cheveux et respira le parfum de son shampooing pour bébé. Un parfum qu'il avait toujours aimé.

Un long moment s'écoula. Enfin, malgré sa réticence à rompre la magie de l'instant, Jake murmura :

— Il commence à faire froid. Veux-tu qu'on parle à l'intérieur ?

— Oui, répondit-elle à voix basse. S'il te plaît.

Il recula à regret, et ensemble, ils se dirigèrent vers la maison.

Rosa était quelque part au premier étage, sans doute en train de faire le ménage, car on entendait de l'eau couler dans la salle de bains. Jake fit une pause dans la cuisine pour préparer deux tasses de café, puis précéda Nora dans le salon. Elle s'assit dans un fauteuil, laissant clairement entendre qu'elle tenait à garder ses distances.

— Pourquoi ne m'as-tu rien dit ?

Au moins, elle était calme. C'était un meilleur début que celui qu'il avait imaginé. La plupart de ses conversations avec Beth après leur mariage avaient commencé dans la colère.

— Gage et moi en avons discuté. Nous étions persuadés que ce type serait appréhendé au bout d'un ou deux jours. Nous nous sommes aussi demandé s'il était possible qu'il vienne jusqu'ici ou même qu'il sache où te chercher. Et nous sommes en contact avec la police de Minneapolis.

— On ne l'a pas retrouvé. Et il a agressé sa femme.

— C'est vrai. Mais nous avons fait circuler sa photo à tous nos agents, et au bar. Un inconnu en ville serait remarqué tout de suite. Tu le sais.

— Je ne suis pas rassurée pour autant.

Elle remonta ses genoux et les entoura de ses bras. Elle semblait s'être tassée sur elle-même.

— Tu as traversé un cauchemar, déclara-t-il brusquement. Il va te falloir beaucoup de temps avant que tu te sentes de nouveau en sécurité. Même après que ce type aura été mis en prison.

— Si on parvient à le retrouver.

— Il sera arrêté, affirma-t-il avec une certitude qu'il était loin d'éprouver. Combien de gens savent que tu es originaire de cette ville ? A part tes amis proches, qui ne le divulgueront à personne.

— Je ne sais pas, avoua-t-elle d'une voix qui tremblait un peu. Je ne l'ai pas exactement caché, mais je n'en ai pas parlé très souvent non plus. Je suppose que c'est dans mon dossier à l'école, mais j'ignore si la police l'a consulté. De toute façon, les policiers sont tenus au secret, n'est-ce pas ?

— Oui.

Jake s'abstint de mentionner que toutes ces informations étaient accessibles à l'avocat de Langdon. Toutes. Loftis n'était pas un nom particulièrement courant, et si on y associait un prénom, cela réduirait considérablement le champ des recherches.

La question était de savoir si Langdon était toujours habité par le désir de se venger de Nora. Allait-il prendre le risque de la chercher, ou essayer de fuir le pays au plus vite pour échapper à la justice ?

— Personne n'a jamais compris pourquoi ce type t'avait agressée.

— Non. Je ne sais pas, Jake, dit-elle avec un geste d'impuissance, en le regardant de ses yeux tristes et écarquillés. Je n'arrive pas à croire que tout cela me soit arrivé, sans parler de comprendre.

Il hocha la tête. Quand la vie changeait aussi complètement, aussi radicalement, on avait sans doute l'impression d'être transporté dans un monde inconnu, étranger, hostile. Se sentir en sécurité était impossible.

En la regardant, il avait l'impression de voir s'entremêler des bribes de présent et de passé. Il y avait la Nora d'autrefois, qu'il avait blessée si profondément qu'il en avait été marqué à jamais. Et la Nora d'aujourd'hui, victime d'une agression horrible, accusée à tort et traumatisée.

Pour Jake, la vie avait été relativement simple. Jeune homme, il avait cru sa voix toute tracée : il comptait prendre la succession du ranch, se marier, fonder une famille. Les choses ne s'étaient pas déroulées exactement selon ses plans, mais elles étaient demeurées simples : il gérait le ranch et il travaillait à mi-temps dans la police pour arrondir ses fins de mois.

Au fond, une existence très ordinaire.

En revanche, quand il regardait Nora, il voyait un chemin ponctué d'obstacles. Des années passées à subir la tyrannie de son père et les moqueries de ses camarades. Des années passées à avoir l'impression d'être le vilain petit canard qui regardait des cygnes à travers une vitre infranchissable…

Ensuite elle avait fait le grand saut. En quête de liberté et d'une vie nouvelle, elle s'était lancée dans une aventure que la plupart des gens avec qui il avait grandi n'auraient jamais osé entreprendre, qu'ils y aient pensé ou non.

Elle avait du courage. Elle avait ouvert sa cage, elle s'était bâti une vie. Et tout lui avait été arraché de la manière la plus horrible qui soit.

Contrairement à lui, elle s'était débattue dans les difficultés, cherchant désespérément une bouée de sauvetage que personne ne voulait lui jeter.

La clarté de cette image noua l'estomac de Jake.

Maintenant elle avait des raisons de croire que son pire cauchemar allait recommencer. Il aurait voulu lui promettre que c'était impossible, mais il ne pouvait pas. D'ailleurs, elle ne le croirait pas s'il essayait.

— C'est pour cela que tu trouvais à redire à chacun de ces logements à louer, reprit-elle au bout d'un moment. Tu ne voulais pas que je sois seule.

Il était inutile de nier.

— En partie. L'autre partie, c'est que je suis content que tu sois ici.

Avait-elle rougi légèrement ? Il n'en était pas sûr. Etant donné leur passé, c'était peu probable. Elle n'avait aucune raison de lui faire confiance. Pas après ce soir-là. Même s'il caressait l'espoir qu'ils commençaient à devenir amis. Ne lui avait-elle pas permis de l'étreindre ?

Elle devait se sentir si seule ! Elle avait renoncé à sa vie et à ses amis à Minneapolis pour se réfugier ici, et voilà que ce monstre la traquait peut-être. Quant à son père, le temps ne l'avait en rien adouci. En fin de compte, elle était complètement déracinée, contrainte d'accepter l'hospitalité d'un homme qu'elle avait des raisons de haïr. Un homme qui, au cours des douze années écoulées, était devenu un inconnu.

— Il me trouvera, dit-elle soudain.

— Qu'est-ce qui te fait penser cela ?

— Il est malade. Il doit l'être pour m'avoir fait ce qu'il m'a fait. A cause de sa fille.

— Que veux-tu dire ?

— Dans certaines de nos séances, j'ai parlé de mon enfance ici. Je lui ai raconté des histoires pour l'inciter à se confier.

— As-tu mentionné le nom de cette ville ?

— Oui. Et je suis sûre que sa mère le connaissait. Elle était présente lors des premières séances.

Jake laissa échapper un juron, tandis qu'un malaise l'envahissait.

— Pourquoi sa fille suivait-elle une thérapie, si ce n'est pas confidentiel ?

— Ça l'est. Disons seulement qu'elle et moi avions beaucoup en commun.

Ainsi, apparemment, Langdon n'était pas devenu fou subitement. Il avait maltraité sa femme et son enfant, suffisamment pour que quelqu'un envoie sa fille consulter un psychologue.

— Tu travaillais pour l'académie ?

Elle acquiesça.

— Tu serais surpris d'apprendre combien d'enfants ont besoin de soutien psychologique. Simplement de quelqu'un pour les écouter, parfois, à défaut d'autre chose.

— Et la fille de ce type a été identifiée comme ayant besoin de ce soutien ?

— Oui, par sa mère.

Nora se figea.

— Je n'aurais pas dû dire cela. Je ne peux pas en parler.

— Pardon. Parlons d'autre chose.

Elle lui adressa un faible sourire, empreint de gratitude.

— Au fond, tu donnais à ces enfants ce que tu n'as jamais eu toi-même ?

Le regard de Nora s'assombrit.

— C'est une façon de voir les choses, je suppose, admit-elle enfin. Je voulais les aider.

— Il n'y a pas de meilleure raison.

Elle acquiesça, sembla se détendre un peu, puis se laissa aller contre le dossier du fauteuil, fermant les yeux.

— Il viendra. Il n'a pas fini ce qu'il a commencé. Pour lui, j'étais censée mourir.

L'entendre affirmer cela si calmement glaça le sang de Jake. Il aurait aimé avoir un argument à lui opposer, mais il n'y en avait pas. D'après les rapports qu'il avait lus, Nora était censée être morte, en effet. Le type avait cru qu'elle l'était quand il l'avait abandonnée dans ce fossé. Ou qu'elle ne survivrait pas plus d'un quart d'heure. Au lieu de quoi elle avait tenu bon trois heures, et émergé des broussailles sur la route au moment où le trafic matinal commençait.

Combien de gens l'avaient vue et avaient continué leur chemin, effrayés par cette silhouette ensanglantée qui ressemblait à peine à un être humain ? Enfin, une femme s'était arrêtée, et l'avait enveloppée d'une couverture en attendant l'arrivée de l'ambulance. Il espérait que Nora ne se souvenait pas beaucoup de cette nuit-là. Il espérait que le traumatisme l'avait dépouillée d'une partie de sa mémoire.

— Je ne peux pas rester chez toi indéfiniment.

— Tu ne me déranges pas, Nora. Je suis content d'avoir de la compagnie. Tu peux rester aussi longtemps que tu le voudras. La vraie question, c'est de savoir où tu te sentirais le plus en sécurité. Ici ou en ville. Je sais qu'il y a plus de gens en ville. Alors si ça peut t'aider…

Elle ouvrit brusquement les yeux.

— Rien ne va m'aider avant que cet homme soit derrière les barreaux.

Une lueur de colère jaillit dans son regard.

— Tu sais ce que m'a dit le procureur ? Qu'on ne pouvait pas l'inculper de meurtre parce que je suis encore en vie. Par conséquent, il est seulement accusé de tentative de meurtre. Quoi qu'il en soit, il sortira sans doute dans moins de vingt ans. Comment suis-je censée me sentir en sécurité ?

Elle secoua la tête.

— J'ai du mal à croire qu'on puisse se demander s'il voulait me tuer.

Jake n'avait rien à répondre.

— Et j'appréhende le procès, reprit-elle. On va m'interroger, exiger des détails. Je ne me souviens pas de grand-chose, Dieu merci.

Sa voix s'éteignit, et devint presque inaudible.

Jake traversa la pièce, s'accroupit devant elle et lui prit la main.

— Nora. Nora, ne pense pas à cela maintenant. Prends chaque jour comme il vient. Un jour à la fois.

— Je sais. Mais parfois c'est plus fort que moi. C'est comme s'il y avait cette énorme montagne devant moi et que je doive l'escalader toute seule. Rien ne sera terminé avant que le procès ait lieu. Tout cela pourrait durer des années, et ça me fait peur.

Il fut soulagé quand enfin elle noua ses doigts aux siens.

— Si tu veux, je viendrai avec toi. Tu n'auras pas à affronter cette épreuve toute seule.

— Tu as toujours été très protecteur.

Ses paroles piquèrent Jake au vif, et il se souvint de la fois où il avait été tout sauf protecteur. A regret, il la regarda, mais ne vit sur son visage aucune amertume. Elle pressa brièvement sa main, puis la relâcha, un geste que Jake interpréta comme une invitation à retourner à sa place. Il n'insista pas. C'était elle qui devait fixer les limites de leurs relations, tout au moins pour le moment.

Jamais de sa vie il ne s'était senti aussi impuissant. Il ne pouvait pas réécrire le passé, et partager son toit avec elle était loin d'être suffisant. Son désir le plus cher était de la protéger, mais il ne pouvait lui offrir aucune garantie.

— Ne déménage pas pour l'instant, dit-il enfin. Attends encore un peu. Je suis sûr qu'on arrêtera ce type avant qu'il traverse la frontière de l'Etat.

— Peut-être.

Elle soupira.

— Je regrette que tu ne me l'aies pas dit. J'aurais aimé que tu aies assez confiance en moi pour être honnête. Je sais que tes intentions étaient bonnes, mais il y a des choses que j'ai besoin de savoir. Ne fais plus jamais ça, Jake.

Sa remarque était justifiée, songea-t-il. Totalement justifiée. Elle n'était plus une enfant, mais une adulte, et la maintenir dans l'ignorance n'était pas une solution. Au contraire, cela risquait de la rendre plus vulnérable encore.

— Je te le promets.

6

Nora se sentait exténuée. Sa colère contre Jake avait eu raison de ses forces. Assise dans le fauteuil du salon, une tasse du chocolat chaud de Rosa à côté d'elle, elle s'accablait de reproches, frustrée par sa propre faiblesse. Elle aurait dû être capable de se maîtriser. Si seulement elle se rétablissait plus vite !

Surtout à présent qu'elle risquait d'être en danger. Elle ne pouvait se fier à personne pour la protéger. Elle devait être assez forte pour se défendre elle-même. Mais pour cela il faudrait du temps.

Elle avait fait des progrès depuis qu'elle était au ranch, toutefois ce n'était pas encore suffisant.

Un frisson d'horreur la traversa. Langdon la cherchait en ce moment même, elle en avait la certitude.

Il n'en avait pas fini avec elle.

La question était de savoir à quelle femme il aurait affaire quand il la trouverait. La créature craintive qu'elle pensait avoir laissée loin derrière elle et qu'elle avait redécouverte immédiatement après son agression ? Ou une version plus forte ? Le problème, comme elle s'en était aperçue, c'était qu'elle avait tendance à redevenir la fille qu'elle avait été autrefois, et non la femme qu'elle avait créée. Elle avait besoin de renverser cette situation, et vite.

Ensuite, il y avait Jake.

Tenait-elle à rester au ranch parce qu'elle s'y sentait

plus en sécurité qu'ailleurs ? Ou parce qu'il était là ? Le souvenir de leur horrible dispute lui faisait encore mal après toutes ces années. Jake, le seul garçon en qui elle avait confiance à l'époque, l'avait anéantie par ses paroles.

Cependant, il semblait avoir changé. Il s'était même excusé, en un sens. Peut-être devait-elle se comporter comme la seconde Nora le ferait, et lui demander sans détour pourquoi il s'était conduit de la sorte.

Ou peut-être valait-il mieux ne plus y penser. A quoi bon réveiller des souvenirs qui le tourmentaient peut-être autant qu'elle ? Remuer de vieilles plaies ne semblait guère souhaitable.

Avec un soupir, elle tendit la main vers sa tasse, songeant qu'elle aurait aimé se confier à Rosa. Celle-ci avait à l'évidence traversé des moments pénibles dans la vie. Mais qu'espérait-elle apprendre, au fond ?

Peut-être avait-elle seulement besoin de quelqu'un à qui parler. Parfois, il suffisait d'exprimer ses pensées à voix haute pour y voir plus clair, et Rosa ne paraissait pas être le genre de personne à porter un jugement.

Elle aurait pu parler à Jake aussi, mais elle hésitait. D'un côté elle avait l'impression qu'elle pouvait avoir en lui une confiance absolue, mais de l'autre, elle se souvenait encore de cette scène abominable. Et ce Jake-là, elle ne parvenait pas tout à fait à le chasser de sa mémoire.

Au bout d'un moment, elle décida qu'il n'était pas sage de rester assise là toute seule. La pensée que son agresseur rôdait quelque part était comme un nuage noir qui pesait sur elle. Plus elle essayait de se changer les idées, moins elle y parvenait.

Il viendrait.

Elle le savait au plus profond d'elle-même, au-delà de la raison.

Elle prit sa tasse et se mit en quête de quelque chose

à faire. De quelqu'un à qui parler. N'importe quoi pour ne plus être confrontée à ses angoisses.

Il s'avéra que Jake avait une solution à lui proposer. Il rentra à la maison au moment où elle atteignait la cuisine.

— Que dirais-tu d'une promenade à cheval ? demanda-t-il.

Le cœur de Nora fit un petit bond de joie.

— Vraiment ?

— Vraiment. Je pense que tu es assez forte à présent et il fait un peu plus chaud aujourd'hui. Je vais te faire découvrir les environs, et d'ailleurs Marguerite a besoin de sortir de l'enclos.

Sa suggestion rasséréna Nora. Quelques minutes plus tôt, elle s'était sentie redevenir la Nora d'autrefois, jusqu'à douter de sa force physique. Et voilà que Jake lui disait le contraire. C'était encourageant et cela seul suffit à la remplir d'excitation.

— J'en meurs d'envie !

— Mets des bottes. Et ta veste. Il fera sans doute froid à l'ombre.

Curieusement, alors même que la journée s'était réchauffée, elle sentait la neige dans l'air. C'était la deuxième fois depuis qu'elle était arrivée ici qu'elle avait cette impression, et elle se demanda soudain si le traumatisme qu'elle avait subi avait affecté son odorat.

Elle attendit pendant que Jake sellait les chevaux, l'écoutant attentivement lui expliquer chacun de ses gestes, tout en sachant qu'elle n'était absolument pas prête à l'aider pour le moment.

— Ça va te paraître insensé, dit-elle alors qu'ils traversaient une étendue dégagée de prairies, mais je sens la neige.

— Tu as un sens de l'odorat bien développé, commenta-t-il. Il a neigé en altitude la nuit dernière, et il est possible que nous ayons quelques flocons dans la soirée.

— Vraiment ?

— Vraiment, répondit-il en souriant. Nous n'aurons sans doute qu'une mince pellicule mais si tu regardes là-bas, ajouta-t-il en désignant les montagnes à l'ouest, tu verras des nuages noirs. Ils sont censés nous atteindre ce soir.

— Ce serait fantastique. J'adore la neige.

— Forcément, puisque tu es allée vivre dans le Minnesota.

Elle eut un petit rire.

— Je n'ai jamais été attirée par les climats chauds. Comment vas-tu faire pour le bétail ?

— En général, les bêtes supportent bien l'hiver. Nous les rapprochons du ranch. Et tu vois ces balles de foin ? Elles ont du fourrage pendant toute la mauvaise saison.

— Cela doit te donner beaucoup de travail.

— Un peu moins maintenant que j'ai de l'aide.

— Pourquoi Beth est-elle partie ? demanda-t-elle avant d'avoir pu s'en empêcher. Je suis désolée, s'empressa-t-elle d'ajouter. Ça ne me regarde pas.

Il resta silencieux pendant quelques minutes. Ils cheminaient au milieu des arbres, suivant une piste bien marquée.

— Nous nous querellions sans cesse. Elle disait que je n'étais pas l'homme qu'elle avait imaginé. Quelqu'un m'a dit que les mariages échouent parce que les rôles et les attentes de chacun évoluent au fil du temps.

— C'est vrai, répondit-elle, se souvenant qu'elle avait étudié cette question à l'université.

— La lune de miel n'a pas duré longtemps, et être la femme d'un rancher ne lui a pas plu. C'est compréhensible. Le ranch est isolé. Il faut aimer le travail et la solitude.

Ce n'était pas son cas. Conclusion : ne pas épouser une fille de la ville quand on a un ranch.

Nora eut un petit rire.

— Ce n'est peut-être pas toujours vrai.

— Sans doute que non, mais ça l'a été pour nous. Je travaillais sûrement plus qu'elle ne s'y attendait et j'étais sûrement moins enthousiaste pour aller danser ou au cinéma qu'elle ne l'aurait voulu. Je comprends son point de vue.

— Mais toi, tu ne souffres pas de la solitude ?

— J'ai été élevé ici. Je ne me suis jamais attendu à passer ma vie entouré d'autres gens.

— Regrettes-tu de ne pas avoir plus de compagnie ?

— Non, pas du tout. Les animaux sont souvent de meilleure compagnie que les hommes. Toi, en revanche, tu as consacré ta vie à t'occuper des gens et de leurs problèmes. Cela te manque ?

Nora réfléchit un instant.

— Peut-être pas, avoua-t-elle enfin. Je ne suis pas sûre de vouloir continuer dans ce métier.

— Pourquoi ? A cause de ce type ?

— Non, parce que c'est difficile de rester détaché, surtout quand on travaille avec les enfants. Ils sont si vulnérables. J'étais censée garder une distance émotionnelle, mais j'ai toujours eu du mal à le faire. J'avais tendance à m'identifier à la plupart de mes patients.

— Ça ne m'étonne pas, marmonna-t-il.

— Comment ?

Elle n'était pas sûre d'avoir compris exactement ce qu'il voulait dire par là.

— Peu importe. Je m'adressais à moi-même. Un des dangers de la vie en solitaire.

— Ton travail dans la police doit régler ce problème.

— Pas toujours pour le mieux.

Il lui adressa un petit sourire.

— Tu devrais lire nos rapports de temps en temps. « Porté assistance à un homme qui ne pouvait pas ouvrir sa porte d'entrée. Conduit ce dernier à son véritable domicile, et infligé amende pour état d'ivresse sur la voie publique. »

Elle éclata de rire. Pour la première fois depuis une éternité.

— Bienvenue dans ta ville natale !

— C'est comme ça dans toutes les petites villes. En fait, je ne vois pas trop de choses qui me dégoûtent de l'humanité, à part les querelles domestiques. Ces incidents-là me mettent en colère.

Il se tut, et elle vit son visage s'assombrir. Elle reporta son attention sur la piste devant eux, les sapins et les trembles qui avaient perdu la plupart de leurs feuilles dorées. Soit il se souvenait d'un incident pénible, soit il avait peur de poursuivre cette conversation sur son métier de policier. Etant donné la manière dont elle avait réagi en montant dans sa voiture, elle comprenait sa réticence. Pourtant, cela lui rappela une question qui la taraudait.

— Jake ?

— Oui ?

— A ton avis, qu'a voulu dire mon père quand il a hurlé que cet homme allait venir me chercher ? Que savait-il ?

— Je ne vois pas comment il aurait pu être au courant. Nous venons seulement d'apprendre que Langdon s'est enfui. Et nous avons demandé à nos hommes d'être discrets. C'était sans doute une menace vide de sens.

— Je l'espère. Non que ça fasse une différence. Je suis sûre qu'il va venir.

Il tira sur ses rênes et tendit la main pour agripper la bride de Marguerite.

— Pourquoi ? Pourquoi en es-tu si sûre ?

— Je n'ai qu'un vague souvenir de ce qui s'est passé cette nuit-là. Mais certaines choses se sont gravées dans mon esprit parce qu'elles me rappelaient mon propre père. Langdon a répété plusieurs fois : « Ça vous apprendra à me défier. » Et quel plus grand défi que d'avoir survécu alors qu'il voulait me tuer ?

Jake laissa échapper un juron et lâcha la bride.

— Nous espérions qu'il chercherait à s'enfuir.

Il n'ajouta rien, mais elle comprit ce qu'il taisait. Il abandonnait cet espoir, un espoir qu'elle n'avait pas partagé un seul instant.

Cet homme viendrait. Nul ne savait quand, mais il viendrait.

Jake dut deviner qu'elle commençait à se fatiguer, car quelques minutes plus tard, il suggéra de faire une halte avant de prendre le chemin du retour. Il choisit une charmante clairière ombragée, traversée par un ruisseau gonflé par les chutes de neige.

Il tira de la sacoche de sa selle une couverture qu'il étendit sur le sol tapissé d'aiguilles de pin. Nora avait toujours besoin de son aide pour descendre de cheval, surtout parce que Marguerite, qui avait beau être la plus douce des juments, était aussi très grande. A présent, elle s'était habituée à sentir les mains de Jake sur sa taille quand il l'aidait. La panique ne s'emparait plus d'elle.

Elle découvrit que ses cuisses tremblaient, et comprit combien elle avait besoin de cette pause. Elle s'assit avec reconnaissance sur la couverture et regarda autour d'elle, admirant la beauté du paysage, respirant l'odeur des pins et de l'eau fraîche. Une chouette hulula, comme si elle venait de s'éveiller d'un profond sommeil. On entendait des bruits dans les bois, sans doute des chevreuils ou des cerfs qui s'enfuyaient.

— Cet endroit est un petit paradis, murmura-t-elle.

— Je l'ai toujours pensé, acquiesça-t-il en venant la rejoindre.

— Je crois que je pourrais construire une cabane et rester ici pour toujours.

— Jusqu'à ce que l'hiver s'installe, observa-t-il avec humour. As-tu l'intention de devenir ermite ?

— J'ai souvent eu envie de me retirer du monde, avoua-t-elle sincèrement. Quand j'étais enfant. Et puis ces derniers temps.

Il hocha la tête.

— Je ne suis pas surpris. Je suis désolé, Nora.

— De quoi ?

— De ne pas avoir mieux compris ce que tu as dû traverser quand nous étions plus jeunes.

Elle haussa les épaules.

— Tu as essayé de me protéger quand on me tyrannisait.

— Ce n'était pas grand-chose. Et ce que j'ai fait plus tard…

Elle se mordit la lèvre et détourna les yeux.

— Peut-être qu'un jour tu m'expliqueras pourquoi. Je sais que j'avais tort…

— Non. C'est moi qui ai eu tort, dit-il fermement. Un point c'est tout. La question est de savoir ce qui m'a pris. Je n'en suis toujours pas sûr. Mais ces choses que j'ai dites… Elles n'étaient pas vraies. Je luttais contre quelque chose en moi, pas contre toi. J'en suis sûr.

Elle le regarda alors, admirant ses traits décidés et séduisants. Il n'était pas destiné à quelqu'un comme elle. Cela au moins était clair.

Elle se reprit. Voilà qu'elle retombait dans ses vieilles habitudes ! Qu'elle répétait des choses que d'autres lui avaient dites. C'était une des premières règles en thérapie : on neutralisait ces dialogues, on les faisait taire. En fin de compte, elle avait appris à résister à la voix de son père dans sa tête, mais ces derniers temps, elle semblait céder de nouveau à ce travers.

Peut-être était-ce en partie à cause de l'agression. Peut-être en partie parce qu'elle était revenue ici. Mais elle avait assez d'expérience en psychologie pour savoir que certains combats ne cessent jamais. Qu'il suffit d'un déclic pour réveiller certaines pensées.

Elle soupira.

— En un sens, je suis contente d'être revenue. Je suppose que je n'en avais pas terminé avec cet endroit.

— Tu veux en terminer avec cette ville ?

— Avec mon père, au moins. Parfois je pense à lui comme à un mauvais génie qui ne cesse de sortir de sa bouteille.

— Certaines choses sont indélébiles.

— Il m'a accusée d'avoir tué ma mère, tu sais.

Jake demeura longtemps silencieux.

— Je crois me rappeler qu'elle s'est suicidée, dit-il d'une voix tendue.

— C'est vrai. Mais il prétend que c'était ma faute parce que je n'étais pas là pour m'occuper d'elle.

Brusquement, Jake fut derrière elle et, sans crier gare, l'entoura de son bras pour l'attirer à lui. Après un instant de résistance instinctive, elle se laissa aller et s'appuya contre son torse. Il sentait bon et il semblait si fort à côté d'elle. C'était merveilleux d'être tenue ainsi, de se sentir en sécurité.

— T'est-il jamais venu à l'esprit qu'elle s'est peut-être suicidée à cause de lui ? Ou qu'il n'y avait pas de raison mais qu'elle était seulement trop déprimée pour continuer ? La vie avec lui devait être insupportable.

— Il a un lave-vaisselle, murmura-t-elle.

— Comment ?

— Ma mère en a réclamé un pendant des années. Il a

toujours refusé. Il disait que c'était trop cher. Que c'était un gaspillage d'argent. Après tout, il y avait deux femmes à la maison pour faire la vaisselle. Mais maintenant, il en a un.

Jake étouffa un juron.

— Ça en dit long, n'est-ce pas ? Crois-moi, Nora, ta mère ne s'est pas tuée parce que tu es partie. Elle y pensait sans doute depuis très longtemps.

— Je sais.

— Ton père a eu amplement l'occasion de s'interroger sur sa conduite après la mort de ta mère et après ton départ. Il devrait se poser des questions au lieu de blâmer tout le monde sauf lui-même.

— Il est convaincu d'avoir raison.

— Oui, j'en ai l'impression.

— Le connais-tu bien ?

— Disons que je me tiens à distance. Mais je m'en veux de ne jamais avoir deviné à quel point il te maltraitait.

— Les collants opaques et les vêtements amples cachaient les marques, lâcha-t-elle avec une amertume soudaine.

Jake jura de nouveau, d'une voix empreinte de rage contenue.

— Nora, si quelqu'un avait su…

— Pourquoi l'aurait-on su ?

Le bras de Jake se resserra autour de son épaule.

— Il veillait à ne pas me frapper au visage, ajouta-t-elle d'un ton amer. C'est seulement avec le recul que j'ai compris à quel point j'étais maltraitée.

Elle en avait dit plus long à Jake qu'à personne d'autre, hormis la thérapeute avec qui elle avait travaillé durant sa formation. Elle était stupéfaite d'avoir pu lui confier tout cela, mais comprit soudain qu'elle ne désirait pas aller plus loin.

— Pouvons-nous parler d'autre chose ?

— Bien sûr. De tout ce que tu veux. De ton travail à la bibliothèque ?

Nora sourit.

— Jamais je n'aurais imaginé être archiviste, mais j'adore me plonger dans tous ces vieux documents. Il y a des articles, des testaments, des journaux intimes qui racontent des histoires fascinantes. C'est un peu comme reconstituer un puzzle.

— Quand tu auras fini, tu en sauras plus long sur le comté qu'Emma, qui est pourtant une spécialiste de l'histoire locale.

— J'en doute fort, mais c'est vraiment captivant.

Elle se tut quelques instants.

— J'ai été marquée par un récit, en particulier, celui d'une femme qui vivait dans un ranch isolé, loin de tout. Elle était seule avec son mari, coupée du monde. Elle a élevé neuf enfants, en a perdu trois en bas âge, elle travaillait du matin au soir, et pourtant cela ne suffisait pas.

— On se demande comment ces gens arrivaient à survivre, observa-t-il à voix basse.

— Comme certains d'entre nous, ils mettaient un pied devant l'autre. Faisaient un pas à la fois. Parce qu'il est parfois trop dangereux de se projeter trop loin dans l'avenir.

Il changea légèrement de position, et se détacha un peu d'elle. Aussitôt elle regretta son contact.

Seigneur, après toutes ces années, était-elle encore amoureuse de lui ?

N'était-ce pas le comble de la stupidité ? Il se montrait amical, protecteur, et encore une fois elle désirait plus qu'il n'était prêt à donner. Non. Elle ne devait pas retomber dans ce piège.

— Un jour, murmura-t-il, j'espère voir tes yeux pleins d'excitation, tournés vers l'avenir et non vers le passé.

Avant qu'elle ait pu répondre à cette remarque étonnante, il ajouta :

— Tu es prête à repartir ?

Elle acquiesça, et le laissa l'aider à remonter sur Marguerite. En avait-elle trop dit sur elle-même ? Jake avait-il hâte d'échapper à la laideur qui l'entourait ?

Si c'était le cas, comment lui en vouloir ?

7

Nora s'éveilla en sueur, glacée, tremblant de tous ses membres. Des vestiges du cauchemar s'accrochaient, horribles, terrifiants. Elle courait, courait, incapable d'échapper à son poursuivant.

A tâtons, elle chercha fébrilement l'interrupteur et alluma la lumière. Aussitôt, la pièce redevint un endroit familier, avec ses poutres au plafond, ses murs tapissés de papier, les rideaux tirés de la fenêtre. Une pièce gaie, chaleureuse à la lueur de la lampe.

Elle avait cru que c'en était terminé des cauchemars. Des semaines s'étaient écoulées depuis le dernier. Les craintes qui l'assaillaient durant la journée étaient largement suffisantes.

Ce rêve avait sûrement été provoqué par la nouvelle de l'évasion de Langdon.

Encore frissonnante, elle se leva, glissa ses pieds dans des pantoufles chaudes et enfila un peignoir douillet par-dessus sa chemise de nuit. Puis elle traversa la chambre sans bruit et alla jeter un coup d'œil à l'extérieur.

La nuit sans lune était noire, ponctuée ici et là de quelques flocons qui luisaient dans le faisceau de clarté projeté au-dehors. S'il y avait quelqu'un là, elle ne le verrait pas.

Elle rabattit le rideau, et resta un instant immobile. Etre seule dans cette pièce lui pesait. Peut-être un verre de lait l'aiderait-il à se rendormir. Pour l'instant elle se sentait trop réveillée pour se recoucher. D'ailleurs, le sommeil n'était pas forcément une garantie d'évasion.

Elle soupira. Elle ne pouvait pas laisser cet homme abominable la terrifier, la transformer de nouveau en la Nora craintive d'autrefois. Car s'il y parvenait, il aurait gagné même s'il ne s'approchait plus jamais d'elle.

Soudain déterminée, elle décida de descendre au rez-de-chaussée. De boire un peu de lait tiède. De lire quelques pages. Jake avait une foule de livres ici et là, des romans et des ouvrages divers. Elle trouverait bien quelque chose pour se changer les idées.

Dans la cuisine, elle explora les placards à la recherche d'une petite casserole, y versa du lait et la mit sur le fourneau. Il n'y avait pas de rideaux à la fenêtre, ce qui l'inquiéta un peu, mais présentait l'avantage de lui laisser voir les flocons qui tombaient doucement. C'était magnifique. Autrefois, quand elle vivait dans cette ville, l'hiver avait été pour elle synonyme de froid et de tristesse, avec son cortège incessant de malades qui se succédaient à la pharmacie.

Dans le Minnesota, en revanche, elle avait appris à adorer cette saison. Elle s'était acheté des skis et avait commencé à faire du ski de fond, seule ou accompagnée de ses amis. Il y avait quelque chose de réconfortant à glisser sur la neige avec des mouvements réguliers et tranquilles, en s'arrêtant souvent pour admirer le paysage.

Ses skis se trouvaient au garde-meuble à présent, comme la plupart de ce qu'elle possédait. Au moment où elle avait accepté l'offre de son père, elle n'avait eu qu'une idée en tête : s'éloigner du cauchemar et prendre le temps de se rétablir.

Eh bien, elle n'avait pas échappé au cauchemar. Mais

Jake l'aidait à se rétablir beaucoup plus que son père ne l'aurait jamais fait.

Elle comprit subitement qu'elle avait pardonné à Jake pour la fameuse nuit. Ils étaient si jeunes à l'époque ! D'ailleurs, c'était la jeunesse et le manque de maturité qui l'avaient poussée à s'offrir ainsi à lui, et sa réaction venait sans doute des mêmes causes. Et puis, il y avait Beth. Elle savait pertinemment qu'il fréquentait Beth. Comment était-il censé réagir ?

Avec plus de gentillesse, peut-être, mais assez d'années s'étaient écoulées depuis pour qu'elle se souvienne de toutes les fois où il l'avait défendue, tenant tête à ses amis au risque d'être mis au ban de leur groupe.

Cela devait compter davantage que quelques minutes de colère, probablement provoquée par le choc.

Cependant, il n'avait pas voulu d'elle à ce moment-là. Pourquoi voudrait-il d'elle maintenant, alors qu'elle n'était plus que l'ombre d'elle-même, sans parler du bagage émotionnel qu'elle traînait ? Ils pouvaient être amis, rien de plus.

Elle aurait dû être assez adulte pour l'accepter.

Elle versa son lait chaud dans une tasse, mit la casserole dans l'évier et s'assit à la table de la cuisine.

Jake l'attirait toujours autant. Plus qu'aucun autre homme ne l'avait jamais attirée. Peut-être était-ce pour cette raison que les relations qu'elle avait eues n'étaient jamais allées très loin. Au fond, elle avait toujours comparé les hommes avec qui elle était sortie avec Jake.

Cette pensée fit naître un sourire presque espiègle sur ses lèvres. Malgré toutes ces années, elle n'avait pas cessé d'être amoureuse de Jake, et ce séjour chez lui n'allait certainement pas lui faciliter la tâche.

Avec chaque jour qui passait, elle appréciait davantage l'homme qu'il était devenu. Ce qui avait été un béguin de jeunesse semblait s'être transformé en un sentiment différent, et infiniment plus profond. Sans qu'elle ait la moindre intention de le lui avouer. Son corps était si enlaidi par les cicatrices et les opérations qu'elle ne pouvait même pas supporter de se voir dans la glace.

Non, elle ne devait pas se bercer d'illusions. D'ailleurs, dans l'immédiat, elle avait des soucis plus graves. Langdon était libre. Elle se tassa légèrement, et un frisson la traversa. Cette épreuve ne finirait-elle jamais ?

— Je croyais bien avoir entendu quelqu'un.

Au son de la voix de Jake, elle leva les yeux, décontenancée. Elle avait été si perdue dans ses pensées qu'elle ne l'avait pas entendu s'approcher.

Il se tenait sur le seuil de la cuisine, torse nu, les cheveux ébouriffés, vêtu en tout et pour tout d'un jean. On aurait dit qu'il était tombé du lit.

Elle retint son souffle, ne sachant si c'était un effet de la surprise ou du spectacle superbe qu'il offrait.

— Je suis désolée. Je ne voulais pas te réveiller.

— Je ne dormais pas très bien.

Il dut saisir quelque chose dans son expression, parce qu'il baissa les yeux.

— Je vais chercher une chemise.

— Non, s'empressa-t-elle de dire. Tu es chez toi. Mets-toi à l'aise.

Et elle ne voyait pas d'inconvénient à le contempler.

Elle ferma les yeux un moment, ordonnant à son cœur de battre moins vite.

— Qu'est-ce qui t'a réveillée ? demanda-t-il en entrant.

— J'ai fait un cauchemar, avoua-t-elle.

— Tu en fais souvent ?

Il lui tourna le dos pour verser du café dans la machine, offrant à Nora l'occasion d'admirer ses larges épaules, ses hanches minces, les muscles de ses bras.

— J'en faisais beaucoup avant. Je croyais que c'était terminé.

— La nouvelle a dû le déclencher. Je suis désolé.

— Tu n'as pas à t'excuser. D'ailleurs, il n'y a peut-être aucun rapport. J'ai eu tort de penser que je n'en ferais plus simplement parce que je n'en avais pas fait depuis quelques semaines. Peut-être reviendront-ils régulièrement pendant des années.

— Je n'en serais pas surpris.

Il pivota et s'appuya au plan de travail, croisant les bras. Nora grava cette image dans sa mémoire, se sentant presque impuissante face à la violence de l'attirance qu'elle éprouvait. Elle devait se reprendre. La vie était assez compliquée comme ça.

Elle baissa les yeux.

— Tu vas boire un café à cette heure-ci ? demanda-t-elle, espérant changer de sujet de conversation.

— Le café ne m'empêche pas de dormir. Je peux en boire n'importe quand.

— Oh !

L'espoir que le lait l'aiderait à retrouver le sommeil se dissipait rapidement. Pourquoi ne pas prendre un café, après tout ? A vrai dire, rester éveillée était une perspective plus tentante que celle de risquer de faire un autre cauchemar.

Il y eut un silence, rompu seulement par le sifflement de la cafetière. Jake se tourna et ouvrit le placard.

— En veux-tu ?

— Oui, s'il te plaît.

Il plaça devant elle un café qui sentait délicieusement bon et s'assit à son tour.

— Il neige.

— Oui, j'ai vu. Pas beaucoup.

— Pas encore.

— J'adore la neige.

— Moi un peu moins. Pour moi, c'est surtout une charge de travail supplémentaire, à la fois au ranch et dans la police. Les premières neiges provoquent inévitablement des accidents de la circulation. C'est comme si tout le monde devait réapprendre à conduire.

— Je n'ai commencé à aimer la neige que quand j'ai déménagé dans le Minnesota, avoua-t-elle. Là-bas je fais souvent du ski de fond. J'ai toujours hâte que l'hiver arrive.

— Fais-tu du camping ?

— Oui, j'aime ça aussi après la saison des moustiques. J'adore aller au bord du lac Supérieur. C'est magnifique là-bas.

— Cette région-ci doit te sembler sans intérêt.

— Non, pas vraiment.

Elle leva les yeux prudemment.

— Les montagnes d'ici m'ont manqué. J'ai toujours aimé les regarder changer au fil des saisons. Il y a des gens qui ne peuvent pas se passer de l'eau. Moi je ne peux pas me passer des Rocheuses.

— Vraiment ? Pourtant, tu n'y allais pas souvent, si ?

— Je travaillais à la pharmacie. Mais ça devait être pareil pour toi, non ? Tu travaillais ici.

— Pas tout le temps. Mes parents nous laissaient le temps de nous amuser. Le week-end, on allait souvent faire des randonnées en montagne. Ou des promenades à cheval.

Elle se contenta de regarder sa tasse sans répondre. Sa thérapeute lui avait dit un jour qu'elle n'avait pas vraiment eu d'enfance.

— La façon dont j'ai grandi, dit-elle enfin, aurait semblé parfaitement normale au siècle dernier.

— Peut-être.

Il fronça les sourcils.

— Je t'ai toujours admirée d'avoir eu le courage de partir. Tu ne t'en souviens peut-être pas, mais au lycée, beaucoup parlaient de le faire. Tu as été une des seules à passer à l'acte.

— Je ne sais pas si c'était du courage ou du désespoir, répondit-elle honnêtement. Y as-tu songé aussi ?

— Non. Jamais. J'aime avoir un ranch, travailler avec les animaux. Je passe le plus clair de mon temps en plein air et j'adore ça. Et puis je me suis découvert un intérêt pour le maintien de l'ordre dans les petites villes, ajouta-t-il avec un petit sourire. Note que j'ai dit « petites villes ». Je ne crois pas que j'aimerais travailler dans un endroit plus grand, mais ici je connais presque tout le monde et j'ai un peu l'impression d'aider mes voisins. Ou de temps à autre, de les gronder.

Elle eut un petit rire.

— J'aime ta description.

— Il suffit de parler d'un ton ferme. En général, l'uniforme, le revolver et la plaque suffisent à faire effet.

— Ça ne m'étonne pas.

Elle refoula le souvenir de sa propre arrestation, de sa colère et de son sentiment d'injustice.

— Je suppose que ce n'est pas un bon sujet de conversation, observa-t-il.

— Je n'ai pas de bon sujet de conversation.

Un terrible aveu. Elle chercha désespérément quelque chose à dire, n'importe quoi, qui ne soit pas associé au passé, lointain ou récent. Mais c'était comme si son cerveau était paralysé. Rien ne lui venait à l'esprit.

— C'est affreux, murmura-t-elle.

— Quoi ?

— J'ai l'impression de ne pouvoir penser à rien d'autre. J'avais une vie agréable, et puis il m'est arrivé ça, et c'est comme si le temps s'était arrêté et que je ne puisse pas en sortir.

— C'est sûrement parce que tu as appris aujourd'hui que Langdon était en cavale. Essaie de ne pas trop t'inquiéter. Tu sais qu'on le recherche. Il est même question de le mettre sur la liste des individus recherchés par le FBI.

— C'est une bonne nouvelle, non ?

— Oui.

A la surprise de Nora, Jake se pencha lentement et couvrit avec douceur sa main de la sienne. Sa peau était chaude, sa paume calleuse et réconfortante.

Timidement, elle retourna sa main et leurs doigts se nouèrent.

— Il va venir, dit-elle enfin, mais cette fois la peur n'étrangla pas sa voix. Il va venir. Je veux être prête. Peux-tu m'aider à me préparer ?

— Te préparer comment ? Veux-tu une arme ?

Elle secoua la tête.

— Je ne saurais pas m'en servir. Et je ne suis pas sûre d'en être capable. Mais peut-être pourrais-je apprendre quelques techniques d'autodéfense ? Connais-tu quelqu'un par ici qui pourrait m'enseigner cela ?

— Je connais exactement le type qu'il te faut.

— Qui ?

— Moi.

Il souriait.

— C'était un de mes passe-temps, et j'ai fini par accepter de donner quelques cours au collège chaque trimestre. Je peux t'apprendre quelques techniques de base, pas de problème.

— Penses-tu que je sois assez forte ? Je veux dire…

— Il ne s'agit pas que de force physique. Même si tu étais complètement rétablie, tu aurais du mal à rivaliser avec un homme sur ce plan. Non, il y a d'autres manières. Parfois avoir une petite taille peut être un avantage.

— Un avantage ? Vraiment ? Comment ?

— L'effet de surprise, Nora. Evidemment, cela repose sur une supposition.

— Laquelle ?

— Qu'il s'approche suffisamment de toi.

Elle baissa la tête un instant, puis affronta son regard de nouveau.

— Personne ne pourra me protéger s'il décide de tirer sur moi de loin. Tu le sais. Mais je ne crois pas que ce soit son style. Il aime terroriser les gens, Jake. Il prend plaisir à la douleur et à la terreur d'une femme. Et s'il y a une chose que je peux apprendre à faire, c'est de ne plus jamais lui montrer ma peur.

En prononçant ces paroles, Nora sentit naître en elle une détermination nouvelle. Oui, elle était lasse d'avoir peur. Elle voulait relever la tête.

Il la dévisagea longuement, puis acquiesça.

— D'accord, nous commencerons demain.

— Es-tu sûr que j'en sois capable ?

— Nora, je pense que tu peux faire beaucoup plus de choses que tu ne le soupçonnes. Regarde-toi : tu es une des rares qui a quitté la ville pour aller faire des études, et cela sans la moindre aide de ta famille. Ensuite, tu t'es installée dans une ville complètement inconnue et tu t'y es construit une vie. Tu es plus forte que tu ne le crois, et assez résolue pour deux. Tu as subi un revers. Un affreux revers. Mais je serais vraiment surpris que tu ne te relèves pas et que tu n'en sortes pas plus forte encore.

Personne ne lui avait jamais fait de tels compliments. Les louanges de Jake lui mettaient du baume au cœur. Il l'avait connue alors qu'elle n'était personne, qu'elle n'était qu'une ombre qui essayait de se fondre dans le décor. S'il la voyait ainsi désormais… Eh bien peut-être y avait-il un peu de vérité dans ce qu'il disait.

Elle songea à l'agression qu'elle avait subie, et cette fois, au lieu d'essayer d'échapper aux images qui s'imposaient à elle, elle eut le courage de s'y confronter.

Un frisson la traversa des pieds à la tête, mais elle s'obstina.

— Je dois faire face. Je le dois. Que ce soit ici ou au tribunal, peu importe. Et j'ai besoin de disséquer cet homme.

— De le disséquer ?

S'arrachant aux souvenirs, elle rencontra son regard interrogateur.

— Psychologiquement parlant, expliqua-t-elle. J'ai besoin de comprendre. J'ai besoin d'une raison.

— Je ne suis pas sûr que tu la découvres jamais. Son avocat lui conseillera de se taire, tu le sais.

— Je me moque de ce qu'il dit ou de ce qu'il ne dit pas. J'ai besoin de réfléchir à ce qu'il a fait, à la manière dont il s'est comporté. Pour autant que je m'en souvienne, en tout cas.

Il fronça les sourcils.

— Es-tu certaine de vouloir que tout cela remonte à la surface ?

Elle secoua la tête légèrement et soupira.

— Parfois, il faut affronter les choses, sinon elles continuent à vous hanter.

— Je suis sûr que tu sais ce que tu fais, dit-il, bien que sa voix semble encore réticente. En tout cas, je suis là, si tu veux parler.

— Merci.

— J'aimerais bien que tu m'expliques une chose si tu peux.

— Bien sûr.

— Pourquoi est-ce si important pour toi de comprendre Langdon ?

— Pour que je ne voie pas chaque homme que je rencontre à travers le prisme de cette agression.

Il se raidit, puis se laissa aller contre le dossier de la chaise.

— Mon Dieu, je n'avais pas pensé à ça.

Il acquiesça, le visage sombre.

— D'accord. Si je peux t'aider d'une façon ou d'une autre, dis-le-moi. Je suis sérieux. Je suis prêt à t'écouter.

Une bouffée de reconnaissance monta en Nora, et elle lui pressa la main. Une lueur sembla jaillir dans les yeux de Jake — une flamme répondant à la sienne ? Elle repoussa aussitôt cette pensée.

Elle n'était pas séduisante, ne l'avait jamais été.

Et même s'il la trouvait jolie, il y avait trop d'obstacles à franchir, depuis la fragilité de son état émotionnel jusqu'aux cicatrices qui sillonnaient son corps.

Cependant, ce raisonnement n'empêcha pas une vague de désir de monter lentement en elle. Une sensation intense, stupéfiante, qui lui rappelait qu'elle avait des besoins de femme. Qu'elle n'avait pas réussi à les éliminer. Et qu'ils pouvaient se réveiller n'importe quand, comme maintenant avec Jake.

L'air sembla se raréfier dans la pièce, tandis que son regard et celui de Jake se soudaient, emportant la raison et les leçons de la vie. Elle le désirait. Il ne pourrait jamais rien y avoir entre eux, mais elle le désirait quand même. Peut-être en serait-il toujours ainsi.

Il y avait eu des moments où elle s'était demandé ce qui, toutes ces années auparavant, l'avait poussée à s'offrir à Jake. Comme si elle était liée à lui par un fil invisible et qu'avec lui, elle perdait toute capacité de raisonnement, tout sens de la perspective.

C'était toujours pareil, apparemment. La colère qu'elle avait essayé d'entretenir contre lui s'était envolée, pour ne laisser que le vague souvenir d'une scène déplaisante. Une scène qu'elle avait provoquée. Elle avait consacré beaucoup de séances de thérapie à cet incident. Pourquoi s'était-elle tournée vers un homme inaccessible puisque promis à une autre ?

Pour confirmer ses propres sentiments. Pour se prouver qu'elle était vraiment le vilain petit canard dont personne ne voulait. Il avait joué un rôle dans son départ en détruisant ses derniers liens avec cette ville, et il était injuste de sa part de le blâmer alors qu'elle aurait dû prévoir sa réponse. Une réponse dont, au fond, elle avait eu besoin.

Car elle mettait un point final aux coups que la vie lui avait assénés.

En s'offrant ainsi à lui, elle se donnait le moyen de rompre avec l'unique lien qui la retenait ici.

Maintenant, elle était de retour, et rien n'avait changé. Elle voulait toujours des choses auxquelles elle n'avait pas le droit de prétendre. Des choses qui rendaient son corps douloureux, qui faisaient battre son cœur, qui lui asséchaient la bouche.

Et le regard de Jake lui disait qu'il comprenait ce qu'elle ressentait. Comment s'était-elle trahie ?

S'attendant au pire, elle tenta en vain de déglutir, mais son corps ne répondait plus. Elle était comme en suspens, entre l'attente, l'espoir et la peur.

Tenant toujours sa main, Jake se leva lentement. Elle suivit chacun de ses mouvements, dévorant des yeux son torse et ses bras puissants, son beau visage. Il contourna la table, vint se placer juste à côté d'elle et tira doucement sur sa main.

Les jambes flageolantes, elle se leva. La pensée de se

rapprocher de lui semblait passer avant toute autre, lui donnant de la force alors même qu'elle luttait pour respirer.

Puis, presque comme par magie, les bras solides de Jake l'entourèrent, l'attirant plus près jusqu'à ce qu'elle repose contre sa poitrine et qu'elle sente sa peau chaude et lisse sous sa joue. Un bras autour de sa taille, il la tint contre lui. De son autre main, il lui caressait les cheveux.

— Détends-toi, murmura-t-il. Détends-toi.

Qu'elle se détende ? Alors que des impulsions quasi inconnues se bousculaient en elle, exigeant des gestes qu'elle était à peine capable d'imaginer ? Mais il la tenait si tendrement qu'une partie d'elle-même céda. Parce qu'elle était reconnaissante qu'il l'étreigne.

Elle n'avait pas le droit de demander davantage.

Au bout d'une minute ou deux, elle osa même lever les bras et les nouer autour de la taille de Jake. Elle lui caressa le dos, émerveillée par la douceur délicieuse de sa peau.

— C'est bon, murmura-t-il d'une voix sourde.

Ses paroles emplirent Nora d'un incroyable sentiment de pouvoir. Enhardie, elle promena les mains sur son dos, le caressant comme il lui caressait les cheveux. Elle sentait ses muscles tressaillir sous ses doigts, et un léger son lui échappa, presque un gémissement de plaisir.

Elle se pencha vers lui davantage, savourant ce moment, même s'il ne devait rien arriver de plus. Elle pourrait au moins chérir le souvenir d'avoir tenu Jake dans ses bras et d'avoir été tenue par lui, d'avoir connu avec lui un délicieux moment d'intimité.

— Je veux te dire quelque chose, souffla-t-il.

— Hmm ?

— Tu sais, le soir où j'ai été si cruel envers toi ? Il m'a fallu très longtemps pour comprendre pourquoi j'avais agi ainsi.

Elle se raidit, ne voulant pas que ce souvenir fasse intrusion dans le présent, mais il resserra son étreinte autour d'elle.

— Attends. Je ne suis plus l'imbécile que j'étais autrefois.

Néanmoins, elle s'était crispée, comme si elle redoutait un coup. Ses doigts se figèrent sur le dos de Jake, bien qu'il continue à lui caresser les cheveux, laissant sa main descendre vers son épaule avant de remonter de nouveau.

— Tu sais que j'étais pratiquement fiancé quand tu m'as demandé de t'emmener au bal. Je me sentais… obligé de bien me conduire. Mais ce n'était pas seulement ça, Nora. J'étais furieux contre moi-même.

Elle attendit quelques secondes, puis rassembla son courage.

— Pourquoi ?

— Parce que c'est à ce moment-là que j'ai compris que je te désirais. Que je voulais t'emmener à ce bal, que je mourais d'envie de te faire l'amour. Et ça semblait mal, alors ça m'a complètement déboussolé. Je voulais dire oui, mais cela aurait signifié que je trahissais Beth. Et je ne pouvais pas faire ça.

Elle ne sut que dire. Ses pensées se succédaient à toute allure, plus confuses les unes que les autres.

— Et puis, ça m'a fait mal aussi.

Elle retint son souffle.

— Que veux-tu dire ?

— Ça m'a fait mal d'entendre que tu pensais que tu avais besoin de t'offrir à moi pour que je t'emmène au bal. Ça m'a fait mal de comprendre que j'avais envie de t'emmener. J'aurais dû avoir le bon sens de me rendre compte que mes sentiments envers toi étaient plus forts que ceux que j'éprouvais pour Beth.

— Tu dis ça pour me consoler, murmura-t-elle, n'osant le croire.

— Non. J'ai dû vivre avec ce souvenir, comme toi, et je n'en suis pas fier. Longtemps je me suis demandé comment j'avais pu être un tel salaud, ce qui avait pu me pousser à dire des choses aussi affreuses. Ma seule excuse, c'est que j'étais jeune, et que je ne savais pas comment réagir au trouble que j'éprouvais. J'ai été méchant envers toi alors que j'aurais dû m'en prendre à moi-même. Je suis désolé et j'ai honte, mais c'est la vérité.

— N'y pense plus, dit-elle faiblement. N'y pense plus.

— Laisse-moi terminer. J'y ai pensé au fil des années, mais surtout depuis que tu es rentrée. C'est toi que je voulais, et je m'en suis pris à toi à cause de ça.

— Personne ne voulait de moi, s'écria-t-elle d'une voix crispée par la douleur. Personne !

— Non ! C'est peut-être ce que ton père voulait que tu croies, mais ce n'est pas vrai. Il faut que tu le saches. Si j'avais été un peu plus âgé, un peu plus mûr, je ne me serais jamais fiancé à Beth. Je t'aurais emmenée à ce bal. Je t'aurais acheté la plus jolie robe que j'aurais pu trouver pour que tu aies vraiment l'impression d'être la plus belle, parce que même avec tes vêtements démodés et tes grosses lunettes, je voyais que tu étais belle. Je te désirais. Et je regretterai toujours de ne pas avoir eu le bon sens de m'en rendre compte. Douze ans ont passé, beaucoup d'eau a coulé sous les ponts, et je ne peux plus rien faire pour réparer mon erreur, hormis être honnête.

— Jake…

— Je sais. Il est trop tard. Nous sommes pratiquement des inconnus à présent, et on ne peut rien y changer.

Un frisson de bonheur à l'état pur traversa Nora, et elle resserra son étreinte autour de lui.

— Tu n'étais pas obligé de dire ça. Ça va. C'est du passé pour moi.

— Pas pour moi, répondit-il avec fermeté. Je viens

d'y faire face, enfin. Je voulais que tu le saches. Je sais que ça ne change rien, que les choses ont évolué... Bon sang, tu es sans doute loin de penser à ça après tout ce que tu as subi ! Tu as peur, aussi, c'est compréhensible et je ne voudrais pas profiter de toi. Mais maintenant tu sais. Maintenant je sais. C'est fini.

Il se trompait. C'était loin d'être fini, comprit-elle en se laissant aller contre lui, savourant les sensations enivrantes qui se succédaient en elle.

Très loin d'être fini.

8

Deux semaines plus tard, Nora allait encore mieux et se sentait de plus en plus sûre d'elle.

Jake lui avait donné plusieurs cours d'autodéfense, et lui apprenait toutes sortes de techniques susceptibles de lui être utiles pour se libérer d'une prise, ou neutraliser au moins temporairement un adversaire plus fort qu'elle.

De plus, il lui laissait entraîner les chevaux dans l'enclos, même s'il demandait toujours à Al de les seller au préalable. Ce qui était une bonne chose, avait-elle admis après avoir essayé de l'imiter. Cette tâche-là était encore au-dessus de ses forces.

Sa détermination ne faisait que croître. Elle dormait mieux la nuit, même si la peur rôdait encore dans ses pensées. Langdon viendrait. Elle le savait au plus profond d'elle-même, et cette certitude renforçait sa vigilance, même au ranch, où elle aurait pourtant dû se sentir en sécurité parce qu'elle n'était jamais seule et qu'il serait plus difficile de la trouver ici.

Elle se rendait en ville quatre jours par semaine pour travailler sur les archives, et s'obligeait à quitter le sanctuaire de la bibliothèque pour se rendre à la cafétéria à pied à l'heure du déjeuner. En revanche, elle avait presque renoncé à chercher un logement. Jake l'en avait dissuadée, au moins tant que son agresseur n'aurait pas été arrêté.

Et puis il y avait son père. Elle n'avait pas envie de le

voir. Pas même de le croiser dans la rue. Elle y songeait un soir que Jake et elle étaient assis dans le salon, au coin du feu, en train de lire. Malgré la thérapie qu'elle avait suivie, la présence de son père pouvait encore suffire à la transformer en une créature effrayée, diminuée, un vilain petit canard.

Elle était si reconnaissante à Jake de lui avoir offert un refuge.

Jake…

Il lui avait expliqué ce qui s'était passé douze ans auparavant, mais il avait aussi ajouté que les choses avaient changé, qu'ils avaient changé tous les deux, et que tout cela appartenait désormais au passé.

Elle n'en était pas si sûre. Pour sa part, clle avait de plus en plus de mal à lutter contre l'attirance qu'il lui inspirait.

Il l'avait tenue dans ses bras, sans doute seulement pour la réconforter, mais la sensation de son torse nu, la chaleur de sa peau, s'étaient gravées dans l'esprit et dans le corps de Nora. Des ondes de désir la parcouraient chaque fois qu'elle le voyait, et elle devait se faire violence pour chasser des pensées inopportunes.

Il ne voulait pas d'elle. Il avait dit qu'il la désirait autrefois, mais c'était autrefois. Aurait-il pu être plus clair ?

Elle ne put réprimer l'envie de lever les yeux pour le regarder. Assis à côté d'elle, il parcourait une revue. Il s'intéressait à toutes sortes de choses, et semblait avoir une soif inextinguible de connaissances.

Rosa entra, apportant deux tasses de chocolat chaud.

— Je vais vous souhaiter bonne nuit, dit-elle comme chaque soir. Al m'attend.

Son mari venait chaque soir la chercher pour la raccompagner à leur petite maison.

— Merci, répondit Nora. Puis-je vous demander un service ?

— Bien sûr. Que puis-je faire pour vous ?

— Pourriez-vous me trouver quelque chose à faire demain ? Je ne dois pas aller travailler, et je n'ai pas l'habitude de rester à me tourner les pouces.

Rosa lui sourit avec chaleur, puis eut un petit rire tranquille.

— Bien sûr ! Ce sera amusant de travailler ensemble !

— Waouh ! commenta Jake après le départ de Rosa.

— Que veux-tu dire ?

— Elle semble toujours s'offenser si je lui offre de laver un plat ou de nettoyer la douche moi-même. C'est son travail, dit-elle.

— Peut-être que c'est différent parce que je lui ai dit qu'elle me rendrait service.

Il lui adressa un clin d'œil.

— La semaine prochaine je te ferai mettre du foin dans l'écurie.

— D'accord.

Il sourit, et le cœur de Nora fit un bond dans sa poitrine.

— Ça fait plaisir de voir que tu reprends tes forces si vite. Quand tu es arrivée ici, je me demandais si ça arriverait un jour.

Elle posa son livre.

— Il y avait beaucoup plus de pression à Minneapolis. J'étais plus proche de toute la situation — la police, les médias, l'emploi que j'avais perdu, tout ça. Je crois que ça ne m'a pas aidée.

— Mais ici, tu peux te détendre ?

— Beaucoup plus.

Nora s'abstint de mentionner la terreur qui ne la quittait jamais tout à fait. Elle se demandait si elle se dissiperait un jour, même si Langdon était arrêté et passait le reste de sa vie derrière les barreaux. Elle avait toujours du mal à prononcer son nom à voix haute.

— Je suis désolé, dit soudain Jake. Je ne voulais pas réveiller de mauvais souvenirs. Je suis seulement content que tu te rétablisses. Même tes cheveux sont plus beaux à présent.

Gênée, elle leva la main et les effleura.

— Je ne sais pas pourquoi ils semblaient si ternes avant.

Il haussa les épaules

— Qui sait ? Quand on ne se sent pas bien, cela se manifeste partout.

— Peut-être.

— Tu étais déjà jolie au lycée, mais tu es devenue vraiment belle.

Elle le regarda, bouche bée, tout en sentant ses joues s'enflammer.

— Jake ! protesta-t-elle faiblement.

— C'est vrai, affirma-t-il en souriant. Il faut que tu le saches.

Il y eut un bref silence.

— Je ne voulais pas te gêner, ajouta-t-il au bout d'un moment. J'espère seulement qu'un jour tu pourras te voir autrement qu'à travers les yeux de ton père.

C'était si gentil à lui de dire cela, songea-t-elle, les larmes aux yeux. Si gentil. Cependant, elle n'osait le croire. Même si elle avait repris un peu de poids et que ses cheveux étaient redevenus soyeux, elle se souvenait des affreuses cicatrices qui zébraient son corps. Il faudrait des années avant qu'elles s'atténuent.

— Merci, murmura-t-elle enfin.

— Tu n'as pas besoin de me remercier. C'est la vérité.

Il changea de position, puis posa son magazine et tendit la main vers sa tasse. Il semblait si détendu, si masculin, que le pouls de Nora s'accéléra malgré elle.

— Je dois aller au bureau demain, dit-il. Es-tu sûre

de vouloir rester ici avec Rosa et Al ? Ou préfères-tu m'accompagner ?

A vrai dire, elle préférerait être avec lui, s'avoua-t-elle avec gêne. Cependant, il serait stupide de trop se reposer sur lui. Il était gentil, serviable, mais c'était tout. Peut-être voyait-il là une manière de se racheter.

Elle se morigéna. N'avait-elle pas pris des cours d'autodéfense avec Jake pour ne pas avoir à vivre dans la terreur constamment ? A un moment donné, il faudrait qu'elle cesse de laisser la peur dicter chaque aspect de son existence. Qu'elle reprenne sa vie en main, comme elle l'avait fait lorsqu'elle était partie à l'université.

Elle l'avait fait une fois. Elle pouvait le refaire.

— Tout ira bien, affirma-t-elle.

Elle ne croyait pas vraiment à ce qu'elle disait. Comme s'il y avait une sorte de minuteur ou d'horloge qui comptait à rebours dans sa tête, elle aurait pu jurer qu'elle sentait cet homme se rapprocher inexorablement d'elle. Telle une mouche prise dans une toile d'araignée, elle sentait frémir la toile.

Elle posa son livre et se leva d'un bond, submergée par un désir soudain de fuir, bien qu'il n'y ait nulle part où aller. Qu'était-elle censée faire ? Trouver une voiture et rouler sans fin jusqu'à ce que ce type soit arrêté ? A ce rythme, ses économies ne dureraient pas longtemps.

Mais rester ici à attendre l'inévitable était une sorte de torture. Elle pouvait réprimer ses craintes pendant un moment, mais elles revenaient toujours, lui rappelant qu'elle ne pouvait jamais, jamais, se détendre tout à fait.

— Nora ?

Elle comprit soudain que la panique avait dû l'aveugler, car Jake était devant elle et lui pressait fermement les mains.

— Nora ? répéta-t-il.

— Je suis désolée.

— Ne t'excuse pas. Tu as peur, n'est-ce pas ?

Elle parvint à hocher la tête.

— Parfois, cela me submerge.

— C'est le contraire qui serait étonnant.

L'instant d'après, il la souleva dans ses bras puissants et se rassit, l'installant sur ses genoux, un bras autour de ses épaules, et l'autre sur ses hanches.

Un long moment, il se contenta de la tenir, comme s'il essayait de lui communiquer sa force. Ou de lui offrir un rempart contre le vaste monde. Si seulement c'était vrai !

Autrefois, elle avait rêvé d'être blottie ainsi contre lui. Et maintenant que cela arrivait, elle ne pouvait y prendre plaisir. La peur la tenaillait trop.

— Je voudrais pouvoir te faire des promesses, murmura-t-il alors qu'elle posait la tête sur son épaule. Je voudrais pouvoir te garantir qu'il sera arrêté avant d'avoir pu entrer dans l'Etat. Que je le trouverai avant que tu ne le revoies. Que tu seras en sécurité pour toujours.

— Je ne te croirais pas, chuchota-t-elle.

— Et tu aurais raison. Mais si j'en avais le pouvoir, j'effacerais cet épisode de ta vie.

— Mais alors, je serais toujours à Minneapolis, souffla-t-elle.

Pour une fois, cela ne semblait pas si souhaitable. Au creux de ses bras, elle savait qu'être ici, avec lui, était infiniment plus précieux pour elle que de retrouver son ancienne vie. D'ailleurs, c'était impossible. Ces jours-là ne reviendraient pas.

— Je sais. Et je n'aurais pas eu la chance de te revoir.

Il fallut quelques secondes à Nora pour saisir le sens de ses paroles. Ainsi, Jake aurait regretté qu'elle ne revienne pas…

Un minuscule grain de chaleur naquit dans son cœur,

perçant le monde glacé où elle était entrée la nuit de l'agression.

— Merci. Moi aussi je suis contente d'avoir pu te retrouver. Nous avons beaucoup changé, toi et moi.

— C'est une bonne chose, commenta-t-il d'un ton légèrement amusé. Je ne suis pas très fier de la personne que j'étais autrefois. Par certains côtés, on est si arrogant quand on est jeune ! On s'imagine qu'on va refaire le monde, résoudre tous les problèmes. En fin de compte, on s'aperçoit que ce n'était qu'une chimère.

— Nous sommes encore jeunes, observa-t-elle.

— Oui, mais quand même. Toi, au moins, tu as aidé des enfants.

— Et toi, tu nous protèges des chauffards en état d'ivresse.

— Ce n'est pas tout à fait comme si je contribuais à instaurer la paix dans le monde, plaisanta-t-il.

Elle inclina la tête en arrière pour mieux le voir.

— Nous faisons chacun ce que nous pouvons.

— Je suppose que oui. Parfois, ça semble bien peu. Mais à présent, je me contenterai d'être capable de garder une femme en sécurité.

Elle lâcha un soupir, se libérant d'un peu de sa tension perpétuelle.

— Je me sens en sécurité avec toi, murmura-t-elle.

— J'en suis heureux. J'espère qu'il en sera toujours ainsi.

Il n'y avait aucune réponse à cela. Aucune. Elle était toujours prisonnière de la toile, et elle la sentait toujours frémir.

— Je sens qu'il se rapproche, admit-elle à regret. Je sais que cela paraît insensé…

— Non, répondit Jake après quelques secondes. Il

est peut-être assez intelligent pour quitter le pays, mais d'après ce que tu as dit…

Elle se mordit la lèvre, avant de se nicher de nouveau contre son épaule.

Il lâcha un juron.

— Je vais dire à Gage que nous devons renforcer notre vigilance.

— Comment y parviendrez-vous ? Il n'y a pas beaucoup de policiers par ici, et n'importe qui peut se cacher dans ces grands espaces.

Il resta silencieux un long moment.

— Dans ce cas, je te garderai avec moi à tout moment.

— C'est impossible, tu le sais. Tu as un travail. Deux, en fait. Je ne peux pas t'accompagner en patrouille tout le temps. Moi aussi j'ai un emploi. J'en ai besoin. J'ai des factures à payer, comme tout le monde. J'ai besoin d'une voiture. Il faut que je travaille — mes économies ne dureront pas éternellement.

Une fois de plus il redevint silencieux, et ses bras se resserrèrent un peu autour d'elle, comme si son étreinte pouvait d'une manière ou d'une autre résoudre le problème.

— Je parlerai quand même à Gage demain matin. Il connaît des gens. Je suis sûr que nous trouverons une solution.

— Peut-être que je me trompe, et qu'il est déjà à l'autre bout du monde.

Elle sentit qu'il secouait la tête.

— Tu es psychologue. Je me fie à ton instinct.

Cela sembla clore le sujet. Il était déterminé à faire tout ce qu'il pouvait, et cela réconforta Nora. Le seul fait de savoir que quelqu'un se souciait d'elle à ce point était important. Elle n'était plus seule.

Du bout des doigts, il lui releva le menton puis la prit

par surprise en l'embrassant, juste un contact tendre et bref, ses lèvres chaudes sur les siennes.

Nora oublia aussitôt toutes ses craintes. Qu'un baiser ait le pouvoir de faire naître en elle autant de désir la stupéfiait. Chaque parcelle de son corps semblait soudain tendue vers lui.

— Tu n'es pas seule, affirma-t-il, comme s'il avait lu dans ses pensées. Et je serai à tes côtés jusqu'à ce que cette histoire soit terminée définitivement. Je suis sincère.

Sa promesse émut Nora.

Et pendant un instant, ce fut presque comme si tout en avait valu la peine.

Jake la garda sur ses genoux longtemps. Une partie de lui refusait de la lâcher, comme s'il redoutait qu'elle ne s'enfuie et ne revienne jamais. C'était une pensée insensée. Peut-être les craintes de Nora se communiquaient-elles à lui.

Enfin, après l'avoir embrassée une fois de plus, tendrement, ne demandant rien, n'exigeant rien, alors même qu'il voulait tout, il la raccompagna à sa chambre.

Nora ne devait rien savoir de la lutte qui se livrait en lui. Elle avait d'autres soucis en tête, et d'ailleurs elle avait besoin de se rétablir.

Il resta éveillé une bonne partie de la nuit, songeant à leur relation. Ce qui avait commencé par le désir instinctif de rendre service et de se racheter pour sa conduite s'était mué en un sentiment beaucoup plus fort, et peut-être n'était-ce pas une bonne chose.

Une fois Langdon arrêté, Nora voudrait sans doute reconstruire sa vie à Minneapolis. Elle n'en avait guère parlé, mais il avait compris qu'elle se plaisait dans cette ville, qu'elle y avait des amis.

Et un homme lui avait arraché tout cela.

Tout comme son père lui avait volé son enfance. Jake sentait la rage l'envahir chaque fois qu'il pensait à Fred Loftis. Il n'osait imaginer les cruautés que Nora avait dû cacher au monde en grandissant. Il aurait aimé qu'il y ait une manière de réparer le mal qu'on lui avait fait, mais il n'était pas magicien, et il n'avait pas de baguette magique.

Malgré tout cela, Nora était forte. Elle l'avait prouvé. Il éprouvait pour elle une immense admiration. D'autres à sa place auraient été anéantis par les épreuves qu'elle avait subies.

Bien que terrifiée, elle voulait apprendre à se défendre. Elle se refusait à fuir, même si cette idée avait dû lui traverser l'esprit. Elle était décidée à rester où elle était, à affronter la terreur, l'arrivée possible de son ennemi. Elle était superbe, et ne s'en rendait sans doute pas compte.

Quant à lui, il n'allait pas ignorer l'intuition qu'elle avait à propos de cet homme. Elle seule le connaissait, elle seule savait de quelle violence il était capable. Si elle croyait qu'il n'allait pas renoncer, alors Jake le croyait, lui aussi.

Il fixa la fenêtre, scrutant l'obscurité au-delà de son reflet, et pour la première fois de sa vie discerna une menace autour de lui. Il connaissait cette région par cœur, dans ses moindres recoins. Il l'avait parcourue à pied et à cheval toute sa vie durant. Ses collines, ses bosquets, ses prairies lui étaient familiers. Chaque année, il y avait récolté du foin et de la luzerne en prévision de l'hiver.

En fermant les yeux, il en voyait chaque partie dans sa tête, aussi nettement que s'il regardait une photographie. La nature et le climat présentaient des défis. Les serpents et les coyotes pouvaient être dangereux. Mais quels que soient les problèmes liés à la maladie ou aux prédateurs, jamais la nuit n'avait recelé de menaces.

Jusqu'à maintenant.

L'obscurité offrirait à Langdon un environnement idéal. Comme Nora l'avait si justement fait remarquer, la vigilance des policiers ne pouvait rendre ce comté infranchissable. Ses vastes étendues désertes permettaient à n'importe qui de s'approcher en catimini, à pied ou dans un véhicule. Si ce type évitait la ville, personne ne ferait attention à lui. Personne. Même pas les policiers, à moins que Langdon ne vienne dans son propre véhicule. Ils avaient la description de sa voiture, et la chercheraient. Mais s'il s'en était procuré une autre…

Il étouffa un juron et, renonçant à dormir, se retourna pour préparer du café. Il pensait à cette femme fragile, adorable, qui dormait au premier étage, et il avait l'estomac si noué qu'il en était douloureux.

Le désir qu'elle lui inspirait n'était rien comparé à l'instinct protecteur qu'elle éveillait en lui. Il ne pouvait faire disparaître la menace, mais il était prêt à mourir si nécessaire en essayant de la défendre. En attendant que le café soit prêt, il céda à l'envie de passer à l'action, enfila ses bottes, sa veste, et sortit dans la nuit glaciale.

Méthodiquement, il se mit à décrire des cercles autour de la maison, à l'affût d'empreintes de pas dans la neige. Jouant les sentinelles contre un tueur qui était sans doute très loin d'ici. Malgré tout, il éprouvait le besoin de s'assurer que ce lieu, cette obscurité, ne présentaient aucun danger pour l'instant.

Il entra même dans l'écurie, où les chevaux, surpris de le voir à pareille heure, ouvrirent leurs yeux paresseux pour l'observer. Réagiraient-ils à la présence d'un inconnu ? Jake n'en avait aucune idée. Ils n'avaient guère eu d'occasion de craindre qui que ce soit.

Il ressortit, contempla le croissant de lune argentée, puis se dirigea de nouveau vers la lumière de la cuisine. Le lendemain matin, il recommanderait à Al et à Rosa d'ouvrir l'œil. Ils avaient entendu parler de l'histoire de Nora et veilleraient sur elle.

L'idée de laisser Nora au ranch en son absence l'inquiétait, bien qu'il ait confiance en Al. Cela dit, elle ne serait pas davantage en sécurité en ville. Emma Dalton, si brave soit-elle, n'était pas de taille à lutter contre un tueur. Sa seule consolation était que si Emma appelait à l'aide, la moitié des policiers de la ville seraient sur place en quelques minutes.

Il savait que Nora avait pris l'habitude de se rendre à pied à la cafétéria pour déjeuner. Se sentait-elle en sécurité pendant ces quelques minutes de marche ? Ou était-ce un défi de sa part, l'expression du désir de retrouver une certaine normalité ?

Elle en avait besoin, bien sûr. Il ne voulait pas s'opposer aux efforts qu'elle faisait pour reprendre le contrôle de sa vie.

Il retira ses bottes et sa veste, se versa un café, et alla s'asseoir dans son fauteuil. Il devait réfléchir.

Qu'allait-il dire à Gage le lendemain matin ? Le shérif avait dû remarquer comme lui que le temps passait et qu'on n'avait aucune indication des allées et venues de Langdon. Peut-être avait-il déjà envisagé des mesures pour renforcer la protection de Nora.

En dépit du café, Jake sentait le sommeil le gagner peu à peu. Ses pensées se tournèrent vers la femme qui dormait en haut, et il se remémora la sensation de son corps entre ses bras, le désir croissant qu'il éprouvait pour elle.

Il s'imagina la portant jusqu'à son lit, devinant sa timidité, son hésitation, son incapacité à croire qu'il la trouvait à la fois belle et désirable.

Ce qu'il avait essayé de tuer douze ans auparavant n'était pas mort. Pas pour lui. Et par moments, il voyait dans les yeux de Nora que pour elle non plus.

9

Le lendemain, un vent froid soufflait quand Jake revint au ranch. Des nuages sombres s'accumulaient dans le ciel. Al l'informa qu'il avait tout préparé au cas où une tempête de neige surviendrait.

— La météo n'annonce rien de tel, fit remarquer Jake.

— Non, admit Al. Mais j'ai l'impression qu'il va neiger quand même.

Jake acquiesça sans rien dire. D'ordinaire, Rosa et Al mangeaient dans leur petite maison, mais ce jour-là, ils avaient accepté sans façon son invitation à déjeuner.

— As-tu déjà utilisé un fusil ? demanda-t-il à Nora brusquement.

Elle leva les yeux.

— Jamais.

— Peut-être devrions-nous y remédier.

— Je n'aime pas les armes.

— Moi non plus. Mais quand on vit dans un ranch, une carabine est essentielle, et il faut savoir s'en servir. Qu'en dis-tu ?

— Pourquoi as-tu besoin d'une carabine ? Pour chasser les intrus ?

Il secoua la tête.

— Non, mais je dois protéger mon bétail, et parfois achever une bête mortellement blessée.

— Oh ! Ce doit être affreux pour toi.

— Ça ne me plaît guère, crois-moi. Seulement, il est préférable d'abréger ses souffrances.

Il haussa les épaules.

— Il y a des moments où on n'a pas le choix. Heureusement, ça n'arrive pas souvent. Pour en revenir à la question de la carabine, il ne te faudrait pas longtemps pour apprendre à tirer.

Elle posa sa cuillère et réfléchit, se sentant gagnée par la nervosité.

— Non, décida-t-elle enfin. Je ne veux pas d'armes.

— Pourquoi pas ?

— Si cet homme essaie de s'en prendre à moi de nouveau, je n'aurai pas le temps de m'en servir. Et d'ailleurs, je ne suis pas sûre d'en être capable.

— Même pas pour te défendre ? s'étonna-t-il, incrédule.

— Je n'en sais rien. La plupart des gens le feraient sans doute, et je comprends. Mais il faudrait que je vive avec. Et je ne veux pas.

Il parut perplexe, mais n'insista pas.

— D'accord, dit-il lentement. Tu as raison. Si tu n'es pas sûre de pouvoir t'en servir, tu ne ferais sans doute que le blesser.

Rosa acquiesça avec vigueur.

— Cela dit, reprit Jake doucement, si tu étais armée, il ne s'approcherait peut-être pas de toi.

— Il attendrait un moment où je ne le serais pas, répondit Nora avec une bonne humeur qui la surprit elle-même, compte tenu du tour qu'avait pris la conversation. Quand je me promène dans la rue, ou que je suis à la bibliothèque. Tu vois la tête d'Emma si elle me voyait débarquer une carabine à la main ?

Jake ne put réprimer un sourire, et un léger rire lui échappa.

— O.K., Nora, tu as gagné. Pas de carabine. On va continuer avec les cours d'autodéfense.

Nora hocha la tête, soulagée. Bizarrement, elle se sentait mieux. Une sorte de paix l'avait envahie. Peut-être parce qu'elle avait elle-même décidé de ses limites.

Jake passa le reste de l'après-midi au-dehors. Apparemment, il était persuadé comme Al qu'ils allaient avoir du mauvais temps. Quand Rosa alluma la radio, le bulletin météo confirma leurs craintes. Il était probable que le vent apporte des chutes de neige.

— J'espère qu'ils ne vont pas tarder, soupira-t-elle en servant un café à Nora. Les conditions ne sont pas bonnes.

Nora jeta un coup d'œil par la fenêtre et constata qu'en effet de gros flocons commençaient déjà à tomber.

— Mais ça veut dire aussi que cet homme qui vous a fait du mal ne pourra pas approcher, ajouta-t-elle d'un ton rassurant. Vous pouvez vous détendre.

Nora rougit.

— Suis-je si transparente ?

— Vous êtes nerveuse. C'est bien normal. J'ai entendu parler de ce qui s'est passé et je sais que cet homme s'est échappé. Je comprends que vous ayez peur. Vous ne croyez pas qu'il va se contenter de s'enfuir ?

Nora secoua la tête.

— Je suis sûre que non.

— Nous allons prendre soin de vous, d'accord ? affirma Rosa en venant l'étreindre. Ne vous inquiétez pas. Il n'y a pas de danger pour l'instant.

— Je sais, murmura Nora, touchée par sa sollicitude.

Se déplacer par temps de blizzard revenait à aller à la rencontre des ennuis. Même ce type devait s'en rendre compte.

Elle s'installa dans le salon tandis que le jour baissait, et essaya de lire. Cependant, la remarque bien intentionnée de Rosa avait réveillé ses souvenirs. La satisfaction qu'elle avait éprouvée après le déjeuner s'était dissipée, cédant la place à l'anxiété.

Elle entendit Jake rentrer et échanger quelques mots avec Rosa. Quelques secondes plus tard, il passa la tête par l'entrebâillement de la porte, annonçant qu'il allait prendre une douche et qu'il ne serait pas long.

— Rosa insiste pour nous servir le dîner sur un plateau ici, dit-il. Je ne sais pas pourquoi, peut-être pense-t-elle que c'est plus festif.

Il lui adressa un clin d'œil, puis se dirigea vers l'escalier. Nora écouta le bruit de ses pas, rassurée qu'il soit de retour. Sa présence semblait repousser la nuit. Elle était devenue si dépendante de lui ! songea-t-elle avec consternation. Après tous les efforts accomplis pour quitter cette ville et se construire une vie, n'était-ce pas un terrible pas en arrière ?

Pourtant, quel choix avait-elle, au fond ? Partir la mettrait en danger. Si seulement cette histoire était terminée ! Langdon avait gâché son existence et continuait à la gâcher. Oui, elle était prise dans une toile d'araignée. Comment se libérer, hormis en fuyant constamment, en gardant une longueur d'avance sur lui jusqu'au moment où il serait arrêté ?

Devait-elle s'y résoudre ? Une fois de plus, elle était confrontée à la réalité de sa situation. Combien de temps ses finances lui permettraient-elles de survivre ? Fallait-il qu'elle aille de ville en ville, en cherchant de petits jobs de serveuse ou de vendeuse jusqu'au moment où, poussée par la peur, elle éprouverait le besoin de repartir ? Ce n'était pas une vie.

Elle se raidit. Non, elle n'allait pas fuir. Quoi qu'il

arrive, elle allait régler cette histoire ici. Soit cet homme serait arrêté, soit elle l'affronterait de nouveau, mais au moins, c'en serait fini.

Parfois, elle se moquait de savoir si elle survivrait ou non à cette épreuve.

Mais elle ne s'attardait pas sur de telles pensées. Elle ne pouvait se permettre de s'abandonner à la dépression. Le moment venu, elle devait être capable de réagir et de se battre.

Jake revint, vêtu d'un jean et d'un pull noir, et bientôt Rosa apparut, apportant des assiettes fumantes de poulet accompagné de riz parfumé et de brocolis crémeux, à l'arôme si appétissant que Nora en eut l'eau à la bouche.

— Je vais rentrer, maintenant, dit-elle. Appelez-moi si vous avez besoin de moi.

— Bonne soirée, répondit Jake. J'espère qu'Al ne s'est pas transformé en glaçon.

Rosa éclata de rire, et s'en alla.

— Le temps se dégrade, observa-t-il en commençant à manger.

— Je sais. Rosa avait allumé la radio. Elle a dit que ça me donnerait au moins une journée où je n'aurais pas à m'inquiéter.

Jake leva les yeux.

— Pourquoi ai-je l'impression que ce n'était pas la bonne chose à dire ?

— Ce n'est pas grave. C'est juste que j'avais réussi à tout oublier pendant quelques heures.

— Je suis désolé.

— Elle a raison. Personne ne va bouger par ce temps. Alors je peux continuer à faire comme si tout allait bien.

— Vraiment ?

Pourquoi lisait-il si bien dans ses pensées ?

— Non, avoua-t-elle, je n'y arrive jamais vraiment. Je n'y arriverai pas avant qu'il soit en prison.

— En tout cas, je peux te promettre que, cette fois, il ne sera pas libéré sous caution.

Elle acquiesça, et essaya de reporter son attention sur le repas. Celui-ci était délicieux, et il aurait été dommage de ne pas l'apprécier.

— Après dîner, que dirais-tu de jouer à un jeu ? suggéra Jake d'un ton dégagé.

A l'évidence, il essayait de la distraire, et elle accepta avec enthousiasme.

— Bien sûr. A quoi songeais-tu ?

Il arqua les sourcils.

— Un strip-poker ?

Elle rougit jusqu'aux oreilles, et Jake se mit à rire.

— Je plaisantais.

— De toute façon, je ne jouerais pas, balbutia-t-elle, luttant contre la bouffée de désir que ses paroles avaient déclenchée en elle.

Le sourire de Jake s'effaça.

— Tu es trop timide ?

Elle secoua la tête et se détourna.

— J'ai trop de cicatrices. Des cicatrices affreuses. Je… Je ne pourrais pas.

L'instant d'après, il était à côté d'elle.

— Il faut qu'on parle.

Elle leva les yeux, décontenancée.

— Hmm ?

— A vrai dire, il faut qu'on fasse davantage. Je t'ai déjà dit que je te désirais quand nous étions au lycée. Ça n'a pas changé. Je te désire toujours. Encore davantage. Et si tu t'imagines que quelques cicatrices insignifiantes…

Il s'interrompit soudain et lui prit les mains, l'obligeant à se lever.

— C'est un complexe dont tu peux te débarrasser. N'aie pas peur. Je ne te ferai pas l'amour à moins que tu ne le veuilles, mais au moins, tu seras tranquillisée sur un point.

Elle se laissa entraîner vers les marches, envahie par un mélange de crainte et d'excitation, la tête si pleine de contradictions qu'elle ne savait comment réagir.

Jake régla la question à sa place, la soulevant dans ses bras pour l'emmener dans sa chambre. Là, il la déposa sur le sol, alluma toutes les lampes et tira les rideaux. Dans le coin se trouvait une glace en pied.

— Tu sais à quoi ressemblent tes cicatrices, n'est-ce pas ?

Elle acquiesça. Elle les avait regardées assez souvent.

— Eh bien, moi pas. Alors je vais regarder. Et on verra bien.

— Jake…

Le cœur de Nora cognait follement dans sa poitrine. Elle ne pouvait pas faire cela. Elle ne *pouvait* pas.

Il la fit pivoter contre lui.

— Tu n'es pas obligée de me regarder, tu n'es pas obligée de regarder dans la glace, mais moi je vais te regarder, que tu le veuilles ou non. Et nous serons fixés.

Elle aurait voulu protester, mais les mots refusaient de franchir ses lèvres. Elle était certaine qu'il n'irait pas très loin, qu'il la trouverait si repoussante qu'il devrait arrêter. Il avait raison sur un point : la question serait réglée pour eux deux. Peut-être alors pourrait-elle cesser de rêver de lui.

Elle avait du mal à croire qu'elle allait lui permettre cela. La panique la submergeait.

Malgré tout, elle ferma les yeux tandis qu'il commençait à la déshabiller. Elle ne voulait pas se voir, et encore moins voir l'expression de Jake. Lire le dégoût sur son visage.

Il y avait autre chose aussi, qu'elle n'avait jamais vraiment pu s'expliquer. Elle avait honte de ces cicatrices. Elles l'humiliaient.

Lentement, Jake lui retira son chemisier, puis son soutien-gorge. Elle sentit l'air frais sur sa peau et n'eut pas besoin d'ouvrir les yeux pour savoir ce qu'il voyait : les entailles sur ses seins et son abdomen, certaines infligées par son agresseur, d'autres par les chirurgiens qui avaient tenté de réparer les dégâts.

Jake lui prit les mains et les posa sur ses propres épaules, puis se mit en devoir de faire glisser son pantalon sur ses hanches. Son corps n'avait plus de secrets pour lui.

Derrière ses paupières closes, en revanche, subsistaient la terreur et la honte.

— Tu es magnifique, dit-il.

Aucune incertitude ne perçait dans sa voix.

Elle garda les yeux fermés.

— Je suis horrible ! s'écria-t-elle d'une voix étranglée, qui semblait sortir des tréfonds de son âme.

— Tu es magnifique. Chacune de ces cicatrices est la preuve de ton courage. N'y penses-tu jamais ainsi ? Elles montrent ta force et ta détermination. Tu devrais en être fière.

Fière ? Fière de ce que cet homme lui avait fait ? Fière de ressembler à…

— Je suis un monstre, balbutia-t-elle.

— Oh ! mon ange, non. Pas du tout. Tu es une survivante. Tu es résolue. Et tu es splendide.

Elle ne le croyait pas, mais alors une chose incroyable se produisit : les lèvres chaudes et humides de Jake se posèrent sur une des cicatrices qui lui zébraient la poitrine. Stupéfaite, elle ouvrit les yeux et affronta son reflet.

Elle vit les cicatrices rouges et sinueuses, et les autres, plus régulières, qui résultaient des opérations. On aurait dit qu'elles avaient été tatouées sur son corps par un dément. Cependant, Jake se penchait pour embrasser les zébrures sur ses seins. Loin d'être dégoûté, il y déposait des traînées de baisers, comme pour lui prouver qu'elles ne le repoussaient pas du tout. Comme s'il désirait que ses baisers guérissent ses plaies.

La terreur de Nora s'atténua un peu, juste un peu, cédant lentement la place à une délicieuse sensation de bien-être. Avec un choc, elle comprit soudain l'étendue du chemin qu'elle avait parcouru. Elle laissait un homme la toucher de nouveau.

Elle était nue devant un homme et lui permettait d'embrasser son corps. Elle était en train de guérir…

Peut-être qu'un jour, elle redeviendrait complètement elle-même.

A chacun des baisers de Jake, l'espoir grandissait dans son cœur. La chaleur et le désir s'immisçaient dans des lieux qu'elle avait crus glacés à jamais. Pouvait-elle faire confiance à cet homme à ce point ? Cet homme qui l'avait autrefois blessée si profondément qu'elle avait été réticente à s'engager dans une autre relation ?

Les lèvres de Jake descendirent sur son ventre. Elle tressaillit.

Il la prit par les hanches, continuant à la couvrir de tendres baisers, mémorables pour elle et pour lui.

Une sorte de magie semblait envelopper Nora. Une sensation qu'elle n'avait jamais connue auparavant. Comme si chaque caresse de sa bouche réparait quelque chose en elle, bien au-delà de ce que pouvait accomplir un chirurgien, apaisant des blessures infiniment plus profondes.

Cela ne durerait pas, se dit-elle. Dans quelques minutes, il cesserait, et toutes ses vieilles plaies lui feraient mal de nouveau. Mais pour l'instant… Pour l'instant…

Enhardie, elle leva la main et effleura la tête de Jake. Ses cheveux étaient doux, agréables au toucher sous ses doigts hésitants.

Inclinant la tête en arrière, elle abaissa ses paupières de nouveau, alors que les lèvres de Jake effleuraient ses cuisses.

Quand il atteignit la dernière cicatrice, elle retint un cri. Elle aurait voulu qu'il ne s'arrête jamais.

Il se remit debout derrière elle.

— Regarde, souffla-t-il à son oreille. Regarde dans la glace.

Luttant contre sa propre lâcheté, elle obéit, mais cette fois, elle ne vit pas que ses cicatrices. Debout derrière elle, Jake la fixait dans la glace.

Ce qu'elle lisait dans son regard n'était ni de l'horreur, ni de la consternation ni du mépris. C'était un désir brûlant, intense, qui reflétait le sien.

— Tu es magnifique, répéta-t-il en regardant droit vers son reflet. Absolument magnifique.

Il ne la trouvait pas repoussante. Loin de là. La magie qu'il avait tissée autour d'elle demeurait. Soudain, au grand désarroi de Nora, il se dégagea et tendit la main vers ses vêtements.

— Tu as froid, murmura-t-il. Et je t'ai fait une promesse.

— Mais…

Sa protestation mourut sur ses lèvres. Elle se tut, ne sachant exprimer ce qu'elle voulait.

Il lui releva tendrement le menton.

— Tu n'es pas prête, Nora. Je veux te faire l'amour, crois-moi. Mais pas encore. Ce ne serait pas bien.

La déception envahit Nora, mais, en son for intérieur, elle devina qu'il avait raison. Elle n'était pas prête.

Elle acheva de se rhabiller, en silence, luttant contre un besoin qui resterait insatisfait. Du moins pour l'instant.

Car aller plus loin risquait de détruire la beauté de ce qu'il venait de lui donner.

10

Jake fit réchauffer leur repas, en s'écriant que Rosa serait sûrement contrariée si elle apprenait que sa cuisine avait été maltraitée dans un micro-ondes.

— On ne lui dira pas, rétorqua Nora, amusée.

Son humeur avait changé du tout au tout, au point qu'elle se demandait si elle devait s'en inquiéter.

— Sûrement pas. Elle est persuadée que le micro-ondes ruine la cuisine. Et je ne vais pas contredire une femme qui me prépare des repas fabuleux trois fois par jour.

— Sage décision.

Elle s'approcha de la fenêtre, admirant le tapis blanc qui s'étendait sur le ranch.

— Combien de temps est-ce que cela va durer ?

— Sûrement toute la journée de demain, d'après le dernier bulletin.

— Ça me donne l'impression d'être en sécurité.

— Je m'en doute.

Elle vit s'approcher son reflet dans la vitre, et l'instant d'après, il enroulait les bras autour de sa taille.

— Imagine que nous sommes sur une autre planète. Hors du temps, dans un monde différent. Profitons de l'isolement que la tempête nous offre.

— Comment allons-nous faire ça ?

— D'abord, nous allons terminer notre dîner. Ensuite

nous ferons un jeu, ou bien nous regarderons un film ou bien nous pouvons parler. Ce que tu voudras.

C'était comme si le blizzard la libérait de la toile de peur dans laquelle elle se débattait depuis si longtemps. Celle-ci reviendrait, bien sûr, mais pourquoi ne pas jouir de ce répit, si temporaire soit-il ? Ces derniers mois, elle n'avait guère eu l'occasion de prendre du bon temps. Même les plaisirs simples lui avaient semblé hors de portée.

— Mon Dieu, murmura-t-elle.

Derrière elle, le four à micro-ondes émit un petit signal.

— Qu'y a-t-il ?

— Je me demande seulement si je vais jamais pouvoir recoller les morceaux. Il y a une éternité que je n'ai pas pris goût à grand-chose.

— Je crois que tu as aimé notre petit exercice devant la glace, non ?

Elle rougit.

— J'ai adoré, avoua-t-elle d'une voix sourde.

— Bien. C'est un début. Je crois que le reste viendra, Nora. Il faut du temps, c'est tout.

— J'aime monter à cheval, observa-t-elle au bout d'un moment. Ça fait une chose de plus.

— Tu vois ?

Elle pivota dans le cercle de ses bras.

— J'aime le travail que je fais avec Emma.

— Ça fait trois.

Il se pencha et prit ses lèvres, lui donnant un baiser plus long que le précédent, qui ressemblait à une promesse.

— Eh bien, nous allons consacrer la soirée à trouver quelque chose d'autre qui te plaît.

Il se détourna pour sortir les plats du four, lui laissant aussitôt une sensation de manque. Ce serait bien peu sage de se lancer tête baissée dans une relation avec cet homme, songea-t-elle, et pourtant c'était déjà en train d'arriver.

Jake la désirait-il vraiment, en dépit de ce qu'il avait dit ?

Etouffant un soupir, elle prit l'assiette qu'il lui tendait et entra dans le salon.

— Les animaux ne risquent rien ? demanda-t-elle, désireuse de changer de sujet de conversation.

— Ils sont à l'abri. Demain matin, Al et moi devrons sans doute aller briser la glace dans les abreuvoirs. Mais ce soir, ça ira.

— Tant mieux. Je ne voudrais pas être dehors par ce temps.

— Il ne va pas faire trop froid. Et ils sont mieux équipés que nous pour résister au climat. Aimes-tu les jeux de cartes ? reprit-il. Je ne parle pas de strip-poker.

Elle rougit de nouveau au souvenir du moment où il l'avait déshabillée. Serait-elle embarrassée pendant les années à venir ? Ou cet instant resterait-il au contraire une source de ravissement secret ? Jake l'avait littéralement vénérée avec sa bouche, et ce, malgré ses cicatrices.

Le plus étonnant, compte tenu de la situation qu'elle avait traversée si peu de temps auparavant, c'était qu'elle l'avait laissé faire. Et elle s'en félicitait. La chaleur, le rayonnement, le délicieux désir qui l'avaient envahie lui redonnaient espoir, comme si quelque chose de brisé venait de se réparer.

— Le problème, avec les jeux de cartes, continua-t-il, c'est qu'il est préférable d'avoir plus de deux joueurs. Nous trouverons autre chose. J'ai des jeux de société qui te plairont peut-être. Et toute une collection de films.

Au fond, elle avait seulement envie d'être avec lui, de lui parler. Elle ne savait même pas de quoi, mais elle en était venue à aimer le son de sa voix, quel que soit leur sujet de conversation. L'adolescent d'autrefois était devenu un homme fascinant, qu'elle brûlait de mieux connaître …

N'était-ce pas étonnant ? Elle avait grandi avec lui, s'en

était allée pendant douze ans, et elle se rendait compte à présent qu'elle ne savait presque rien de lui, de ses rêves et de ses ambitions, des projets qui lui tenaient à cœur.

Une idée lui vint.

— Si on jouait à vingt questions ?

— Que veux-tu dire ?

— Je te pose une question, tu réponds. Ensuite c'est à toi de m'en poser une.

Il hésita.

— Je ne crois pas avoir de secrets, mais toi, Nora ? Et si je te pose la mauvaise question ? Pas intentionnellement, mais par ignorance.

Elle réfléchit, poussant machinalement la nourriture sur son assiette.

— Je suis prête à essayer, dit-elle enfin. Si c'est trop douloureux, je te le dirai.

De nouveau, il hésita.

— D'accord, mais évitons les choses trop sérieuses.

— Entendu. Si tu pouvais aller en vacances n'importe où, où irais-tu ?

C'était un sujet sûr. Très sûr. Et pas du tout le genre de question qui l'intéressait.

— C'est difficile, admit-il. Je suis plus ou moins coincé ici à cause du ranch.

— Tu as Al et Rosa. Disons que tu pourrais t'en aller pendant une semaine.

— Eh bien, dans ce cas-là, j'aurais une foule de possibilités. Autrefois je rêvais de voyager, de voir le monde entier.

— Peux-tu être plus précis ?

Il se mit à rire.

— Voyons. Il faut que je choisisse un seul endroit ?

Ce fut au tour de Nora de glousser.

— C'est toi qui t'es limité en parlant du ranch. Tu

peux changer d'avis. Imagine que tu as tout l'argent que tu veux et que tu peux aller n'importe où.

— A vrai dire, j'ai du mal à imaginer que je pourrais avoir autant d'argent. Comme tout le monde par ici, j'ai des moyens limités, et ils font tellement partie de mon existence que je ne peux pas me projeter au-delà.

— C'est intéressant. Je suis comme toi, je suppose. Mes objectifs ont toujours été modestes. Aller à l'université, trouver un emploi, avoir une petite maison. Je n'ai jamais rêvé d'avoir davantage.

— Ça ne te suffit pas ? demanda-t-il, la prenant par surprise.

Un sourire dansait sur ses lèvres.

— Qui a besoin de plus ?

— Je ne parle pas de besoin.

— Moi si. Peut-être que je ne peux pas rêver comme un millionnaire parce que ça n'a pas de sens. Ce que je veux, c'est garder ce ranch, en vivre dans la mesure du possible, fonder une famille, peut-être avoir un enfant qui prendra ma succession…

Il se tut, et une lueur sembla pétiller dans son regard.

— Au fond, ce sont de grands rêves. Et voyager n'en fait pas partie.

— Que dirais-tu d'un voyage au parc de Yellowstone ? suggéra-t-elle, souriant aussi.

— Ça, ce serait peut-être envisageable. A toi maintenant. Ou aimerais-tu aller ?

Il y a longtemps, elle avait rêvé de voyager, mais au fond elle soupçonnait que cela venait du désir d'échapper à son père. Depuis qu'elle avait quitté la ville, ses rêves d'évasion s'étaient un peu estompés, peut-être parce que son budget ne lui permettait pas d'y prétendre. N'en était-il pas ainsi pour la plupart des gens ?

— Je ne sais pas. Quand j'étais plus jeune, je rêvais de voir les pyramides mayas.

— Combien pourrions-nous en visiter en une semaine ?

Elle se mit à rire, mais son cœur avait fait un bond dans sa poitrine. Il avait dit « nous ». Parlait-il sérieusement ?

— Pas beaucoup, répondit-elle enfin. Une seule me suffirait.

— C'est faisable, dit-il comme si la chose était décidée. Question suivante ?

A cet instant précis, le vent se leva, sifflant autour de la maison et faisant trembler les vitres. Nora tressaillit. Le vent. C'était le seul son qu'elle avait entendu ce soir-là, quand elle s'était réveillée dans les bois. Le vent qui hurlait dans les cimes des arbres. Dans ses vêtements en lambeaux, glacée jusqu'à la moelle, sans force, elle s'était obligée à ramper centimètre par centimètre vers un endroit où l'obscurité semblait moins dense, jusqu'au moment où elle avait débouché sur la route.

— Nora ?

Jake la souleva dans ses bras et l'assit sur ses genoux, la ramenant brusquement à la réalité.

— Nora ? répéta-t-il.

— Le vent, murmura-t-elle. Ce soir-là… Le vent.

Les bras de Jake se resserrèrent autour d'elle, et il la berça doucement.

— Je vais mettre de la musique.

— Ça va, assura-t-elle. Ça va.

La musique ne l'aiderait pas. En un instant, elle avait été happée dans le passé, vers les souvenirs ténébreux qui la hantaient.

— J'ai rampé, chuchota-t-elle. Pendant une éternité. Il y avait un croissant de lune, j'ai rampé vers la lumière. Il faisait si froid et c'était si dur…

Jake garda le silence. Il ne chercha pas à lui offrir de

fausses paroles de réconfort, se contentant simplement de l'embrasser sur le front et de continuer à la bercer.

— Je me suis traînée sur le sol. Je ne sais pas combien de temps il a fallu. Je crois que je me suis évanouie par moments, mais je savais qu'il fallait que j'arrive à la lumière. Qu'il le fallait.

— Et tu y es arrivée.

Il avait parlé tout bas, tout doucement.

— J'aurais dû mourir.

— Je suis content que tu aies survécu.

Elle secoua légèrement la tête, encore aux prises avec son cauchemar.

— Non, on m'a dit que j'aurais dû mourir. J'ai perdu tellement de sang…

Un frisson le traversa, et elle sentit qu'il se raidissait contre elle mais il ne dit rien.

— Parfois… Parfois je regrette de ne pas être morte. Tout serait fini. Tout. Est-ce que ce sera seulement fini un jour ?

— Sans doute pas complètement. Mais les choses vont s'améliorer. Tu le sais. Tu es psychologue. Tu sais qu'avec le temps, les choses s'atténuent, même les plus terribles. Que tu pourras quand même trouver la joie et le bonheur. Parce que tu es encore en vie, et que je m'en réjouis.

Sur quoi il l'embrassa. Il l'embrassa vraiment, comme un amant. De petites ondes de plaisir parcoururent Nora, l'arrachant au passé, l'ancrant dans le présent.

Elle n'aurait pas connu cet instant si elle était morte, et ce baiser, donné par des lèvres qu'elle avait si souvent rêvé de goûter, suffisait à la rendre reconnaissante. Tout au moins pour l'instant.

Cédant à ses sensations, elle entrouvrit les lèvres.

Jake n'hésita pas. Son baiser se fit intime, profond,

entamant la valse de la séduction. Elle avait été embrassée ainsi par le passé, mais jamais un homme n'avait eu sur elle cet effet-là, aucun ne lui avait fait tout oublier. Elle leva la main et agrippa l'épaule de Jake, comme si elle redoutait qu'il ne s'éloigne.

Au contraire, il continua à explorer sa bouche.

Enfin, il se redressa, puis déposa une traînée de baisers sur son visage. Elle s'accrocha à lui, essayant de l'attirer à elle de nouveau, mais il résista.

— Je ne veux pas être seulement une distraction passagère, dit-il d'une voix rauque. Pas avec toi, Nora. Il faut que je sois davantage.

La justesse de ses mots frappa Nora en plein cœur. Elle se tourna et nicha le visage dans son épaule, les larmes aux yeux. Elle n'avait pas le droit de faire l'amour avec lui parce qu'elle risquait de le faire pour de mauvaises raisons. Et ce serait injuste pour eux deux.

Sa main se crispa sur le tissu de la chemise de Jake, et les larmes se muèrent en sanglots. Il recommença à la bercer, lui caressant les cheveux.

— Pleure, mon ange. Pleure. Laisse-toi aller. Quand tu souriras de nouveau, nous ferons l'amour, je te le promets. Parce que je te désire plus que je ne pourrais le dire.

— Arrête ! Arrête ! ordonna-t-elle d'une voix hachée.

— Que j'arrête quoi ?

— J'en ai assez. Je ne sais pas si je serai en vie la semaine prochaine. Ce type pourrait me trouver et m'achever !

Il ne discuta pas, soit qu'il se refuse à prononcer des paroles vides de sens, soit qu'il ne sache pas quoi dire.

— Nora ? dit-il enfin.

— Tu ne comprends pas, Jake ? Quand je t'ai demandé de m'emmener au bal, ce n'était pas une impulsion. J'ai envie de toi depuis que je suis assez âgée pour comprendre ce que cela signifie, et même avant. Je t'ai toujours désiré, et maintenant tu affirmes que tu me désires aussi, mais tu te dérobes.

— Nora…

— Je sais que tu penses me protéger. Peut-être. Mais peux-tu me promettre un lendemain ? Personne ne peut me promettre cela. Et si nous n'avions que cette nuit ? S'il n'y avait pas d'autres occasions ? Cesse de me protéger de moi-même !

Il garda le silence pendant si longtemps que la crainte commença à remplacer le désir qui la submergeait, un désir qui n'avait jamais tout à fait disparu, même pendant toutes les années où elle avait vécu à Minneapolis. Venait-elle de commettre la même erreur que ce soir-là ? L'avait-elle acculé, au point qu'il la rejetterait ? Moins brutalement cette fois, mais il la rejetterait néanmoins.

Quoi qu'il en soit, elle avait besoin d'une réponse. Il avait réveillé des espoirs qu'elle essayait depuis trop longtemps d'enterrer. Il les avait ramenés à la vie. Elle avait besoin d'une réponse, de n'importe quelle réponse, si douloureuse soit-elle.

Elle sentit qu'il prenait une inspiration et se raidit, s'attendant à un coup.

— Ce soir-là, comme je te l'ai dit, j'ai été cruel envers toi parce que je me protégeais moi-même, et je protégeais l'engagement que j'avais pris envers Beth. J'essayais de bien me conduire. En fait, j'ai fait la pire chose qui soit. Certains soirs, les paroles que j'ai dites m'empêchent encore de dormir.

Elle poussa un soupir, mais garda le silence.

— D'ailleurs, continua-t-il lentement, peut-être qu'il ne s'agit pas seulement de te protéger. Peut-être que je me protège moi aussi.

— De quoi ?

— De ce que j'éprouverais si je profitais de toi d'une quelconque manière. Et si, pour une raison ou pour une autre, notre aventure était sans lendemain ? En serais-tu blessée ? Serais-je blessé si nous faisions l'amour ce soir et que tu décides que je ne suis pas l'homme qu'il te faut et qu'il est temps d'aller de l'avant ? Et puis, je ne sais pas comment tu peux encore vouloir de moi après la façon dont je t'ai traitée. Tu devrais me détester.

— Je ne te déteste pas, dit-elle tout bas. Et il faut que je te fasse un aveu.

— Lequel ?

— J'ai compris que, ce soir-là, je t'avais en quelque sorte tendu un piège. Tu étais la seule raison qui aurait pu m'inciter à rester ici, et même si je ne m'en rendais pas vraiment compte à l'époque, il fallait rompre ce lien. Je savais que tu allais me rejeter.

— Je n'aurais pas dû te parler ainsi !

— Ta réaction m'a aidée à partir. Elle m'a poussée à aller de l'avant plus qu'aucun autre rêve n'aurait pu le faire. Ce que je veux dire, c'est que tu n'es pas entièrement responsable de ce qui s'est passé. Franchement, Jake, j'ai honte de l'admettre, mais pas un instant je n'ai songé que tu allais me dire oui.

— Mais…

— Sur le moment, reprit-elle, j'étais anéantie. Je l'admets. Et il m'a fallu longtemps pour reconnaître que j'avais été l'instigatrice de cette scène, dans le but de ne pas renoncer à la décision que j'avais prise de partir. J'avais besoin de cela, comprends-tu ?

— Il n'empêche que je ne me pardonnerai jamais. Quoi que tu en dises.

— J'espère que si. Je ne suis pas sûre que ça aurait marché aussi bien si tu avais été gentil. Je rompais le dernier lien qui me retenait dans cette ville.

— Moi.

— Toi.

Elle baissa la tête.

— Je ne suis pas fière d'avoir fait cela, et je le suis encore moins quand je vois à quel point tu t'accables encore de reproches. Mais c'est la vérité.

— Pourtant, tu étais encore fâchée contre moi quand je suis venu te chercher à Denver.

— J'ai entretenu ma colère pendant longtemps. Mais le jour où tu es venu me chercher, c'était un détail comparé à tout ce qui m'était arrivé. Alors peut-être que nous devrions nous pardonner l'un à l'autre et à nous-mêmes. Quand tu y penseras la prochaine fois, souviens-toi que tu étais mon moyen d'évasion.

Au bout de quelques secondes, il se remit à lui caresser le côté, et elle sentit qu'il se détendait.

— D'accord. Mais je m'en veux toujours d'avoir été aussi brutal.

— Nous avons tous des regrets.

Elle se détendit à son tour, savourant le plaisir d'être au creux de ses bras. Sa frustration s'était dissipée, une confession nécessaire avait été faite et elle avait déjà eu le temps d'accepter que sa propre conduite à l'époque avait sans doute été indispensable à sa survie. Elle devait lui donner le temps d'arriver à la même conclusion.

— Suppose que tu aies dit oui, reprit-elle. Ça n'aurait pas marché entre nous. Nous le savons tous les deux. Alors la blessure aurait peut-être été encore pire si tu avais été gentil. Mettons tout cela derrière nous.

— Tu avais vraiment envie de moi à l'époque ?

— Je ne crois pas que ça ait jamais changé, admit-elle. Tu m'as toujours attirée. Comme toutes les filles de l'école.

— J'en doute fort. J'étais un adolescent comme les autres.

— Sûrement pas ! protesta-t-elle avec un petit rire.

— Je suppose que nous ne voyons pas les choses de la même manière, dit-il en riant à son tour.

— Apparemment, non.

— Moi aussi, j'étais attiré par toi, avoua-t-il. Je ne sais toujours pas pourquoi j'ai été assez stupide pour ne rien faire. Peut-être que j'étais le typique adolescent idiot.

— Nous l'étions tous.

— Sans doute. Mais je sais aussi que je t'ai admirée d'avoir eu le courage de partir. Je crois te l'avoir déjà dit, mais beaucoup de gens en parlaient à l'époque et presque personne ne l'a fait.

— J'avais plus de raisons de le faire que la plupart.

Elle ne se considérait pas comme courageuse ou admirable. Elle avait eu besoin d'échapper à son père, et elle s'était servie de Jake pour s'obliger à partir. Il n'y avait là rien dont elle puisse être fière.

— Et maintenant ? Tu détestes toujours cette ville ?

— Je ne l'ai jamais détestée. Je détestais la manière dont mon père me traitait, mais à vrai dire, la ville m'a manqué.

— Comptes-tu retourner à Minneapolis ?

Elle se demanda si cette question cachait plus de choses qu'il n'y paraissait. La manière dont il la caressait commençait à raviver son désir.

— Je ne crois pas, murmura-t-elle enfin.

Pourquoi avait-elle l'impression qu'il n'y avait plus d'air dans la pièce ?

— Tu comptes aller ailleurs ?

— J'en doute. J'aimerais trouver le moyen de rester ici, je crois.

— Peux-tu oublier ce type ce soir ? Juste ce soir ? demanda-t-il brusquement.

— Bien sûr. Avec cette tempête qui souffle…

Sa réponse sembla libérer Jake. Il la serra plus étroitement dans ses bras et inclina son visage vers le sien, lui donnant le baiser le plus passionné qu'elle ait jamais reçu.

Quand il arracha sa bouche à la sienne, il murmura :

— Tu peux m'arrêter n'importe quand. Je te le promets.

A cet instant précis, elle ne voulait rien arrêter. Le ciel aurait pu s'écrouler, elle n'aurait pas voulu qu'il s'arrête. Elle le désirait depuis si longtemps qu'elle n'allait pas refuser ce qui serait peut-être sa seule et unique occasion.

Cependant, elle comprenait le point de vue de Jake. Après ce qui lui était arrivé, elle risquait de s'aventurer en terrain miné. Peut-être allait-elle découvrir que les dégâts causés en elle étaient irréparables. Et il était en train de lui dire qu'il lui donnerait le temps de guérir.

Comment avait-elle pu croire que cet homme était cruel ?

Auprès de lui, elle se sentait fondre, comme si un miel chaud coulait dans ses veines.

Elle oublia tout. Tout sauf les baisers et les caresses de Jake. Une vague de chaleur la submergea, chassant tout vestige de tension.

Un immense désir accompagnait cette chaleur. Un désir pour Jake, mais aussi le désir de mener une vie réelle, normale. D'être une femme normale avec un homme, avec des rêves et des espoirs normaux.

Jake avait longtemps figuré dans ses rêves et ses espoirs, et maintenant il y réapparaissait. Elle ne voulait pas s'interroger sur la sagesse de ses sentiments. Tout ce qu'elle voulait, c'était connaître l'amour avec Jake, comme elle l'avait imaginé autrefois.

Il se leva, la tenant toujours dans ses bras, et se dirigea vers l'escalier.

Le corps tout entier de Nora semblait battre au rythme de son cœur. Enfin. Enfin.

*
* *

Il était en train de perdre la tête, pensa Jake. Il le savait et s'en moquait. Il avait conscience du risque qu'il prenait. Mais… et s'il faisait souffrir Nora sans en avoir l'intention ? Et si elle finissait par le rejeter ?

De toute façon, il n'était plus de taille à lutter. Il avait combattu l'attraction qu'il éprouvait pour elle autrefois, et le prix à payer avait été élevé pour eux deux. Cette fois, seule Nora pouvait l'empêcher de continuer. Lui n'allait plus résister.

Il avait l'impression qu'un tambour résonnait entre ses oreilles, et devait se faire violence pour maîtriser le désir qui déferlait en lui, violent et cxigeant, menaçant de lui faire tout oublier.

Il voulait que ce moment soit parfait pour elle, mais il ne savait pas comment y parvenir. Il tremblait presque d'impatience à la perspective d'unir son corps à celui de Nora. Il se sentait aussi excité qu'un jeune de dix-huit ans sur la banquette arrière d'une voiture par une chaude nuit d'été. Aussi nerveux, aussi optimiste. Lui permettrait-elle de l'embrasser ? De lui caresser les seins ? D'aller plus loin ?

Quelques instants plus tôt, nue et frémissante devant lui, elle avait accepté ses baisers. Avait-elle senti combien il tremblait ?

Quand ils entrèrent dans la chambre, il veilla à ne pas déposer Nora à côté de la glace. Il ne voulait pas qu'elle se revoie, de crainte que même ses gestes de tout à l'heure ne suffisent pas à la rassurer.

Debout devant le lit, il lui encadra le visage de ses mains.

— Tu es sûre ? demanda-t-il, s'obligeant à lui poser la question.

— Oui, souffla-t-elle. Oh oui.

Puis elle eut un geste qui le stupéfia. Elle leva les bras et les noua autour de son cou, se penchant vers lui. La sensation de son corps pressé contre le sien décupla encore l'excitation de Jake.

— Bon sang, marmonna-t-il, je te veux tellement que je vais aller trop vite !

— Je suis contente de l'entendre.

Elle avait parlé d'une voix haletante, saccadée.

Il était déjà à bout de souffle, et leurs ébats n'avaient même pas encore commencé. En un éclair, il comprit que jamais il n'avait désiré Beth comme il désirait cette femme. Jamais.

Quel imbécile il avait été !

Figé de stupeur, il regarda la timide, la silencieuse Nora déboutonner sa chemise en flanelle. Si jamais la vie lui avait donné un feu vert, c'était maintenant. Brûlant d'impatience, enhardi, il repoussa les mains de Nora et fit passer la chemise par-dessus sa tête. Elle esquissa un léger sourire, comme s'il venait de lui faire plaisir. Puis elle plaqua ses paumes sur son torse.

— J'adore te toucher, murmura-t-elle.

Il se força à rester immobile pendant que ses mains délicates le parcouraient, traçant les contours de ses muscles jusqu'à la ceinture de son jean. Le sang cognait à ses tempes, chaque cellule de son corps était douloureuse.

Il abaissa lentement la fermeture de son jean.

Le sourire de Nora s'élargit. Elle tendit les mains et fit descendre le jean sur ses cuisses, libérant son sexe dressé. Avec un petit cri ravi, elle le prit dans ses mains.

A son tour il s'empressa de la dévêtir. Aussi impatiente que lui, elle tira sur son chemisier, et l'aida à faire glisser son pantalon sur ses hanches. Enfin, après ce qui sembla une éternité, ils se firent face, nus.

— Tu es magnifique, dit-elle d'une voix rauque, souriant toujours. Tu es le plus bel homme que j'aie jamais vu.

Jake en doutait, mais il n'était pas d'humeur à discuter. Elle non plus, apparemment. Elle se pencha en avant, et captura dans sa bouche un mamelon durci.

Ce fut comme si tout son corps s'embrasait. Il gémit et l'attira plus près, songeant vaguement qu'il faisait les choses à l'envers. Il aurait dû…

Cessant de réfléchir, il s'abandonna aux sensations, résolu à donner à Nora autant de plaisir qu'il en éprouvait.

Il prit ses seins voluptueux dans ses mains. Quand ses pouces en effleurèrent la pointe dressée, elle s'arqua contre lui avec un soupir.

D'un mouvement fluide, il la souleva et la déposa sur le lit, recouvrant à demi son corps et mêlant ses jambes aux siennes sans cesser de lui prodiguer baisers et caresses.

Il ne s'interrompit qu'un instant, pour enfiler un préservatif.

Sa dernière pensée cohérente.

Il captura ses lèvres de nouveau, brièvement, avant de reporter son attention sur ses seins. Il aspira un mamelon profondément dans sa bouche, savourant les gémissements de Nora, son corps qui s'arquait à sa rencontre.

Tandis que sa bouche continuait à la tourmenter, il glissa la main entre ses cuisses.

Un gémissement lui échappa et elle sembla tout entière se tendre vers cette caresse. Longuement il titilla le centre délicat jusqu'à ce qu'elle se mette à répéter son nom. Quand elle écarta les jambes, il ne se fit pas répéter l'invitation. Il se plaça au-dessus d'elle, le regard rivé au sien, s'obligeant à pénétrer lentement dans ses profondeurs brûlantes.

A sa place. Il se sentait à sa place. Il se mit à aller et

venir, oubliant tout. La tension grandit et grandit, et enfin, lâchant un gémissement sourd, il succomba au plaisir.

Nora n'attendait que ce déclic pour sombrer à son tour dans l'extase. Elle n'eut que vaguement conscience de crier, et puis ce fut comme une pluie d'étincelles dans sa tête, un feu d'artifice, une explosion de couleurs et de lumière.

Elle leva les mains et se cramponna aux épaules de Jake, priant pour que ce moment ne cesse jamais.

Jamais.

11

Le lendemain matin, Nora se sentait merveilleusement bien. Elle éprouvait une agréable sensation de fatigue — Jake et elle n'avaient grappillé que de rares moments de sommeil au fil de la nuit — et elle avait encore du mal à redescendre de son nuage.

Son esprit débordait d'images et d'expériences qu'il voulait passer et repasser en boucle, comme pour s'assurer qu'elle n'oublierait jamais un seul instant de cette nuit passée avec Jake.

Elle ouvrit les yeux, et l'entendit qui s'affairait en bas.

Elle avait envie de sourire, de soupirer de bien-être. Son corps rassasié s'ouvrait déjà à la perspective d'une journée neuve, riche en possibilités.

Quand avait-elle déjà éprouvé ce sentiment ?

Jamais.

Au-dehors, la tempête faisait toujours rage, confirmant qu'elle n'avait pas encore besoin de s'inquiéter. De plus, elle avait mille délicieux souvenirs à savourer.

Elle descendit les marches, en se promettant de chérir la nuit qu'ils avaient partagée. Jake lui avait offert un splendide cadeau. Plus d'un, en réalité. Même si leur relation n'allait pas plus loin, elle devrait essayer de ne pas souffrir. De ne pas laisser sa déception ternir la beauté de ces instants.

A sa grande surprise, il était en train de faire la cuisine.

Debout devant le fourneau, vêtu d'un jean et d'une chemise en coton qu'il n'avait pas pris le temps de boutonner, il faisait frire des œufs et du bacon.

— Où est Rosa ? demanda-t-elle.

Il pivota.

— Flûte, j'avais prévu de te servir le petit déjeuner au lit.

Elle rougit légèrement.

— Désolée.

— Ce n'est pas grave. Il sera tout aussi bon ici. Quant à Rosa, je lui ai téléphoné et je lui ai dit de rester chez elle. Par ce temps, elle pourrait se perdre sur le chemin. En revanche, Al et moi devrons travailler ce matin.

— Avec toute cette neige ?

— Il faut s'occuper des animaux.

— Mais vous pourriez vous perdre aussi !

Il secoua la tête.

— Nous utiliserons des cordes et nous resterons ensemble. Tu veux du café ?

Elle se laissa glisser sur une chaise tandis qu'il lui apportait une tasse.

— Merci.

— Tout le plaisir est pour moi.

Son regard brûlant l'enveloppa, promettant d'autres plaisirs à venir.

— Je suis étonnée que la neige n'ait pas cessé.

— Parfois les tempêtes durent un certain temps. Ce n'est pas rare, je suis sûr que tu t'en souviens.

— J'habitais en ville. J'en ai entendu parler plus que je ne les ai vues.

— C'est vrai.

Il disposa les œufs, le bacon et des tranches de pain grillé sur les assiettes, et les mit sur la table.

Puis il leva son verre de jus d'orange.

— A une femme superbe, à un matin parfait après une nuit encore plus parfaite.

Elle se sentit rougir et il se mit à rire.

— J'adore quand tu rougis, avoua-t-il. Tu es encore plus jolie que d'habitude.

Sur ce, il se mit à manger, sans remarquer qu'il lui avait coupé le souffle par ses compliments.

Curieusement, ses paroles amenèrent Nora à penser à Beth. Elle ne l'avait connue que de loin au lycée, mais elle se souvenait de cette jolie blonde qui lui avait toujours donné l'impression d'être affectée, de jouer un rôle en permanence.

A l'époque, Nora s'était reproché d'avoir cette pensée si peu charitable, et avait mis sa réaction sur le compte du fait que la jeune fille sortait avec Jake.

A présent, elle s'interrogeait.

— Qu'est devenue Beth ? demanda-t-elle. Habite-t-elle toujours dans la région ?

— Elle est partie avant que notre divorce soit prononcé. Elle revient seulement une fois par an pour rendre visite à ses parents.

— Ou est-elle allée ?

— D'abord chez des cousins à Denver. Ensuite elle a rencontré quelqu'un et j'ai entendu dire qu'ils habitaient à Dallas maintenant. La vie est plus animée là-bas.

— C'est vrai, admit Nora d'un ton neutre.

Rien de tout cela ne la regardait, au fond, et elle n'avait pas le droit de dire quoi que ce soit. Néanmoins, elle se demandait pourquoi Beth avait épousé Jake si la vie du ranch ne lui plaisait pas. Avait-elle cru pouvoir s'adapter ? Si ses souvenirs étaient bons, Beth avait vécu en ville. Ses parents étaient professeurs. Sans doute n'avait-elle pas la moindre idée de ce que serait le quotidien au ranch, surtout en hiver.

Nora ne l'aurait pas su davantage. Peut-être n'en avait-elle toujours pas la moindre idée même après quelques semaines de séjour.

La différence, c'était que l'isolement avait fait partie de l'enfance et de l'adolescence de Nora. Elle était habituée à rester seule. De nature, elle était plutôt réservée. Elle appréciait ses amis, mais n'aimait pas sortir trop souvent. Elle avait besoin de tranquillité et de silence pour préserver son équilibre.

Contrairement à Beth, qui avait toujours été entourée d'une foule d'amis.

— Elle n'était pas faite pour vivre ici, lâcha-t-elle avant d'avoir pu s'en empêcher.

Jake leva les yeux d'un air interrogateur.

— C'est une évaluation psychologique ?

— Je ne la connaissais pas assez bien pour affirmer cela d'un point de vue professionnel. Je réfléchissais, voilà tout. C'est le genre de personne qui n'était jamais seule. La vie loin de tout est difficile pour quelqu'un qui a besoin de compagnie.

— J'aurais aimé que quelqu'un me le dise avant qu'il ne soit trop tard.

— Sans doute ne s'est-elle pas rendu compte de ce dans quoi elle s'engageait. La plupart d'entre nous commettent les mêmes erreurs.

— C'est certainement mon cas, avoua-t-il. Heureusement, j'ai fini par mûrir un peu.

Elle sourit et proposa de faire la vaisselle pendant qu'il allait s'occuper des animaux avec Al. Quand il fut sorti, elle fixa quelques minutes la porte par laquelle il avait disparu, priant pour que les deux hommes reviennent sains et saufs. La visibilité était quasi nulle. Il ne semblait guère prudent de s'aventurer au-dehors par ce temps.

Elle frissonna légèrement, songeant au froid glacial

qui devait régner à l'extérieur. Soudain, elle se souvint qu'elle était censée se rendre à la bibliothèque ce jour-là. Emma devait avoir deviné qu'elle ne viendrait pas, mais il semblait courtois de lui téléphoner tout de même.

— Bien sûr que je ne t'attendais pas, répondit celle-ci. Il fait tellement mauvais que Gage n'a même pas voulu que j'ouvre la bibliothèque.

— Vraiment ?

— J'ai fait suivre mes appels, expliqua Emma. Ecoute, les écoles sont fermées et beaucoup de commerces aussi. La sécurité passe avant tout. Profite de ta journée de congé, Nora. Comme autrefois, quand on n'avait pas d'école à cause de la neige.

Nora raccrocha en souriant. Emma avait raison : elle avait toute une journée de liberté devant elle.

Avec Jake.

Savoir que la ville était paralysée la rassurait. Personne ne pouvait se déplacer. Même si Langdon se trouvait dans la région, il ne pouvait pas l'atteindre.

Cependant, au bout de deux heures, elle se découvrit une nouvelle source d'inquiétude : Jake et Al. Ils étaient partis depuis ce qui lui semblait être une éternité. S'ils avaient des ennuis, comment le saurait-elle ?

Rosa saurait, songea-t-elle. Rosa avait déjà dû connaître pareille tempête, et elle téléphonerait si elle soupçonnait que quelque chose n'allait pas.

Néanmoins, les minutes continuèrent à s'égrener, et la nervosité de Nora ne fit que s'accroître. Les hurlements du vent ajoutaient encore à son angoisse. De sombres souvenirs de la nuit fatidique rôdaient en marge de sa conscience. Elle tenta de les repousser en se remémorant les moments merveilleux qu'elle avait passés avec Jake la nuit précédente, mais ils restèrent présents, tels des vautours prêts à frapper.

Elle se mit à faire les cent pas, s'enveloppant étroitement de ses bras, de plus en plus anxieuse. Des vacances ? Quelles vacances !

Enfin, alors qu'elle commençait à désespérer, elle entendit la porte de derrière s'ouvrir. Elle se précipita dans la cuisine et vit Jake, aussi blanc qu'un bonhomme de neige, s'engouffrer à l'intérieur et retirer ses bottes.

— Je commençais à m'inquiéter, admit-elle.

— Je suis désolé. Il nous a fallu plus longtemps que prévu. Les conditions sont épouvantables, et nous avons dû nous mettre à l'abri plusieurs fois.

Il retira sa veste, s'avança et la prit dans ses bras. Elle lui rendit son étreinte, acceptant un baiser léger.

— Veux-tu un café ? proposa-t-elle, en se détachant de lui à regret. Il faut que tu te réchauffes.

— Je m'en charge. Il faut que je continue à bouger, j'ai les doigts et les orteils tout engourdis.

— Ce n'est pas bien, observa-t-elle, s'efforçant de parler d'un ton neutre.

— Non. Mais les animaux passent avant tout. A propos, je meurs de faim. Pas toi ?

— Laisse-moi te préparer un sandwich. J'ai besoin de faire quelque chose après tout ce temps passé à tourner en rond et à me faire un sang d'encre.

Occupé à remplir la cafetière, il se figea, son geste en suspens.

— Tu t'inquiétais à ce point ? Je suis vraiment désolé.

— Tu faisais ce que tu avais à faire. Je me demandais si vous aviez besoin d'aide, voilà tout.

— C'est ma faute. Rosa sait au bout de combien de temps envoyer une fusée. Je n'ai pas pensé à te le dire. Excuse-moi.

— J'ai parlé à Emma, dit-elle au bout d'un moment. Je suppose que la ville est plus ou moins au point mort.

— Oui. Personne ne circule.

— Quand j'étais à l'école et qu'il neigeait, murmura-t-elle, songeuse, je travaillais à la pharmacie parce que les employés de mon père étaient bloqués par le mauvais temps.

— Pas de vacances pour toi, alors ?

— Et pour toi ? rétorqua-t-elle d'un ton léger, éludant la question.

— Quand j'étais petit, oui. Mais dès que j'ai été assez grand pour donner un coup de main, c'en a été fini des vacances aussi.

— Tu vois ? Ce n'était pas pire pour moi.

— Sauf que je n'étais pas obligé de travailler avec ton père, plaisante-t-il.

Nora ne put réprimer un rire, qui dissipa le reste de sa tension.

Elle ouvrit le réfrigérateur et en sortit de la viande froide, de la laitue et de la mayonnaise. Une miche de pain maison attendait d'être coupée dans la huche.

Elle confectionna rapidement deux gros sandwichs pour Jake et la moitié d'un pour elle-même. Elle n'avait pas très faim, mais ce n'était pas étonnant. Contrairement à lui, elle n'avait pas passé deux heures à travailler dans la neige.

— J'aimerais bien me rendre plus utile, observa-t-elle alors qu'ils déjeunaient. J'ai l'impression d'être un fardeau la plupart du temps.

— Tu as un travail.

— Oui, mais j'aimerais participer davantage à la vie du ranch, trouver des choses à faire. Rosa s'occupe de la maison, évidemment, mais il doit y avoir d'autres tâches dont je pourrais me charger.

— Avant de partir en Floride, ma mère dressait les chevaux, dit-il d'un ton songeur. Si ça t'intéresse, je peux t'apprendre, et nous pourrions développer le troupeau. Cela dit, c'est beaucoup de travail.

— C'est pour ça que tu n'en as plus beaucoup maintenant ?

— Il y a des limites à ce qu'une seule personne peut faire. Ma mère consacrait le plus clair de ses journées aux chevaux.

Nora réfléchit, séduite par l'idée.

— D'accord. Quand toute cette histoire sera finie, si tu n'as pas hâte de te débarrasser de moi, j'aimerais bien essayer.

— De me débarrasser de toi ?

Il la regarda, l'air troublé.

— Ne pense pas cela, Nora. S'il te plaît.

Elle baissa les yeux, à la fois étrangement gênée et profondément émue.

— D'accord, dit-elle d'une voix étouffée.

A cet instant précis, le vent siffla autour de la maison, faisant vibrer les vitres. En un éclair, son cauchemar fut de retour.

— Il approche, murmura-t-elle.

C'était comme si elle le sentait au plus profond d'elle-même.

Une seconde plus tard, Jake avait fait le tour de la table. Il la souleva dans ses bras, l'emmena dans le salon, puis l'installa sur ses genoux et l'entoura de ses bras.

— Chut, murmura-t-il en couvrant son visage de baisers. Nous ne le savons pas. Et même s'il vient, tout le monde est à sa recherche.

C'était un argument dépourvu de poids. Tôt ou tard, elle redeviendrait une cible facile. Langdon trouverait un moyen de l'atteindre.

— S'il m'attaque, chuchota-t-elle, je ne veux pas vivre.

— Nora !

— Je parle sérieusement, dit-elle d'une voix tendue.

Il resserra son étreinte autour d'elle, mais ne chercha pas à lui offrir des platitudes. Même si elle avait oublié une partie des sévices que cet homme lui avait infligés, elle se souvenait suffisamment de son épreuve et des séquelles. Elle ne pourrait surmonter une nouvelle agression. Elle ne s'était même pas encore remise de la première.

— Il faudra qu'il me tue d'abord.

— Tu ne seras pas toujours là.

— Si tu veux, je serai ton ombre jusqu'à ce qu'il soit attrapé.

Bien qu'en proie à la terreur, submergée par d'affreux souvenirs, Nora se sentit égoïste.

— Tu ne peux pas faire ça. Ce ne serait pas juste.

— Ce qui ne serait pas juste, ce serait qu'il t'arrive quelque chose. Et je ne me pardonnerais jamais de ne pas avoir fait tout ce qui était en mon pouvoir pour l'empêcher. Par conséquent, à partir de maintenant, je ne te quitte plus.

Au bout d'un moment, entourée des bras de Jake et rassurée par sa force, Nora émergea lentement du cauchemar. Elle songea brièvement qu'elle aurait aimé passer le reste de sa vie sur les genoux de Jake. Peut-être, alors, aurait-elle été en sécurité.

Cependant, la réalité était là. Langdon était libre, et quoi qu'il en dise, Jake ne pourrait pas passer chaque minute de chaque jour à être son garde du corps. Elle s'abstint de le lui faire remarquer. Elle ne voulait pas qu'il se sente coupable, même si c'était la vérité.

Elle devait rassembler son courage et accepter qu'elle serait forcée d'affronter seule ce monstre. Seule. Et que seules son intelligence et sa présence d'esprit pourraient l'aider.

Ce n'était pas une pensée réconfortante, mais une

graine de détermination germait en elle depuis ces dernières semaines, depuis que Jake lui avait appris des rudiments d'autodéfense. Elle avait des raisons de vivre, de devenir plus forte.

Elle survivrait.

Il le fallait.

— Penses-tu toujours que cet homme soit motivé par le désir de tout contrôler ? demanda-t-il enfin.

— Je ne sais pas. Peut-être me suis-je trompée quant à ses motivations. Il est possible qu'il se moque complètement de ce qui m'arrive et que j'aie peur sans raison. Après tout, sa femme est encore en vie.

— Elle est dans le coma, lui fit-il remarquer.

— Toujours ?

— Toujours.

— Mon Dieu !

Elle secoua la tête.

— Je la connaissais. Elle est gentille, c'est une bonne mère. Elle ne mérite pas ça.

— Toi non plus tu ne méritais pas ce qui t'est arrivé. Personne ne mérite une chose pareille.

Elle se détendit contre lui.

— Tu dois être las de mes angoisses et de mes sautes d'humeur.

— Pas du tout.

— Moi, je le suis.

— C'est normal, je suppose.

Il marqua une pause.

— Le vent te fait peur, n'est-ce pas ?

— Oui.

— Eh bien, tout ce que je peux suggérer, c'est que tu l'écoutes maintenant, alors que tu es en sécurité. Pour moi, le bruit du vent est rassurant. Je suis à l'intérieur, au chaud et avec toi. Les choses ne pourraient pas aller mieux.

Peut-être avait-il raison. Elle se força à écouter le sifflement du vent, à l'interpréter à la lumière des instants qu'elle passait avec Jake.

Ce n'était pas chose facile. Les souvenirs remontèrent à la surface, mais elle les repoussa, se forçant à rester dans le présent. Elle avait appris les bienfaits d'une telle approche durant sa formation, et sentait que Jake avait deviné juste. Elle avait besoin de se désensibiliser au vent, et il n'y aurait pas de meilleur moment pour commencer.

Jake sentit qu'elle se détendait, mais il n'était pas encore tout à fait capable d'en faire autant. Les paroles de Nora, quand elle avait dit qu'elle préférerait mourir plutôt qu'endurer une autre attaque, l'avaient frappé en plein cœur.

Il devinait pourquoi. Il avait vu ses cicatrices, et il ne pouvait qu'imaginer l'étendue de ses souffrances. Pendant des années, cette expérience la hanterait.

Cependant, il ne plaisantait pas quand il avait promis de rester à ses côtés. Pour l'instant, il ne voyait pas encore très bien comment y parvenir, étant donné qu'il devait travailler, mais il était résolu à trouver une solution.

Il ne pouvait être sûr à cent pour cent que Langdon allait venir, mais il n'était pas prêt à ignorer ce risque. En dépit de son amnésie partielle, Nora était sans doute la personne la plus à même de jauger le comportement de cet homme. Tout suggérait que Langdon était un tueur en série en puissance, un homme mû par des impulsions qui, tôt ou tard, échapperaient à son contrôle.

Un homme qui continuerait à essayer de tuer.

Et qui, tôt ou tard, réussirait.

*
* *

Le vent soufflait moins fort. Debout à la fenêtre du motel, Langdon regardait la neige tomber. A présent, il distinguait les commerces d'en face, et le ciel nocturne était noir, non plus d'un gris jaunâtre.

Il alluma la petite télévision et chercha un bulletin météo. Ainsi qu'il l'avait soupçonné, les conditions s'amélioraient ; le lendemain promettait d'être calme et ensoleillé.

Se souriant à lui-même, il décida de partir avant l'aube. Avec un peu de chance, il arriverait à destination en fin de journée.

Une fois sur place, localiser Nora serait un jeu d'enfant.

Il ne lui resterait plus qu'à choisir le lieu, et le moment.

12

La lumière du matin était vive, presque aveuglante, et projetait sur la neige un kaléidoscope de couleurs. Sous le tapis d'un blanc étincelant perçaient ici et là des brins d'herbe marron.

Le vent avait cessé, et il faisait beaucoup moins froid. Les chevaux sortirent sans se faire prier de leurs box, ravis que Nora les guide dans l'enclos. Ils reniflèrent le sol avant de se diriger tranquillement vers les auges remplies de foin. Le plein air semblait toujours aiguiser leur appétit.

Elle retourna dans l'écurie et aida un moment Jake et Al à nettoyer les box. Elle venait de déjeuner, et l'activité lui faisait du bien.

Même si la nuit dernière avait été tout sauf inactive. Elle sourit, songeant à tous les récents souvenirs qu'elle possédait de Jake désormais. Elle regrettait que la tempête n'ait pas duré plus longtemps, pour avoir encore une journée seule avec lui.

Mais la réalité avait repris ses droits. Il devait travailler, et elle aussi. D'ailleurs, elle aimait la tâche qu'Emma lui avait confiée, et avait hâte de s'y plonger de nouveau.

Elle comprit avec un léger choc que, pour la première fois depuis son agression, elle reprenait plaisir à la vie, sous toutes ses facettes. Si seulement son agresseur était derrière les barreaux, son bonheur serait entier.

Ce regain d'optimisme était-il uniquement dû à sa relation avec Jake ? Elle espérait que non, car ce dernier ne lui avait rien promis. Pas vraiment. Certes, il avait fait quelques allusions à l'avenir, mais elles étaient si vagues qu'il était difficile de leur donner un sens.

Elle résolut de ne pas s'inquiéter à ce sujet dans l'immédiat. Elle avait d'autres soucis à gérer à présent que la sécurité apportée par la tempête lui avait été retirée. Langdon s'approchait peut-être. Rien, absolument rien, ne pourrait la convaincre qu'il avait renoncé.

Plus elle y réfléchissait, plus l'agression sauvage de l'épouse de Langdon lui semblait représenter un signal d'alarme. Elle n'arrivait pas tout à fait à mettre le doigt sur ce qui provoquait cette certitude, mais à ses yeux c'était la confirmation qu'il n'avait pas renoncé à se venger d'elle.

Contre toute attente, elle avait survécu. Elle l'avait identifié. Elle était parvenue à sortir des bois alors qu'il avait été absolument convaincu que des années s'écouleraient avant qu'on ne retrouve sa dépouille.

Par conséquent, il n'avait plus rien à perdre. Il n'avait que des comptes à régler. Et elle pressentait qu'il tenait à lui régler le sien.

Elle y songeait, le cœur lourd, tandis que Jake et elle roulaient vers la ville par cette splendide journée d'hiver. Jake lui tint la main pendant tout le trajet, cependant le pressentiment qui l'habitait demeura.

Quand ils arrivèrent à la bibliothèque, elle avait l'estomac noué par l'appréhension.

— Je dois aller au bureau, dit-il. Je peux t'emmener ou te laisser ici avec Emma. C'est toi qui décides. Mais si tu restes ici, j'enverrai un de mes hommes monter la garde.

— Je ne peux pas te suivre partout comme un agneau égaré, dit-elle à regret.

Tôt ou tard, il faudrait qu'elle affronte la situation.

Elle ne pouvait demeurer prisonnière de ses peurs ou dépendre de Jake à chaque instant de la journée.

— Si, répondit-il avec fermeté. Compte tenu des circonstances, ce serait parfaitement normal. J'ai promis de ne pas te quitter et je parlais sérieusement.

Il fallut à Nora tout son courage et toute sa détermination pour secouer la tête. Elle ne voulait pas s'éloigner de Jake du tout, pour des tas de raisons qui n'avaient rien à voir avec sa sécurité, mais elle était aussi résolue à reprendre le contrôle d'au moins une partie de sa vie.

— Tout ira bien. Je suis sûre que ton agent me protégera aussi bien que toi.

— Hé ! protesta-t-il, feignant d'être insulté. C'est moi le meilleur !

La tension qui se lisait dans son regard démentait sa bonne humeur apparente.

— Je sais, murmura-t-elle, sincère.

Il sourit à demi et se pencha pour l'embrasser.

— Je vais te regarder entrer. Et ensuite je ne bougerai pas d'ici avant qu'un de mes hommes arrive, d'accord ?

— D'accord.

Ouvrir la portière de la voiture exigea un effort, mais elle le fit. Elle redressa les épaules et remonta l'allée déneigée jusqu'aux marches qu'on venait de sabler. Quand la porte se referma derrière elle, le silence et les odeurs familières de la bibliothèque l'entourèrent.

Elle était en sécurité ici. Elle avait toujours été en sécurité en ce lieu. Cela était-il sur le point de changer ?

Jake s'assura que Ben comprenait l'importance de sa mission.

— Je sais, affirma l'agent. Nous ouvrons tous l'œil, chef.

— Je ne l'ai pas oublié. Seulement je ne veux pas que

quiconque se déconcentre. Je serai de retour dès que je pourrai me rendre disponible.

Une fois au poste, il se dirigea droit vers le bureau de Gage.

— Du nouveau ?

Son supérieur secoua la tête.

— On dirait que ce type s'est volatilisé.

— Ça ne m'étonne pas.

— Le pays est grand. Nous risquons de ne pas le retrouver à moins qu'il ne commette une erreur ou qu'il ne s'arrête quelque part trop longtemps. Autant chercher une aiguille dans une botte de foin.

— Et du côté de Fred Loftis ?

— Rien à signaler.

— J'espère qu'il ne va rien se passer aujourd'hui, soupira Jake. Ou peut-être que si. L'attente mine Nora, et pour ma part, je suis prêt à en découdre avec n'importe qui.

— Je sais ce que tu ressens, murmura Gage. Malheureusement…

Jake comprit ce qu'il voulait dire. Ils étaient impuissants. Cependant, il se demandait combien de temps Nora allait tenir le coup. Et si Langdon s'enfuyait pour de bon ? Combien de temps continuerait-elle à redouter sa venue ? Pourrait-elle jamais aller de l'avant ?

Cette inquiétude se logea tel un poids dans sa poitrine. Nora avait besoin d'une conclusion à cette histoire pour reprendre une vie normale. Il ne voulait pas qu'elle soit encore en train de regarder par-dessus son épaule dans cinq ans, la peur au ventre.

Mais rien ne suggérait que Langdon soit dans les parages, sinon la conviction de Nora. Avait-elle raison ?

Jake gagna son propre bureau, vérifia ses messages et son emploi du temps, puis se mit en congé pour deux jours. Avec un peu de chance, aucun événement imprévu n'exigerait sa présence en ville. Puis il retourna à la bibliothèque dans sa voiture.

Un mois s'était écoulé depuis la fuite de Langdon. S'il comptait venir ici, il ne devait pas être loin à présent. Sans doute était-il de plus en plus convaincu qu'il ne risquait plus rien. Que la vigilance se relâchait.

Eh bien, il n'allait pas baisser sa garde, se promit Jake. Pas avant longtemps.

Nora était absorbée dans le journal rédigé par une des premières femmes pionnières du comté. Une femme esseulée, qui parlait du vent, du vent incessant, et qui semblait sombrer peu à peu dans la folie.

Je n'entends que cela. Les enfants et le vent. Il me fait penser à une voix d'outre-tombe. Il souffle sans fin, la poussière envahit tout et je ne m'en soucie plus. Quand je sors, c'est encore pire.

Le vent crie sa solitude et sa douleur. Il m'interpelle jusqu'à ce que je me couvre les oreilles de mes mains. Si seulement il se calmait pendant quelques jours, si seulement il ne me harcelait pas chaque fois que je sors, s'agrippant à mes cheveux et à mes vêtements.

Il est vivant, ce vent, et il a la voix d'un démon.

— Nora ?

Surprise, elle tressaillit et leva les yeux. Emma se tenait sur le seuil. La bibliothécaire la regarda avec sollicitude.

— Quelque chose ne va pas ?

— Non… Non. C'est seulement ce journal intime. Cette femme souffre tellement…

— Tu as assez travaillé pour aujourd'hui, déclara Emma. Même si tu n'as pas besoin d'arrêter, et je pense que si, Jake t'attend depuis une éternité. Je crois qu'il aimerait aller déjeuner, alors pourquoi ne vas-tu pas avec lui ? Tu reviendras demain.

L'argument suffit à persuader Nora. Elle se promit de reprendre sa lecture le lendemain, si troublante soit-elle.

« Il a la voix d'un démon. »

Nora pouvait presque l'entendre, comme elle l'avait entendu lors de cette nuit froide et terrifiante. Il avait essayé de l'arracher à la vie alors qu'elle rampait faiblement sur les cailloux et les brindilles, glacée jusqu'à la moelle. Elle avait l'impression que cette femme appelait à l'aide à travers les siècles.

Pendant qu'elle se plongeait dans le passé, les nuages s'étaient accumulés dans le ciel. En revanche, il n'y avait plus de vent, et elle s'en félicita. Le récit de la pionnière l'avait mise mal à l'aise, confrontée à une souffrance autre que la sienne, bien réelle néanmoins. Elle aurait aimé pouvoir remonter le temps et offrir son réconfort à cette malheureuse.

— On va déjeuner ? suggéra Jake en démarrant.

— D'accord, répondit-elle, bien qu'elle n'ait guère d'appétit.

Emma avait raison, Jake l'attendait patiemment depuis un bon moment, et il avait sans doute besoin de manger quelque chose. Un coup d'œil à sa montre lui apprit qu'il était déjà 13 heures passées.

— Chez Maude, ça te convient ?

— Il y a une autre possibilité ? demanda-t-elle d'un ton aussi léger que possible.

— Nous pourrions rentrer à la maison, murmura-t-il.

— Non, c'est trop loin. Et tu as faim. Allons chez Maude.

La cafétéria était presque vide. Deux hommes âgés étaient assis à une table et discutaient football autour d'une tasse de café. Jake l'entraîna vers une banquette, et Maude apparut.

— Encore trop maigrichonne, dit celle-ci en la détaillant du regard.

— Je ne peux pas manger beaucoup à la fois, lui rappela Nora.

— Eh bien, il n'y a pas de repas régime ici. Mange ce que tu peux.

Nora réprima un soupir résigné. Dès que Maude eut tourné le dos, Jake intervint.

— Nous ne sommes pas obligés de rester ici, murmura-t-il.

— Ne t'inquiète pas. Comme elle a dit, je mangerai ce que je peux.

Il resta silencieux jusqu'à ce qu'ils soient servis. Maude apporta à Jake un sandwich au steak accompagné d'une montagne de frites, et à Nora du blanc de poulet grillé, des brocolis et du pain tout frais. Nora sourit. Maude pouvait donc confectionner des repas sains si on l'y encourageait. C'était bon à savoir.

— Que se passe-t-il ? demanda Jake à voix basse. Tu paraissais troublée quand tu es sortie de la bibliothèque.

— Je lisais le journal de quelqu'un.

Elle se sentait vaguement mal à l'aise à l'idée d'en parler. Jake allait-il penser qu'elle était à demi folle ?

— Le journal de qui ?

— C'était une des premières femmes à s'installer ici. Elle se sentait très seule et le vent la dérangeait, elle aussi. Elle a écrit… qu'il était comme un démon.

— Je vois pourquoi cela te perturbe. As-tu le même sentiment ?

Une bouffée de colère la traversa, peut-être parce qu'il avait frôlé la vérité.

— Je ne suis pas folle !

— Je n'ai rien dit de tel. Je sais que le vent te trouble. Je comprends pourquoi. La lecture de ce récit n'a pas dû être facile pour toi. Je me souviens de ce que tu m'as raconté, quand tu étais dans ces bois.

Enfin, elle osa affronter son regard et n'y lut rien de critique. Rien du tout. Au contraire, il était empreint de tendresse.

— Mon imagination s'est emballée, avoua-t-elle enfin. Je me suis identifiée à elle, je suppose.

— Et ça va ? Franchement, Nora, c'est la seule chose qui m'inquiète. Toi. Si ce journal t'a bouleversée…

Elle secoua la tête.

— Il m'a bouleversée, c'est vrai. Mais cette femme mérite qu'on lise son histoire même après toutes ces années.

— Je suppose que oui. Je ne vais pas me disputer avec toi.

— Waouh, fit-elle.

— Que veux-tu dire ?

— Si tu savais combien de temps j'ai passé à essayer de me justifier.

— Avant que tu partes d'ici, j'imagine ?

— Surtout, oui.

Elle lui sourit.

— Merci.

— De quoi ? Tu me parais être une adulte, tout à fait capable de décider par toi-même de ce que tu veux.

Ses paroles la touchèrent profondément, sans doute parce qu'elle n'en était pas si sûre elle-même. Oh ! bien sûr, elle avait l'âge de prendre ses propres décisions, mais les événements de ces derniers mois l'avaient laissée désemparée, et elle avait l'impression que, par certains côtés, elle était redevenue une enfant — tant de choses échappaient à son contrôle !

— Je ne me suis pas sentie très adulte ces derniers temps, avoua-t-elle.

Une lueur jaillit soudain dans le regard de Jake.

— Fais-moi confiance, dit-il d'une voix sourde, tu es très adulte.

Une bouffée de désir monta en elle, tel un brasier la consumant tout entière. Elle eut brusquement l'envie folle de retourner au ranch et de tout oublier dans ses bras. Tout.

Certes Rosa serait là, mais le soir viendrait, et une fois de plus elle se retrouverait blottie contre Jake et sentirait son corps s'unir au sien.

Une fois de plus elle redeviendrait une femme à part entière.

Il dut lire quelque chose sur son visage, car il leva la main.

— Maude ? Il faut qu'on parte. Peux-tu me donner des boîtes en carton ?

Langdon faisait de rapides progrès. Il roulait vite, sachant qu'il courait un risque, mais ne pouvant s'en empêcher. Il flairait presque l'odeur de sa proie dans les grands espaces qui s'étiraient devant lui, dans les montagnes qui se dressaient à l'horizon.

Il arriverait ce soir. Ce soir. Il avait hâte d'être à destination.

Mais il n'était pas complètement stupide. Il savait qu'il devrait prendre certaines précautions.

Dans les petites villes, les gens se méfiaient parfois des inconnus. Il allait donc devoir expliquer pourquoi il avait besoin de savoir où se trouvait Nora Loftis.

Il avait deux couteaux dans son sac. Il préférait l'arme blanche. Un pistolet était trop rapide. Tandis qu'un couteau... un couteau pouvait le distraire pendant des heures.

Il voulait voir la douleur de cette femme, il voulait l'entendre supplier, autant qu'il voulait la voir mourir. Il avait oublié depuis longtemps pourquoi elle était devenue une obsession pour lui. Peu importait.

Il devait s'occuper d'elle avant de passer à la suivante.

Il avait fait halte dans un grand magasin à Casper. Ainsi qu'il l'avait escompté, il avait trouvé là tous les articles dont il avait besoin. Au rayon jouets, il avait même déniché une plaque de policier qui, au premier abord, avait l'air assez authentique. Il la glisserait dans un portefeuille en cuir pour qu'elle ait l'air officielle, et ferait en sorte que personne ne l'examine de trop près.

Avec ça, il parviendrait sans doute à obtenir l'information qu'il désirait. Il passait et repassait son histoire en boucle dans sa tête, répétant les phrases qu'il dirait. Avec un peu de chance, quelqu'un mordrait à l'hameçon.

Ses doigts se crispèrent sur le volant.

Il arriverait ce soir.

Nora Loftis n'avait tout au plus qu'une journée à vivre.

De retour au ranch, Nora enfila un jean et ressortit aussitôt. Cela lui faisait du bien d'être dehors et le vent léger qui soulevait ses cheveux ne lui semblait pas du tout menaçant.

Elle passa deux heures dans l'enclos, à entraîner les chevaux qui ne demandaient pas mieux que de trotter et de libérer leur énergie. A mesure que le temps passait, elle sentit que sa morosité se dissipait, cédant la place à l'optimisme.

Les choses avaient changé depuis l'époque où cette femme avait écrit son journal, songea-t-elle. Même par mauvais temps, on n'était plus tout à fait coupé du monde comme avant. D'ailleurs, peut-être cette femme avait-elle d'autres problèmes. Peut-être son mari n'était-il pas un vrai compagnon, un soutien constant pour elle.

Elle se promit de continuer sa lecture le lendemain. Jamais elle n'avait supposé qu'un journal intime puisse la passionner autant qu'un grand roman. C'était sans doute parce qu'elle s'identifiait à cette femme loin de tout, seule avec le vent.

— Salut, appela Jake.

Elle se détourna de Marguerite, qui réclamait des caresses.

— Oui ?

— Je ne sais pas ce que tu en penses, mais je crois que nous avons tous les deux besoin d'une boisson chaude. Tu viens ?

Elle tapota l'encolure de la jument une dernière fois et s'empressa d'aller le rejoindre. Elle avait les joues glacées. Mais elle se sentait si bien dans sa peau, si heureuse d'être là !

Oui, faire l'amour avec Jake l'avait transformée. Elle reprenait goût à la vie.

Elle continua à sourire, en se hâtant vers la porte que Jake tenait ouverte pour elle. Il lui rendit son sourire, et son visage s'illumina. Lui aussi, apparemment, avait remisé ses inquiétudes pour le moment.

Et pourquoi pas ? A quoi cela aurait-il servi de vivre chaque instant en redoutant le suivant ? Nul ne pouvait prédire l'avenir. Même s'ils n'avaient que quelques minutes devant eux, il aurait été dommage de les gaspiller.

Elle retira son chapeau, ses gants et sa veste puis se déchaussa, elle sentit alors qu'une chaussette était restée dans sa botte et se pencha en gloussant pour la remettre. Jake lui donna une petite tape espiègle sur les fesses.

— Jolie vue ! commenta-t-il.

Elle se redressa en riant. Elle apercevait Rosa à travers

les vitres de la porte intérieure, de sorte qu'elle réprima la tentation de se tourner vers lui et de l'embrasser.

C'était stupéfiant, mais elle avait soudain le sentiment de pouvoir faire cela chaque fois qu'elle en avait envie. Stupéfiant. Comme sa vie avait changé !

A l'intérieur, le fameux chocolat chaud de Rosa les attendait, accompagné d'une assiette de cookies au beurre de cacahuète qui venaient de sortir du four. Nora mangea avec plus d'appétit qu'elle n'en avait eu depuis des mois.

— C'est le grand air, annonça-t-elle. Je meurs de faim.

— Ça et le travail, renchérit Jake en faisant signe à Rosa de s'asseoir avec eux.

Celle-ci secoua la tête avec un léger sourire.

— Le dîner est au four. Si cela ne vous ennuie pas, j'aimerais rentrer à la maison. Al a-t-il bientôt fini ?

— Oui nous avons terminé pour la journée. Et il va recommencer à neiger, alors allez-y. Merci pour tout.

Quand elle eut disparu, le regard de Jake rencontra celui de Nora.

— Elle a senti que nous voulions être seuls.

— Vraiment ?

— J'ai l'impression que c'est écrit sur mon front. Pas toi ?

Nora rougit.

— Tu crois que c'est si évident ?

Jake haussa les épaules en souriant.

— C'est grave ?

Quelques instants plus tard, ils grimpaient les marches en riant comme deux enfants. Ce qui suivit, en revanche, fut très adulte.

*
**

Debout à la fenêtre du salon, Jake observait le paysage étincelant sous la neige. De temps à autre, le clair de lune perçait entre les nuages, créant un univers magique.

Il se sentait comblé. Nora avait apporté à sa vie un sentiment d'épanouissement qu'il n'avait jamais connu. Seule une pensée venait ternir son bonheur : une fois Langdon derrière les barreaux, voudrait-elle retourner à la vie qu'elle s'était construite, et à tous ses amis ? Il doutait fort qu'elle veuille réellement rester ici, au milieu de nulle part, après avoir vécu dans une ville agréable, où elle avait un emploi fantastique.

Autrement dit, il s'était exposé à la souffrance. Eh bien, il y ferait face. Ce qui comptait, c'était que Nora ait ce qu'elle voulait, ce dont elle avait besoin. Il ne voulait pas la rendre malheureuse. Bien au contraire.

La vie distribuait des coups. C'était inévitable.

Avec un soupir, il songea à préparer du café. Au milieu de la nuit, cela semblait insensé, mais Nora avait finalement sombré dans le sommeil après des heures passées à faire l'amour. Lui, en revanche, était parfaitement réveillé.

Son regard scrutait les environs, et il se rendit compte qu'il comprenait maintenant ce que Nora avait voulu dire quand elle avait affirmé se sentir prisonnière d'une toile et que l'araignée approchait. Aussi bizarrement que cela puisse paraître, il avait la même impression.

Même leurs ébats ne pouvaient le détendre suffisamment pour chasser ce sentiment. La menace existait quelque part. C'était comme une tension qui vibrait dans l'air nocturne, un avertissement silencieux.

Langdon allait venir. Peut-être était-il tout proche. Jake ne pourrait plus dormir à présent. Il réfléchissait à la meilleure façon de protéger Nora, et comprenait qu'aucune protection ne pouvait être parfaite. Comment était-ce possible ? D'un côté, un homme. De l'autre, une femme.

Ne pas la quitter aurait été une solution, mais il devait se rendre à l'évidence : ce n'était pas réaliste. Tôt ou tard, une occasion se présenterait, et si ce monstre était dans les parages, il la saisirait. Il trouverait Nora.

Jake tenta de se rassurer en se rappelant qu'on avait averti Loftis de ne pas révéler où elle était. Malgré tout, n'importe qui dans la région pouvait lâcher une information, ne serait-ce que par inadvertance. Langdon savait peut-être déjà où elle se trouvait. Dans un ranch aussi vaste, même trois paires d'yeux pouvaient perdre Nora de vue assez longtemps pour qu'un malheur arrive.

Peut-être n'aurait-il jamais dû l'encourager à quitter la maison de son père. Peut-être aurait-elle été plus en sécurité en ville. Cependant, la rage l'envahissait chaque fois qu'il pensait à la manière dont Fred Loftis l'avait traitée. Comment avait-il pu accuser sa fille d'avoir causé ce qui lui était arrivé ? Quel genre de père était capable d'une telle conduite ?

N'avait-elle pas déjà assez souffert ?

Jake n'avait qu'un seul désir : la protéger de tout. La garder à l'abri. Certes, elle n'en souffrirait que davantage, mais il était incapable d'avoir des pensées rationnelles à cet instant.

Il serra et desserra les poings. Il voulait en finir. Il voulait que Nora soit libérée de sa peur. Il voulait que Langdon, ce monstre, soit derrière les barreaux jusqu'à la fin de ses jours. Tout de suite.

Au lieu de quoi il devait se contenter de fixer la nuit enneigée, et d'attendre.

Pour la première fois de sa vie, il avait des envies de meurtre.

*
* *

Tard dans la nuit, Fred Loftis entendit tambouriner à sa porte. Le bruit était sourd, mais persistant, et il se demanda si Nora avait finalement compris qu'elle s'était mal conduite et était revenue à la maison. Il était grand temps ! Il avait envisagé de donner un sermon le dimanche suivant sur la manière dont les âmes perdues pouvaient être sauvées, en se servant d'elle indirectement comme exemple.

Il se leva, ne prit pas la peine de chausser ses lunettes, et alla ouvrir la porte. Un inconnu se tenait sur le seuil. En dépit de sa cataracte, Fred ne pouvait se méprendre sur le reflet d'une plaque de policier.

— Monsieur Loftis, je suis l'inspecteur Fielding de la police de Minneapolis. Je suis venu parler à Nora Loftis.

— Elle n'est plus là, grommela Fred, faisant mine de refermer la porte.

L'homme tendit la main pour l'en empêcher.

— Où est-elle ? Je dois l'informer que son agresseur est en état d'arrestation. Et je dois lui donner une convocation au tribunal.

Loftis le foudroya du regard.

— Mon gars, si vous allez frapper aux portes à cette heure-ci, vous allez vous faire tirer dessus, plaque ou pas plaque, surtout dans un ranch. Allez lui parler demain matin, d'accord ?

— Demain matin ? Il faut que je rentre. Elle est dans un ranch, vous dites ?

— Ce maudit Jake Madison l'a prise chez lui. Comme je disais, vous allez vous faire tirer dessus si vous allez là-bas à cette heure-ci.

— Je ne peux pas rester. Vous lui ferez la commission pour moi ?

— Je lui dirai demain matin. Le type est en prison. La date au tribunal, c'est laquelle ?

— Je suis sûr qu'elle s'en souvient. Demandez-lui d'appeler si elle a oublié.

Fred claqua la porte. Puis, fait rare chez lui, il la verrouilla.

Il retourna à pas lents dans sa chambre, songeant vaguement à appeler Madison avant de se raviser. Même un flic assez idiot pour frapper à la porte de quelqu'un en pleine nuit n'irait sûrement pas jusqu'au ranch.

En tout cas, on faisait les choses différemment à Minneapolis. Il voyait mal un agent du coin le déranger pour un détail pareil.

L'imbécile. Il se recoucha et cessa d'y penser. C'était sans importance. Nora le saurait bien assez tôt.

Langdon repartit, aux prises avec un nouveau problème. Comment trouver le ranch de Madison ? Qui pouvait le renseigner ? S'il s'arrêtait dans une station-service à cette heure-ci pour demander le chemin, il risquait d'attirer l'attention.

Le vieil homme avait affirmé qu'il parlerait à Nora le lendemain matin. Demanderait-elle à la police locale de vérifier la véracité de l'information ? Si oui, il n'avait pas beaucoup de temps devant lui. Il devait trouver le ranch et se cacher avant qu'on se mette à sa recherche. Il doutait fort que les agents croient qu'un policier de Minneapolis s'était déplacé en pleine nuit dans le seul but de délivrer cette information.

Malgré tout, la pression supplémentaire ne fit que renforcer son excitation. C'était le jeu du chat et de la souris : il devait échapper aux policiers et éliminer Nora. Il en était capable. Il le savait.

Il se gara sur le parking désert du supermarché et réfléchit. Tout le monde devait connaître le ranch en question. Le seul problème, c'était de ne pas éveiller les soupçons. Compte tenu de l'aisance avec laquelle il avait berné le vieil homme, il était sûr d'y parvenir.

La plaque, l'approche raisonnée. Ou peut-être une méthode plus détendue ?

Il sourit et redémarra pour quitter la ville. Déjà, un plan s'ébauchait dans son esprit.

13

L'après-midi était splendide : l'air était froid mais sec, et la neige fraîche scintillait au soleil. Quand Nora et Jake étaient revenus de la ville une heure plus tôt, Al avait expliqué qu'il s'inquiétait à propos de deux vaches malades dans une prairie éloignée. Jake recommanda à Nora de rester à l'intérieur avec Rosa pendant qu'il allait avec Al s'occuper des bêtes, promettant d'être de retour quelques heures plus tard.

— Il faut que j'aille voir, mon chou, dit-il en lui effleurant la joue. Si ces vaches sont contagieuses, nous devons les soigner au plus vite. Le pire serait qu'une épidémie se propage à tout le troupeau. Peut-être aurons-nous besoin du vétérinaire.

Elle sourit, savourant sa caresse, baignant dans le bonheur qu'il lui avait apporté ces derniers jours.

— Ne t'inquiète pas pour moi. Reviens vite.

Elle le regarda partir, éprouvant une chaleur intérieure qu'elle n'avait jamais connue auparavant. Jake était un amant merveilleux, mais leur relation allait bien au-delà du plaisir physique. Il lui donnait l'impression d'être quelqu'un de précieux, de vraiment aimé.

Rosa avait prévu de faire le ménage dans les salles de bains du premier étage et refusa son aide. Nora admira le temps qu'il faisait et décida d'en profiter un peu. Si elle appelait au secours, Rosa l'entendrait, et il était peu probable que cela se produise de toute façon.

Bien emmitouflée, elle gagna l'enclos et donna quelques carottes à Marguerite, qui était rapidement devenue son amie.

Cependant, la jument paraissait fébrile. Elle s'ébroua et se mit à trotter autour de l'enclos, comme si quelque chose la dérangeait.

Bien sûr, elle avait été confinée à l'intérieur ces derniers jours à cause du mauvais temps. Nora soupira. Que faire ? Jake lui avait formellement interdit de partir en promenade toute seule.

Marguerite racla son sabot sur le sol et secoua la tête plusieurs fois avant de décrire un autre cercle. Puis elle revint à Nora et lui donna un coup de tête si dur que celle-ci faillit en perdre l'équilibre.

Cette fois, la demande était claire. Le cheval avait envie de sortir.

C'était la première fois qu'elle voyait Marguerite se comporter ainsi, et elle se demanda vaguement si la maladie dont Jake avait parlé avait pu l'affecter.

La jument fit un autre petit cercle et vint se placer devant elle. Pas de doute : elle voulait un peu d'exercice.

Nora hésita, puis se décida. Quel mal y aurait-il à sortir ? Elle était au milieu de nulle part. Même quelqu'un qui savait qu'elle était sur les terres du ranch aurait du mal à la retrouver.

Elle attendit encore un peu, mais l'agitation de Marguerite perdura. En fin de compte, elle eut l'idée d'aller chercher la selle. Si la jument se calmait en la voyant, elles pourraient juste faire un petit tour tout près du ranch.

Quand elle revint, haletante, le harnachement sur l'épaule, Marguerite dressa les oreilles et s'approcha, se mettant dans la position qu'elle prenait pour qu'on la selle. Oui, c'était bien ça.

Nora commençait à escalader la clôture quand soudain elle éprouva des picotements nerveux à la nuque, et la sensation indéfinissable d'être observée.

Elle se figea et regarda autour d'elle, mais hormis les bâtiments familiers, il n'y avait rien à voir. Que des arbres et des montagnes. Pas âme qui vive.

C'était sans doute Rosa qui l'avait regardée depuis la fenêtre du premier étage. Elle ferait mieux de se dépêcher sinon celle-ci allait venir la disputer.

Rosa ne se montra pas, et, après quelques tentatives infructueuses, Nora se hissa tant bien que mal sur la jument qui attendait patiemment.

— Tu es une bonne fille, Marguerite, dit-elle en lui tapotant l'encolure.

Quelques minutes plus tard, elles trottaient dans la neige, sous le soleil doré de l'après-midi. Elles n'iraient pas loin, songea Nora. Pas loin du tout.

Quand elle eut de nouveau la sensation d'être observée, elle fut certaine que c'était Rosa. Elle se ferait gronder à son retour, elle en était sûre.

Cette pensée la fit sourire.

Un jeu d'enfant, songea Langdon. Incroyablement facile. Au petit matin, il s'était arrêté dans une station-service à quelques kilomètres de la ville et avait expliqué à un adolescent mal réveillé qu'il avait une livraison pour le ranch Madison et qu'il ne savait pas comment le trouver.

Il avait obtenu les renseignements qu'il cherchait, mais il avait aussi reçu un petit choc. Apparemment, ce Madison était le chef de la police locale. Non que cela ait de l'importance. Au fond, cette information ne faisait que confirmer son intuition : s'attaquer à Nora en ville risquait d'être une grosse erreur. Ce type avait probablement mis tous ses hommes en alerte.

Autrement dit, c'était au ranch qu'il fallait frapper.

Arrivé sur place en milieu de matinée, il avait sillonné les routes environnantes et reconnu les lieux. Finalement il s'était garé à l'écart, sur une butte d'où il pouvait surveiller le ranch. Peu après midi, une voiture était apparue et il avait enfin vu Nora.

La douce, la délicieuse Nora.

Quand les deux hommes qui habitaient le ranch s'étaient éloignés vers le nord, il avait hésité. Devait-il attendre ou saisir sa chance ? Pendant qu'il s'interrogeait, Nora était sortie de la maison et s'était dirigée vers l'enclos. Une occasion allait-elle s'offrir à lui ?

Marguerite semblait contente d'être sortie. Nora appréciait le grand air, elle aussi, malgré le froid qui lui picotait les joues. Elle décrivait des cercles de plus en plus larges, s'éloignant peu à peu du ranch, tout en guettant la direction d'où Jake et Al viendraient. Ils étaient déjà partis depuis assez longtemps, et elle espérait qu'ils n'allaient pas tarder.

Elle décida de longer l'orée du bois, et de laisser Marguerite galoper un peu sur le terrain plat. Ensuite, il serait temps de rentrer.

Elle n'avait pas encore l'habitude de galoper et se sentait crispée sur la selle. Pire, ses pieds glissaient dans les étriers de temps à autre. Elle était sur le point de tirer sur les rênes et de regagner l'écurie au pas quand une silhouette jaillit juste devant elle. Effrayée, Marguerite se cabra. Nora glissa et bascula en arrière. Sa tête heurta le sol, et elle eut juste le temps de voir des étoiles avant de sombrer dans les ténèbres.

Jake fixait les bêtes mortes, atterré. Il laissa échapper un juron. Al ne répondit pas, mais son expression parlait d'elle-même. Ils avaient dû achever les deux vaches, visiblement empoisonnées par un appât qu'on avait laissé non loin de là, sans doute à l'intention des loups ou des coyotes. Pour le moment, ils avaient enveloppé les restes de l'appât dans un poncho, mais ils allaient devoir revenir tout nettoyer et emporter les carcasses, qui étaient probablement tout aussi toxiques à présent.

Jake connaissait ce poison. C'était un produit illégal, que certains continuaient à utiliser néanmoins, et qui risquait de contaminer l'eau potable. Son troupeau tout entier était peut-être menacé. Al et lui avaient déplacé les autres bêtes, mais cela ne suffirait peut-être pas à les protéger.

— Je vais appeler Gage, dit-il d'un ton sombre. Puis nous reviendrons au plus vite, avant que les charognards arrivent.

— Entendu.

Jake était fou de rage, et se demandait si les chiens avaient goûté à l'appât aussi. Ils avaient conduit le troupeau à l'écart des animaux malades et semblaient en bonne santé, mais cela ne voulait pas dire qu'ils n'aient pas ingéré de poison.

Il jura de nouveau. Il serait quasi impossible de découvrir qui était l'auteur de ce geste. Le produit pouvait venir de n'importe où.

Laissant Al monter la garde, il prit le chemin du retour avec les chiens, désireux de les mettre en quarantaine en attendant que le vétérinaire les ait examinés.

Cependant, il oublia toutes ses préoccupations lorsqu'il déboucha au coin de la grange et vit Marguerite, sellée mais sans cavalier, debout à côté de l'enclos, ses rênes traînant sur le sol.

Un frisson le traversa. La robe de la jument luisait encore de sueur. Elle avait galopé. Fui, peut-être. Et où était Nora ?

Il sauta à bas de sa monture, enferma en hâte les chiens dans la grange, et se rua vers la maison en criant son nom.

Rosa répondit du premier étage.

— Elle était à l'enclos.

— Il y a combien de temps ?

— Vingt minutes. Une demi-heure ?

— L'avez-vous vue seller Marguerite et partir ?

Rosa porta une main à sa bouche, horrifiée.

— Bon sang, je lui avais dit de rester ici !

Elle pâlit et laissa retomber sa main.

— Elle était seulement à l'enclos, Jake. Elle n'est tout de même pas prisonnière.

— Non. Mais elle a disparu. Appelez le shérif. Immédiatement. Dites-lui que c'est une urgence.

Déjà, Rosa tendait la main vers le téléphone.

Jake attrapa sa ceinture et son étui, et sortit son pistolet du placard.

— Je vais la chercher. Al surveille les vaches. Quelqu'un les a empoisonnées.

Rosa étouffa un cri.

— Nora d'abord, dit-il. Dites au shérif dans quelle direction je suis parti. Al peut s'occuper des animaux jusqu'à ce que nous ayons trouvé Nora.

Elle acquiesça.

— Nora d'abord. Trouvez-la, Jake.

Il se mit en route, suivant les traces laissées par les

sabots de la jument dans la neige. Il priait pour que Nora soit saine et sauve, pour qu'elle soit seulement tombée.

Sauf que Marguerite n'était pas le genre de cheval à s'enfuir quand cela se produisait. Quelque chose l'avait effrayée.

La peur s'insinua en lui, aussi lourde que du plomb.

— J'attendais que vous repreniez connaissance.

Nora connaissait cette voix. La terreur la submergea et elle crut que son cœur allait exploser. Elle ne voulait pas ouvrir les yeux, ne voulait pas revoir ce visage.

Assise sur le sol glacé, elle était ligotée à un tronc d'arbre, les bras derrière elle. Tous ses cours d'autodéfense ne lui serviraient à rien à présent, à moins qu'elle ne trouve le moyen de se libérer.

— Je sais que vous êtes réveillée. C'est un plaisir de vous revoir, Nora. Je suis content que vous soyez de nouveau en bonne santé. Ma tâche n'en sera que plus plaisante.

Elle ouvrit les yeux.

— Votre *tâche* ?

— Ma mission, au fond.

Langdon tenait entre ses mains un grand couteau, et laissait courir son pouce le long de la lame.

— Elle exige un certain talent, vous savez. Apparemment, je n'étais pas suffisamment compétent la première fois. Et laissez-moi vous avertir tout de suite. Si vous essayez de crier ou même d'élever la voix, je vous enfonce un chiffon dans la gorge.

Elle déglutit avec peine, étourdie, cherchant désespérément une idée. Les pensées se bousculaient frénétiquement dans sa tête, sans suite. *Calme-toi*, se dit-elle. *Calme-toi*. La panique ne lui serait d'aucune aide. Néanmoins, son cerveau refusait de l'écouter.

— Je ne voudrais pas qu'on vous entende hurler, ajouta-t-il.

Elle ne répondit pas, mais se força à fixer le visage qui hantait ses cauchemars.

Au prix d'un effort, elle recouvra l'usage de la parole.

— Vous n'êtes pas obligé de faire ça. Laissez-moi partir. Je ne dirai rien à la police.

Il secoua la tête.

— Je vous croyais plus intelligente que cela.

Il prenait son temps, comprit-elle. L'estomac retourné, elle se concentra, cherchant une tactique qui lui permettrait de gagner du temps, elle aussi. Il devait y avoir un moyen.

La flatterie ? Elle n'était pas sûre de savoir exactement ce qui plaisait à Langdon. Il n'aimait pas qu'on lui résiste, c'était certain. Quoi qu'il arrive, elle ne devait pas essayer de protester. Non, elle devait trouver mieux.

Réfléchis !

Enfin, d'un ton hésitant, elle dit la seule chose qui lui venait à l'esprit, espérant faire mouche :

— Vous êtes très fort.

Elle avait vu juste. Elle le lisait sur ses traits. La clé était là. Maintenant, elle devait s'en servir.

Les cercles que Nora avait décrits en s'éloignant du ranch étaient encore visibles. Ensuite elle avait longé l'orée du bois. Jake suivit ses empreintes, l'oreille aux aguets. Pour le moment, il n'entendait que le souffle du cheval, le tintement du harnais. Rien d'autre.

Soudain, il s'arrêta, devinant qu'il avait trouvé l'endroit où elle était tombée. Les empreintes de Marguerite s'étaient creusées, comme si elle s'était cabrée, et on ne pouvait se méprendre sur la forme du corps de Nora sur la mince couche de neige, ni les foulées plus larges de la jument repartant dans la direction opposée.

Jake scruta les bois et sentit le cœur lui manquer. Il n'y avait pas de neige sous les arbres, et il n'y aurait pas ou peu de traces sur le sol gelé. Suivre la piste serait difficile, sinon impossible.

Mais il devait essayer.

Il descendit de sa monture, sachant que son cheval l'attendrait sans bouger.

Il attrapa sa carabine, et prit dans la sacoche de la selle un pistolet lance-fusées, qu'il fourra dans une de ses poches. Dans l'autre il mit une poignée de cartouches. Au loin, la première voiture de patrouille arrivait, gyrophare allumé, mais sans avoir enclenché sa sirène.

Les secours étaient là. La seule question était de savoir s'ils atteindraient Nora à temps.

— Oui, se rengorgea Langdon. Je suis très fort. Et vous allez me rendre encore plus puissant.

Nora demeura un instant perplexe. Que voulait-il dire ?

— Comment cela ?

— Par vos cris. Votre douleur. Votre mort. Si vous étiez morte la première fois, j'aurais joui d'un pouvoir indescriptible.

Oh ! Seigneur, non seulement cet homme était cruel, mais il était en plus complètement fou. Elle s'obligea à prendre plusieurs profondes inspirations. Qu'avait dit un de ses professeurs ? Que les fous n'étaient pas du tout illogiques. Que leur logique obéissait seulement à une réalité différente.

Mais laquelle ? La peur l'empêchait d'être lucide. A moins que sa chute n'ait affecté ses capacités de raisonnement. Luttant de toutes ses forces contre l'envie de hurler, elle fouilla sa mémoire à la recherche d'un indice. Ainsi, Langdon espérait être rendu invincible par sa souffrance et sa mort ?

Elle avait lu ou entendu cela quelque part. Etait-ce lié à une croyance ou à une culture particulière ? De quelle manière ?

— Comment est-ce possible ? demanda-t-elle enfin, d'une voix qui tremblait un peu.

Il se redressa légèrement, caressant toujours le couteau, comme s'il se demandait s'il voulait répondre. A quel point il désirait se vanter.

De son côté, elle raidit les poignets, cherchant à les libérer de ce qui semblait être une corde en Nylon. Ses doigts étaient engourdis par le froid. Bientôt, elle ne pourrait plus les bouger.

Du temps. Il fallait qu'elle gagne du temps.

— Votre essence se combinera à la mienne, dit-il.

— Mon essence ?

— Votre énergie, répondit-il avec impatience, comme s'il s'adressait à une enfant obtuse. Mais surtout, le pouvoir de vie et de mort que j'ai sur vous décuple ma force. Bientôt, personne ne pourra m'arrêter.

Les tempes bourdonnantes, elle ne parvenait plus à réfléchir. Soudain, une autre pensée s'imposa à elle.

— Vous êtes comme un dieu.

Il esquissa un sourire maléfique, qui lui donna froid dans le dos.

— Exactement.

— Dites-m'en davantage. J'aimerais comprendre ce qui m'arrive.

— C'est inutile.

La panique la gagna de nouveau. A tout moment… Elle devait le retarder coûte que coûte. Elle avait l'impression que la corde se relâchait un peu autour de ses poignets. Chaque seconde comptait.

— Mais…, hésita-t-elle. Peut-être que si je comprends comment cet acte… vous rend plus puissant, vous en serez plus fort encore.

Il se figea, frappé par cette pensée.

— Plus fort parce que vous comprenez ? Je ne…

Il se tut, et recommença à palper le couteau.

— Peut-être, dit-il enfin.

Elle redoubla d'efforts pour se dégager. La corde glissait-elle sur sa main ?

— C'est comme un rite, dit-elle désespérément. Les rites fonctionnent parce qu'ils ont un sens. Et ma mort n'a un sens que si je la comprends.

Il baissa la tête un instant, perdu dans ses pensées.

Elle attendit, retenant son souffle, tirant sur ses liens. Pourvu qu'il la croie ! Pourvu qu'il la croie.

Jake était sur le point de perdre la tête. Terrifié pour Nora, il luttait pour maîtriser son émotion et ne pas manquer d'indice alors qu'il s'avançait dans les bois. Il priait pour que Nora et son agresseur soient encore là, pour qu'il ne l'ait pas emmenée à bord d'un véhicule. Il priait pour la retrouver, parce qu'il savait que, sans elle, sa vie n'aurait plus de sens.

La forêt silencieuse étouffait les bruits, rendant difficile de savoir si quelqu'un était là, mais couvrant aussi ses propres mouvements. Etait-ce un avantage ou un inconvénient ? Il n'aurait su l'affirmer.

A l'évidence, Nora avait été traînée sur le sol pendant quelques mètres, puis son agresseur avait dû la porter sur ses épaules. Les marques disparaissaient.

Il chercha plus haut, guettant des branches courbées

ou cassées, des broussailles dérangées. La piste devenait de moins en moins nette, mais il continuait à avancer pas à pas alors qu'il brûlait de courir, parce que courir n'aurait servi à rien.

A rien du tout.

Il gardait la main crispée sur sa carabine, songeant que s'il découvrait cet homme, il le mettrait hors d'état de nuire à jamais. Ce jour-là serait son dernier sur cette terre.

Soudain, une voix lui parvint.

— Un rituel serait bien, dit enfin Langdon, visiblement séduit par l'idée. Je devrais en préparer un.

— Oui, murmura Nora. D'après ce que j'ai entendu dire, il doit y avoir un ordre, un sens. Et pour que ça marche, il faut que tout soit fait comme il faut.

Elle avait du mal à articuler, le cœur cognant à toute allure dans sa poitrine. Elle continuait à tirer sur ses liens, une seule pensée en tête. Si elle pouvait libérer ses mains, se lever assez vite… Mais comment pourrait-elle courir plus vite que lui, échapper à ce couteau ? Une vague de désespoir la submergea. Elle n'y arriverait pas. Elle ne pourrait pas empêcher le cauchemar de se répéter.

Elle se fit violence pour se ressaisir. Quoi qu'il arrive, elle ne se laisserait pas faire sans résister. Pour le moment, la soumission était l'instrument qui la maintenait en vie, mais le moment venu, elle lutterait de toutes ses forces pour se défendre.

Tout à coup, elle se rendit compte que sa main était libre.

Jake s'avança sans bruit. Il entendait une voix masculine, mais aussi une voix de femme.

Nora.

Il accéléra le pas, sa carabine déjà armée, prête à faire feu. Pourvu que Nora soit saine et sauve ! Il ne pouvait supporter l'idée d'une autre cicatrice, d'une autre blessure sur elle.

Il rejeta cette pensée. Pour l'instant, il devait se concentrer sur cet homme, l'abattre coûte que coûte.

Une éternité sembla s'écouler avant qu'il les aperçoive à travers les arbres. Elle était assise au pied d'un sapin, apparemment ligotée. Son ravisseur lui faisait face, un couteau de chasse entre les mains.

Jake jaugea la situation. Langdon était trop près de Nora. Il risquait d'atteindre celle-ci en faisant feu. Il contourna lentement la scène, cherchant un meilleur angle de tir, s'autorisant un instant de soulagement à la pensée que Nora semblait indemne. De fait, elle parlait à cet homme.

Elle était incroyablement courageuse.

En un éclair, tout bascula.

Nora bondit sur ses pieds et se rua vers son agresseur, qui, pris par surprise, tenta tant bien que mal de se relever.

— Sauve-toi, Nora ! cria Jake en sortant des bois.

Dieu merci, elle réagit immédiatement et changea de direction.

Langdon s'était remis debout. Instinctivement, il pivota vers Jake, et tout aussi instinctivement, ce dernier tira, l'atteignant à la poitrine.

Ce ne fut pas la fin. Comme dans un film, l'homme esquissa un rictus diabolique et s'avança vers lui.

— Vous ne pouvez pas me tuer.

Il fit un pas de plus, brandissant le couteau. Jake tira de nouveau. Langdon resta debout.

Jake hésita une seconde. Devait-il attaquer à mains nues ou avait-il le temps de recharger son arme ?

Soudain, sous ses yeux stupéfaits, Nora revint et bondit sur le dos de l'homme, nouant les mains autour de sa gorge.

Celui-ci gesticula furieusement avec le couteau, cherchant en vain à frapper. Et maintenant, Jake n'avait plus le choix. S'il tirait, il toucherait Nora.

Il se rua en avant, l'œil rivé sur l'arme de son adversaire.

Langdon s'était peut-être cru invincible, mais il commençait à avoir l'air affolé. Non seulement Nora l'étranglait, mais elle lui assénait également de violents coups de pied dans les jambes avec ses bottes de cow-boy à bouts pointus.

Jake fit un pas de côté, et décocha un coup de poing sur la tempe de Langdon. Celui-ci se mit à saigner abondamment. Sans doute ne pourrait-il plus tenir bien longtemps.

A cet instant, il émit un grognement de rage aussitôt suivi d'un gargouillement. Jake frappa de nouveau, cette fois sur la plaie à la poitrine.

Langdon tituba, lâchant le couteau.

— Eloigne-toi, ordonna Jake à Nora, en rechargeant sa carabine aussi vite que possible.

Elle obéit. Au même moment, Langdon tomba la tête la première.

Jake s'avança et, avec le canon de son arme, le fit rouler sur le dos. Déjà, le regard de l'homme s'était voilé.

L'instant d'après, il était mort.

La maison grouillait de policiers. Les urgentistes examinèrent Nora, soignèrent les brûlures qu'elle avait aux poignets et lui conseillèrent d'aller à l'hôpital si elle avait des maux de tête durant les heures à venir, mais pour l'essentiel, ils la déclarèrent en bonne santé.

Enfin, Jake s'accroupit devant elle, et lui prit les mains doucement.

— Il faut que je sorte. Deux de mes bêtes ont été

empoisonnées cet après-midi. Le shérif et moi devrons nous en occuper avant que le poison se propage.

— Comment cela ? demanda-t-elle, interdite.

— Si un animal mange la chair d'un animal empoisonné, il est empoisonné à son tour. Et le produit toxique risque de contaminer la nappe phréatique. Je dois partir tout de suite. Je suis désolé.

— Langdon a-t-il pu faire ça ?

Il secoua la tête.

— Sûrement. Il voulait m'éloigner de toi.

Elle lui effleura la joue.

— Je ne t'ai pas remercié. Mais va. Je comprends. Je te remercierai plus tard.

14

Quand il rentra à la maison, Jake prit Nora dans ses bras et la serra étroitement contre lui.

— Je suis fier de toi, dit-il enfin. Quand je pense à la manière dont tu as attaqué cet homme… Nora, tu es tellement courageuse.

— J'étais terrifiée, avoua-t-elle tout bas.

— Moi aussi, répondit-il honnêtement. Je voulais une seule chose : le trouver et le tuer.

Elle lui rendit son étreinte. Il s'installa dans le fauteuil, et l'assit sur ses genoux.

Pendant un long moment, ils restèrent silencieux, absorbant les événements de la journée. Enfin, alors que la nuit commençait à tomber, les émotions se mirent à refluer.

— Je suis libre, déclara Nora. A l'abri de cet homme pour toujours.

Elle inclina la tête vers lui et lui offrit son premier sourire depuis ce matin-là.

— Je commence tout juste à le croire. Je n'ai plus besoin d'avoir peur.

— Je pense que tu avais déjà fait d'énormes progrès ces dernières semaines.

— Peut-être, admit-elle en déposant un baiser sur sa joue. Merci.

— De quoi ?

— De tout.

— Je n'ai pas fait grand-chose.

— Tu m'as donné un refuge, un endroit où reprendre mes forces et confiance en moi.

— Je crois que tu as toujours eu cela. Il fallait seulement que tu le redécouvres.

Puis il lui fit le baiser qu'il mourait d'envie de lui donner depuis des heures : un baiser profond, intime et possessif. Il savait qu'il n'avait aucun droit sur elle, mais dans son cœur, elle était sienne.

— Que vas-tu faire à présent ? demanda-t-il.

— Ça dépend.

— De quoi ?

Elle releva la tête et le regarda droit dans les yeux.

— De toi, Jake. De toi.

Le cœur de Jake fit un bond dans sa poitrine. Elle avait accompli tant de chemin depuis qu'elle était arrivée ici !

— De moi ? Tu veux savoir ce que je veux vraiment ?

— Oui, répondit-elle en le fixant sans ciller.

— Je te veux, toi. Pour toujours. Je veux que tu sois ma femme. La mère de mes enfants. Je veux que tu sois dans mon lit et à mes côtés.

— Je t'aime. J'adore ce ranch. J'adore cet endroit.

— Mais ta carrière…

— J'en trouverai une ici. Et sinon, eh bien, j'aime m'occuper des chevaux.

— Tu ne t'ennuieras pas ?

— Je crois que j'aimerais m'ennuyer une fois de temps en temps, mais avec toi ce n'est jamais le cas.

Il la serra si fort qu'elle laissa échapper un petit cri.

— Je t'aime, Nora. Je t'aime plus que je ne saurais le dire. Mais ne dis pas oui à moins d'être sûre que tu veux vraiment rester. J'ai eu mal quand Beth est partie, mais si je te perdais, toi… Eh bien, ma vie serait vide à jamais. Elle ne vaudrait plus la peine d'être vécue.

Elle lui caressa la joue.

— J'éprouve la même chose pour toi. Une partie de moi t'a toujours aimé.

Il l'embrassa longuement, tendrement.

— J'ai trouvé le paradis avec toi. Tu es dans toutes mes pensées. Dès que nous sommes séparés, je meurs d'envie de te retrouver.

Elle eut un petit rire.

— C'est pareil pour moi.

— Epouse-moi, Nora, dit-il en capturant son visage entre ses mains. Nous nous marierons à l'église. Avec tout le tralala. Tu veux bien ?

— Bien sûr que oui.

Elle noua les bras autour de son cou et se blottit contre lui.

— Je t'aime, Jake.

— Bon. On se marie demain ?

Elle éclata de rire, débordant de bonheur.

— Et tout le tralala, alors ?

— D'accord, nous attendrons quelques mois.

Sans ajouter un autre mot, il se leva, tenant toujours Nora dans ses bras, et se dirigea vers l'escalier. Ils allaient entamer leur nouvelle vie ensemble de la meilleure manière possible : unis l'un à l'autre.

DELORES FOSSEN

Collaboration sous tension

BLACK *ROSE*

éditions HARLEQUIN

Titre original : SHOTGUN SHERIFF

Traduction française de PHILIPPE DOUMENG

83-85, boulevard Vincent-Auriol, 75646 PARIS CEDEX 13.
Service Lectrices — Tél. : 01 45 82 47 47
www.harlequin.fr

1

Comanche Creek, Texas.

Quelque chose clochait.

Le shérif Reed Harding prit son Smith & Wesson dans son holster en cuir, sous son aisselle, et sortit prudemment de son pick-up maculé de boue. Les talons de ses bottes s'enfoncèrent dans la terre détrempée ; il leva la tête et tendit l'oreille.

C'est ce qu'il n'entendait pas qui le dérangeait.

Assurément, quelque chose ne tournait pas rond.

Il aurait dû entendre le piaillement des geais bleus ou les cris des cardinaux. Ou encore apercevoir, haut dans le ciel, un faucon à la recherche de son déjeuner. Or la nature était étrangement calme, et les collines qui s'étendaient à perte de vue dans ce petit coin de Texas semblaient pétrifiées, hors du temps. Ce qui avait effrayé les oiseaux pouvait se cacher dans les sous-bois et Reed espérait que c'était un coyote ou un chat sauvage, car toute autre éventualité lui nouait l'estomac.

Il repensa à la femme assassinée quelques heures plus tôt, à quelque distance de là.

Son arme bien assujettie dans la main, il se fraya un chemin jusqu'à l'arrière du bungalow tout en cherchant des indices en route, indices qu'il avait peut-être négligés lors de ses premières fouilles, après la découverte du corps. Il voulait s'assurer que rien ne lui avait échappé ; pour le moment, il n'y avait rien à signaler.

Excepté son intuition d'une anomalie…

Qui se vit bientôt confirmée.

Beaucoup trop de traces de pas montaient et descendaient le long du sentier. On n'aurait dû compter que les siennes et celles de son adjoint, Kirby Spears, Reed ayant interdit l'accès du chemin afin de préserver la scène de crime de toute contamination.

Il fit halte et s'agenouilla pour les inspecter.

— Nom d'un chien ! s'exclama-t-il.

De petite taille et étroites, elles se distinguaient par une cavité creusée dans la terre meuble à l'arrière de la plante du pied.

Qui pouvait bien se promener par ici en hauts talons ?

La victime, Marcie James, retrouvée douze heures plus tôt dans le bungalow, une balle dans la tête, n'en portait pas. Pas plus que son meurtrier présumé, Reed en était certain, puisque ce dernier n'était autre que son principal adjoint, Shane Tolbert.

Maudissant le fait que Shane soit à présent écroué, Reed repoussa la branche massive d'un pin lui barrant la route et poursuivit son ascension. Son sentiment de malaise s'accrut lorsqu'il constata l'absence de son autre adjoint et celle de son véhicule de service.

Et la présence d'une jeune femme blonde, dissimulée derrière le tronc d'un chêne déraciné.

Petite correction : une blonde *armée* et, qui plus est, une étrangère.

D'une taille avoisinant le mètre soixante-dix, elle était vêtue d'une tunique blanche à manches longues qu'elle avait fourrée dans son jean noir. Ses cheveux se réunissaient en une queue-de-cheval dont aucune mèche ne venait troubler l'ordre. Et, effectivement, ses bottines noires étaient à hauts talons. Cependant ce n'était pas sa tenue qui attirait le regard de Reed, mais le revolver pointé en direction du bungalow qu'elle tenait dans sa main gantée de latex.

Reed la mit en joue de son Smith & Wesson.

Peut-être l'entendit-elle, ou sentit-elle sa présence, car elle se retourna vivement et le dévisagea. Elle changea de position, se préparant sans doute à le viser à son tour, mais se ravisa en distinguant l'insigne accroché à son ceinturon. Elle eut alors une réaction qui laissa Reed parfaitement coi : elle mit son index contre ses lèvres pour lui signifier de se taire.

Reed fureta autour de lui, cherchant en vain un sens à cette insolence, puis se dirigea vers l'inconnue sur la pointe des pieds, au cas où quelqu'un la menacerait vraiment. Si tel était le cas, alors cette personne avait sciemment violé une scène de crime, car le bungalow était littéralement empaqueté de rubans jaunes en prohibant l'accès.

Vu la rapidité avec laquelle les rumeurs se propageaient en ville, tout le monde devait être au courant du meurtre dans un rayon de trente kilomètres autour de Comanche Creek. Chacun devait donc respecter la consigne, à moins de vouloir en découdre avec lui. Il n'était pas un mauvais type — bien que chacun ait ses mauvais jours — et ses concitoyens respectaient ses décisions, surtout lorsqu'il était très clair à leur sujet. Et il était toujours très clair quand il s'agissait de la loi.

— Je suis le shérif Reed Harding, dit-il en arrivant près d'elle.

— Livvy Hutton.

Pas plus que son visage, son nom ne lui était familier. Qui était cette femme ?

D'un petit mouvement de tête, elle désigna le bungalow.

— Je crois qu'il y a quelqu'un à l'intérieur.

— Avez-vous vu mon adjoint ?

— Je l'ai envoyé faire une commission.

Curieusement, cette réponse inattendue ne le fit pas enrager. Il était sur le point de lui demander par quel mystère son adjoint s'était mis au service d'une femme armée se promenant en bottines de marque lorsqu'un rayon de soleil fit étinceler l'insigne en forme d'étoile épinglé sur sa tunique blanche.

— Vous êtes une Texas Ranger ?

Il n'avait pas voulu avoir l'air si surpris, mais le mal était fait. Il avait déjà eu maille à partir un peu plus tôt avec un ranger, le lieutenant Wyatt Colter, affecté à Comanche Creek suite à ce crime qui avait mis la ville sens dessus dessous. Et voilà qu'on lui envoyait un ranger d'un tout autre genre… Cela faisait deux auxiliaires de trop pour une affaire qu'il entendait bien résoudre par ses propres moyens. Il n'avait que faire d'un ranger.

— Exact. Sergent Olivia Hutton. Officier scientifique du corps des rangers.

Elle lui jeta un bref regard de ses yeux bleu acier. Pas vraiment amical. Plutôt condescendant.

Modeste shérif d'une bourgade du Texas, Reed avait souvent vu ce regard. D'aucuns le cataloguaient d'office comme un simple d'esprit, un pauvre bougre incapable de conduire une enquête criminelle. C'est cette réputation qui avait certainement décidé les autorités à lui adjoindre, non seulement un Texas Ranger, mais aussi un médecin légiste et maintenant cet expert.

Tout comme il l'avait fait avec le lieutenant Colter, Reed allait mettre les choses au point avec le sergent Hutton. Mais d'abord, il devait s'assurer que personne ne se trouvait dans le bungalow ; c'était là sa préoccupation première.

A travers les deux fenêtres dépourvues de rideaux,

Reed ne remarquait aucun signe de vie. Les rubans jaunes étaient toujours en place. Bien sûr, on avait pu se glisser en dessous et pénétrer dans la petite bâtisse — après toutefois avoir trouvé un moyen de déverrouiller les portes et les fenêtres. Mis à part le propriétaire, et probablement les membres de sa famille, seuls Reed et son adjoint en possédaient les clés.

— Vous voyez quelqu'un à l'intérieur ? chuchota-t-il.

Elle tourna la tête pour lui répondre et ce mouvement les rapprocha, presque à se frôler. Son parfum était légèrement musqué, nota Reed, et son haleine sentait le chocolat.

— J'ai entendu un bruit, expliqua-t-elle. J'étais avec votre adjoint, occupée à relever des empreintes de pas autour du bungalow. Je voulais qu'on s'active parce qu'il était censé pleuvoir cet après-midi.

Et en effet, une pluie fine tombait à présent, compliquant leurs recherches.

— Après que votre adjoint est parti déposer les échantillons à votre bureau, j'ai décidé d'entrer dans le bungalow, et c'est alors que j'ai entendu un bruit de pas.

Reed se laissa bercer un instant par le son de sa voix. Son accent n'était pas des environs, ni même du Texas. La Côte Ouest ? Il remit cette question à plus tard. Pour l'heure, il devait s'occuper d'un possible intrus en un lieu recelant des indices qui pouvaient innocenter Shane. Mais peut-être s'agissait-il du propriétaire, Jonah Becker, bien que Reed lui ait demandé de se tenir éloigné des parages de la scène de crime.

Son arme bien en main, Reed sortit du couvert des arbres et fit quelques pas vers le bungalow.

— Ici le shérif Harding, lança-t-il à voix haute. Sortez tout de suite !

Derrière lui, Livvy poussa un soupir d'exaspération.

— Vous trouvez malin de vous exposer ainsi ?

Il prit le temps de se retourner pour lui jeter un regard noir.

— C'est peut-être une folie à Boston, mais ici, à Comanche Creek, j'aime que l'on suive *mes* règles, et que l'on obéisse à *mes* ordres.

Enfin, il l'espérait.

— Pas Boston, rétorqua-t-elle. New York.

Reed leva brièvement les yeux au ciel. Un Texas Ranger devait naître et grandir au Texas, selon lui. Et certainement pas porter des chaussures à hauts talons.

Elle n'avait pas non plus à se parfumer ; cela ne lui rappelait que trop qu'il avait affaire à une femme.

Il savait cette pensée mesquine et basse, mais après quatre meurtres, il n'était pas vraiment d'humeur à se montrer agréable.

— Sortez de là ! cria-t-il.

Mieux valait que l'intrus s'exécute dans les meilleurs délais.

Il y eut un long silence seulement troublé par les grognements désapprobateurs de Livvy.

— Ce n'est pas parce que personne ne vous répond que l'endroit est désert, marmonna-t-elle.

C'était évident. Du coup, Reed avait un sérieux problème. Il voulait éviter que la scène de crime soit contaminée, sans pour autant faire usage de son arme. Du moins, *pas encore*.

— Combien de temps avez-vous passé à relever des empreintes avec l'adjoint Spears ?

— Une demi-heure, répondit-elle. Nous avons ensuite ratissé les environs.

Cela expliquait les traces le long du sentier.

— Je suppose que Spears vous a ouvert le bungalow ?

Elle fit non de la tête.

— Ce n'était pas nécessaire. Apparemment, quelqu'un a cassé le verrou de l'une des fenêtres, s'est introduit à l'intérieur et a ensuite ouvert la porte d'entrée.

Reed jura.

— Et vous n'avez pas vu cette personne lorsque vous êtes entrée ?

Une autre dénégation fit se balancer sa queue-de-cheval.

— L'endroit était désert quand je suis arrivée. Et, oui, je suis formelle : j'ai fouillé chaque recoin.

Ainsi, il y avait peut-être deux intrus. Génial. Comme s'il n'avait que ça à faire…

Il se serait donné des claques. Il aurait dû établir un poste d'observation sur les lieux ; mais avec deux adjoints dont l'un était derrière les barreaux, il manquait de personnel… Il avait dû se charger de l'arrestation de Shane, puis de son interrogatoire. Et il avait mené ces tâches en respectant scrupuleusement la procédure afin que personne ne puisse l'accuser d'avoir fait bénéficier Shane d'un traitement de faveur. Kirby Spears avait gardé la scène de crime jusqu'aux environs de minuit, suite à quoi Reed avait dû se rendre sur les lieux d'un cambriolage à main armée dans un quartier près de l'autoroute.

Du coup, l'existence à Comanche Creek n'était plus aussi plaisante et tranquille qu'auparavant, quoi qu'en dise le message de bienvenue planté à l'orée de la ville. Jusqu'à l'été dernier, une décennie s'était écoulée sans le moindre homicide ; et maintenant, Reed avait quatre cadavres sur les bras.

Quatre !

Et comme deux des corps avaient été retrouvés sur les terres ancestrales des Amérindiens, toute la ville semblait sur le point d'exploser. Entre les crimes précédents et celui de Marcie, Reed était sur le qui-vive, rythmant ses journées d'une sieste de quelques heures et d'une quantité industrielle de café noir. Il était à cran.

Il jeta un coup d'œil autour de lui.

— Comment êtes-vous venue ici ? Je ne vois aucun véhicule.

— Je me suis garée au bas de la colline, le long de la route du comté. Je voulais découvrir les environs de la scène de crime avant d'y pénétrer.

Elle regarda à son tour autour d'elle.

— Et vous ? Comment êtes-vous venu ?

— Je me suis garé sur l'autre versant de la colline.

Pour les mêmes raisons. Mais cela n'impliquait pas qu'ils devaient partager le même point de vue sur tous les sujets. D'ailleurs, Reed était prêt à parier que leur rencontre allait prochainement tourner au vinaigre.

— Reed ? appela une voix provenant du bungalow.

Reed jura de nouveau car il avait reconnu cette voix. Il abaissa le canon de son arme, secoua la tête et se dirigea d'un pas lourd vers la porte du bungalow. Celle-ci s'ouvrit comme il posait le pied sur le perron, et Reed se trouva nez à nez avec son employeur, monsieur le maire Woody Sadler. Son ami. Son mentor. Un père de substitution puisque son père biologique était mort alors qu'il n'avait que sept ans.

Woody n'aurait jamais dû se trouver là.

Malgré les liens qui unissaient les deux hommes et le respect que Reed lui témoignait, Woody n'allait pas s'en tirer sans remontrances.

— Qu'est-ce que vous fichez là ? demanda Livvy, lui ôtant les mots de la bouche.

Elle conservait le canon de son arme pointé sur la poitrine du maire. Woody ôta son Stetson pour la saluer, et la queue de crotale qui y était attachée tinta lugubrement.

Il n'obtint en retour aucun signe de sympathie de la part de Livvy.

— Je vous présente Woody Sadler, le maire de Comanche Creek, dit Reed. Et voici le sergent Livvy Hutton, Texas Ranger native de New York.

Les yeux d'un gris délavé de Woody s'écarquillèrent, puis se rétrécirent, faisant naître une multitude de ridules sur leurs contours. Pas plus que Reed, il ne parvenait à cacher sa surprise.

— New York ?

— Epargnez-moi vos commentaires. J'ai grandi à New York, mais je suis née dans un bled près de Dallas.

Livvy replaça son arme dans son holster et s'approcha de l'important personnage, prête à lui déclarer la guerre s'il la provoquait.

— Et peu importe d'où je viens, il s'agit de ma scène de crime et vous vous y trouvez de façon illégale, déclara-t-elle avant de fusiller Reed du regard.

— Je n'ai touché à rien, se défendit Woody.

Livvy n'avait pas l'air décidée à le croire sur parole. Elle se saisit du sac contenant son matériel et pénétra d'un pas déterminé dans le bungalow.

— Je le jure, ajouta Woody à l'intention de Reed. Je n'ai touché à rien.

Reed étudia le langage corporel du maire : ses épaules raides, la sueur perlant au-dessus de sa lèvre supérieure… autant de signes prouvant que l'homme était mal à l'aise.

— Tu en es sûr ?

— Absolument certain !

Le langage corporel changea soudain du tout au tout. Plus aucun signe de nervosité, mais une attitude défensive qui replongea Reed dans son enfance — sans toutefois l'empêcher en rien de faire son travail.

— Alors pourquoi n'as-tu pas répondu quand j'ai

appelé ? Et pourquoi as-tu forcé une fenêtre pour t'introduire comme un voleur ?

— Je ne t'ai pas entendu appeler et je n'ai forcé aucune fenêtre. La porte d'entrée était grande ouverte quand je suis arrivé, il y a environ quinze minutes.

Woody secoua la tête de dépit et passa une main dans ses cheveux poivre et sel.

— J'ai juste voulu voir la scène de mes propres yeux. J'espérais trouver un indice permettant de prouver que Shane est en dehors de toute cette histoire.

Reed eut un profond soupir.

— Moi aussi, je veux prouver l'innocence de Shane, mais ce n'est pas la bonne façon de procéder. Imagine que notre ranger de New York découvre un nouvel indice, elle pourrait penser que c'est toi qui l'y as mis.

Woody se figea, puis jura entre ses dents.

— Je ne ferais jamais cela.

— Je te crois, mais le sergent Olivia Hutton ne te connaît pas, elle.

Woody plongea son regard dans le sien.

— Elle veut avoir la peau de Shane ?

Probablement. Celle de Shane, et de tous ceux qui le croient innocent. Mais Reed garda cette observation pour lui.

— Le mieux est de me laisser faire, se contenta-t-il de répondre. Je te verrai à mon retour en ville. Oh ! et tâche de m'embaucher un ou deux adjoints.

Woody remit son Stetson et entama la descente de la colline. Reed attendit que le maire ait parcouru une bonne distance et soit hors de vue pour entrer dans le bungalow.

Il avait à peine fait deux pas qu'il tombait nez à nez avec Livvy qui en ressortait.

— Où est le maire ? s'enquit-elle aussitôt.

— Parti, dit-il en indiquant du pouce le sentier derrière lui. Pourquoi ?

Elle posa les mains sur ses hanches et son regard bleu acier crépita. Elle semblait furieuse.

— Parce qu'il a subtilisé des indices et que j'ai bien l'intention de lui passer les menottes aux poignets.

2

Livvy s'élançait à la poursuite du maire lorsque Reed la saisit par le bras et la fit se retourner brusquement.

— Laissez-moi, dit-elle en tentant de se dégager de sa poigne.

Elle aurait eu plus de succès en affrontant un taureau. Si le shérif Harding n'était pas particulièrement imposant, il possédait une grande force doublée d'un sacré tempérament. La colère se lisait sur son visage tanné et dans ses yeux d'un vert d'émeraude.

— Je me fiche de savoir si Woody Sadler est votre ami, reprit-elle en tâchant de nouveau de se dégager. Rien ne l'autorise à venir voler des pièces à conviction qui pourraient être cruciales dans l'enquête.

— Calmez-vous et donnez-moi une minute.

Il sortit son portable de sa poche, en parcourut le répertoire et appuya sur le bouton d'appel.

— Woody ? Reviens au bungalow tout de suite. Il se pourrait que nous ayons un souci.

— Il se pourrait ? se récria Livvy lorsque Reed raccrocha. Nous avons un *vrai* problème ! Corrompre une scène de crime est un acte puni par la loi.

Reed balaya cette déclaration d'un geste de la main.

— Woody est le maire de cette ville, ainsi qu'un citoyen on ne peut plus respectueux de la loi. Il n'a rien corrompu. Si quelqu'un a forcé ce verrou, ce n'est certainement pas lui.

— Eh bien, il n'est apparemment pas aussi respectueux de la loi que vous le prétendez car il a pollué une scène de crime malgré les interdictions, et ce, sans aucune raison valable.

— Il avait une raison, maugréa Reed. Il se fait du souci pour Shane. Vous savez, les gens inquiets commettent parfois des actes stupides.

Il baissa les yeux sur sa main qui la tenait, marmonna quelques mots incompréhensibles et la relâcha.

— Que manque-t-il, au juste ? demanda-t-il, excédé.

— Un téléphone portable.

Livvy voulut alors reprendre sa course après le maire, mais Reed vint se poster devant elle et elle buta contre son torse. Plus précisément, elle vint y écraser sa poitrine. Le shérif était un homme solide avec des muscles secs mais puissants ; le contact de ses seins le fit pourtant vaciller.

Tous deux jurèrent au même moment.

Livvy secoua la tête de dépit. Elle ne devait se laisser troubler par cet homme qui n'aurait à coup sûr de cesse de lui mettre des bâtons dans les roues. Elle ne devait pas non plus se laisser abuser par ce regard profond, cette mâchoire carrée et puissante, et ces cheveux couleur café en bataille qui lui donnaient l'air de sortir du lit… ou d'une affiche de recrutement pour la police texane.

Elle sentait qu'il ne voulait pas d'elle aux alentours de la scène de crime, pas plus qu'en ville, d'ailleurs. Mais elle avait une mission à remplir et elle ne manquait *jamais* à son devoir.

Le shérif Harding allait bientôt apprendre à la connaître.

Bon sang, elle ne s'était pas battue envers et contre tous afin d'intégrer le corps des rangers pour se retrouver mise à l'écart par le premier péquenaud venu.

— A quel portable faites-vous allusion ?

Reprenant son souffle, Livvy prit quelques instants pour préparer sa réponse. Entre-temps, un regard vers le sentier lui apprit que le maire revenait vers eux.

— Celui que j'ai trouvé dans la cheminée. Vous l'avez certainement manqué lors de vos premières recherches parce qu'il était recouvert par les cendres. Je l'ai déniché en utilisant un détecteur de métal pour trouver d'éventuelles autres douilles. Je l'ai alors photographié, emballé et déposé sur la table. Il n'y est plus.

La mâchoire de Reed se contracta.

— Le téléphone de Marcie ?

— Je ne sais pas. Je l'ai montré à l'adjoint Spears, qui m'a dit qu'il ne s'agissait pas de celui de Shane. Peut-être est-ce celui de Marcie.

— Ou du meurtrier.

— Dois-je vous rappeler que vous avez trouvé l'adjoint Shane Tolbert penché au-dessus du corps de Marcie, une arme à la main ? Marcie était sa petite amie, mais ils venaient de se séparer ; j'ai horreur d'insister, mais tout indique que Shane *est* le meurtrier.

Livvy regretta aussitôt cette condamnation hâtive ; se fier aux apparences n'avait rien de professionnel. Elle était sur cette affaire pour récolter des indices et découvrir la vérité et, malgré son exaspération, rien ne lui tenait plus à cœur.

— Shane clame son innocence, argua Reed.

Sa voix était posée mais ses yeux trahissaient son inquiétude. Tout dans sa personne respirait le calme, excepté ces yeux verts au regard intense. Des yeux de guerrier.

— Il prétend que Marcie l'a appelé pour le prier de la rejoindre au bungalow. Dès qu'il est entré, il a reçu un coup sur la tête et s'est écroulé. Lorsqu'il a repris connaissance, Marcie était morte et il tenait un revolver dans sa main.

Oui, Livvy avait déjà entendu l'histoire de Shane par l'adjoint Spears. Apprenant que c'était Reed qui avait interrogé le suspect, elle avait eu l'intention de se plonger dans les retranscriptions avec beaucoup d'attention.

Etait-elle en présence d'un conflit d'intérêts ?

Toutefois, en qualité d'officier supérieur de Comanche Creek, Reed y avait été obligé, le ranger responsable de l'affaire, le lieutenant Colter, ayant été rappelé au quartier général à Austin : s'il n'avait pas interrogé Shane lui-même, cette tâche serait revenue à son jeune adjoint, Kirby, lequel n'avait aucune expérience.

Le maire parvint enfin à leur hauteur et fit halte à quelques pas.

— Qu'est-ce qui ne va pas ?

— Où se trouve le téléphone portable que j'ai mis sous scellés ? demanda Livvy tout de go.

Woody Sadler regarda d'abord Reed, puis elle.

— Je n'en ai aucune idée ! Je ne l'ai pas pris.

— Vous n'aurez donc aucun mal à nous le prouver. Retournez vos poches, s'il vous plaît.

Woody hésita un instant, jusqu'à ce que Reed lui fasse un petit signe d'approbation de la tête. Il sortit alors un portefeuille de la poche arrière de son jean, ainsi qu'un mouchoir et des clés. Ça ne prouvait rien. Dix bonnes minutes s'étaient écoulées depuis qu'il les avait quittés, et il avait très bien pu se débarrasser du portable entre-temps.

— Vous emparer de ce téléphone n'aidera en rien votre ami, dit Livvy. J'ai enregistré le numéro et nous parviendrons à le localiser tôt ou tard.

Woody haussa les épaules.

— Tant mieux. J'espère que ce que vous apprendrez

au sujet de ce téléphone aidera Shane à sortir de prison. Il n'a pas tué Marcie.

Reed toisa Livvy.

— Le maire peut s'en aller maintenant, ou avez-vous l'intention de procéder à une fouille au corps ?

Livvy ignora le sarcasme et baissa les yeux sur les bottes en peau de serpent du maire.

— Vous faites à peu près du 44. Et vous aussi, shérif. C'est la pointure des empreintes que j'ai relevées tout autour du bungalow.

— Et ?

— Et la nature de ces empreintes tend à démontrer que quelqu'un a attendu ici que Marcie arrive. Il se pourrait que ce soient les traces du tueur, ou de son complice s'il en avait un. Le shérif Harding avait toutes les raisons de se trouver ici, mais pas vous. Avant ce matin, êtes-vous venu près du bungalow dans les précédentes vingt-quatre heures ?

— Non.

Le maire avait répondu rapidement et sur un ton confiant. Livvy n'avait pas pour autant l'intention de le croire sur parole.

— Tu peux y aller, dit Reed au maire.

Woody replaça son chapeau sur sa tête, lança un regard froid à Livvy et, tandis qu'il s'éloignait, jeta par-dessus son épaule :

— Vous ne devriez pas oublier que Reed représente la loi à Comanche Creek !

Livvy aurait pu lui rappeler qu'elle était là sur décision du gouverneur ; elle préféra se saisir de ses jumelles et observer le maire s'éloigner. Si elle pouvait le soupçonner de faire halte pour récupérer un objet, elle l'arrêterait sur-le-champ.

— Il n'a pas pris ce téléphone, dit Reed.

— Alors qui l'a pris ?

— Le véritable meurtrier. Il a pu le subtiliser pendant que vous et Kirby releviez les empreintes.

— *Le véritable meurtrier,* répéta-t-elle. Et de qui s'agit-il exactement ?

— Un homme avec lequel Marcie s'est acoquinée durant les deux années où elle a disparu et où on la pensait morte.

Livvy était à court d'arguments pour contrer cela. Après tout, Marcie avait simulé sa propre mort afin d'échapper à l'obligation de témoigner contre un des plus puissants fermiers de la région, lequel était accusé de falsifier les actes de propriété de terres appartenant à la communauté comanche. Ce fermier, Jonah Becker, qui possédait aussi le bungalow, pouvait avoir supprimé Marcie dès lors qu'elle avait choisi de revenir d'entre les morts.

Autre possibilité : quelqu'un était furieux que Marcie n'ait pas eu le courage de témoigner. En fait, plusieurs personnes pouvaient vouloir la mort de la jeune femme… mais Shane Tolbert avait été retrouvé auprès du corps.

— Vous voyez ? Il n'a pas pris ce téléphone, grommela Reed comme le maire grimpait dans son véhicule.

Sadler fit rugir le moteur et démarra dans une projection de terre et de boue.

— Il a peut-être l'intention de venir le récupérer plus tard, rétorqua Livvy.

Mais il y avait peu de chances qu'il prenne ce risque ; il devait se douter qu'elle allait minutieusement inspecter les environs.

— Au lieu de vous focaliser sur Woody Sadler, reprit Reed, pourquoi ne pas aller inspecter ce bungalow ? Croyez-moi, Shane ne peut pas être le coupable.

Ah ! Livvy se demandait justement combien de temps il faudrait au shérif pour revenir sur le sujet.

— Qu'est-ce qui vous fait penser cela ?

— Tout d'abord, j'ai effectué un prélèvement sur les mains de Shane et n'y ai trouvé aucun résidu de poudre. Ensuite, cette histoire pourrait dépasser le simple cadre du crime passionnel. Vous l'ignorez peut-être, mais il y a quelques jours, nous avons retrouvé d'autres corps sur les terres comanches.

— J'en ai entendu parler. Il paraît que leurs yeux étaient recouverts de peinture rouge et d'une pâte d'argile solidifiée. Il s'agirait d'un rituel amérindien. Or il n'y a rien de rituel dans le meurtre de Marcie.

Toutefois, rien ne prouvait que ces meurtres ne fussent pas connectés. Elle ne voyait simplement aucun lien entre eux pour le moment. Seuls se distinguaient nettement dans cette affaire l'implication de l'adjoint Shane Tolbert et les efforts de son supérieur pour le tirer de là.

Livvy se mit à dévaler le chemin sinuant à travers la colline, à la recherche du fameux portable. Avec un peu de chance, sa coque en métal trancherait sur les feuillages. C'est alors qu'elle se rappela que la feuille sur laquelle elle avait inscrit le numéro se trouvait dans sa poche. Elle prit son téléphone et composa le numéro afin de le faire sonner.

Elle tendit l'oreille mais ne perçut aucune sonnerie.

Au cas où il se serait trouvé niché sous des débris ou sous une épaisseur de terre, elle reprit sa progression, aux aguets.

Bien entendu, Reed la suivait à distance.

Elle aurait préféré effectuer seule ses recherches, car le shérif risquait de la distraire. Elle lui reprochait d'être un peu trop séduisant et pestait contre sa stupide attirance pour les cow-boys. Elle avait manifestement regardé trop de westerns dans son enfance. Elle ne devait pas oublier que les films n'avaient le plus souvent que peu de rapports avec la réalité.

Elle jeta un regard en coin à Reed. *Peut-être pas cette fois-ci…*

Dans son jean qui lui allait à la perfection et sa chemise bleu ciel, il pouvait tout à fait supporter la comparaison avec les plus beaux acteurs de l'âge d'or d'Hollywood.

Sentant le rouge lui monter aux joues, Livvy se força à reporter ses pensées sur le travail. A l'évidence, le portable disparu n'était pas dans les parages, aussi décida-t-elle de cesser les recherches. Elle n'avait plus qu'à espérer que le maire l'avait éteint et dissimulé dans un endroit où elle pourrait le retrouver.

— Le maire n'est pas coupable, tenta Reed de nouveau. Pas plus que Shane.

Elle eut un soupir de mécontentement.

— Si Shane n'avait pas de résidu de poudre sur les mains, c'est peut-être parce qu'il portait des gants, avança-t-elle.

Elle se doutait que Reed y avait déjà songé.

— On n'a trouvé aucune paire de gants, rétorqua-t-il.

Elle avait une explication toute prête.

— Il a pu s'en débarrasser avant de se frapper lui-même pour simuler une agression.

— Alors, il a dû se changer des pieds à la tête, car il n'y avait pas non plus de poudre sur sa chemise, son jean, sa ceinture, sa montre, son insigne, son holster ou ses bottes.

— Vous avez analysé tous ses effets ?

— Parfaitement, crâna-t-il. Nous sommes peut-être une petite ville, sergent Hutton, mais nous ne sommes pas des demeurés. Shane et moi avons participé à de nombreux stages sur des scènes de crime et nous possédons au bureau un kit de test de poudre à arme à feu.

— Mais Shane avait l'arme du crime en main, n'est-ce pas ?

— Ce n'était pas son arme de service. Il dit ne pas savoir du tout comment elle est arrivée là. La balle qui a tué Marcie est en route pour le laboratoire et nous poursuivons les recherches dans la base de données afin de découvrir le propriétaire de l'arme.

Bien. Elle se promit d'appeler le laboratoire afin de les presser de rendre leur rapport balistique ainsi que leur analyse des empreintes de pas relevées près du bungalow. Plus tôt elle aurait résolu cette affaire, plus tôt elle rentrerait à Austin. Elle n'avait rien contre les patelins perdus au fin fond des Etats-Unis — elle avait grandi dans l'un d'eux — mais cette petite ville, et surtout son shérif, commençaient à lui taper sur les nerfs.

Parvenue au bas de la colline, Livvy dut se faire une raison : elle avait peu de chances de retrouver sa pièce à conviction.

Seigneur, pitié !

Elle n'avait aucune envie d'expliquer à son patron qu'on avait subtilisé celle-ci sur la scène de crime en sa présence. Elle devait trouver ce maudit téléphone. Pourvu qu'il soit enregistré au fichier national…

— Avez-vous relevé des projections de sang dans le bungalow ? demanda Reed, la détournant de ses pensées.

— Je n'ai pas terminé mon inspection.

En fait, elle l'avait à peine commencée, n'ayant passé qu'une quarantaine de minutes sur les lieux ; elle avait des heures, voire des jours de travail devant elle. Elle s'était d'abord concentrée sur les empreintes de pas, car elles pouvaient à tout moment être balayées par une averse, fût-elle passagère.

— Dans mon examen rapide des lieux, je n'ai vu aucune projection de sang, répondit-elle. Vu que Marcie a été tuée à bout portant, cela n'a rien de surprenant. Pourquoi ? Vous en avez trouvé ?

— Non. Mais si comme le prétend Shane un homme l'a frappé par-derrière, on devrait en trouver près de l'endroit ou reposait le corps. Je n'ai pas voulu asperger le sol de luminol, ayant appris que cela pouvait faire disparaître les gouttelettes de sang sur les surfaces foncées. A en juger par la taille de la plaie de Shane, nous n'en trouverons qu'une très petite quantité.

Elle le dévisagea puis baissa les yeux afin de dissimuler sa surprise. Tout autre enquêteur non rompu aux méthodes du bureau des experts scientifiques aurait aspergé la scène de luminol et ainsi endommagé les résidus sanguins.

— Qu'y a-t-il ?

Livvy le dépassa, monta les quelques marches menant au perron et pénétra dans le bungalow.

— Rien.

— Si, il y a bien quelque chose, dit Reed en lui emboîtant le pas. Vous me considérez comme un shérif de bled paumé et vous voulez me tenir à l'écart.

— Pas du tout. Bon, d'accord, peut-être bien un peu… Désolée.

— Ne le soyez pas : moi aussi, je me méfie de vous.

Elle profita de ce qu'elle lui tournait le dos pour sourire.

— Toujours autant ?

— Pas à cause de vos compétences : vous semblez savoir ce que vous faites. Mais j'ai le sentiment que vous n'avez pas l'intention d'essayer d'innocenter Shane.

— Et moi je suis convaincue que vous ferez tout ce qui est en votre pouvoir pour le faire.

Reed poussa une espèce de grognement sourd qui tenait lieu d'approbation.

— J'accepte de vous suivre pourvu que je sois sûr de votre totale objectivité.

Il savait s'y prendre pour la pousser à se sentir coupable et à se tenir sur la défensive.

— Les indices et les preuves sont objectifs, et mon interprétation le sera sans nul doute. Ne vous inquiétez pas. Je vais m'occuper de ces projections de sang sans plus attendre.

Agacée par ses sous-entendus, elle fouilla nerveusement dans son sac professionnel et en extirpa un classeur en cuir.

— Avant tout j'aimerais beaucoup savoir qui, si ce n'est pas Woody Sadler, a compromis la scène de crime et volé le portable.

Livvy laissa tomber le classeur sur la table du salon et l'ouvrit d'un geste sec. Il contenait une série de biographies de personnes potentiellement concernées par cette affaire.

La bio de Reed était la première ; c'est dire si Livvy l'avait déjà étudiée.

Agé de trente-deux ans, il ne s'était jamais marié, et officiait en qualité de shérif de Comanche Creek depuis huit années. Avant cela, il avait été adjoint. Son père, lui aussi shérif, avait perdu la vie dans l'exercice de son devoir alors que Reed était âgé de sept ans. La santé mentale de sa mère s'était effondrée suite au décès de son mari et elle était allée de maisons de repos en instituts spécialisés avant de mettre un terme à ses jours. Aussi, l'homme qui avait élevé Reed n'était autre que le maire de la ville, Woody Sadler.

Si, de son côté, Livvy se savait impartiale, elle doutait que Reed le soit envers l'homme qui l'avait élevé.

Elle tourna une page.

Le maire, maintenant. Et Shane.

— Qui serait assez stupide pour entrer dans ce bungalow et voler le téléphone alors que nous étions, votre adjoint et moi-même, en train d'inspecter les environs ? s'interrogea-t-elle à haute voix.

Reed se mit à feuilleter les pages du classeur et s'arrêta sur un nom. Il ôta la fiche et l'agita sous le nez de Livvy.

— Jonah Becker. C'est le fermier contre lequel Marcie devait témoigner. Il n'aurait jamais osé se mouiller, mais il peut avoir demandé à quelqu'un de récupérer le téléphone s'il craignait qu'il le relie à Marcie.

Oui, Jonah Becker était une possibilité. Reed mit de côté la fiche de son fils ainsi que celle de Jerry Collier, le responsable du cadastre de Comanche Creek. Puis celle de Billy Withley, un des conseillers municipaux. Enfin, la dernière biographie que Reed pointa fut celle du père de Shane, Ben Tolbert, qui avait pu vouloir protéger son fils.

— Je vais les interroger un par un, dit-il.

— Et je serai là pour vous seconder, fit Livvy.

Il s'ébroua en bougonnant. Ignorant son irritation, elle prit dans son sac une lampe à UV et la paire de lunettes monochromes assortie.

— Shane dit qu'il se trouvait juste ici quand il a été frappé, dit Reed en pointant de l'index le devant de l'âtre.

C'était à un mètre à peine de l'endroit où l'on avait découvert le corps de Marcie.

Livvy s'en approcha, faisant malgré elle sonner ses talons sur le plancher du bungalow. Reed considéra ses bottines d'un air un tantinet moqueur.

— Ces chaussures sont plus confortables qu'il n'y paraît, marmonna-t-elle.

— Je l'espère pour vous.

Toutefois elle ne les portait pas pour leur confort. Elle revenait tout juste d'un séjour chez son père et l'une de ses valises, celle qui contenait ses chaussures de travail préférées, avait été égarée. Elle n'avait pas trouvé le temps de les remplacer car elle était chez elle depuis moins d'une heure quand elle avait reçu l'appel lui apprenant qu'elle devait se rendre à Comanche Creek le plus tôt possible.

— Je possède de véritables chaussures professionnelles, ajouta Livvy tout en se maudissant de se justifier.

Sous le regard attentif de Reed, elle alluma la lampe qui fit aussitôt s'illuminer les projections de sang à même le bois patiné. Les taches auraient été indécelables sans l'éclairage adéquat. Il y en avait en très petite quantité, moins d'une dizaine de gouttelettes, mais celles-ci formaient une traînée impliquant un impact à grande vitesse.

— Shane fait à peu près ma taille, dit Reed.

Il se plaça dans la position la plus probable pour avoir généré cette projection.

Les données concordaient.

En tout cas, la provenance des gouttelettes ne faisait aucun doute ; mais malgré cela, Livvy doutait encore de la version de Shane.

Elle prit son appareil photo, ajusta une lentille monochromatique et shoota les projections de sang à plusieurs reprises.

— Votre adjoint a très bien pu s'assener lui-même le coup. Pas trop fort pour ne pas perdre connaissance ; juste assez pour nous fournir les indices ici présents. Ensuite, il lui a suffi de se débarrasser de l'objet qui lui a servi de matraque.

Reed la fixa.

— Ou peut-être dit-il tout simplement la vérité. Nous aurions alors un meurtrier en liberté.

C'était indéniable, et Livvy n'était pas insensible aux conséquences de cette éventualité. Cela rouvrait de vieilles blessures du passé. Bien qu'elle ne fût affectée au corps des rangers que depuis dix-huit mois, elle avait eu largement le temps de comprendre que ses vieux démons n'avaient aucune place dans l'exercice de son métier. De toute façon, elle ne pouvait pas retourner vingt ans en arrière pour défaire ce qui avait été fait.

Hélas, en dépit de ces beaux raisonnements, ce passé lointain ne l'obsédait pas moins.

Livvy croisa le regard de Reed, ce qui se fit sans mal tant il ne cessait de l'observer, de l'étudier.

— Vous croyez sincèrement que votre adjoint est incapable de tuer son ex-fiancée ?

Elle s'attendait à une réponse du tac au tac. Dans le genre « absolument » ou toute autre affirmation catégorique. Mais Reed prit son temps, ou plutôt, il hésita. Ses mains vinrent se poser sur ses hanches et il leva les yeux vers le plafond.

— Qu'y a-t-il ? demanda Livvy.

Reed secoua la tête ; elle crut un bon moment qu'il ne lui répondrait jamais.

— Shane et Marcie vivaient une relation… houleuse. Ça, je ne peux le nier. Sachant que vous l'auriez tôt ou tard découvert, je préfère vous dire que je l'ai suspendu une fois pour comportement violent lors de la dispute d'un couple du quartier nord. Malgré tout… je ne peux me faire à l'idée qu'il ait pu commettre un crime avec préméditation pour ensuite se mettre en scène de cette façon.

C'était là le point qui turlupinait le plus Livvy. Si Shane était aussi machiavélique pour monter un coup pareil, pourquoi s'était-il placé lui-même au milieu de l'intrigue ? Soit elle devait composer avec un innocent, soit avec un esprit brillant et, naturellement, extrêmement dérangé.

Perdue dans ses pensées, elle sursauta lorsqu'un son aigrelet retentit dans le silence de la pièce. Ce n'était pourtant que le portable de Reed.

— Kirby, fit-il en décrochant.

Livvy tendit l'oreille. Kirby Spears était le jeune adjoint avec lequel elle avait procédé aux fouilles autour de la scène de crime et qui avait eu la gentillesse de porter lui-même les échantillons au bureau du shérif afin qu'un ranger les porte à son tour au laboratoire d'Austin.

Tout en prélevant un échantillon de l'une des gouttes de sang, Livvy écoutait discrètement la conversation. Ou plutôt, c'est ce qu'elle tentait de faire : impossible d'en deviner le sujet tant les réponses de Reed étaient monosyllabiques. Cependant, elle vit les muscles longilignes de sa mâchoire se contracter et crut détecter une pointe de frustration dans son regard expressif.

Elle plaça l'échantillon de sang dans un sachet étanche, y apposa une étiquette et le rangea dans un compartiment de son sac.

— Quelque chose ne va pas ? s'enquit-elle dès qu'il eut raccroché.

— Ça se pourrait. Alors qu'il menait son enquête en ville, le lieutenant Wyatt Colter s'est renseigné sur les pointures des gens habitant les environs. Il a laissé une note au central.

Cela ne surprit pas Livvy ; le lieutenant Colter était du genre minutieux.

— Et ?

— Kirby a fait des comparaisons et isolé deux personnes dont les semelles concordent plus ou moins, en plus des miennes. Cela dit, ces empreintes de pas ont pu être laissées par une personne que Marcie a rencontrée durant les deux années où elle a disparu…

— Et qui sont ces deux personnes ?

— Jerry Collier, le responsable du cadastre et accessoirement, l'ancien employeur de Marcie…

Elle possédait sa biographie, et c'était d'ailleurs une de celles que Reed avait tirées du classeur en présentant le personnage comme tout à fait capable de s'introduire illégalement dans le bungalow. Livvy se promit de découvrir s'il avait un quelconque intérêt à voler le portable.

— Et l'autre ?

Cette fois, il ne put réprimer une grimace.

— Le maire. Woody Sadler.

— Comme par hasard !

Elle s'en voulut d'avoir laissé Reed s'interposer entre elle et le maire alors qu'elle voulait procéder à son arrestation. Woody Sadler pouvait avoir dissimulé ce téléphone sur lui et quitté les lieux en emportant un indice capital. Une perte au sujet de laquelle le patron de Livvy allait faire un sacré bazar.

— Je lui parlerai, avança Reed.

— Non. Moi, je vais lui parler !

Il n'était plus question de le traiter en personnalité mais en suspect de meurtre.

A l'éclat farouche des yeux de Reed, elle sut qu'ils allaient bientôt s'affronter. Elle rassemblait son courage lorsqu'un bruit la fit sursauter.

Cette fois, ce n'était pas une sonnerie de portable.

Un projectile venait de heurter violemment la porte du bungalow.

3

En un éclair, l'arme de Reed jaillit dans sa main. Venant se plaquer tout contre lui, Livvy jeta la lampe à UV et les lunettes sur le canapé et dégaina son Glock 9mm. Reed avait eu son lot d'invités surprise pour la journée et priait pour que ce ne fût pas une autre bonne âme voulant *apporter son soutien* à Shane.

— Il y a quelqu'un dehors ? cria Reed.

Aucune réponse.

Comme il n'était pas impossible que ce soit le meurtrier de Marcie revenant sur le lieu de son crime, Reed, sur ses gardes, s'approcha de la porte tout en surveillant les fenêtres. Il se plaça entre Livvy et le danger ; ce fut un réflexe, une attitude qu'il aurait eue vis-à-vis de n'importe qui. Cependant elle ne sembla pas apprécier l'attention et elle vint se poster à ses côtés.

Reed tendit la main vers la poignée et se figea.

— De la fumée ? dit-il à voix basse.

Quelques instants plus tard, ses doutes étaient confirmés. Si un feu brûlait bien derrière cette porte, l'ouvrir créerait un appel d'air qui leur serait fatal.

Il y eut un autre bruit d'impact, provenant cette fois de l'arrière du bungalow. Livvy fit volte-face et visa dans cette direction tandis que Reed protégeait l'entrée.

Bon sang !

Que se passait-il tout à coup ? Quelqu'un tentait-il un coup de force ? Essayait-on de les éliminer ?

Si le pire était à craindre, Reed savait qu'il ne fallait pas moisir sur place ; il se glissa sous la fenêtre et jeta un œil au-dehors.

Il vit alors ce qu'il redoutait.

— Au feu ! cria-t-il à Livvy.

Elle s'élança vers la porte arrière du bungalow.

— Il y a le feu ici aussi.

Une multitude de scénarios se bousculèrent sous le crâne de Reed, mais aucun ne se terminait en happy end. Il attrapa son portable et composa le numéro d'urgence des pompiers.

— Vous ne voyez personne à l'extérieur ? demanda-t-il.

— Non. Et vous ?

— Pas âme qui vive. Juste de la fumée.

Et en quantité plutôt inquiétante. En fait, le nuage était si épais et sombre que Reed redoutait que la structure s'embrase en une seconde comme une torche.

— Il faut qu'on sorte de là.

Livvy ne se fit pas prier et, filant droit à la table du salon, ramassa ses effets et les fourra pêle-mêle dans son sac. Elle en passa l'anse autour de son épaule afin d'avoir les mains libres pour empoigner son Glock. La situation pouvait, d'un moment à l'autre, nécessiter qu'elle couvre Reed.

— Surveillez les portes, commanda-t-il.

Bien qu'il soit peu probable qu'un individu s'introduise dans le bungalow en franchissant ce rideau de flammes et d'émanations toxiques, Reed ne pouvait pas prendre le risque. Ils étaient littéralement assiégés ; la fumée s'échappait en volutes tourbillonnantes par les fenêtres et les portes, et le bungalow menaçait de s'effondrer à tout instant.

Balayant les environs du regard, Reed remarqua un bosquet à une vingtaine de mètres du bungalow ; Livvy pouvait aller s'y réfugier.

— Sortons par ici, cria Reed.

La fumée devenait de plus en plus épaisse et Livvy fut soudain prise d'une quinte de toux. Reed déverrouilla la fenêtre, en ouvrit le battant et fit sauter la grille de protection. L'air frais pénétra aussitôt dans la pièce et les fit se sentir mieux, mais Reed avait conscience que ce qui les attendait à l'extérieur était tout aussi dangereux que les flammes.

— Vous ne voyez personne dehors ? s'enquit Livvy.

— Non, personne, mais restez quand même vigilante.

Celui qui avait mis le feu l'avait certainement fait dans l'intention de les abattre dès qu'ils mettraient le pied hors du bungalow. Cependant, ils n'avaient pas d'autre choix. Il faudrait aux pompiers une bonne vingtaine de minutes pour parvenir sur le site ; s'il ne prenait pas rapidement une décision, ils seraient morts calcinés bien avant leur arrivée.

— Je sors le premier, trancha-t-il.

Il saisit le sac de Livvy et le passa à son épaule afin de faciliter ses déplacements.

— Couvrez-moi pendant que je me réfugie derrière ce bosquet.

Elle toussa, approuva d'un petit signe de la tête ; quoique dangereusement pâle, elle gardait néanmoins son calme. Parfait. La suite réclamait toute leur clairvoyance.

Reed ne perdit plus une seconde : son arme bien assujettie dans sa main, il se leva d'un bond et escalada la fenêtre. Il s'élança aussi vite qu'il le put vers le bosquet.

— Maintenant ! cria-t-il à Livvy dès qu'il fut à couvert.

Il se mit en position de tir et scruta les environs à la recherche d'un éventuel tireur embusqué.

Livvy parvint à se faufiler à travers le cadre de la fenêtre et se mit à courir. Malgré la courte distance qui les séparait, elle était essoufflée lorsqu'elle le rejoignit. Elle se plaça dos à dos avec lui, un excellent réflexe leur permettant d'embrasser tout le périmètre du regard et de prévenir ainsi toute attaque surprise.

Cependant, Reed n'avait encore vu personne. La faute à la fumée, dont le panache était rabattu dans leur direction par le vent. Le feu avait pris possession du bungalow et toutes les vitres avaient depuis longtemps volé en éclats. Les flammes n'étaient pas très hautes, mais peu s'en fallait qu'elles ne dévorent toute la charpente. Alors tous les indices seraient perdus. Si le pyromane espérait ainsi venir en aide à Shane, il commettait une grave erreur.

L'autre possibilité étant que le véritable meurtrier de Marcie soit de retour sur les lieux.

Ce serait le meilleur moyen d'effacer à jamais ses traces. Enfin, presque toutes. Livvy avait des pièces à conviction dans son sac ; il fallait espérer que leur agresseur ne cherche pas à s'en emparer.

Il rumina cette dernière pensée.

Une confrontation obligerait le pyromane à se démasquer, et Reed était sûr d'avoir alors le dessus.

— Vous pensez que les pompiers arriveront à temps pour sauver le bungalow ? demanda Livvy entre deux grandes inspirations.

— Non.

Comme pour lui donner raison, une langue de flammes rougeoyantes sortit par la porte et se mit à dévorer le toit en pin. Il n'allait bientôt rester de la petite construction qu'un tas de cendres.

Reed voulut expliquer à Livvy qu'il leur fallait demeurer cachés et se résoudre à regarder, impuissants, le feu faire son œuvre. Sentant Livvy extrêmement tendue, il se ravisa.

Ils se tenaient toujours dos à dos, et Reed sentait les muscles de Livvy tendus comme les cordes d'une harpe.

— Qu'est-ce qui ne va pas ? s'enquit-il.

— Je pense avoir vu quelqu'un.

Reed fit volte-face et suivit la direction de son regard, vers le sentier boueux qui serpentait depuis la base de la colline et que Woody avait emprunté quelques instants plus tôt. Ne voyant rien, il reporta son attention sur les sous-bois.

Il ne voyait toujours rien de particulier.

— Regardez dans la direction de mon 4x4, indiqua-t-elle.

Il s'exécuta. De teinte crème, le véhicule était tout à fait visible à travers la végétation, même depuis cet angle.

A première vue, rien.

Puis il y eut comme un mouvement à l'arrière du véhicule, mais tellement rapide que Reed n'aurait su dire si c'était le fait d'un animal ou d'un être humain.

— Les prélèvements sont dans mon 4x4, dit Livvy, le souffle court. Les cartes mémoire de toutes les photos intérieures et extérieures du bungalow se trouvent dans une glacière, ainsi que les échantillons de fibres et de cheveux que j'ai prélevés dans le salon.

Tous ces éléments jouaient un rôle primordial dans l'enquête.

— Le véhicule est verrouillé, ajouta-t-elle.

Ce détail ne fit ni chaud ni froid à Reed. Un type prêt à jeter un cocktail Molotov sur un shérif et un Texas Ranger se souciait peu de briser une vitre pour mettre la main sur des preuves compromettantes.

Livvy ramassa son sac et le jeta sur son épaule, puis resserra son emprise sur son arme. Reed se doutait de ce qu'elle avait en tête, mais ne pouvait cependant pas l'empêcher d'agir : après tout, elle tentait de sauver son travail. Cela dit, il pouvait lui venir en aide.

— Tâchez de longer les arbres, conseilla-t-il.

Il se déplaça légèrement afin de couvrir le côté où la forêt s'étendait. Encore un réflexe conditionné. Cette fois, Livvy ne fit aucun commentaire et s'élança. Son agilité et sa rapidité surprirent Reed.

Il la réceptionna tout en risquant un regard vers le 4x4. Pas plus les vitres que les portières ne semblaient ouvertes, mais il était à prévoir qu'on l'ait fracturé.

Reed vit alors du mouvement autour du 4x4 ; une ombre, peut-être. Ou quelqu'un tapi derrière l'aile opposée, près du pare-chocs. Dans leur dos, le feu rugissait de plus belle, et un formidable craquement retentit lorsque la toiture s'écroula sur les fondations. Des gerbes d'étincelles jaillirent de toute part ; certaines les atteignirent jusque dans leur retraite.

Toutefois rien ne pouvait arrêter Livvy. Elle ne se retourna même pas. Reed aperçut un autre mouvement furtif autour du véhicule et la prit par le bras pour l'attirer derrière le tronc d'un chêne. Malgré le feuillage plutôt dense, ils étaient dans une situation délicate ; leur adversaire avait l'avantage stratégique de la position.

— C'est le shérif Harding ! cria Reed. Levez les mains bien haut.

Il crut alors apercevoir une casquette de base-ball de couleur sombre. Il tendit son bras armé dans cette direction, visa… Il y eut un bruit d'explosion suivi d'une gerbe de flammes. On avait brisé l'une des vitres du véhicule de Livvy et jeté à l'intérieur un cocktail Molotov.

— Il a mis le feu au 4x4, s'écria Livvy en s'élançant à découvert.

Reed parvint à la saisir par la manche et, malgré ses protestations, la fit reculer à couvert.

— Il pourrait être armé.

Sauf que l'emploi du conditionnel ne se prêtait pas à la

réalité de la situation. L'homme était certainement armé et très dangereux.

— Mais les indices…, protesta-t-elle.

Effectivement, c'était une perte inestimable pour l'enquête. Tout comme Livvy, son instinct commandait à Reed de se ruer sur le véhicule pour tenter de sauver ce qui pouvait l'être, mais c'eût été un suicide.

— C'est peut-être un piège pour vous descendre, dit-il.

— A cause des indices que j'ai relevés dans le bungalow ?

Reed opina sans mot dire et attendit que l'idée fasse son chemin dans la tête de la jeune femme. Ce ne fut pas long.

— Donc, il ne peut s'agir de Shane, conclut-elle.

— Non.

Reed gardait son attention braquée sur le nouvel incendie, au cas où l'homme tenterait de le contourner pour les prendre à revers ou plus simplement pour prendre la fuite.

— Mais c'est peut-être quelqu'un cherchant à le disculper, ajouta-t-elle.

Reed acquiesça.

— Cela implique que le pyromane pense que vous avez vu ou pris quelque chose de compromettant dans le bungalow.

Cela impliquait aussi que Livvy était en danger.

Reed jura entre ses dents. La situation virait au cauchemar. Il avait assez de problèmes à régler sans y ajouter la protection de la jeune femme.

La sirène des pompiers hulula au loin ; ils seraient là d'un instant à l'autre. Il jeta un regard vers le bungalow, puis vers le 4x4. Ils ne pourraient pas sauver grand-chose, mais s'ils parvenaient à capturer le criminel, ses aveux compenseraient peut-être la perte des pièces à conviction.

Il y eut du mouvement derrière le 4x4 et Reed vit de nouveau la casquette de base-ball. L'homme était penché en avant et sa visière lui masquait le visage. D'ailleurs, Reed eût été incapable de dire s'il s'agissait d'un homme ou d'une femme. Mais quel que soit son sexe, l'individu prenait la fuite.

— Restez tranquille, dit-il à Livvy.

Cette fois, ce fut elle qui l'attrapa par le bras.

— Souvenez-vous de votre mise en garde : il est peut-être armé.

Il ne l'avait certainement pas oublié, mais il était impatient de découvrir l'identité du malfaiteur.

— Couvrez-moi.

Ainsi, l'homme ne pourrait pas le surprendre en le prenant à revers et Livvy aurait une bonne raison de se tenir tranquille.

Le vacarme de l'incendie et des sirènes empêchait Reed de se guider au son des pas du fuyard. Se tenant replié sur lui-même, il sortit à découvert, son arme bien en main, et se mit à courir.

L'homme fit de même. Il slalomait entre les arbres et fuyait vers des hauts taillis. Si Reed ne le rejoignait pas avant qu'il puisse s'y faufiler, ce serait trop tard. Il accéléra et descendit la colline en pestant contre les plaques de terre et de boue qui collaient à ses semelles. Il parvint cependant au bas de la colline sans chuter.

Il ne perdit pas de temps à tenter de sauver le 4x4, l'habitacle était déjà totalement consumé. Il préféra conserver son élan et, dépassant le véhicule, allongea sa foulée lorsqu'une détonation retentit derrière lui.

Le 4x4 venait d'exploser.

Il esquiva les débris qui pleuvaient tout autour d'eux et s'élança à la poursuite de l'individu qui avait tenté de les tuer.

4

Livvy se tapit sous les branches les plus basses d'un pin afin de se protéger des débris incandescents qui pleuvaient du ciel et tendit l'oreille, bien qu'il fût impossible d'entendre quoi que ce soit dans ce vacarme, et encore moins Reed. Au-delà de l'épais rideau de flammes et de fumée noire qui s'échappait de son 4x4 à l'agonie, elle le vit passer comme une flèche à travers les branchages.

Il allait sûrement avoir besoin de renfort ; elle attrapa son sac et s'élança à ses trousses. Elle prit soin de contourner amplement le véhicule au cas où ce dernier viendrait à exploser une nouvelle fois et obliqua sur sa droite afin de croiser la route de Reed. C'est à cet instant qu'elle entendit la sirène des pompiers s'évanouir et vit leur véhicule venir s'arrêter à l'embranchement du sentier.

— Je suis le sergent Hutton, lança-t-elle. Le shérif Harding et moi-même sommes à la poursuite d'un suspect.

Elle reprit sa course à travers les bois et parvint à rejoindre Reed, lequel revenait vers elle à grandes foulées.

— Que se passe-t-il ? demanda-t-elle.

— Je n'ai pas pu le rattraper, dit-il en reprenant son souffle. J'ai eu peur qu'il me contourne pour vous attaquer.

La montée d'adrénaline qu'elle venait de subir et les pulsations de son cœur dans ses tympans forcèrent Livvy à réfléchir un instant pour assimiler ce qu'il venait de dire.

— Hé ! Je suis Texas Ranger, lui rappela-t-elle. S'il cherche à me prendre à revers, je l'attends de pied ferme.

Reed la dévisagea, puis considéra l'équipe des pompiers.

— En fait, je voulais éviter qu'il vous prenne pour cible puis vole les pièces à conviction.

Oh. Donc, ce n'était peut-être pas un acte de super-héros, après tout. De nouveau, Livvy se sentait exclue de l'enquête sur laquelle elle était mandatée au niveau fédéral.

Bon sang, il s'agissait de *son* affaire et de *sa* scène de crime !

Elle suivit Reed sur les lieux du désastre. Les pompiers avaient fait leur possible, et si le feu était à présent noyé sous le jet de leurs lances, il ne restait rien du splendide 4x4. Par ailleurs, la présence de tous ces hommes rendait vain tout espoir de retrouver les empreintes de l'incendiaire en fuite.

Reed accosta un homme d'une cinquantaine d'années, au teint hâlé et aux cheveux d'un noir de jais, et eut avec lui une conversation que Livvy, de par son éloignement, ne put entendre. Il la rejoignit quelques instants plus tard, la mine contrariée.

— Allons-y, dit-il. On va prendre mon pick-up pour ramener les pièces à conviction à mon bureau.

Comprenant que sa présence ici n'était d'aucune aide, Livvy contourna à la suite de Reed les ruines du bungalow pour rejoindre la piste. Ce ne fut pas une promenade de santé et ils se hâtèrent, prêts à essuyer de nouveaux coups de feu. Celui qui avait fait disparaître les preuves pouvait très bien revenir s'en prendre à eux ; ces bois étaient touffus et propices à une embuscade.

Reed actionna la serrure de son pick-up Ford F-150 et tous deux grimpèrent à bord avant de démarrer en trombe. Il appela aussitôt son adjoint, et tandis qu'il l'informait des tout derniers événements, Livvy se dit qu'elle devait contacter son supérieur, le lieutenant Wyatt Colter.

A contrecœur, elle prit son portable dans son sac et, poussant un profond soupir, appuya sur la touche de numérotation rapide du poste d'Austin. N'ayant aucun intérêt à tenter d'édulcorer les faits, elle prit le parti de tout dire au sujet du bungalow incendié, de son 4x4 et des indices volatilisés.

A l'autre bout de la ligne, le lieutenant Colter jura.

— Vous n'aviez pas pris la peine de sécuriser les pièces à conviction ? aboya-t-il.

— Si, je l'ai fait. Elles se trouvaient dans le 4x4 que le suspect a incendié.

Elle était soulagée d'avoir songé à déposer ses affaires au motel, car elle allait pouvoir faire un brin de toilette et se changer. Il va sans dire qu'elle aurait tout donné, y compris le solde de son compte en banque, pour récupérer ces précieux indices.

Le lieutenant jura une fois de plus et Livvy l'entendit s'entretenir avec un autre homme. Malheur. Toute l'équipe allait bientôt être au courant de sa débâcle.

— La situation empire, ici, reprit Colter. Je suis confronté aux plaintes des Amérindiens, mais j'ai les choses en main. Je serai à vos côtés en début d'après-midi.

— Non !

Un délai aussi court ne permettait pas à Livvy de démêler la situation.

— Il n'y a aucune urgence, et vous n'avez pas à vous en faire : j'ai la situation sous contrôle.

Le long silence du lieutenant lui apprit qu'il n'en croyait rien.

— J'en touche un mot au capitaine et je reviens vers vous.

— Je n'ai pas besoin de renforts, insista-t-elle.

Peine perdue : le lieutenant Colter avait déjà raccroché.

— Un souci ? demanda Reed.

— Non, mentit-elle.

Il émit un petit son signifiant qu'il n'était pas dupe.

— J'aimerais interroger Shane dans les plus brefs délais, enchaîna Livvy pour couper court à sa gêne.

Reed ne répondit pas tout de suite, et Livvy se mit à prier pour qu'il ne lui mette pas des bâtons dans les roues.

— Shane coopérera, dit-il enfin. Et pendant que vous serez avec lui, j'appellerai votre lieutenant pour lui dire que vous n'êtes en rien responsable de ce désastre.

— Surtout pas. Je n'ai pas besoin de votre aide.

C'était faux, mais Livvy n'avait pas l'intention de le laisser veiller sur elle. Elle avait sa fierté.

— Je l'appellerai d'ici une heure ou deux pour lui expliquer qu'il n'est pas nécessaire qu'il nous rejoigne, ajouta-t-elle.

Ce qui ne serait pas une partie de plaisir.

— Cette enquête… Vous semblez en faire une affaire personnelle, commenta Reed. Pour quelle raison ? Vous avez connu Marcie ?

— Non.

Cependant, il avait vu juste : Livvy revivait une histoire personnelle à travers cette enquête. Les cas de meurtre la mettaient mal à l'aise.

— Ma mère a été assassinée quand j'avais six ans et elle avait à peu près l'âge de Marcie. Cela fait… remonter des souvenirs du passé.

Elle se demanda aussitôt quelle mouche la piquait de se confesser à cet étranger. Zut. Les dernières épreuves l'avaient rendue bien loquace.

— Le meurtrier, on l'a attrapé ? demanda Reed.

Livvy eut un petit grognement ; elle ne souhaitait pas s'étendre sur le sujet.

— Non. Il s'est enfui au Mexique et on ne l'a jamais revu.

— Voilà qui explique pourquoi vous êtes si tendue.

Livvy n'en crut pas ses oreilles.

— Excusez-moi ? Que voulez-vous dire ?

— Vous pensez que si vous parvenez à arrêter le meurtrier de Marcie, eh bien, d'une certaine façon, vous rendrez justice à votre mère.

Livvy fut stupéfiée par son aplomb.

— Que… Vous avez suivi des cours de psychologie en plus de vos ateliers médico-légaux ?

Reed haussa les épaules.

— Pas du tout. Je me fie à mon expérience. Mon père a été abattu alors que j'étais enfant. Toute affaire de meurtre me ramène à lui. Je n'y peux rien. C'est une vieille plaie qui ne cicatrisera jamais vraiment.

Livvy comprenait.

— C'est la raison pour laquelle je me suis interposé entre Woody et vous, ce matin, poursuivit-il. Il m'a élevé comme un fils. Il a remplacé peu à peu le père que la vie m'avait enlevé. Cela n'implique pas que je manque d'objectivité. Je reste impartial.

Elle esquissa un sourire dubitatif, mais ses doutes sur son objectivité étaient moins vifs qu'une heure auparavant. Livvy en attribua la cause à la complicité qui les avait unis durant leur fuite, complicité qui avait créé une certaine amitié. Il en allait ainsi de sa vie. C'était peut-être la raison de cette étrange attirance qu'elle ressentait pour lui. Et pour conclure, cela menait à un rapprochement qu'elle n'avait pas voulu et dont elle se serait bien passée.

— Oh ! Seigneur, maugréa Reed.

Livvy regarda au loin le bâtiment de pierre blanche appuyé sur ses trois arches aux vitrages blindés. Il abritait, entre autres, les locaux du shérif. Livvy avait appris de la bouche de l'adjoint Spears qu'il hébergeait aussi la prison et les bureaux des membres du conseil municipal.

Accolé à celui du shérif, un bâtiment identique accueillait les appartements du maire et la cour de justice. Cependant, ce n'était pas la vue de son lieu de travail qui irritait Reed. Deux hommes et une femme amérindienne se tenaient sur les marches, et une femme très attirante aux longs cheveux auburn était assise dans un cabriolet garé non loin.

— Un souci ? s'enquit Livvy.

— Ça se pourrait. L'homme qui porte un Stetson blanc est Jonah Becker. Il est probablement là pour ficher la pagaille. La belle plante dans la voiture est sa fille, Jessie, mais d'elle nous n'avons rien à craindre.

Jonah était le propriétaire du bungalow, théâtre de l'assassinat de Marcie, et, d'après Livvy, un suspect de premier choix. Si elle avait largement parcouru sa biographie, elle le voyait pour la première fois. Il portait sur son visage, tel un masque, sa réputation d'homme intimidant et impitoyable.

— Vous avez laissé brûler mon bungalow, les accusa-t-il dès que Reed et Livvy sortirent du pick-up. Le chef des pompiers vient de m'appeler.

— Nous n'avons pas *laissé* les choses se produire, corrigea Reed en soutenant son regard glacial et menaçant. Quelqu'un a volé un téléphone portable dans votre bungalow avant d'y mettre le feu. Vous ne savez rien à ce sujet ?

Jonah contracta la mâchoire.

— Vous me traitez de voleur ? Sur mes propres terres ?

— Je ne vous accuse pas, je m'informe. Et j'exige une réponse.

Les deux hommes continuaient à s'affronter du regard.

— Je n'ai rien pris dans le bungalow, répliqua Jonah,

pour la bonne raison que je n'y suis pas allé. Vous aviez balisé les environs et interdit à quiconque de s'y rendre, non ? ajouta-t-il avec une pointe de suffisance.

Si Reed le crut, il n'en laissa rien paraître.

— Je suis Billy Withley, se présenta l'autre homme en tendant la main à Livvy. Et voici mon épouse, Charla.

Livvy déposa son sac à terre et leur serra la main tour à tour.

— Je suis le sergent Hutton.

Billy ne portait pas de chapeau de cow-boy à l'instar de Jonah, mais un ensemble kaki qui semblait fait pour la chasse. Il arborait un sourire préfabriqué.

— Bienvenue à Comanche Creek, sergent Hutton.

— Oui, soyez la bienvenue, dit Charla sur un ton nettement moins chaleureux que celui de son époux.

Elle ne regardait pas Livvy : elle l'observait de son regard intense aux iris couleur café.

Intentionnellement, Livvy ne leur avait pas dévoilé son prénom. Peut-être était-ce un peu stupide, mais elle se raccrochait aux maigres manifestations d'autorité qui se présentaient à elle. Après ce qui venait de se passer, elle devait conforter auprès d'eux sa position de responsable de l'enquête. Ce qui n'était pas une tâche aisée, sachant que Reed avait pris les devants en s'adressant à Jonah et à Billy.

Il lui avait tout simplement grillé la politesse ; elle avait encore à apprendre au sujet des comportements de ses semblables.

— Je suis le clerc de notaire de cette ville, reprit Billy. Charla est assistante auprès du maire. Je tiens les registres à jour et effectue diverses opérations immobilières ; si je peux vous être utile de quelque façon que ce soit, n'hésitez pas.

L'intérêt de Livvy s'éveilla : si Billy avait rédigé l'acte

d'achat du terrain sur lequel Jonah avait bâti son bungalow, alors il pouvait lui être utile, en effet. Bien entendu, elle avait une foule d'autres tâches à accomplir avant de s'intéresser à ce qui avait peut-être été une cession frauduleuse de terrain…

Tous les cinq pénétrèrent dans le bureau du shérif, Jonah se tenant à la hauteur de Livvy.

— Vous ne m'exprimerez même pas vos regrets pour la perte de mon bungalow ? se plaignit Jonah.

— Je suis désolée, dit Livvy avec sincérité.

Perdre le bungalow et les pièces à conviction qui s'y trouvaient était un rude coup.

Reed emprunta un petit couloir sur sa droite et entra dans une pièce où une ravissante réceptionniste à la chevelure d'un auburn flamboyant se tenait derrière son comptoir. Voyant Reed, elle se leva et se rassit aussitôt pour prendre un appel.

Ils passèrent devant le bureau de l'adjoint Spears qui, bien qu'il soit au téléphone, s'adressa à Livvy en masquant le micro de sa main :

— Les échantillons sont en route pour le labo. Le coursier vient tout juste de les récupérer.

— Merci, répondit Livvy tout en suivant Reed dans son bureau.

A l'instar de son propriétaire, celui-ci était surprenant. L'endroit était tiré au cordeau ; tout y semblait organisé, à sa place. Livvy s'étonna de la présence d'un ordinateur portable dernier cri. Fixé au mur face au bureau, un planning grand format récapitulait de multiples tâches à des horaires précis, quantifiés non pas en heures mais en quarts d'heure.

— Vous pouvez déposer là votre sac, dit Reed en désignant une table dans un angle.

Près de la table, elle remarqua une armoire sécurisée,

certainement destinée à la conservation des indices. Elle s'en félicita ; elle était bien décidée à protéger ceux encore en sa possession.

Reed décrocha le téléphone.

— Je vais appeler d'autres shérifs de la région afin qu'ils nous envoient du renfort et nous effectuerons une battue dans les bois, au cas où notre suspect y aurait perdu quelque chose. Ensuite, je vous conduirai à Shane.

Tout en passant son appel, Reed décocha un regard à Billy, Jonah et Charla qui en disait long sur le désagrément que leur présence lui causait. Ces derniers se tenaient sur le pas de la porte dans une posture ridicule et ne cessaient d'observer les faits et gestes de Livvy. Elle se doutait que le contenu de son sac les intéressait au plus haut point. Billy fit un petit salut de la main et s'en fut, accompagné de son épouse.

Jonah resta.

— Dites-moi, vous êtes venue à Comanche Creek dans le seul but de procéder à mon arrestation ? demanda-t-il.

Livvy lui jeta un regard noir avant de déposer son sac sur la table d'angle.

— Pourquoi ? Vous voulez passer aux aveux ?

— Soyez prudente, prévint Jonah sur un ton si froid qu'il la fit se retourner.

— Je suis toujours prudente. Et très méticuleuse, rétorqua-t-elle sans se démonter.

Elle ne devait pas laisser ses doutes sur cet homme prendre de trop grandes proportions. Après tout, ils avaient déjà un suspect sous les verrous. Néanmoins, elle se demandait si ce dernier avait agi seul, à condition que ce soit le coupable.

Dans les deux cas, œuvrer pour mettre au clair la culpabilité ou l'innocence de Shane ne serait pas une partie de plaisir. Cela risquait d'agacer bon nombre de personnes à Comanche Creek.

Elle se remémora le regard que Charla lui avait lancé, et aussi la façon dont le maire lui avait rappelé que Reed représentait l'autorité de la ville.

— Bonne journée, monsieur Becker, marmonna-t-elle, le congédiant ainsi.

Elle sortit de son sac les échantillons de sang récoltés devant la cheminée ; s'il s'agissait bien du sang de Shane, elle devrait revoir ses soupçons à son égard. Puisque Reed était toujours en communication, elle plaça son sac dans l'armoire sécurisée et, les échantillons en main, contourna Jonah qui était toujours là, sans lui adresser un regard, pour gagner le bureau de l'adjoint Spears, dont elle referma la porte derrière elle afin de conserver un minimum de confidentialité.

— Je dois faire analyser ces échantillons dès que possible, dit-elle. Il se pourrait qu'ils contiennent le sang de Shane.

Kirby Spears acquiesça d'un signe de tête.

— Je peux le porter moi-même au légiste. Il travaille régulièrement avec nous et a référencé le sang de Shane sur sa base de données. Nous pourrons ainsi facilement comparer les ADN.

Il prit les échantillons des mains de Livvy et commença à remplir les formulaires *ad hoc*.

Une fois encore, l'efficacité de l'équipe de Reed surprit Livvy.

— Quoi de nouveau à propos de l'arme du crime ?

— Le laboratoire criminel du Bureau des rangers n'en a trouvé aucune trace dans le fichier national. L'analyse du projectile est en cours.

Livvy prit mentalement note d'appeler le laboratoire, mais elle voulait tout d'abord voir Shane. Sans Reed.

Bien qu'il se soit proposé pour l'accompagner, elle n'avait nul besoin de sa présence. Elle savait comment mener l'interrogatoire d'un suspect.

— Où se trouvent les cellules ?

— En haut de l'escalier, à droite, répondit Kirby.

Livvy le remercia et s'en fut vers le hall d'entrée. Elle s'attendait à croiser Jonah, mais fut soulagée de constater qu'il avait enfin fichu le camp. Prétextant que Reed était toujours au téléphone, elle monta l'escalier et arriva devant un garde portant l'uniforme d'une société de sécurité privée. La reconnaissant, il se leva à son approche.

— Shane est par ici, lui dit-il en la guidant à travers l'espace délimité par deux rangées de cellules.

Toutes étaient désertes, excepté la dernière, tout au fond sur la droite ; Shane y était étendu sur sa couche.

Dès le premier regard, Livvy eut des doutes sur sa culpabilité. Il ne ressemblait pas à un meurtrier. Avec ses cheveux noirs et ses grands yeux bleus d'enfant, il avait plutôt l'air d'un étudiant en fac. Un étudiant un peu sur les nerfs, pour être précis.

— Sergent Hutton ? dit-il en se relevant lentement.

— Les nouvelles vont vite.

Un petit sourire naquit aux commissures de ses lèvres.

— Peu de choses restent longtemps secrètes à Comanche Creek. Enfin, excepté l'identité du meurtrier de Marcie. Je l'aimais. Jamais je ne l'aurais tuée, ajouta-t-il en secouant la tête avec une expression de désolation.

— Les indices indiquent le contraire.

Shane s'approcha et agrippa les barreaux.

— Mais, puisque je n'ai rien fait, il doit bien exister des preuves de mon innocence. Promettez-moi de faire éclater la vérité au grand jour. Ne laissez personne, y compris Jonah, vous mener en bateau.

Livvy haussa les épaules.

— Pourquoi Jonah voudrait-il me mener en bateau ?

— Parce que vous êtes une femme, et que vous n'étiez pas prévue au programme. Il ne respectera pas votre autorité. Peu d'entre eux le feront, y compris le maire.

Prenant cette mise en garde au sérieux, Livvy décida de changer de stratégie.

— Que pouvez-vous me dire au sujet du téléphone portable que j'ai retrouvé dans la cheminée du bungalow ?

Une lueur de surprise brilla dans son regard, puis il baissa la tête.

— Rien. C'est celui de Marcie ?

— Peut-être. Est-il possible que le maire l'ait subtilisé dans le but de vous venir en aide ?

— Woody ? Pas la moindre chance. Il a beau vous chahuter un peu, il ne transgresserait jamais la loi. Pourquoi ? Vous pensez qu'il a quelque chose à voir avec l'incendie du bungalow ?

Livvy saisit la perche qu'il lui tendait.

— Comment êtes-vous au courant pour l'incendie ?

— Mon garde. Son meilleur ami est un pompier de la ville.

— Pratique, maugréa-t-elle.

Elle se tut en entendant des pas dans l'escalier ; elle jeta un coup d'œil derrière elle et vit Reed qui montait les marches d'une bonne foulée.

— Vous auriez pu m'attendre, bougonna-t-il.

Livvy se renfrogna.

— Je n'avais aucune raison de le faire. Je procède à son interrogatoire, comme prévu.

Reed la gratifia d'un regard désapprobateur avant de reporter son attention sur Shane.

— Nous avons trouvé des projections de sang devant la cheminée, au bungalow.

Le ton de Reed, s'il n'était pas exactement celui d'un

représentant de la loi tel qu'on se l'imagine, cinglant et froid, n'était pas non plus très amical.

Shane, comme soulagé, poussa un profond soupir.

— Je n'ai cessé de repenser à toute cette histoire depuis que je suis enfermé, et je suis quasiment certain que c'est un homme qui m'a frappé. Probablement de la même taille que moi. Je ne l'ai pas senti arriver. Je pense qu'il faut chercher un gaucher, car le coup est venu de la gauche.

— Vous souvenez-vous d'un son, d'une odeur particulière ? demanda Livvy au moment même où Reed demandait :

— As-tu une idée de l'objet avec lequel il t'a frappé ?

Livvy et Reed se regardèrent, puis tous deux froncèrent les sourcils.

— Aucun son ni aucune odeur, répondit Shane. Et j'ai vu l'objet du coin de l'œil. Je crois qu'il s'agissait d'une batte de base-ball.

Livvy s'apprêtait à lui demander s'il pensait que la batte se trouvait là avant son arrivée quand son téléphone sonna. Un bref regard sur l'écran lui apprit qu'elle ne pouvait pas s'abstenir de répondre. Elle s'éloigna de quelques pas, laissant à Reed le soin de poursuivre l'interrogatoire.

— Livvy, attaqua sans préambule le lieutenant Colter, je voulais vous prévenir que je ne pourrai pas vous rejoindre à Comanche Creek. Trop de problèmes à régler ici. De toute façon, nous avons un suspect écroué…

— Ne vous en faites pas. J'ai la situation bien en main.

Colter marqua une longue pause.

— J'ai parlé au capitaine et nous vous accordons trois jours pour continuer vos investigations. Ensuite, nous vous enverrons un collègue. Un ranger avec plus d'expérience.

Cette dernière phrase lui noua l'estomac.

— Trois jours, murmura-t-elle.

C'était peu, mais ces trois jours lui suffiraient à établir

si l'adjoint Shane Tolbert avait bel et bien assassiné sa petite amie.

— Merci de cette opportunité, dit-elle.

— Ne me remerciez pas, Livvy. Il y a une condition à votre maintien sur place.

Elle se figea.

— Laquelle ?

— Vous n'êtes plus responsable de cette enquête. Vous passez le relais au shérif Reed. Tant que vous serez à Comanche Creek, vous serez sous ses ordres.

5

Reed traversa le parking situé derrière l'immeuble abritant ses bureaux. Annonçant le crépuscule, le ciel était d'un gris sombre menaçant et un vent désagréable venait de se lever. S'il n'avait pas pris la peine de se munir d'un parapluie, c'est qu'il ne s'attendait pas à ce que Livvy traîne en route.

— Ce n'est vraiment pas nécessaire, se plaignit-elle une nouvelle fois. Je peux très bien me rendre seule au motel.

Son sac jeté sur l'épaule, elle le suivait à une bonne dizaine de mètres.

Reed ignora ses protestations et ouvrit la portière de son pick-up afin qu'elle s'y installe.

— Le motel est à plus d'un kilomètre, et au cas où vous ne l'auriez pas remarqué, il pleut.

Et devant son expression butée, il ajouta :

— Plus tôt vous serez installée, plus tôt vous pourrez visionner les interrogatoires de Shane.

Livvy tenait l'enveloppe contenant le DVD et semblait impatiente d'en prendre connaissance. Elle semblait également franchement excédée qu'on lui ait retiré l'affaire.

Cependant Reed n'aurait su dire lequel des deux était le plus embarrassé par cette décision. Bien qu'il ait souhaité garder la main sur cette enquête, il n'avait certainement pas demandé à commander une Texas Ranger, laquelle le considérait comme un péquenaud.

Quand elle refusa de monter à bord, il haussa les épaules, cilla pour chasser la pluie de ses yeux et contourna le véhicule, laissant ouverte la portière côté passager. L'averse avait plaqué les cheveux de Livvy sur sa nuque et son front, et sa queue-de-cheval, détrempée, pendait lamentablement. Elle avait aussi fait son œuvre sur son chemisier blanc.

Reed aurait préféré ne pas le remarquer.

L'étoffe en était devenue transparente et collait à son soutien-gorge, moulant les sphères de ses seins, sans oublier sa taille et la courbe de ses reins.

Tu es son patron sur cette affaire, se reprit-il.

En vain. Reed ne pouvait détacher son regard de ses formes à peine dissimulées.

Comme mue par un pressentiment, elle baissa le regard sur sa poitrine.

— Oh ! s'écria-t-elle.

Elle se protégea à l'aide de l'enveloppe contenant le DVD et s'engouffra dans le véhicule sans demander son reste.

— Vous auriez pu me prévenir, protesta-t-elle en bouclant sa ceinture de sécurité.

— En effet. Disons que j'étais muet de stupeur et restons-en là.

Il démarra le pick-up et s'engagea dans l'avenue tandis que Livvy le dévisageait, abasourdie par son aplomb.

Reed ne chercha pas à défendre son cas, surtout que rester ainsi bêtement bouche bée avait été de sa part un comportement stupide, mais le regard insistant de la jeune femme le décida à reprendre la parole :

— Hé, ce n'est pas parce que je porte cet insigne que je n'en suis pas pour autant un homme avec ses faiblesses.

— Super. Enfin… Ce n'est pas un souci.

— De quoi parlez-vous ?

Reed n'avait pu s'empêcher de le demander.

— Mes seins. Votre statut d'homme.

Eh bien, il était fixé : l'attraction entre eux n'était pas réciproque. Parfait ; cela faciliterait la cohabitation durant les trois jours à venir.

Cependant, une part de lui-même, son corps pour être précis, désapprouvait ce nouvel état de choses.

Reed vint se garer devant le motel. Livvy descendit la première et parut surprise de le voir la suivre.

— Je veux juste vérifier deux ou trois choses, expliqua-t-il.

— De quel ordre ?

— Sécurité.

Elle le dévisagea, relevant la tête en signe de défi.

— Vous pensez que l'homme qui a incendié le bungalow pourrait revenir m'agresser ?

— C'est une possibilité non négligeable, répondit-il en baissant le regard vers son sac. Il pourrait en avoir après ceci.

— Il ne contient plus les indices. Les échantillons de sang sont en cours d'analyse et j'ai rangé les photos dans votre armoire sécurisée.

Puis elle ajouta aussitôt :

— Mais ce type l'ignore…

Reed opina et ouvrit la porte du motel. Il regrettait déjà d'avoir douté des capacités de Livvy à assurer, seule, sa protection. Après tout, elle l'avait informé à plusieurs reprises qu'elle faisait partie des Texas Rangers et qu'elle s'entraînait à tirer. Par ailleurs, il était convaincu que son sentiment sur cette affaire n'était pas influencé par sa collaboration avec cette femme, et il ne perdait pas de vue qu'un homme était apparemment déterminé à détruire tous les indices provenant de la scène de crime.

Un homme qu'il saluait peut-être chaque jour, comme un ami ou un voisin. Cette idée lui fit froid dans le dos.

— Reed.

La propriétaire du motel le gratifia d'un large sourire. Comme la plupart des habitants de la ville, il connaissait Betty Sadler — la sœur de Woody — depuis toujours. Son sourire rivalisait avec l'éclat du soleil.

— Betty Alice, répondit Reed. Vous avez déjà rencontré le sergent Hutton ?

La brave femme offrit l'un de ses plus beaux sourires à Livvy.

— L'espace de quelques secondes, ce matin, quand elle a déposé ses affaires. Je l'ai aperçue qui allait et venait.

Son sourire s'effaça tandis qu'elle reportait son regard, dans le coin du vestibule, sur l'énorme valise surmontée d'un sac de voyage.

— L'un des fils McAllister était censé me donner un coup de main, aujourd'hui, mais je ne l'ai pas vu !

Reed comprit le message. La pauvre souffrait d'un mal de dos chronique et les chambres se trouvaient à l'étage, sans ascenseur. Monter les bagages était au-dessus de ses forces.

— Je vais les monter, proposa-t-il. Personne n'a fait de réservation, aujourd'hui ? Peut-être quelqu'un s'est-il caché dans l'une de vos chambres ?

Betty Alice porta la main à son cœur.

— Bonté divine, je ne pense pas. Mais tu sais, je ne passe pas ma journée derrière ce comptoir. Quand je suis dans ma cuisine ou que je regarde mes séries, je n'entends rien.

Reed le savait et c'était bien pour cela qu'il s'inquiétait.

— Je suis sûr que tout va bien, Betty Alice. Nous avons eu quelques soucis avec Jonah et son bungalow, et je tiens à prendre mes précautions.

Betty Alice releva fièrement la tête en gonflant la poitrine.

— Personne à Comanche Creek n'oserait jamais brûler

mon motel. En ce qui concerne le bungalow de Jonah, eh bien, c'est une autre histoire. Tout le monde sait qu'il a les moyens et cette cabane ne doit pas représenter une très grosse perte pour lui. Par contre, je suis sincèrement désolée pour le véhicule du sergent Hutton.

— Comment avez-vous su pour mon 4x4 ?

— Mon cousin est pompier, et il était chez lui lorsque l'appel a retenti. Sa femme a assisté à la conversation et m'a tout raconté. J'espère que votre véhicule était bien assuré.

— Dieu merci, c'est le cas.

Reed se pencha pour prendre le sac de Livvy.

— Laissez-moi deviner, Betty : vous lui avez donné la chambre rose ?

Le sourire de Betty Alice revint.

— Tout à fait. Tu sais que c'est dans cette chambre que je place mes hôtes féminins. Cette chambre, dit-elle en s'adressant à Livvy, est ma fierté et mon bonheur. J'espère que vous l'aimerez, sergent.

— Je n'en doute pas un instant, fit Livvy avant d'ajouter à l'intention de Reed : Je peux porter mon sac moi-même.

Il aurait misé toute sa paie sur le fait qu'elle allait protester ; ignorant sa remarque, il souleva le sac et le plaça sur son épaule.

— Vous penserez à activer l'alarme, ce soir, dit Reed à Betty Alice, et à verrouiller les portes et les fenêtres.

— Bien entendu. Depuis toute cette histoire autour de Marcie, je suis sur mes gardes, comme tu me l'as conseillé. Mon .45 est toujours sous mon oreiller.

— Bien. Mais je veux que vous soyez particulièrement vigilante, cette nuit. Vous m'avez compris ?

Betty Alice pencha la tête de côté et eut une petite moue embarrassée. Reed détestait devoir l'inquiéter, mais il devait veiller à la sécurité des deux femmes isolées.

— Je peux me débrouiller toute seule, répéta Livvy dans l'escalier.

Reed s'arrêta devant la porte de la chambre rose, déposa le sac à ses pieds et se retourna pour vriller son regard dans celui de Livvy. Il voulait absolument la regarder droit dans les yeux pour lui réciter sa petite tirade.

— Trois jours, ce sera dur à supporter pour l'un et l'autre. Oui, je sais que vous pouvez porter votre sac et que vous êtes un agent aguerri, mais je suis un peu vieux jeu. Un vrai cow-boy, en somme. Et ce n'est pas dans mes habitudes de rester sans rien faire quand je peux aider. Maintenant, si cela vous offense, j'en suis navré. Et je le suis d'autant plus que je vais entrer dans votre chambre afin de m'assurer que tout est en ordre. Considérez que cela fait partie de mon job, d'accord ?

Reed avait eu toutes les peines du monde à ne regarder que ses yeux. Son chemisier était transparent et elle exhalait des senteurs moites et parfumées qui excitaient ses sens.

— D'accord, fit-elle d'une voix douce et rauque.

A moins que Reed ne se fasse son petit cinéma.

Non. Il sut, lorsqu'elle se racla la gorge, que leur promiscuité lui faisait aussi de l'effet.

Tous deux s'éloignèrent au même instant.

— J'aimerais retourner au bungalow tôt demain matin, dit-elle avant de se racler de nouveau la gorge. Pouvez-vous me trouver un véhicule ?

Reed étudia un instant sa requête.

— Je peux vous y emmener. Deux shérifs du comté ont détaché des adjoints pour ratisser les bois. Ne vous inquiétez pas, ils sont rompus aux scènes de crime, ils ne risquent pas de contaminer les lieux. Et ils ont une chance de récolter des indices avant que la pluie ne les efface tout à fait.

Elle lui fit face.

— Je suis désolée.

Déconcerté, Reed haussa un sourcil.

— De quoi ?

— D'être aussi… désagréable. Il y a juste que je suis déçue, c'est tout.

Sa gêne n'avait d'égale que celle de Reed.

— Je… je vous comprends. Je n'ai jamais demandé au lieutenant Colter de prendre votre place.

— Je sais. Il ne me fait pas confiance.

— Peut-être veut-il simplement vous apporter du renfort sur une enquête particulièrement complexe.

Elle eut un petit grognement signifiant qu'elle n'en croyait rien et fit jouer la clé dans la serrure. Il s'attendait à un intérieur charmant, intime, avec un dessus-de-lit en crochet et des meubles de style victorien, mais l'ensemble était noyé dans le rose bonbon.

— C'est *très rose,* n'est-ce pas ? balbutia Livvy.

— Effectivement. Vous pourriez demander une autre chambre, mais croyez-moi, vous n'avez pas envie d'écouter Betty Alice nous raconter la genèse de la décoration.

— Ça m'ira très bien. Après tout, c'est ici qu'elle loge toutes les femmes célibataires de passage, n'est-ce pas ?

C'était là la principale raison pour laquelle Reed avait tenu à l'accompagner ; chacun en ville devait se douter que la chambre rose lui serait attribuée. Et changer de chambre n'aurait pas de sens, vu la vitesse à laquelle les informations circulaient à Comanche Creek.

Il se débarrassa du sac et alla droit à la salle de bains pour l'inspecter. Fort heureusement, personne ne se tenait tapi derrière le rideau de douche et aucun message comminatoire n'était inscrit au rouge à lèvres sur le miroir.

Peut-être les menaces avaient-elles cessé avec l'incendie du bungalow et du 4x4.

Reed était tellement occupé à sécuriser le périmètre

qu'il en oublia Livvy, laquelle l'observait depuis le seuil de la pièce d'eau.

— Vous semblez si inquiet que je ne sache pas me défendre ! Ma spécialité a beau être les scènes de crime, mon adresse au tir est excellente.

Il ne doutait pas d'elle, ni de son aptitude au tir. Seulement, au regard des événements de ces derniers jours, il ne savait plus si l'expérience et les réflexes étaient suffisants pour enrayer le cours des choses.

— J'ai une chambre d'amis, chez moi, à la sortie de la ville, proposa-t-il. Et elle n'est pas rose, ajouta-t-il pour tenter de détendre l'atmosphère.

Le coin de sa bouche se souleva en un vague sourire.

— Merci, mais je dois refuser. J'ai mis assez de temps à me faire respecter, je ne tiens pas à ce que l'on pense que je couche avec le patron.

Il lui jeta un regard en biais puis, la dépassant, regagna la chambre et se retourna.

— C'est ce qu'ils penseront de toute façon.

Il s'attendait à ce qu'elle fût choquée par ses propos ou qu'elle se mît à protester.

— J'en déduis que vous n'êtes à la colle avec personne ? demanda-t-elle.

— Non.

Il n'en dit pas plus. Il y avait de grandes chances qu'elle entende bientôt l'histoire d'Elena Carson, son ex-fiancée, qui avait décidé, il y a quatre ans de cela, d'accepter un poste à Londres et de s'y installer. Du reste, Livvy avait déjà appris sa liaison de quelques mois avec une avocate de San Antonio, celle qui l'avait pressé de l'épouser car son horloge biologique la taraudait. Et enfin, elle saurait tôt ou tard son aventure avec cette serveuse qui portait une robe au décolleté vertigineux lors de la soirée de Noël municipale. Sans être considéré comme un coureur de jupons, il n'avait pas non plus la réputation d'être un saint.

— Et Charla Withley ? Vous êtes sorti avec elle ?

Il se sentit sur la sellette.

— Non. Qu'est-ce qui vous fait penser cela ?

— Elle m'a regardée d'un œil noir, et j'ai cru que c'était à cause de vous. Peut-être était-ce dû à ma suspicion à l'égard de son mari.

Probablement. Mais alors, chacun en ville étant suspect, Livvy pouvait se préparer à une fusillade de regards hostiles durant les prochains jours.

— Et vous ? s'enquit Reed, tout en sachant qu'il devenait indiscret. Pas de fiancé ?

Elle secoua la tête.

— Je n'ai pas beaucoup de temps à consacrer à une relation suivie.

— Jamais ?

Il eut envie de se frapper pour s'être montré aussi curieux, mais pour une raison plutôt située sous la ceinture, il devait bien l'avouer, il voulait en savoir plus sur le sergent Livvy Hutton.

— Je suis sortie avec un garçon à l'université et c'était devenu sérieux entre nous. Enfin, en ce qui le concernait. Vous êtes peut-être au courant qu'il est très compliqué de mener une vie de couple quand on porte un insigne. Et cet insigne est là vingt-quatre heures sur vingt-quatre, ajouta-t-elle en tapotant l'étoile argentée épinglée à son chemisier.

— Ce doit être très intéressant de faire l'amour avec vous si vous n'enlevez jamais votre insigne.

Il n'avait pu retenir ce commentaire. Un éclair de surprise traversa son regard, puis elle éclata de rire. Un petit rire léger comme un roucoulement d'oiseau. Le rire d'une femme qui savait prendre du plaisir lorsque l'occasion s'offrait à elle. Mais elle étouffa son rire aussi vite qu'il était apparu.

— Vous devriez y aller, murmura-t-elle.

Et, de nouveau, le son de sa voix l'émoustilla, doux et érotique à la fois.

Il contempla son visage, sa bouche… et sut qu'elle avait raison : il était temps de partir. Betty Alice était certainement déjà au téléphone à jacasser avec les membres de son club, les informant que le shérif Harding était dans la chambre du sergent Hutton depuis une bonne dizaine de minutes.

Beaucoup de choses pouvaient survenir en dix minutes…

Son imagination n'avait besoin d'aucun stimulant pour employer ces précieuses minutes. Etreinte contre la porte, à même le sol ; peu importait l'endroit. Il avait une soudaine envie de sexe.

Malheureusement, il ne pouvait satisfaire son désir, du moins pas sur-le-champ.

Il dut se marteler cette évidence pour reprendre le contrôle de lui-même.

— Je passerai vous prendre à 7 heures précises, lui dit-il. Après un petit déjeuner rapide, nous irons au bungalow.

— Ne peut-on emmener notre déjeuner ? Je suis impatiente de retourner sur la scène de crime. Nous pourrons manger en route.

— Petit déjeuner à emporter. C'est entendu. Je vais tâcher de négocier avec le chef afin qu'il ajoute une ou deux barres chocolatées au menu.

Livvy battit des paupières.

— Comment savez-vous que j'adore le chocolat ?

— Votre haleine, ce matin. Snickers ?

— Twix.

Apparemment, qu'il ait relevé ce détail la décontenançait. Elle semblait songer qu'il était peut-être autre chose qu'un péquenaud de shérif du fin fond du Texas…

— On se voit demain matin, dit-il en sortant.

Il attendit sur le palier qu'elle eût engagé le verrou. Il l'entendit aussi traîner un objet, une chaise sans doute, pour venir le plaquer contre la porte.

Sage initiative.

Livvy ne lui semblait franchement pas rassurée et cette inquiétude était la bienvenue ; au moins se tiendrait-elle sur ses gardes à défaut de pouvoir véritablement se reposer. De son côté, Reed n'avait pas terminé sa journée.

Dès que les adjoints en renfort seraient dans son bureau, il enverrait l'un d'eux patrouiller dans l'artère principale, plus précisément dans les environs du motel. Il ferait aussi une liste de toutes les données que Livvy avait sécurisées. Enfin, il appellerait le laboratoire pour s'informer au sujet du projectile, du portable manquant, de l'arme et des échantillons ADN envoyés par Livvy au légiste.

La nuit allait être courte.

Il dévala l'escalier, passa saluer Betty Alice et attendit que cette dernière, qui avait élu domicile au motel, s'enferme à double tour et active l'alarme. Il pria pour que la nuit se déroule ici sans problème majeur.

L'averse s'étant muée en un véritable déluge, il regagna son pick-up en courant. Quelque chose attira alors son attention et il s'arrêta. Une berline noire était garée un peu plus haut dans la rue, devant un kiosque à journaux. Le point de vente étant fermé depuis plusieurs heures, sa présence lui sembla suspecte.

Il tenta de percer du regard le rideau de pluie. La berline était-elle occupée ?

Oui, elle l'était.

Cependant, il ne pouvait voir à l'intérieur à travers les

vitres teintées. Il ne pouvait pas non plus lire la plaque d'immatriculation ; mais il parvint à distinguer sur le pare-brise un autocollant signifiant qu'il s'agissait d'un véhicule de location — un fait peu commun à Comanche Creek.

Il posa la main sur le chien de son Smith & Wesson et marcha d'un pas décidé vers la berline. Peut-être n'avait-elle aucun lien avec cette affaire. Le fait que ce soit un véhicule de location indiquait que son conducteur n'était pas du coin. S'agissait-il d'une connaissance de Marcie, du temps où elle était en cavale ?

Quoi qu'il en soit, Reed se prépara au pire.

Le seul éclairage public des environs se trouvait devant le motel. Le conducteur avait choisi un endroit plongé dans la pénombre pour se garer.

Puis il avait attendu.

Reed n'était plus qu'à quelques mètres lorsqu'il vit du mouvement dans l'habitacle ; des mains agrippèrent le volant, puis le moteur rugit à la première sollicitation du démarreur. Reed poursuivait sa marche lorsqu'un soubresaut du véhicule le fit stopper net.

Tout se déroula en l'espace d'une seconde. Le conducteur écrasa la pédale d'accélérateur et la berline s'élança vers Reed dans un crissement de pneus lugubre.

Sortant son arme, Reed l'évita juste à temps et atterrit sur l'herbe humide d'une pelouse, son épaule venant heurter un massif de petits rochers.

Il jura et se plaça en position de tir, prêt à faire feu ou à se déporter de nouveau sur le côté si jamais le véhicule revenait sur lui.

La berline le dépassa pleins gaz.

Reed aperçut une fraction de seconde le conducteur.

Bon sang !

6

— Qu'est-ce qu'il fiche ? l'entendit-elle s'emporter.

Reed posait la même question à son interlocuteur et obtenait la même réponse à chacun de ses appels. Il avait le portable rivé à l'oreille depuis qu'il était passé prendre Livvy au motel, une dizaine de minutes plus tôt. Et, tandis qu'elle mangeait les œufs brouillés et sirotait le café que Reed lui avait préparés, elle tentait de relier les faits entre eux.

— Laissez-lui un autre message, reprit-il d'une voix tout aussi tendue que l'étaient les traits de son visage. Dites-lui de m'appeler à la seconde où vous le verrez.

Sur ce, il raccrocha d'un geste sec et rangea son portable dans sa poche.

Livvy attendit une explication à cette soudaine tension, mais il demeura silencieux. Elle se demanda s'il s'agissait d'une question personnelle, auquel cas elle ne s'en mêlerait pas. Les barres chocolatées, le sexe avec insigne, sa poitrine moulée par son chemisier détrempé — ils commençaient à développer une réelle intimité.

Elle avait même rêvé de lui.

Non pas un rêve chaotique et déstructuré, mais une torride partie de sexe.

Aurait-elle préféré rêver d'une scène de crime ou de la poursuite d'un fugitif au lieu d'être ainsi la proie d'un homme qui excellait dans le jeu du chat et de la souris ?

Elle sentit le fard lui monter aux joues et chassa ces pensées volages de son esprit.

— Un souci ? s'enquit-elle.

Il ne répondit pas tout de suite.

— En quittant le motel, hier soir, se décida-t-il enfin, j'ai vu une voiture de location garée de l'autre côté de la rue. Alors que je m'approchais d'elle, le conducteur a démarré sur les chapeaux de roues et a tenté de me renverser.

Oh ! mon Dieu !

— Pourquoi ne me l'avez-vous pas dit plus tôt ?

Il hésitait encore à s'expliquer.

— Je voulais d'abord vérifier deux ou trois points.

Réponse on ne peut plus évasive… Lorsque, en jetant un coup d'œil par la fenêtre, elle avait remarqué la présence d'un adjoint du shérif en faction dans son véhicule devant son motel, elle en avait tout d'abord voulu à Reed de douter de ses capacités à assurer sa propre sécurité. Mais l'incident de la berline de location prouvait qu'il n'avait pas eu tort de prendre des mesures exceptionnelles.

Ayant perdu l'appétit, Livvy emballa quelques petits pains dans une serviette en papier et plaça le tout dans son sac.

— Etes-vous blessé ?

— Non.

Il eut beau répondre du tac au tac, Livvy ne fut pas dupe, et, baissant les yeux, elle découvrit une plaie sur le dos de sa main.

— Vous savez qui conduisait ? Et pourquoi il ferait une chose pareille ?

De nombreuses possibilités se bousculaient dans son esprit, la plus crédible étant que celui qui avait incendié le bungalow ainsi que le 4x4 et tenté de renverser Reed ne faisaient qu'un. Autre option : le coupable était déjà écroué en la personne de Shane et l'un de ses proches cherchait à l'innocenter.

Pourquoi pas son père ?

Et quid des autres suspects ? Jerry Collier, Billy et Charla Withley, Jonah Becker, ou encore Woody ?

Reed gara son pick-up au bas du sentier menant au bungalow à présent en cendres. A quelques mètres de là, le véhicule d'un shérif d'un autre comté était stationné. Sans doute faisait-il partie des renforts que Reed avait demandés.

Livvy eut une soudaine révélation et lui fit face ; les appels, son humeur acariâtre… tout s'expliquait.

— Vous avez vu le conducteur, déclara-t-elle.

Il se passa la main sur le visage d'un geste las.

— J'ai vu son chapeau. C'était un Stetson blanc avec une queue de serpent à sonnette.

Il sortit de voiture et claque la portière.

— Le chapeau de Woody Sadler, dit-elle en sortant à son tour.

Reed était déjà en chemin. Elle souleva son sac et se dépêcha de le rejoindre.

— Un chapeau *identique* au sien, corrigea-t-il.

— Ou tout simplement le sien.

Puis, repensant à l'appel que Reed avait passé tandis qu'ils roulaient, elle ajouta :

— Je sais que vous n'êtes pas parvenu à le joindre pour lui demander son emploi du temps de la nuit dernière.

Il ne chercha pas à nier, mais le regard qu'il lui adressa était froid et dur.

— Sa secrétaire dit qu'il a improvisé une partie de pêche à la dernière minute, et il n'y a pas de réseau au bord du lac.

Il fit brusquement halte ; Livvy évita de peu de lui rentrer dedans. Il se retourna pour la menacer de l'index.

— Mais, mettons tout de suite les choses au point : Woody ne tenterait jamais de m'écraser.

Elle voulut protester mais se ravisa, abondant dans son sens. Cela ne tenait pas. Cependant, que Woody en ait après elle était une éventualité plus que plausible.

— D'accord. Dans ce cas, il s'agit d'une personne usurpant son apparence afin de vous persuader qu'il s'agit de Woody. Qui d'autre possède un tel chapeau ?

— Malheureusement, tout bon cow-boy texan, maugréa-t-il.

Bien entendu. C'était là une question un peu idiote et Livvy se mordit la lèvre.

— Mais vous êtes sûr qu'il s'agissait d'un homme ?

— Certain. Il avait incliné le rebord de son chapeau afin de dissimuler son visage. Je n'ai pu l'apercevoir qu'une fraction de seconde.

Livvy regarda de nouveau l'écorchure sur sa main. Reed avait eu de la chance, car dans sa volonté de la protéger il avait failli perdre la vie. Cette pensée lui noua l'estomac. Bien qu'ils ne soient pas sur la même longueur d'onde, elle ne pouvait imaginer Reed en danger.

— Qu'y a-t-il ? fit-il en baissant les yeux sur sa plaie.

— Rien.

Puisqu'ils n'avaient plus rien à se dire, Livvy le planta là et reprit son ascension.

Reed la saisit par le bras et l'immobilisa.

— Il y a quelque chose, insista-t-il.

A cet instant, elle songea à son rêve érotique et se sentit rougir. Elle s'ébroua, tentant de chasser de son esprit ces délicieuses images.

— Je sais que vous êtes le chef, mais à partir d'aujourd'hui, s'il vous plaît, ne me cachez plus jamais la moindre information sur ce dossier.

Sur ce, elle se dégagea de sa poigne et se dirigea bille

en tête vers l'adjoint du shérif qui surveillait la carcasse de son défunt 4x4. On avait déjà débarrassé les lieux des débris.

Livvy pesta contre la terre meuble, cette boue qui lui collait aux semelles et contaminait la scène de crime. La pluie avait dû entraîner les cendres du bungalow car un ruisseau d'eau grisâtre s'écoulait en contournant la souche des arbres.

Reed échangea quelques mots avec l'officier puis, prenant une autre direction, fit signe à Livvy de le rejoindre. Ce qu'elle fit malgré la couche de boue agglutinée sous ses semelles.

— Ils ont trouvé quelque chose, lança-t-il par-dessus son épaule sans même prendre la peine de s'assurer qu'elle l'avait rejoint.

Livvy accéléra le pas et le suivit à travers les taillis au feuillage dense et humide, tapissés de fleurs sauvages.

— Comment ?

Reed ne prit pas la peine de répéter et passa sous le ruban de balise jaune.

— Ils ne l'ont pas ramassé ; ils se sont doutés que vous préféreriez le faire vous-même.

Livvy contourna l'arbre près duquel se tenait Reed pour découvrir ce qui avait provoqué sa réaction. Elle n'eut pas à chercher longtemps pour apercevoir le morceau d'étoffe suspendu à une branche basse. Elle déposa immédiatement son sac et se saisit de son équipement photographique. Elle se félicita de posséder un appareil de rechange, le premier ayant péri dans l'incendie du 4x4.

— On dirait que ça provient de la manche d'une chemise, commenta Reed.

C'était possible. Le tissu était épais et doublé, et son motif se composait de fines rayures dorées et bordeaux sur un fond bleu roi ; Livvy se serait bien gardée de porter un tel vêtement pour enfreindre la loi tant celui-ci attirait le regard.

Elle mitrailla la chose sous différents angles.

— Qu'avez-vous vu de la tenue de l'incendiaire ?

— Juste la casquette de base-ball. Il est possible qu'il ait porté un blouson ou une veste car je n'aurais pas manqué de remarquer cette chemise.

Ce morceau de tissu appartenait-il bien au suspect ? Livvy l'espérait car alors, l'affaire serait vite résolue.

— Vous pensez pouvoir récupérer de l'ADN ? s'enquit Reed.

— C'est probable. Si ce n'est sur le tissu, peut-être sur la branche, dans le cas où il s'y serait égratigné.

Il semblait s'y être accroché dans sa fuite.

Reed s'approcha d'elle, presque à la frôler, et prit des photos avec son portable.

— Je vais les envoyer à Kirby, au bureau. Il demandera autour de lui si quelqu'un reconnaît le motif.

Bonne initiative. Elle regretta de ne pas y avoir songé la première, puis s'admonesta de cette attitude empreinte de jalousie. Reed et elle étaient du même bord, et à condition de se le répéter un certain nombre de fois, elle finirait par s'en persuader.

Quand elle jugea avoir assez de photos, Livvy rangea dans son sac l'appareil, ainsi que le sachet contenant l'échantillon de tissu et l'extrémité du branchage auquel il était accroché. Pendant ce temps, Reed s'enfonçait dans les sous-bois.

— Vous voyez autre chose ? demanda-t-elle.

— Non, fit-il avant de se camper sur ses pieds et de poser les mains sur ses hanches. Mais si je m'étais enfui après avoir commis un crime, ce serait dans cette direction. En allant vers l'est, je croise la route principale. Il y a un cours d'eau vers l'ouest, mais il est en crue à cette époque de l'année à cause des pluies. Avec nous à ses trousses et l'incendie faisant rage, c'était sa seule voie.

Ramassant son sac, Livvy vint à lui.

— Vous pensez donc qu'il s'agit de quelqu'un des environs ?

Il acquiesça, puis demeura perdu dans ses pensées un long moment.

— Jonah n'est pas du genre à encourager les gens à randonner sur ses terres, aussi n'existe-t-il aucun sentier alentour.

Il désigna l'épais maquis d'arbres majestueux et reprit :

— Si l'homme a effectivement pris cette direction, je n'ai pas pu le voir. En admettant que le morceau de tissu lui appartienne et qu'il ait couru plus ou moins en ligne droite, il aurait dû disparaître dans ces bois.

Il désigna de la main un trio de vieux chênes si près les uns des autres qu'ils formaient une barrière infranchissable.

— Vos adjoints ont-ils quadrillé la zone ? demanda Livvy.

Reed porta le regard sur les différentes traces de pas imprimées dans le sol boueux.

— Oui, mais je tiens à m'en assurer.

Livvy aussi ; elle lui prêta donc assistance. Elle suivit la trajectoire que l'homme avait empruntée, en quête de branches brisées ou d'un quelconque signe de son passage. Bredouille, elle rebroussa chemin, cette fois en slalomant entre les arbres, ainsi qu'avait pu le faire l'homme sachant Reed à ses trousses.

Les possibilités de fuite depuis ce point étaient si vastes qu'elle se contenta de prendre des clichés en effectuant un tour complet sur elle-même au rythme des éclairs du flash. L'endroit était d'un calme absolu, à tel point qu'elle pouvait entendre Reed respirer, juste derrière elle.

— Stop ! cria-t-il soudain en la saisissant par l'épaule.

Il l'attira à lui brusquement, en la faisant pivoter, et elle vint buter contre son torse ; tout à coup elle se retrouvait dans ses bras.

— Qu'est-ce qui vous prend ? parvint-elle à articuler.

Elle leva les yeux. Il regardait vers le sol.

— Un piège, dit-il en pointant du doigt un amas de feuilles suspect.

Livvy ne comprit pas tout de suite, mais elle finit par remarquer l'arceau de métal et ses mâchoires menaçantes.

Reed s'abaissa, prit une branche et fit jouer le mécanisme du piège. Il claqua avec une force prodigieuse, ses mâchoires se refermant sur ce qui aurait pu être la cheville de la jeune femme. Un pas de plus et c'était l'horreur.

— Ce n'est certainement pas l'incendiaire qui a eu le temps de l'installer, déclara Livvy, bouleversée d'avoir évité de peu d'atroces souffrances.

— A moins qu'il ne l'ait installé avant de mettre le feu.

Tout juste, et si tel était le cas, il s'agissait alors d'un acte prémédité. Pire : le terrain était peut-être parsemé de pièges du même type.

— Il faut emballer cette pièce à conviction, dit Reed. On pourra peut-être y relever des empreintes.

Livvy lui tendit un sac et l'observa tandis qu'il manipulait précautionneusement le piège pour le mettre à l'abri.

— Je vais rameuter tous les adjoints et les munir de détecteurs de métaux afin de sonder les environs. Nos recherches ne reprendront que lorsque la zone sera sécurisée.

Elle n'eut rien à redire à ces dispositions ; tout d'abord l'incendie, puis le face-à-face de Reed avec la berline de location, et à présent ce piège à loup… Une longue expérience au Bureau des enquêtes scientifiques n'était pas nécessaire pour en déduire que quelqu'un voulait leur mettre des bâtons dans les roues.

Le portable de Reed se mit à sonner. Il confia le grand sachet contenant le piège à Livvy, qui s'employa à l'étiqueter tandis qu'il répondait. Elle rangea elle-même le sachet dans son sac et s'assura ainsi de l'impossibilité de toute contamination.

— Qu'a dit Billy ? fit Reed d'un ton qui laissait paraître son mécontentement.

Lequel se mua bientôt en colère.

— Que se passe-t-il ? s'enquit-elle dès qu'il eut raccroché.

Reed se retourna et prit la direction de son pick-up.

— Kirby a montré le motif de la chemise à la totalité des magasins de vêtements de la ville, et Billy Withley prétend qu'il l'a déjà vu quelque part.

Billy Withley. Le clerc de notaire dont elle avait fait la connaissance la veille devant le bureau du shérif. Ce même Billy qui avait certainement maille à partir avec Marcie et son assassin.

— Billy est-il en mesure d'indiquer à qui appartient cette chemise ?

— Oui, c'est chose faite.

Ce furent les seules paroles de Reed jusqu'à ce qu'ils regagnent leur véhicule.

— Venez. Nous avons un suspect à interroger.

7

Reed vint buter au bout de la voie privée bordée de pins qui menait, de la route principale, au magnifique ranch de Jonah Becker. S'il ne pouvait poursuivre son chemin, c'est que la barrière était baissée. Puisqu'il avait appelé le rancher quelques minutes auparavant pour le prévenir de sa visite, Reed en déduisit que c'était un acte délibéré.

Cependant, rien ne le freinerait.

Ils pouvaient toujours emprunter le petit sentier, même si cela représentait près de quatre cents mètres à parcourir à pied. Tout ça pour lui demander par quelle magie un morceau de sa chemise s'était retrouvé non loin d'une scène de crime.

Bien qu'il sût que c'était peine perdue, Reed rappela le ranch et tomba cette fois sur la gouvernante. Quand il la pria de bien vouloir ouvrir la barrière, elle prétendit avoir reçu des instructions de son patron pour qu'elle demeure fermée toute la journée. Elle ajouta, en marmonnant, que les veaux avaient une fâcheuse tendance à s'échapper ces derniers temps.

Message reçu.

Jonah faisait son possible pour compliquer les choses.

Si Reed ne lui avait pas spécifié le motif de sa visite, Jonah devait bien se douter qu'il se passait quelque chose, et en sa défaveur. Bien sûr, la véritable question était : Jonah a-t-il incendié le 4x4 de Livvy ainsi que le bungalow ? Et si la réponse était oui, Reed devrait le considérer comme le meurtrier potentiel de Marcie.

Ils abandonnèrent le pick-up et empruntèrent le sentier sinuant à travers la propriété. Fort heureusement, il était recouvert de gravier, ce qui les dispensa de patauger.

— C'est immense, commenta Livvy en changeant son sac d'épaule, lequel devait peser une bonne douzaine de kilos en comptant le piège.

Quitte à provoquer une nouvelle dispute, Reed vint lui prendre son sac. Il fut surpris de l'entendre marmonner :

— Merci.

— Merci ?

Elle eut une petite moue puis esquissa un sourire.

— Cela ne signifie qu'une chose : que vous êtes plus fort que moi.

Mais son sourire informa Reed qu'un changement s'opérait en elle. Cette légère modification de sa personnalité était somme toute explicable. Ils passaient la plupart de leur temps ensemble, focalisés sur une même affaire. Cela créait des liens, une certaine forme de camaraderie. Presque une amitié. Ils étaient du même côté de la loi et formaient un duo solide.

Reed fronça les sourcils. Pour quelle raison se sentait-il obligé de justifier son attirance pour une femme aussi belle que Livvy ? Il devait se l'avouer, il ne songeait pas à une histoire débouchant sur une relation suivie, mais après tout, tout était possible…

— Attendez-moi.

Livvy se tenait sur une jambe et, à l'aide d'un petit bâton, tâchait de débarrasser ses talons de leurs vestiges de boue.

— Ces bottes ne sont vraiment pas l'idéal par ici, commenta Reed.

— Je sais. Ma paire favorite est dans les bagages

égarés par la compagnie aérienne alors que je revenais de chez mon père. J'ai commandé une nouvelle paire sur internet, hier soir, que je devrais recevoir demain.

Bien. Elle n'avait donc pas que de mauvaises habitudes de citadine ; ces talons n'étaient le fait que d'un coup du sort. Mais quel genre de femme était-elle exactement en dehors de son travail, lorsqu'elle ne portait pas son uniforme de ranger — pantalon de toile kaki et chemise blanche ?

Livvy s'était figée et le dévisageait.

— Bon… disons que nous avons tous les deux commencé sur de mauvaises bases, admit-elle.

— Vous serez toujours de New York, plaisanta-t-il.

Le regard de la jeune femme s'assombrit et il regretta sa tentative d'humour.

— Désolé, reprit-il.

— Pas de quoi. Tout va bien.

Elle baissa la tête et se remit au travail.

Voyant qu'elle menaçait de perdre l'équilibre, Reed la saisit par le bras. Il la sentit se raidir aussitôt et leurs regards se croisèrent furtivement, mais intensément.

Tous deux marquèrent une petite hésitation.

Il était inconscient de sa part de rechercher le contact physique, mais Reed poussa un peu plus loin l'inconscience en se rapprochant d'elle pour lui offrir un baiser. Il s'attendait à ce qu'elle le maudisse, ou le gifle, selon son humeur. Il le méritait assurément, et cela lui aurait fait reprendre ses esprits.

Mais Livvy ne l'insulta pas, pas plus qu'elle ne le gifla : elle émit un petit gémissement, échappé du fond de sa gorge, bref et éphémère, tel un aveu du plaisir qu'elle ressentait.

Reed savourait l'instant ; la bouche de Livvy était douce

comme de la soie et ce baiser lui fit goûter son haleine chaude et fraîche à la fois.

Cette sensation le déstabilisa.

Il ne songeait plus à présent qu'à l'ivresse d'un baiser plus soutenu, plus intime, qu'à l'idée de la plaquer contre le premier tronc d'arbre venu pour lui faire ces choses dont il rêvait depuis le premier jour où il avait posé les yeux sur elle.

Livvy recula et s'éloigna de lui.

— Je sais ce que vous pensez, maugréa-t-elle.

Bon sang ; il ne l'espérait pas.

— Quoi ?

— Vous pensez que ce n'est pas professionnel de notre part.

— Oh ! non. En fait, je me disais que le goût de votre bouche surpasse de loin mes attentes, et Dieu sait si je m'en promettais monts et merveilles.

Son sourire réapparut, bientôt suivi d'un vilain froncement de sourcils traduisant son sentiment de culpabilité. Livvy lui reprit son sac et poursuivit sa marche vers le ranch.

— Je dois faire du bon travail sur cette affaire, dit-elle tandis qu'il la rejoignait. Prouver que je sais appréhender une scène de crime, même complexe.

Pour s'y être mesuré en son temps, Reed comprenait le challenge.

— J'ai un tout autre parcours… Mon père était déjà le shérif de la ville, alors les gens ont pensé que j'étais le meilleur prétendant au poste.

— Vous avez de la chance, dit-elle, non pas sur un ton cynique, mais avec une pointe d'envie.

— Ma foi, peut-être ma chance finira-t-elle par vous gagner.

Ses paroles lui parurent lourdes de sous-entendus

sexuels ; Reed luttait contre un furieux désir de l'embrasser de nouveau.

Livvy menait-elle une semblable lutte ? Toujours est-il qu'elle accéléra le pas. L'imposante bâtisse nichée derrière un bosquet d'érables leur apparut peu après.

— Jonah va certainement tenter de nous convaincre que ce bout de tissu était accroché à cette branche depuis des lustres.

— Sans doute, répondit-il, mais c'est impossible vu l'état de conservation dans lequel nous l'avons trouvé.

Et comment expliquerait-il la présence d'un lambeau de sa chemise dans ces bois, à peu de distance d'une scène de crime ?

Jonah les attendait, installé sur le perron. Il n'était pas seul : sa fille, Jessie, était en train de lui servir du thé glacé, ainsi qu'à son invité. Elle pencha la tête en guise de salut.

— Tâche de garder ton calme, dit-elle à Jonah en lui tapotant gentiment l'épaule.

Puis elle adressa à Reed un regard qui semblait lui demander de ne pas trop bousculer son père, avant de disparaître à l'intérieur.

Assis face à Jonah dans un large fauteuil blanc, se tenait un homme aux cheveux poivre et sel que Reed ne connaissait que trop bien : Jerry Collier.

— C'est le responsable du cadastre de Comanche Creek, n'est-ce pas ? murmura Livvy.

Reed opina.

— Jerry est aussi celui qui a formé Marcie et, selon les cas, il défend les intérêts de Jonah.

— Jonah se protège derrière son avocat…

Et c'était certainement sage de sa part, étant donné son caractère sanguin. Il devait avoir flairé que l'enquête l'incriminait.

— Reed, dit Jerry en se levant.

L'homme était indiscutablement sur la défensive, et sa nervosité ne fit que s'accroître lorsqu'il posa son regard d'un gris étrangement clair sur Livvy.

— Sergent Hutton, je suppose que c'est vous qui avez pris l'initiative de cette visite, avança Jerry, puisque Reed sait très bien que Jonah n'a rien à voir avec toute cette histoire.

— Est-ce la vérité ? demanda-t-elle sans ambages au rancher.

Jonah, qui ne paraissait pas inquiet le moins du monde, contrairement à son homme de loi, demeura confortablement assis.

— Je crois savoir que vous avez retrouvé un morceau de tissu.

Reed grogna et se promit de demander à Kirby qui avait vendu la mèche. Apparemment, son adjoint n'avait pas bien assimilé ses consignes.

Livvy posa son sac sur les marches et en sortit le sachet contenant l'étoffe, le tenant bien en vue des deux hommes.

— Ceci vous appartient-il, monsieur Becker ?

— Ne réponds pas, conseilla Jerry avant de pointer sur Reed son index jaune de tabac. Tout d'abord, vous accusez Woody, puis Jonah : suis-je le suivant sur la liste ?

— Ce n'est pas impossible, rétorqua calmement Reed. L'enquête est loin d'être bouclée. Qui sait ce que je vais dénicher sur vous ?

— Et les autres habitants de la ville ? répliqua Jerry.

— Seulement ceux ayant un mobile pour tuer Marcie. J'imagine que vous n'avez pas sauté de joie lorsqu'elle a réapparu, prête à témoigner contre vous. Et c'est valable pour vous aussi, Jonah.

Jerry prit Livvy à partie.

— Marcie aurait pu témoigner tout ce qu'elle voulait,

ça ne prouve pas que Jonah et moi avons fait quoi que ce soit d'illégal.

— Tu t'adresses à la mauvaise personne, Jerry, dit Jonah à son avocat en affichant un sourire hautain. C'est Reed qui est responsable de l'enquête, n'est-ce pas, Reed ? Ses supérieurs accordent peu de confiance au sergent Hutton.

Reed n'eut nul besoin de regarder Livvy pour savoir qu'elle accusait le coup.

— Oh ! ils lui font confiance, corrigea Reed avant que Livvy ne se lance dans une joute verbale. Si les rangers m'ont confié l'enquête, c'est qu'ils pensent que ma connaissance des habitants de la région pourrait être utile à Livvy pour faire la lumière sur cette affaire. Et, d'une façon ou d'une autre, nous y parviendrons.

Cette affirmation sonnait comme une mise en garde.

Jerry se rapprocha d'eux.

— Vous cherchez la vérité au mauvais endroit. Nous ne sommes pas concernés par la mort de Marcie.

Reed s'avança à son tour, venant défier l'avocat marron. Il savait que Jerry détesterait cela ; l'homme était un peu précieux, suffisant. Il n'était pas acceptable, dans son monde, que Reed vienne ainsi lui souffler au visage.

— Jerry, si je pensais un seul instant que vous êtes tous deux blancs comme neige dans cette affaire, je ne serais pas là. Je pense que vous êtes à deux pas de basculer dans le monde du crime. Un pas, ajouta-t-il en le fixant droit dans les yeux. Et je vais même jusqu'à penser que vous avez tué Marcie et que vous êtes venu vous réfugier chez votre vieux complice Jonah en prétendant assurer sa défense.

Jerry ouvrit la bouche, les veines sur son front et dans son cou se dilatant comme sous l'effet d'une brusque surpression.

— Jerry, pourquoi ne pas regagner ton bureau ? dit Jonah.

— Je préfère rester, répartit Jerry en toisant Reed.

Jonah tourna la tête et darda sur lui un regard noir.

— Et moi je préfère que tu t'en ailles. Débarrasse le plancher !

Jerry eut un instant d'hésitation.

— Maintenant ! gronda Jonah.

L'avocat jura entre ses dents et s'en fut vers sa Mercedes sans demander son reste. Il jeta un dernier regard à Reed et à Livvy avant de s'engouffrer dans sa voiture, claqua la portière et démarra sur les chapeaux de roues.

Tout en observant Reed, Jonah se saisit tranquillement de son verre de thé glacé et en but une gorgée.

— Le morceau de tissu que vous avez retrouvé, commença-t-il, appartient à l'une de mes anciennes chemises.

— Ancienne chemise ? reprit Livvy.

Jonah reposa lentement son verre.

— J'ai fait du rangement, il y a deux semaines, et j'ai donné un lot de vêtements à la paroisse pour la kermesse. Cette chemise faisait partie du lot.

La paroisse avait bel et bien organisé une kermesse deux semaines auparavant, mais Reed ne savait pas Jonah aussi charitable.

— Vous l'avez donnée, dit Livvy. Comme c'est pratique.

— C'est la stricte vérité.

Jonah ne souriait pas, mais une lueur de satisfaction brillait dans son regard. Il sortit une liste de sa poche et la tendit à Reed.

— Voici la liste des articles que j'ai donnés.

Reed s'en saisit et la parcourut rapidement. Parmi la trentaine d'articles répertoriés se trouvaient effectivement trois chemises.

Livvy se pencha par-dessus l'épaule de Reed pour prendre à son tour connaissance de la liste.

— Je suppose que la paroisse ne saura pas me dire qui s'en est porté acquéreur.

— Nul besoin, dit Jonah avant que Reed pût intervenir. Je sais de qui il s'agit puisque je l'ai aperçu vêtu de cette chemise, en ville. Certaines personnes ne rechignent pas à porter des vêtements de seconde main…

Reed attendit qu'il s'explique. Un ange passa. De toute évidence, Jonah voulait ménager son effet.

— De qui s'agit-il ?

— Le père de Shane, Ben Tolbert.

Si Jonah avait cité une autre personne, Reed aurait peut-être eu des doutes, mais Ben renouvelait certainement sa garde-robe grâce aux brocantes et autres lieux de donation. Plus intéressant encore : Ben avait un sérieux mobile pour incendier le bungalow et le 4x4.

Shane.

Ben n'était certes pas un citoyen modèle, ni le meilleur des pères, mais personne à Comanche Creek n'aurait mis en doute l'amour qu'il ressentait pour son fils. A cela s'ajoutait le fait que Ben, s'il n'avait jamais été impliqué dans une affaire de cette envergure, possédait un casier judiciaire et avait été de nombreuses fois écroué pour tapage.

— J'ai appelé Ben, poursuivit Jonah, mais il n'a pas décroché. Lorsque vous aurez l'occasion de le voir, dites-lui que je suis furieux qu'il ait incendié mon bien et que je compte porter plainte. Je veux le voir en prison avec son meurtrier de fils.

Reed était heureux que Trace, le fils de Jonah, n'entendît pas son père traiter son meilleur ami de meurtrier. Trace et Shane étaient cul et chemise depuis leur plus tendre enfance, et Reed savait que Trace était si convaincu de l'innocence de Shane qu'il avait prévu d'engager un ténor du barreau au cas où son ami se retrouverait devant un tribunal.

— Si je découvre que vous avez menti à propos de cette chemise, c'est vous qui irez rejoindre Shane en prison, dit Reed d'un ton menaçant.

— Et je serai celui qui vous fera virer depuis le fond de ma cellule, répliqua Jonah. Je ne vais pas me laisser accuser pour un acte que votre adjoint et son imbécile de père ont commis.

Comprenant qu'il n'obtiendrait plus rien de cet entretien, Reed fit demi-tour et invita Livvy à lui emboîter le pas.

— Je dois parler à Ben séance tenante, dit Reed à Livvy tandis qu'ils s'éloignaient.

Ils pouvaient sentir le poids du regard de Jonah dans leur dos.

— En imaginant que Ben ne corrobore pas les dires de Jonah, serez-vous en mesure de vous faire délivrer un mandat contre lui ? demanda Livvy.

— Oui, mais ce ne serait pas une bonne idée. Si Jonah est l'incendiaire, croyez-moi, cette chemise a disparu depuis longtemps.

— C'est certain. Ce n'est pas le genre d'homme à semer des preuves compromettantes sur son passage. Ce qui m'amène à me demander pourquoi il a porté une chemise aussi voyante pour commettre un délit.

Reed avait bien une théorie : Jonah avait attiré l'attention sur cette chemise afin de pouvoir plus tard rejeter la responsabilité sur l'acquéreur, en l'occurrence Ben Tolbert. C'était une stratégie très habile de sa part, cependant rien ne prouvait qu'il n'avait pas engagé un tiers pour porter cette chemise et la détruire par la suite.

— Je vais parler à Shane, dit Reed. Il a peut-être des informations concernant les derniers événements.

— Et il acceptera de vous parler au risque d'incriminer son père ?

— Il l'a déjà fait par le passé. Il y a trois ans de cela, alors que Ben ivre mort avait embouti des véhicules sur le parking de la mairie, Shane l'a lui-même placé en garde à vue.

— Peut-être, mais là, c'est différent. Nous parlons d'un incendie criminel. Son père risque une lourde peine.

Reed en convenait. Toutefois, si Shane ne pouvait ou ne voulait pas identifier ce morceau d'étoffe, il parviendrait tout de même à découvrir la vérité, dût-il interroger tous les habitants de Comanche Creek.

— Regardez, fit soudain Livvy en désignant la grange perdue au milieu des pâturages.

Reed vit instantanément ce qui avait attiré son attention : plusieurs pièges identiques à celui trouvé dans les bois étaient suspendus à des crochets et miroitaient au soleil.

— Le même modèle..., reprit Livvy. La coïncidence est troublante...

— Jonah pourra toujours prétendre qu'il est sur ses terres et qu'il a installé le piège pour se débarrasser des coyotes et autres prédateurs.

Livvy secoua la tête.

— J'ai la conviction que le piège nous était destiné. Ou plutôt, *m'était* destiné. Quelqu'un à Comanche Creek ne veut pas que je découvre ce qui est arrivé à Marcie.

Reed était hélas persuadé qu'elle voyait juste.

Il se l'imagina alors, seule dans sa chambre de motel, et songea à lui renouveler sa proposition de venir s'installer chez lui. Elle refuserait, c'était certain. Probablement parce qu'elle savait que cela leur attirerait des soucis d'un autre genre. Mais même si cela devait la conduire dans son lit, sa priorité était de s'assurer qu'elle demeure saine et sauve jusqu'à l'aboutissement de l'enquête.

Il jura entre ses dents.

— Qu'y a-t-il ? demanda Livvy en furetant tout autour d'elle, pensant qu'ils étaient tombés dans une embuscade.

Reed doutait que son offre l'enchante.

— Je réfléchissais à la possibilité de venir m'installer au motel, jusqu'à ce que cette affaire soit résolue.

Elle fit halte et le dévisagea.

— Vous savez bien qu'être sous le même toit que moi n'est pas une bonne idée.

Il haussa les épaules.

— Tout dépend de votre conception d'une bonne idée…

— En tout cas, votre offre n'en est pas une. Et admettez que vous ne me l'auriez jamais faite si j'étais un homme.

— C'est vrai, admit-il, mais si vous étiez un homme, je ne serais pas partagé entre l'envie de vous protéger et celle de vous prendre dans mes bras.

Elle eut un long soupir et reprit sa marche.

— Vous voulez un conseil ? Oublions ce baiser et décidons qu'il n'a jamais eu lieu.

— D'accord, répondit-il en espérant que son ton froid dissimule son scepticisme. Retournons au bureau afin d'interroger Shane à propos de son père.

Cela fait, il songerait de nouveau à son installation au motel.

La barrière à l'entrée de la propriété de Jonah était grande ouverte ; Jerry avait dû quitter les lieux à tombeau ouvert, surtout après que Jonah lui eut ordonné de disparaître. Cela donnait à Reed matière à réflexion. Si Jonah ne voulait pas de la présence de Jerry à ses côtés, que faisait ce dernier au ranch ? Reed avait encore moins confiance en Jerry qu'en Jonah ; il espérait qu'il n'était pas venu comploter un sale coup avec son ami et employeur.

Peut-être avait-il quelque chose à cacher qui nécessitât l'aide du rancher ?

Son portable sonna. Il s'agissait de Kirby.

— Ne me dis pas que quelque chose a encore mal tourné, lança Reed d'un ton excédé.

— Non. Enfin, pas que je sache. Je ne suis toujours pas parvenu à croiser Ben Tolbert. Je viens tout juste de recevoir un appel du labo à propos de l'arme que tenait Shane quand on l'a trouvé dans le bungalow.

Reed prit une grande inspiration et activa le haut-parleur de son portable afin que Livvy participe à la conversation.

— Il s'agit bien de l'arme du crime, dit Kirby.

Bon sang ! Reed interrogea Livvy du regard ; elle ne manifestait aucun signe de fierté concernant la justesse de son opinion. Au contraire, elle semblait préoccupée et son front se creusait de petites rides tandis qu'elle réfléchissait.

— Ils ont aussi retrouvé le propriétaire de l'arme d'après le numéro de série. Un revendeur de San Antonio prétend qu'il l'a vendue la semaine dernière à un certain Adam Smith.

Reed secoua la tête de dépit.

— Laisse-moi deviner : cet Adam Smith n'existe pas.

— Exact. La carte d'identité qu'il a présentée est un faux.

Ainsi, soit Shane s'était procuré de faux papiers, soit l'affaire devenait de plus en plus complexe. S'agissait-il d'un meurtre avec préméditation ? Jonah et Jerry, à cause de leur probable implication dans l'indexation abusive de terres comanches, avaient pu faire disparaître un témoin gênant.

Ils devaient absolument s'attacher à fouiller le passé des deux compères.

— Kirby, pouvez-vous demander au labo de renvoyer l'arme du crime au bureau de Reed ? s'enquit Livvy.

— Elle est déjà en route. Votre patron s'est douté que

vous souhaiteriez l'examiner. Elle devrait arriver d'un instant à l'autre.

— Merci.

Reed raccrocha puis ouvrit la portière de son pick-up pour déposer le sac de Livvy à l'intérieur. C'est à ce moment qu'il entendit un son caractéristique.

Un bruit de crécelle, ô combien familier.

Il réagit en un éclair, repoussant Livvy de côté.

Une seconde de plus et le serpent à sonnette lové dans le fauteuil passager les foudroyait de son venin mortel.

8

Tout se déroula comme dans un cauchemar. Livvy se préparait à grimper dans le pick-up et la seconde d'après elle se retrouvait plaquée au sol.

C'est alors qu'elle entendit le son lugubre qu'émettait le serpent et son sang se glaça dans ses veines. Elle roula sur le côté et se releva pour s'éloigner rapidement du véhicule.

L'animal s'élança pour les mordre, et Livvy cria à Reed de reculer, ce qu'il fit en dégainant son arme.

Il visa et tira.

La première balle manqua sa cible et se ficha dans la portière opposée. Il fit feu de nouveau. La seconde balle atteignit le reptile mais ne le terrassa pas. Horrifiée, Livvy regarda le serpent tenter une nouvelle attaque. Il planta ses crochets dans le cuir du holster de Reed, lequel recula d'un pas et fit feu une troisième fois, enfin avec succès.

Cependant, le serpent ne cessa pas d'onduler et, faisant une dernière fois tinter ses grelots, se glissa hors de l'habitacle et disparut dans les taillis.

— Il vous a mordu ? demanda Livvy, le cœur cognant dans sa poitrine.

— Non. Tout va bien ?

Il fallut un instant à Livvy pour reprendre ses esprits.

— Je vais bien, et vous ?

Livvy s'approcha de lui et inspecta son bras, puis son épaule.

— Je ne suis pas blessé.

Il la parcourut du regard à son tour pour s'assurer qu'elle n'avait rien et remarqua son jean et son chemisier tachés de boue.

— Ce n'est pas un accident, dit-il entre ses dents. Ce crotale n'a pas ouvert la portière pour se faufiler à l'intérieur.

Certainement pas. Quelqu'un l'avait donc placé là.

— Qui aurait une telle idée ?

— La même personne qui s'évertue depuis quelques jours à nous faire vivre un enfer, dit-il avant de jurer. La morsure de ce serpent ne nous aurait pas tués — le médecin de la ville conserve des doses d'antivenin — mais nous aurions été malades comme des chiens et incapables de poursuivre l'enquête pour un bon moment.

— Ça m'a fichu une sacrée peur, dit Livvy en débarrassant ses vêtements des traces de terre. Mais sûrement pas au point d'abandonner l'enquête !

— Je ne vous le fais pas dire, approuva Reed. Vous pensez pouvoir monter, à présent ?

Elle le pouvait, bien qu'elle soit parcourue de frissons au souvenir du corps visqueux du reptile.

— Vous croyez Ben Tolbert capable d'un tel acte ?

Elle prit une grande inspiration et s'installa sur le siège passager. Reed s'assit au volant et démarra le moteur.

— Il est capable de tout. Il n'est pas franchement compliqué de se procurer un serpent à sonnette par ici, certains vont même jusqu'à les capturer afin de les revendre. Je connais un trappeur vivant à une trentaine de kilomètres qui tient une échoppe de guérisseur. Je vais l'appeler pour lui demander si personne ne s'est dernièrement porté acquéreur de cette variété à dos pailleté.

Cette information était certes à vérifier, mais Livvy doutait que le suspect ait été assez stupide pour se présenter au vendeur à visage découvert.

— Et Jerry Collier ? Il avait tout le temps de placer le serpent après son départ du ranch.

Reed acquiesça.

— Et il était suffisamment hors de lui pour vouloir se venger.

— Il y aurait donc préméditation…

— Pas forcément. Peut-être a-t-il aperçu le serpent en conduisant et l'idée lui est alors venue.

Elle s'efforça d'imaginer le haut dignitaire du cadastre de Comanche Creek, en costume trois pièces, se mettant en tête de capturer vivant un crotale dans des sous-bois… cela n'avait aucun sens. Enfin, cela semblait improbable depuis son bureau à Austin, mais dans le coin, une telle chose semblait étrangement plausible.

— Ne vous tracassez pas, je vais interroger Jerry, dit Reed avec un accent métallique. Ben, aussi. Je vais faire inspecter la carrosserie de mon pick-up à la recherche d'empreintes. Sait-on jamais…

Il observa un long silence avant d'ajouter :

— Je suis désolé.

Livvy le regarda avec tendresse, sentant dans le ton de sa voix une sincérité réelle, mêlée de colère contenue. Il était vraiment à cran. Son exaspération pouvait être attribuée à la montée d'adrénaline provoquée par l'attaque du crotale, mais elle avait l'impression qu'il s'en voulait de ne pas avoir su prévenir le danger.

Parce qu'il y avait désormais *quelque chose* entre eux. Au-delà du domaine professionnel.

Elle était sur le point de lui rappeler que leur baiser et l'attirance qu'ils ressentaient l'un pour l'autre ne devaient pas influencer leur collaboration lorsqu'il sortit son portable de sa poche. Il parcourut rapidement la liste de ses appels récents et sélectionna l'un d'entre eux.

— Je voudrais parler à Jerry, dit Reed à son interlocuteur. (Puis, après une pause :) Alors, dites-lui de m'appeler dès qu'il a mon message ou je le colle au trou comme un vulgaire SDF.

Reed raccrocha pour composer aussitôt un autre numéro et activa le haut-parleur afin que Livvy entende la voix de Ben sur sa messagerie vocale. Reed laissa un message similaire à celui qu'il avait laissé à Jerry, et ne s'arrêta pas en si bon chemin. Il ne cessa de passer des coups de fil, au maire, au journaliste du *Comanche Tribune*, à Kirby… sollicitant leur coopération afin de localiser Jerry Collier et Ben Tolbert. Il était encore au téléphone lorsqu'il vint garer son véhicule sur le parking de son bureau.

Livvy sentait qu'il ne faisait pas bon demeurer auprès de Reed lorsqu'il était dans cet état. Elle prit son sac et fut la première hors du véhicule ; lui emboîtant le pas, Reed se dépêcha de gagner l'intérieur du bâtiment.

Elen, la réceptionniste, la gratifia d'un large sourire de bienvenue. Livvy lui dit bonjour et fut agacée par le tremblement de sa voix. Ses mains, elles aussi, étaient prises de tremblements, et vu qu'elle désirait tout sauf paraître à son désavantage, elle fila droit vers le bureau de Reed.

Elle gagna le bureau qu'il avait installé à son intention et s'y installa. Dans l'immédiat, elle devait rédiger un rapport sur les nouveaux indices.

Au moins, cela lui occupa un moment l'esprit.

Elle n'avait pas le sentiment de faire preuve de lâcheté et était parfaitement informée que le danger faisait partie du travail, mais elle n'était pas préparée à se rapprocher autant de Reed et craignait de souffrir par la suite.

Elle entendit la porte se refermer et, jetant un regard par-dessus son épaule, vit que Reed venait d'entrer. Il se tenait là, immobile, comme cherchant à rassembler ses esprits ; une attitude qu'elle comprenait parfaitement.

— Le piège et le morceau de tissu peuvent partir au labo, dit-elle avant de se racler la gorge.

Elle aperçut alors une note sur son bureau ; il s'agissait d'un message laissé à son intention par Kirby. Elle se mit à le lire à haute voix :

— « Les techniciens ont vérifié le numéro du portable qui a disparu. Il s'agit d'un téléphone prépayé qui a dû être réglé en liquide car il n'existe aucune facture correspondant à son numéro de série. Nous sommes donc dans l'impossibilité d'identifier l'acheteur ainsi que les appels qu'il a passés. »

Reed demeura muet. Sa déception était visible. Il alla à la porte, la ferma à clé puis vint prendre Livvy par les épaules pour l'inviter à se lever. Il la prit alors dans ses bras et la plaqua tout contre lui.

— Je ferai tout mon possible pour que cela ne se reproduise pas, dit-il.

Embarrassée, Livvy croisa son regard.

— Vous parlez du baiser ou du serpent ?

Il sourit, mais il n'y avait aucune joie dans son regard.

— Le serpent.

Les deux termes de l'alternative étaient également dangereux, et l'un et l'autre le savaient bien. Pourtant, Livvy ne tenta pas de se libérer de son étreinte, même lorsqu'il passa le bras autour de sa taille pour presser ses seins contre son torse.

Leur relation prenait une nouvelle tournure. L'excitation et l'adrénaline étaient toujours présentes, mais Livvy ressentait une émotion nouvelle, née de cette alchimie.

Elle se sentait désormais sous l'emprise de son charme.

Oui, cette attirance était bien réelle, et puissante, et tous les arguments et les désaveux du monde échoueraient à la combattre. Elle ouvrit la bouche… mais ne sut que dire. Si elle savait qu'il lui fallait sans attendre endiguer le flot de leurs émotions, elle l'encouragea au contraire en se hissant sur la pointe des pieds…

Et elle embrassa Reed.

Non pas un baiser volé comme la fois précédente, au ranch de Jonah, bien que les liaisons débutent souvent ainsi. Reed prit alors la situation en main, veillant à ce que ce baiser soit chargé d'érotisme.

Livvy sut que ce baiser resterait longtemps gravé dans leur mémoire…

Elle ne fit rien pour s'y soustraire, malgré le combat auquel se livrait son esprit. Elle y mit même du sien, passant le bras autour de ses épaules pour le plaquer plus fort encore contre elle.

Quelle merveilleuse sensation.

Tandis que Livvy se prenait au jeu, Reed jouait avec sa bouche comme si cette dernière lui appartenait, et tous deux poursuivirent ce baiser jusqu'à perdre haleine.

Reed apparut à la fois abasourdi et embarrassé lorsque leurs lèvres se quittèrent. Livvy savait exactement ce qu'il ressentait : ils étaient dans une situation complexe dont elle ne pensait pas qu'ils puissent se tirer facilement.

— N'oublions pas les indices, rappela-t-elle.

— Oui.

Cependant, il ne s'éloigna pas et reposa son front contre le sien.

— Je m'étais promis de ne pas recommencer, mais nous savons tous deux que c'est un engagement impossible à tenir.

— On ne peut pas non plus terminer au lit.

Pourtant, cela sembla tout à coup à Livvy une excellente idée. Sa libido était en train de prendre le dessus sur son professionnalisme.

A présent, Reed la regardait en souriant.

— Le lit est facultatif, fit-il en poussant son bassin contre le sien à tel point qu'elle sentit très nettement son désir. J'ai très envie de vous, Livvy, et rien ne pourra me détourner de ce désir.

Ces paroles lui semblèrent un défi, comme s'il cherchait à la faire réagir et protester, mais elle en fut incapable.

La sonnerie du téléphone de Reed résonna dans la petite pièce, les faisant se séparer.

— Kirby ? répondit Reed.

Livvy accueillit ce sursis avec soulagement, tout en sachant qu'il ne s'agissait que d'un sursis. De gré ou de force, elle devait se tenir éloignée de Reed. Peut-être devrait-elle déménager ses dossiers et s'installer au motel pour travailler sans être constamment à ses côtés… Cela minimiserait la tentation de l'embrasser.

Elle se mit à l'observer de façon discrète.

Avec ses cheveux épais couleur café et son regard attendrissant, il n'était pas le genre d'homme auquel une femme pouvait longtemps résister.

— Préviens-moi dès qu'il regagnera son bureau. Merci, Kirby.

Il rangea son téléphone dans sa poche et désigna d'un mouvement de tête les pièces à conviction.

— Je vais demander à Elen de confier ces indices au coursier afin qu'il les apporte au labo pour analyse, mais nous n'aurons les résultats qu'après avoir interrogé Jerry. Il est en route pour son bureau.

— Parfait. Nous lui demanderons de s'expliquer au sujet du serpent.

Livvy rangea les indices dans l'armoire sécurisée en attendant l'arrivée du coursier.

— Nous avons bien d'autres choses à lui demander. Kirby vient de recevoir les résultats concernant les empreintes de pas que vous avez relevées ensemble. Elles correspondent en tout point à celles de Jerry Collier.

Livvy dut s'asseoir pour assimiler cette information.

— Y a-t-il une seule bonne raison pour que ses empreintes se trouvent à cet endroit ? demanda-t-elle.

— Pas que je sache. De toute façon, il avait un sérieux mobile pour assassiner Marcie. Si elle avait vécu assez longtemps pour témoigner, Jerry se serait retrouvé derrière les barreaux. Sans son témoignage, l'Etat ne possède pas assez de preuves pour l'incriminer.

C'était là un mobile sérieux. Livvy était sur le point de mener quelques recherches à propos de Jerry sur son ordinateur lorsque quelqu'un frappa à la porte. Reed traversa la pièce, déverrouilla le pêne et tomba nez à nez avec Kirby. Le jeune adjoint semblait surpris que la porte fût fermée à clé. Il enveloppa d'un regard suspicieux les deux partenaires.

Il ne manquait plus que ça !

Si Kirby se doutait qu'il y avait quelque chose entre eux, Livvy était prête à parier que tout le monde en ville serait au courant d'ici l'heure du déjeuner.

Livvy récupéra des mains de Kirby l'arme emballée et étiquetée, et signa le registre de réception. Il lui tendit aussi le rapport du laboratoire. Tandis que Reed et Kirby discutaient de l'opportunité de demander un mandat d'arrêt à l'encontre de Ben Tolbert, Livvy enfila ses gants et se mit à examiner l'arme.

Il s'agissait d'un Ruger 22mm, une arme largement distribuée et bon marché. N'importe qui pouvait se la procurer pour moins de trois cents dollars. Une somme abordable pour toute personne déterminée à commettre un crime.

Leurs suspects étaient, du coup, tous concernés.

Bien que le Ruger fût bien l'arme utilisée pour tuer Marcie, il ne portait aucune trace d'ADN. On avait seulement relevé une empreinte de doigt, laquelle avait été poudrée et photographiée. Ces photographies avaient été envoyées au Fichier national d'identification, le FNI. Quelle était leur conclusion ?

Livvy alla directement à la dernière page du rapport : il s'agissait bien des empreintes de Shane Tolbert.

Le fait qu'il n'y ait aucune présence d'ADN sur l'arme était plus qu'étrange. Puisque Shane était supposé avoir tiré sur Marcie à bout portant, l'arme aurait dû être souillée du sang de sa victime ; elle aurait dû également présenter des traces de sueur provenant des mains de Shane. Lorsqu'il commet un crime pour la première fois, un homme est rarement maître de lui au point de faire disparaître toutes les traces de sa présence d'une scène de crime.

Elle déposa l'arme pour se concentrer sur le rapport du laboratoire. Il comprenait des gros plans des empreintes présentes sur l'arme, et le moins que l'on puisse dire c'est que les techniciens avaient fait preuve de minutie. On distinguait clairement les sillons de chaque empreinte, y compris celle sur la détente, qui semblait moins appuyée que les autres.

Bizarre.

Elle aurait dû être d'une pression égale ou supérieure. Un meurtrier effleure rarement la détente au moment de faire feu.

Elle prit l'arme en main et sortit de son sac une loupe afin d'inspecter la détente. Elle se fit ainsi une idée précise de la façon que l'assassin avait eue de tenir l'arme. Elle se rejoua plusieurs fois la scène et chaque fois, elle effectuait une légère modification afin d'éprouver sa crédibilité.

— Quelque chose ne colle pas, marmonna-t-elle.

Elle regarda par-dessus son épaule pour voir si Reed l'avait entendue, mais il était occupé au téléphone.

— … Très bien, parce que nous voulons justement vous rencontrer, disait-il. Nous serons là d'un instant à l'autre.

— Du nouveau ?

— C'était Jerry Collier. Il est de retour à son bureau. Il dit que quelqu'un cherche à vous éliminer et prétend savoir de qui il s'agit.

9

— Si vous préférez rester au bureau pour examiner l'arme, je peux m'en charger seul, proposa Reed tout en sachant d'avance la réaction de Livvy.

— Non, merci, répondit-elle du tac au tac en se levant et en attrapant son sac de matériel. Je suis impatiente de connaître l'identité de celui qui cherche à me tuer.

Il en était de même pour Reed, même s'il doutait de recueillir cette information de la bouche de Jerry. Toutefois, il n'allait pas manquer cette opportunité d'interroger l'avocat marron.

Débouchant sur le parking, ils virent des techniciens examiner la carrosserie du pick-up de Reed à la recherche d'indices. Du coup, Reed décida de ne pas emprunter son véhicule personnel et scruta le parking en quête d'une voiture de service. Tous les adjoints devaient être sur le terrain car il ne restait plus que la fourgonnette, que Reed rechignait à utiliser au cas où Kirby aurait une urgence.

Le Bureau du cadastre de Comanche Creek était à environ quatre cents mètres plus haut sur l'avenue, mais ce ne serait pas une promenade de santé. Le temps virait au gris et la chaleur était suffocante d'humidité. De plus, Livvy était toujours en danger, et l'exposer ainsi au grand jour n'était pas raisonnable.

— Il serait plus prudent de nous faire conduire, suggéra Reed.

Elle le dévisagea comme s'il venait de dire une énormité.

— Je ne me laisserai pas intimider. Nous sommes tous deux des représentants de la loi, et si nous ne pouvons pas arpenter les rues sans crainte, alors le meurtrier aura atteint son but. Je ne veux pas lui faire ce cadeau.

Sur ce, elle se mit en marche.

— Par ailleurs, j'ai besoin de quelques instants pour reprendre mes esprits. Je ne veux pas débarquer dans le bureau de Jerry dans cet état.

Reed partageait son excitation. Tout d'abord les empreintes de pas correspondant à celles de Jerry, puis cette promesse de révélation à propos de l'identité de l'agresseur de Livvy… Jusqu'à cet instant, il avait espéré que les incidents étaient simplement destinés à l'effrayer, et non pas orchestrés dans le but de l'éliminer. Mais si telle était l'intention du suspect, Reed allait lui demander de s'expliquer.

Ces considérations ne le mirent pas en colère pour autant. D'une certaine façon, il avait franchi la limite du comportement professionnel avec Livvy, et jurer ou s'énerver ne modifierait en rien la situation.

— Vous avez dit ne pas avoir retrouvé le moindre résidu de poudre sur Shane ? demanda-t-elle, le tirant de ses pensées négatives à l'égard de Jerry.

— Aucun. Pourquoi ?

Elle haussa les épaules.

— J'essaie juste de m'imaginer la scène.

Il s'était, lui aussi, déjà livré à cet exercice, et le résultat ne coïncidait jamais avec les faits. A moins que Shane soit en réalité un tueur de sang-froid et qu'il ait lui-même monté cette histoire depuis le début…

— Vous formez un couple charmant, lança quelqu'un.

Reed regarda de l'autre côté de la rue et découvrit Billy Withley et Charla, son épouse, devant un restaurant.

— Soyez prudents, plaisanta Billy. Les gens racontent que vous êtes ensemble.

Reed fit halte et allait le remettre à sa place quand Charla s'invita dans la conversation.

— Je vous croyais plus malin que cela, fit-elle de sa voix aigrelette. Cette femme est en train de semer la zizanie dans cette ville.

— En fait, j'essaie juste de faire mon travail, répliqua Livvy.

Pour toute réponse, Charla haussa les épaules et s'engouffra dans le restaurant, une expression de contrariété sur le visage. Billy eut un petit signe d'excuse et la rejoignit sans demander son reste.

Reed ne savait lequel des deux avait été le plus désagréable, Billy avec ses plaisanteries graveleuses ou Charla avec son antipathie affichée envers Livvy.

— Je suis sincèrement désolé, marmonna-t-il.

— Vous n'avez pas à vous excuser. Mais cela risque-t-il de vous créer des ennuis ? Devrions-nous, à votre avis, enquêter séparément ?

Reed ne prit pas le temps d'examiner la proposition de Livvy.

— Cela ne changerait rien. Vous êtes une femme et moi un homme, et nous sommes tous deux célibataires ; si les gens ne nous voient plus ensemble, ils vont penser que nous nous voyons secrètement.

Ce fut tout ce qu'il eut à dire sur le sujet, d'autant qu'il allait bientôt devoir passer encore plus de temps avec elle, notamment au motel.

Reed décida d'informer Livvy de sa décision plus tard.

— Nous étions en train de parler de l'arme.

— Oui, dit-elle en essuyant la sueur sur son front. J'estime qu'il y a un souci avec les points de pression.

L'empreinte est plus légère sur la détente que sur le reste de l'arme.

Subissant la moiteur qui les enveloppait, Reed ralentit le pas afin de se concentrer sur cette donnée. A présent, il avait une vue générale des événements.

— Celui qui a assommé Shane a très bien pu porter des gants pour tirer sur Marcie et ensuite appliquer les doigts de Shane sur le revolver.

Bon sang. Pourquoi n'y avait-il pas pensé plus tôt ? Probablement parce qu'il était pris de court par les rebondissements de cette enquête. C'était comme si quelqu'un œuvrait pour le distraire de son véritable but.

— Je dois procéder à d'autres tests, ajouta Livvy. Il est possible que Shane ait une façon particulière d'appuyer sur la détente de son arme. J'aimerais comparer cette arme avec son arme de service afin de vérifier que les empreintes se situent aux mêmes endroits.

A la condition que Shane n'ait pas récemment nettoyé son arme. Pour la première fois en huit ans de service, Reed espérait que son adjoint ait fait preuve de laxisme vis-à-vis de la procédure.

— Vous le pourrez dès que nous en aurons terminé avec Jerry, car je détiens l'arme de service de Shane à mon bureau.

Devant la mairie se trouvait un petit attroupement composé de trois hommes et d'une femme amérindiens. La femme tenait une pancarte réclamant la justice pour les siens.

— Shérif Harding, appela la femme d'un ton hostile.

— Ellie, la salua Reed.

Il prit Livvy par le bras de façon à lui faire contourner le petit groupe de contestataires, mais la femme comanche, Ellie Panateka, leur barra la route.

Reed connaissait Ellie depuis toujours, et bien qu'elle

soit une fervente croyante, elle pouvait à l'occasion outrepasser la loi.

— Quand allez-vous faire votre travail et arrêter Jonah Becker et ses sbires ? demanda Ellie.

— Lorsque j'aurai assez de preuves pour me faire délivrer un mandat d'arrestation, répondit Reed d'un ton calme et poli.

Leurs revendications ne le laissaient pas indifférent ; lui aussi était convaincu que Jonah avait magouillé pour s'approprier des terres appartenant à la communauté amérindienne. Jerry lui avait peut-être apporté son concours, mais Reed ne pouvait arrêter quiconque sans preuve.

Vu qu'il était flagrant qu'Ellie ne comptait pas s'effacer, Reed l'affronta.

— Quand je pourrai prouver que Jonah s'est mal comporté, je l'arrêterai. Vous avez ma parole.

Ellie le dévisagea, puis reporta son regard sur Livvy.

— Aidez-nous, je vous en prie, dit-elle, la voix encore chargée de colère. Cette vente de terrains doit être annulée.

Livvy ouvrit la bouche, sans doute pour lui expliquer qu'elle était là pour résoudre une affaire de meurtre et non pour se mêler des problèmes de sa communauté, mais elle se ravisa.

— Le shérif sera le premier informé si je découvre quoi que ce soit, dit Reed.

Cet engagement parut calmer Ellie, laquelle se mit de côté afin de les laisser passer, et Livvy et Reed empruntèrent l'escalier menant aux bureaux de la mairie.

— Depuis combien de temps dure cette histoire ? s'enquit Livvy.

— Depuis la signature des papiers de vente, il y a environ deux ans.

La promesse de Reed n'était pas des paroles en l'air ;

il procéderait volontiers à l'arrestation de Jonah s'il le pouvait, même si cela risquait de faire vaciller la petite ville de Comanche Creek.

Lorsqu'il ouvrit la porte du bâtiment, l'air conditionné les enveloppa, les faisant soupirer d'aise. A l'intérieur, des citoyens curieux les dévisagèrent, échangeant des commentaires à voix basse. Reed lança des regards de mise en garde à certains en traversant le hall d'un pas assuré. Par la porte ouverte de son bureau, on pouvait voir Jerry assis à son poste de travail ; il semblait les attendre.

Ils le rejoignirent et Reed referma la porte derrière lui. Cela ne leur procurait qu'une intimité sommaire, attendu que la porte était vitrée.

Ils s'assirent dans les fauteuils face au bureau de Jerry.

— On vous écoute, commença aussitôt Reed.

Mais Jerry demeura muet, se contentant de sortir une enveloppe de son tiroir pour la leur remettre. Reed l'ouvrit ; il s'agissait de la copie d'un rapport concernant le meurtre, perpétré vingt ans plus tôt, de Sandra Hutton.

Certainement la mère de Livvy.

Reed passa le document à cette dernière, puis demanda à Jerry :

— Qu'est-ce que cela a à voir avec notre affaire ?

— Le meurtrier de Sandra Hutton est allé se terrer à Mexico, expliqua Jerry avec une pointe de suffisance. Peut-être a-t-il décidé de revenir au Texas afin de harceler sa fille. Ce pourrait être lui qui a incendié le bungalow.

Livvy maîtrisa sa réaction ; Reed nota simplement un changement dans sa respiration. Elle s'humecta les lèvres, referma le dossier et le déposa sur le bureau de Jerry.

— Comment vous êtes-vous procuré ce dossier ?

— Je l'ai demandé au shérif du comté en lui disant que cela pourrait nous éclairer dans cette histoire de terrains qui agace tant les Amérindiens.

En d'autres termes, Jerry s'était arrangé pour obtenir des informations confidentielles sur le passé de Livvy.

— Le meurtre de ma mère n'a rien à voir avec tout ceci, affirma Livvy.

— En êtes-vous sûre ?

— Absolument.

Reed l'espérait et se promit de mener quelques recherches à propos de sa mère dès leur retour au bureau. Pour l'instant, il voulait des réponses concrètes et non des élucubrations basées sur un lointain passé.

— Etiez-vous dans les parages du bungalow lorsque Marcie a été tuée ? demanda-t-il froidement à Jerry.

Jerry ne répondit pas directement, se contentant d'étudier l'expression de Reed.

— Pourquoi cette question ?

— Parce que nous y avons relevé des signes de votre présence.

C'était à présent au tour de Reed d'étudier son expression, et l'homme ne semblait pas particulièrement enchanté par cette révélation. Cependant, Jerry semblait en permanence à cran, telle une Cocotte-Minute sur le point d'imploser.

— J'étais effectivement au bungalow le jour du meurtre, avoua-t-il avant d'hésiter à poursuivre.

Il se mit à jouer nerveusement avec un stylo.

— Billy Whitley m'a appelé pour me dire que Marcie s'y trouverait et j'ai décidé d'aller lui parler. Je voulais savoir si elle avait toujours l'intention de témoigner contre Jonah Becker.

— Et aussi contre vous, dit Livvy. Parce que si elle venait à témoigner contre Jonah, vous auriez aussi été impliqué.

Jerry pencha la tête et le stylo se mit à rouler plus vite entre ses doigts.

— Lorsque j'ai préparé l'acte de vente, je ne savais

pas que cette opération pourrait un jour s'avérer illégale. Je n'en suis toujours pas convaincu, d'ailleurs. Mais je comprends parfaitement l'agacement de la communauté amérindienne. C'est la raison pour laquelle ils sont dehors, à manifester. Je comprends aussi leur désir de désigner un coupable, mais je voulais m'assurer que Marcie ne me chargerait pas trop lorsqu'elle serait à la barre.

— Elle a accepté ? demanda Reed.

— Je ne l'ai pas vue. Elle n'était pas là lorsque je suis arrivé au bungalow, alors je suis aussitôt reparti. Le lendemain matin, j'apprenais son assassinat.

— Qui vous a appris son décès ?

Le stylo se remit à passer d'une main à l'autre tandis que Jerry réfléchissait.

— Billy Withley.

Encore lui.

— Billy, répéta Reed, pas si surpris mais contrarié qu'il ne lui ait pas communiqué plus tôt cette information. Comment savait-il ce qui s'était passé au bungalow ?

Jerry prit son portable qui traînait sur le bureau.

— Je n'en ai aucune idée, mais vous pouvez le lui demander en personne.

Il composa rapidement un numéro.

— Billy, pourriez-vous venir à mon bureau ? Reed et sa partenaire ranger voudraient vous parler.

L'avocat raccrocha.

— Il sera là d'une minute à l'autre.

Reed décida de ne pas attendre Billy et poursuivit son interrogatoire :

— Quand Billy vous a prévenu de la présence de Marcie au bungalow, vous ne lui avez pas demandé comment il le savait ? Je vous pose la question car j'imagine que Marcie n'a pas annoncé son retour, pas plus que ses intentions.

Jerry secoua la tête, puis posa son stylo sur le bureau

pour se saisir de son mug de café dont il avala une longue gorgée, comme pour se donner du courage.

— Non, je ne lui ai pas demandé. J'étais simplement heureux d'avoir une chance de lui parler.

— Et vous êtes formel, elle n'était pas dans le bungalow à votre arrivée ? demanda Livvy.

— Je ne suis pas entré, mais j'ai regardé par les fenêtres. Il n'y avait personne.

Livvy poussa un soupir de mécontentement.

— Elle s'était peut-être cachée ? J'imagine qu'elle n'était pas spécialement ravie de retrouver son ancien employeur, dont elle avait une peur bleue.

Jerry ne pouvait le nier et, d'ailleurs, ne s'aventura pas sur ce terrain. Il était de notoriété publique que Marcie avait peur de lui, aussi y avait-il de grandes chances qu'elle se soit cachée en le voyant rôder autour du bungalow.

— Avez-vous aperçu Shane durant votre courte présence là-bas ? demanda Reed.

— Non, répondit-il du tac au tac avant d'avaler une nouvelle gorgée de café. Je vous l'ai déjà dit, il n'y avait personne là-haut.

Il était possible que Shane et Marcie soient arrivés plus tard ; Jerry disait peut-être la vérité.

Mais peut-être mentait-il.

Reed n'allait pas gober toute crue sa version des faits, sachant ce que Jerry avait à perdre dans cette histoire.

Un petit grattement contre la porte se fit entendre et Billy entra.

— Vous vouliez me voir ? Charla et moi étions en plein déjeuner…

Charla l'avait accompagné et se tenait sur le pas de la porte, comme pour soutenir son époux.

— Je leur ai dit que c'était vous qui m'avez prévenu de la présence de Marcie au bungalow, déclara Jerry.

— Et nous aimerions savoir comment vous le saviez, ajouta Reed.

— Je vois…

Billy prit une grande inspiration et s'assit sur le coin du bureau de Jerry.

— Si vous n'y voyez pas d'inconvénient, je préfère ne pas divulguer cette information.

Reed se retint d'exprimer sa colère devant cette pure et simple provocation.

— J'y vois de nombreux inconvénients, fit-il en se levant. Et si vous ne me répondez pas tout de suite, je vous arrête sur-le-champ pour obstruction à la justice.

Billy, habituellement si charmant, perdit soudain de son charme et fusilla Jerry du regard.

Ignorant son mari, Charla jugea bon de prendre la parole :

— Ben Tolbert a dit à Billy que Marcie serait au bungalow, confessa-t-elle.

Livvy et Reed échangèrent un regard de stupeur.

— Comment Ben était-il au courant ?

Billy secoua la tête et soupira.

— Il a dit qu'il le tenait de Jeff Marquez.

Ce nom disait quelque chose à Reed. Oui, Jeff Marquez était le secouriste qui avait aidé Marcie à mettre en scène sa disparition.

— Il est dans une prison du comté pour obstruction à la justice et n'est pas près d'en sortir, dit Reed d'un ton glacial.

Billy acquiesça.

— Mais il l'a dit à Ben Tolbert avant d'être arrêté. Pour quelle raison, je l'ignore. Peut-être Ben l'avait-il soudoyé.

Ben n'en avait pas les moyens, par contre il n'en allait pas de même pour Jonah, ce qui ramenait Livvy et Reed au point de départ, et ce, sans pour autant éliminer aucun des suspects. Jerry, Billy, Ben et Jonah avaient tous un mobile et l'opportunité de tuer Marcie, mais Reed doutait que Ben ait accepté que son fils porte la responsabilité d'un délit qu'il aurait lui-même commis.

Ainsi, Reed devait se focaliser sur les deux hommes présents dans cette pièce et sur leur ami commun, Jonah Becker. Il ne supprima pas Ben de la liste des suspects, mais le plaça en retrait.

— Je n'ai rien fait d'illégal, se défendit Billy. Et Jerry non plus. Vous vous trompez de coupable, Reed, et nous avons toujours un meurtrier en liberté.

— Pas si sûr, marmonna Livvy avant de se lever à son tour.

— Pas si sûr ? reprit Billy.

Reed remarqua que son attitude venait de changer et exprimait un certain malaise. Il le gratifia d'un regard chargé d'animosité.

— Pas si sûr, répéta Livvy en dépassant Charla pour quitter la pièce.

Reed la suivit. Compte tenu de la présence de nombreuses personnes dans le hall, il s'interdit tout commentaire risquant d'être entendu et rapporté à Billy et son épouse.

— Belle initiative, dit-il dès qu'ils furent à l'extérieur du bâtiment, de leur laisser penser que vous êtes en mesure de prouver l'innocence de Shane. Et aussi leur culpabilité.

— A vrai dire, je voulais les secouer un peu.

Mission accomplie. A présent, il leur suffisait d'attendre que l'un d'entre eux réagisse à la libération de Shane.

— Je suis désolé que Jerry ait évoqué votre mère.

— Vous n'êtes pas responsable, et tout ceci n'a rien à voir avec elle. Il a juste tenté de brouiller les pistes, ce qui nous laisse entrevoir à quel point il est mêlé à cette affaire. Après tout, à part Jonah, Jerry est celui qui possède le mobile le plus solide de s'en prendre à Marcie, attendu qu'elle menaçait de l'envoyer à l'ombre pour un bon bout de temps.

— Oui, et il n'a pas les moyens de Jonah pour se payer une longue bataille judiciaire.

Livvy se tut un moment et se mit à réfléchir.

— Parmi nos suspects, qui est le plus enclin à tuer une jeune femme et à faire porter le chapeau à son petit ami ?

— Jerry, répondit Reed sans la moindre hésitation.

Cependant, rien ne prouvait que Jonah ne lui ait pas prêté main-forte.

— Pendant que vous étudiez l'arme, je vais m'entretenir une nouvelle fois avec Shane. Peut-être se souviendra-t-il d'un détail important.

Il entendit Livvy lui répondre mais ne saisit pas le sens de ses paroles ; il venait de voir, de l'autre côté de la rue, la berline noire de location qui avait manqué de le renverser.

— C'est la voiture qui m'a foncé dessus, dit-il à Livvy.

Instinctivement, elle posa la main sur la crosse de son arme. Reed l'imita, puis se plaça devant elle avant de se mettre à marcher vers la berline.

— Vous voyez s'il y a quelqu'un à l'intérieur ? demanda-t-elle en lui emboîtant le pas.

— Non. Les vitres sont trop sombres.

Le soleil ajoutait un reflet sur le pare-brise qui les aveuglait.

Reed sentait les battements de son cœur s'accélérer à chacun de ses pas. Billy, Charla ou Jerry ne pouvaient être dans cette voiture puisqu'il venait de les quitter à la mairie ; ils pouvaient néanmoins avoir engagé un complice pour les intimider.

Ils n'étaient plus qu'à quelques mètres du véhicule lorsque le moteur se mit à ronronner.

Livvy s'arrêta et se plaça en position de tir ; Reed voulut

la pousser hors de la trajectoire de la berline mais il était trop tard. Le conducteur écrasa la pédale d'accélérateur et les pneus se mirent à hurler, brûlant leur gomme sur l'asphalte surchauffé.

Reed jura comme la voiture les dépassait et jura une nouvelle fois en apercevant le conducteur.

Cette fois, pas de doute : il s'agissait du père de Shane, Ben Tolbert.

10

Livvy sortit de la baignoire ancienne montée sur pieds et se drapa dans une épaisse serviette-éponge. Le bain chaud avait annihilé une partie de ses courbatures, sans toutefois parvenir à chasser de son esprit ses préoccupations.

Elle se sécha rapidement, enfila sa chemise de nuit en coton et essuya la buée sur le miroir du revers de la main. Elle découvrit l'image d'une jeune femme inquiète et tâcha de se convaincre que ni sa carrière, ni sa vie privée n'étaient menacées.

Pourtant, tel était le cas.

Le capitaine des rangers avait fait un bond au plafond en apprenant la destruction de la scène de crime et avait égrené un chapelet de jurons lorsqu'elle lui avait avoué que leur principal suspect demeurait introuvable.

En fait, elle avait créé une belle pagaille à Comanche Creek.

Elle avait semé le doute avec ses questions à propos de l'arme du crime, doute qui alimentait l'animosité déjà présente entre la communauté amérindienne et les autres habitants. Selon la responsable du motel, Betty Alice, des rumeurs couraient selon lesquelles Livvy tentait par tous les moyens d'innocenter Shane à cause de son attirance pour Reed.

Elle attendait beaucoup de la nouvelle série de tests pratiqués sur l'arme du crime et espérait qu'elle permettrait d'innocenter Shane une bonne fois pour toutes. Ensuite, elle pourrait se concentrer sur les autres suspects. Toutefois, rien ne ferait à présent taire les rumeurs au sujet de leur liaison.

Pire encore, ces rumeurs étaient en partie fondées.

Ils ne s'étaient encore pas laissés aller à commettre l'irréparable, mais ce n'était qu'une question de temps.

Cette perspective l'inquiétait et l'excitait à la fois.

Malgré les problèmes que la réalisation de ce désir ne manquerait pas de générer, elle avait envie de lui, une envie irrépressible. Elle voulait plus que des baisers : elle avait envie de sexe.

A la réflexion, le sexe en tant que tel n'était rien comparé à son désir que Reed lui fasse l'amour, lentement et sensuellement. Elle n'avait que faire d'une aventure d'un soir. Mais elle hésitait à se lancer dans une relation suivie avec un homme qui risquait de lui briser le cœur et d'entacher sa réputation professionnelle.

Livvy se brossa les dents et s'apprêtait à sortir de la salle de bains quand elle entendit un bruit.

Un son mat provenant de la chambre.

Elle voulut prendre son arme, mais se souvint qu'elle l'avait laissée dans son holster sur la table de nuit afin de lui épargner l'humidité de la salle d'eau. Heureusement, elle avait pris son portable avec elle afin d'être en mesure de répondre pendant qu'elle prenait son bain.

Elle avait évidemment verrouillé la porte de sa chambre et il était possible que Betty Alice soit venue lui apporter quelques effets de toilette. Cependant, et compte tenu des événements, elle aurait préféré avoir son arme à portée de main.

Elle vint se plaquer contre la porte de la salle de bains et tendit l'oreille. Un nouveau son mat se fit entendre, puis un bruit de pas.

Quelqu'un avait effectivement pénétré dans sa chambre.

— Betty Alice ? appela-t-elle.

Aucune réponse. Les pas cessèrent aussitôt.

Livvy prit son portable dans sa trousse de toilette, puis au moment de composer le numéro de Reed, hésita. L'appeler ne l'enchantait pas spécialement, mais un autre choix se présentait-il à elle ?

— Qui est là ?

Sa question demeura sans réponse.

Livvy attendit, débattant intérieurement sur la conduite à tenir. Elle n'était pas sans défense puisqu'elle s'était longuement entraînée aux arts martiaux et au combat rapproché, mais elle rechignait à en découdre avec un adversaire armé.

La poignée de la porte tourna sur elle-même et Livvy sentit les battements de son cœur s'emballer. Ce ne pouvait être Betty Alice, ni quiconque mû par de bonnes intentions, sinon l'intrus aurait répondu à ses appels.

L'inconnu se jeta alors de tout son poids contre la porte, la faisant dangereusement vaciller. Livvy fut prise d'angoisse et, bien que la porte tînt bon pour le moment, se décida à appeler Reed.

— C'est Livvy. Il y a quelqu'un dans ma chambre !

Elle raccrocha aussitôt et se débarrassa du portable afin d'avoir les mains libres en cas d'affrontement.

Son agresseur donna un nouveau coup d'épaule dans la porte et laissa échapper un juron, ce qui permit à Livvy d'identifier une voix d'homme.

Au coup suivant, le chambranle émit un craquement sinistre ; le bois ne tiendrait plus longtemps et elle devait mettre toutes les chances de son côté au cas où la situation viendrait à s'aggraver.

Elle se saisit de la paire de ciseaux dans son nécessaire à maquillage et éteignit la lumière. La lumière étant allumée dans sa chambre, elle pensait tirer parti du temps que mettrait son agresseur à habituer ses yeux à l'obscurité.

Ce n'était plus qu'une question de secondes.

Son dernier coup d'épaule fit voler la porte en éclats. Livvy s'était au préalable réfugiée dans la baignoire ; son cœur battait à se rompre dans sa poitrine et elle peinait à respirer. Elle n'avait aucun moyen de se dissimuler dans cette pièce exiguë, d'autant que sa chemise de nuit blanche était comme une balise dans l'ombre.

L'homme fut sur elle en un instant.

Livvy ne put discerner son visage mais sentit son odeur : un mélange écœurant de transpiration et de mauvais whisky. Comme il tentait de l'immobiliser, Livvy planta ses ciseaux dans son avant-bras. L'homme recula en jurant ; elle ne reconnut pas sa voix ; puis il l'attrapa par les cheveux et la tira hors de la baignoire. Sa poigne était solide, certainement décuplée par l'alcool et l'adrénaline, mais Livvy ne comptait pas se laisser malmener sans réagir.

Elle tenta de le frapper au ventre et accompagna son geste d'un coup de pied au tibia : l'homme relâcha son étreinte.

— Livvy ? cria une voix quelque part dans le motel.

Reed !

Jamais elle n'avait été aussi heureuse d'entendre appeler son nom. Dieu merci, Reed était tout près : ses pas résonnaient dans l'escalier. L'homme dut prendre conscience de son arrivée car il fit demi-tour et s'élança hors de la salle de bains.

Livvy bondit à sa poursuite.

Elle le vit alors plonger à travers la fenêtre ouverte pour atterrir sur le balcon du deuxième étage.

— Livvy ! cria Reed.

Il tâcha d'enfoncer la porte, laquelle était toujours

verrouillée : l'agresseur avait de toute évidence également utilisé la fenêtre pour entrer. Livvy était pourtant sûre de l'avoir fermée car le balcon se prolongeait par un escalier de service menant au jardin.

Elle se précipita pour ouvrir et tomba nez à nez avec un Reed au comble de l'inquiétude.

— Tout va bien ?

Il peinait à reprendre son souffle et de petites gouttes de sueur perlaient sur son front.

Incapable de lui répondre, tant elle était secouée, Livvy se contenta de lui désigner la fenêtre ouverte devant laquelle dansaient les rideaux en dentelle rose, agités par la brise du soir.

Elle alla déposer les ciseaux sur la table de nuit et saisit son arme afin de se lancer à la poursuite de son agresseur.

Mais Reed lui brûla la politesse.

Il enjamba la fenêtre et disparut dans les ténèbres.

Reed sauta à terre et s'élança en se guidant au son des pas du fuyard.

Malheureusement, l'homme possédait une bonne avance et Reed le vit disparaître derrière les arbustes et les haies du jardin attenant au motel.

Il y avait trop de cachettes possibles.

Et pire, trop de directions dans lesquelles s'échapper.

Reed avait perdu le fuyard de vue, mais il pouvait encore entendre ses pas résonner. Puisque le localiser s'avérait hasardeux, il fonça droit devant lui vers un alignement de vieux chênes délimitant le périmètre du jardin. Au-delà, une bande de pelouse le séparait d'une rue abritant une série de commerces fermés à cette heure tardive. Si l'agresseur de Livvy était un habitant de Comanche Creek, il connaissait les environs et savait qu'il lui suffisait d'emprunter l'une des nombreuses allées pour s'évaporer.

Et ce fut probablement ce qu'il fit, car Reed ne vit pas âme qui vive en débouchant dans la rue déserte.

Il fit halte et tendit l'oreille malgré le tumulte de son cœur cognant dans ses tympans.

Aucun bruit.

Reed se demanda alors si cette fuite n'était pas en fait une ruse pour mieux revenir agresser Livvy. Il fit demi-tour et courut vers le motel.

Une multitude de scénarios, tous plus fâcheux les uns que les autres, se bousculaient dans sa tête. Il avait cru que Livvy pouvait très bien assurer sa propre sécurité ; ce soir avait manifestement été une exception.

Jamais il n'oublierait son expression de terreur lorsqu'elle lui avait ouvert la porte de sa chambre.

Il prit son portable et appela son bureau pour demander de l'aide.

— Envoyez tous les effectifs disponibles sur Wade Avenue et à l'arrière du motel, dit-il à la standardiste. Nous recherchons un homme d'environ un mètre quatre-vingt-trois, vêtu de noir. Trouvez-le !

Reed rencontra Livvy avant de parvenir au motel ; vêtue de sa seule chemise de nuit et armée, elle achevait de descendre l'escalier de service.

— Tu l'as rattrapé ? demanda-t-elle.

— Non.

Malgré la distance qui les séparait encore, il vit sa peur se muer en colère. Reed partageait son émotion et était fou de rage de ne pas être parvenu à appréhender l'homme qui venait de l'agresser.

— Tu es blessée ?

Il la rejoignit et, scrutant les environs, s'assura qu'ils ne risquaient pas de tomber dans une embuscade.

— Je vais bien, le rassura Livvy.

Mais tous deux savaient bien qu'il s'agissait d'un mensonge. Il la prit par la main et lui fit emprunter l'escalier pour regagner la chambre, ne voulant pas la laisser ainsi exposée au-dehors.

— Betty Alice vient de m'appeler, expliqua Livvy.

Sa voix était calme, son ton professionnel et détaché. Elle aurait pu tromper Reed si ce dernier n'avait pas senti les tremblements de son corps.

— Elle a entendu le bruit de notre lutte et voulait savoir ce qui se passait. Je lui ai conseillé de rester chez elle et de vérifier que les fenêtres et les portes étaient bien fermées.

— Très bien.

Mieux valait ne pas se trouver sur le chemin de l'intrus, car il était tout à fait possible que ce soit le meurtrier de Marcie.

Reed la raccompagna à sa chambre et referma la fenêtre. Parce qu'il ne tenait pas à ce que leurs silhouettes soient visibles de l'extérieur, il éteignit toutes les lumières.

— Il a enfoncé la porte de la salle de bains, dit Livvy d'une voix ténue avant de se racler la gorge. Il faisait noir et je n'ai pas pu voir son visage. Il sentait la sueur et l'alcool, et il avait une bonne poigne.

Elle se massa le poignet en grimaçant ; elle avait beau être un digne représentant de la loi, elle n'en était pas pour autant à l'épreuve des balles ni insensible à la violence. D'un instant à l'autre, l'émotion pouvait la faire s'effondrer.

— J'avais laissé mon arme sur la table de nuit…

La peur que Reed sentit dans sa voix le troubla, sans pour autant lui faire perdre de vue l'urgence de la situation. Il lui fallait des réponses à ses interrogations pour parvenir à attraper l'intrus.

— Etait-il armé ?

Elle hésita un instant.

— Si tel était le cas, il ne s'est pas servi de son arme. Il s'est jeté sur moi.

Ce comportement n'était pas banal. Les meurtriers, en général, ne se séparent jamais de leur arme. L'inconnu aurait pu prendre celle de Livvy sur la table de nuit avant de l'agresser. Mais il n'avait pas agi ainsi.

Pour quelle raison ?

Peut-être son intention première n'était-elle pas tant de blesser Livvy que de l'effrayer. Une fois de plus. Dans ce cas, cette ordure faisait preuve d'une ténacité particulière.

— Je pense l'avoir blessé avec les ciseaux, ajouta Livvy en les désignant d'un signe de la tête. Je dois les emballer.

— Plus tard.

Les ciseaux pouvaient attendre.

Remarquant qu'elle tremblait toujours, Reed la fit s'asseoir au bord du lit et la prit dans ses bras. Il ne devrait plus attendre bien longtemps, peut-être quelques minutes, avant que ses adjoints lui fassent leur rapport. Avec un peu de chance, ils avaient déjà mis la main sur l'intrus. Dans le cas contraire, Reed devait poursuivre son petit interrogatoire. Il se recula légèrement.

— Y a-t-il une éventualité de transfert d'ADN entre lui et toi ?

— Aucune, répondit-elle sans hésiter. Je n'ai pas eu l'occasion de le griffer, et nos contacts sont restés pour ainsi dire superficiels.

Reed s'en félicitait ; au moins Livvy n'était-elle pas blessée. Cependant un échantillon d'ADN était le bienvenu et il espérait que les ciseaux pourraient « parler ».

— Je croyais avoir fermé la fenêtre, poursuivit-elle, mais apparemment ce n'était pas le cas…

Sa voix se fêla et elle frissonna.

Pour sa part, Reed tentait de se maîtriser et de paraître

détaché. Il la serra plus fort dans ses bras et déposa sur son front ce qu'il espéra être un chaste baiser de réconfort.

Le réconfort allait bientôt laisser place à tout autre chose.

Livvy leva les yeux et le regarda, et bien que la seule lumière pénétrant dans la pièce provînt de l'éclairage public filtrant à travers les rideaux, il pouvait nettement discerner son visage. La peur et la fatigue avaient altéré ses traits, mais son regard exprimait sa reconnaissance qu'il soit présent à ses côtés.

Peut-être était-ce le contrecoup des événements de la soirée ; toujours est-il que Reed oublia ses bonnes résolutions et se pencha pour l'embrasser.

Enfin, en goûtant ses lèvres, il retrouvait cette sensation de plénitude et d'excitation à la fois. Leurs bouches se touchaient à peine que Reed sut qu'il ne s'arrêterait pas en si bon chemin.

Il soutint sa nuque pour l'inviter à se pencher en arrière et accentuer son baiser.

C'était indubitablement un geste stupide de sa part.

Embrasser sa partenaire et subordonnée était la dernière chose à faire, or il n'avait pas l'intention d'y mettre un terme. Il aurait pu justifier son comportement en arguant que cela calmait la peur de Livvy, mais c'eût été pure hypocrisie. Il n'était pas ici question de peur, mais d'une puissante attirance née entre eux le jour où leurs regards s'étaient croisés pour la première fois.

Livvy ne l'aidait en rien à faire machine arrière ; elle l'agrippa par la chemise et lui rendit son baiser comme si ce dernier avait le pouvoir de réduire à néant le traumatisme qu'elle venait de subir.

Et peut-être était-ce le cas : peut-être avaient-ils tous deux besoin de cette trêve pour recouvrer leurs esprits.

Reed prit conscience de la légèreté de sa chemise de nuit lorsqu'elle pressa sa poitrine contre son torse. Elle ne portait pas de soutien-gorge et il pouvait sentir ses seins chauds et ronds se mouvoir au rythme de sa respiration.

Il la fit asseoir sur ses genoux, ce qui, une fois encore, fut une mauvaise idée. Très mauvaise. Pourtant, il ne parvenait plus à se souvenir pourquoi c'en était une, surtout lorsque Livvy lui enserra la taille de ses cuisses en l'embrassant sauvagement.

Leur baiser semblait ne devoir pas prendre fin et leurs corps s'entremêlaient en un combat érotique, le sexe de Livvy pesant contre celui de Reed. C'est à cet instant qu'il réalisa qu'ils étaient à présent engagés dans des préliminaires torrides.

Reed fit monter la pression d'un cran.

Il glissa la main le long de sa cuisse. Sous la dentelle de sa chemise de nuit, sa peau était douce et chaude, et la chaleur s'élevait au fur et à mesure qu'il approchait de sa féminité. Il marqua une petite pause afin de lui offrir une opportunité de tout arrêter là, mais elle fit pression de ses hanches contre sa main.

Ses derniers scrupules fondirent comme neige au soleil et il se mit à la caresser.

La naissance de ses cuisses était plus douce encore et plus chaude, et le fait qu'elle portât une petite culotte n'entravait en rien son désir. Il mourait d'envie de toucher sa vulve brûlante et d'y introduire son sexe. Seule sa volonté lui permettait de résister, mais ses pulsions ne tarderaient pas à prendre le dessus.

— Il va falloir faire vite, murmura-t-elle tout en l'embrassant dans le cou.

Reed prit cela pour une invitation au plaisir. Il la désirait, ne voulait qu'une chose : qu'elle fût sienne. Sur-le-champ.

Et c'est la raison pour laquelle il devait mettre fin à leur petit jeu.

Livvy caressa son sexe érigé à travers son pantalon et

tâtonna à la recherche de sa fermeture Eclair. Reed tenta de lui immobiliser les mains, mais elle trouva la parade ; se débattant, elle vint plaquer sa fleur contre son érection et se mit à effectuer de petits va-et-vient en gémissant.

Reed commençait à douter sérieusement de sa propre volonté.

— Livvy…

Elle se figea et le dévisagea.

— Tu n'as pas envie de moi ?

— Oh ! bien sûr que si, et les mots me manquent pour décrire mon désir, mais tu sais ce que je pense…

— Ce n'est pas le bon moment.

Elle eut un geste d'impuissance qui eut pour résultat de plaquer ses seins contre son torse.

Il approuva d'un petit mouvement de tête et employa le peu qu'il lui restait de volonté pour la soulever et la reposer sur le lit. Cet acte de courage n'eut pas l'effet escompté, car elle atterrit les jambes écartées, offrant à Reed un aperçu de sa petite culotte.

Elle était bien comme il se l'était imaginée : blanche, échancrée et en dentelle fine.

Il serra les poings pour s'interdire de revenir à la charge.

— Je suis désolée, dit-elle en abaissant sa chemise de nuit.

Elle se leva et fit quelques pas. Elle était à présent gênée, et de son côté, Reed se sentait coupable.

Malgré le risque de remettre le feu aux poudres, il vint la prendre par les épaules et la força à le regarder dans les yeux.

— Nous ferons l'amour, lui promit-il. Et peu importe si cela complique les choses entre nous. Mais je préférerais que cela n'arrive pas juste après que tu as été victime d'une agression. Je veux que nous prenions notre temps.

Je veux te faire l'amour, non pas parce que cela te réconforte, mais parce que tu le désires vraiment.

Elle soutint son regard, puis esquissa ce qui semblait être un sourire malicieux.

— Je ne doute pas de ton désir, dit-elle en passant la main sur son entrejambe.

Livvy eut un geste d'agacement, soupira et balaya une mèche rebelle de son visage.

— Je ne m'attendais pas à ce que ce soit toi le plus raisonnable de nous deux, ajouta-t-elle.

Il haussa les épaules.

— Je ne me sens pas particulièrement raisonnable. D'ailleurs, je suis actuellement très mal à l'aise.

Ils se sourirent et Reed l'embrassa tendrement, histoire de lui rappeler, si besoin était, que les choses n'allaient pas en rester là.

— Il est temps de se séparer, dit-il en la relâchant. Nous avons des rapports à taper et peut-être un suspect à interroger. Mais pourquoi ne viendrais-tu pas demain passer la nuit à la maison ?

Elle leva un sourcil.

— Cela ne ferait qu'alimenter les ragots.

— Je suis prêt à prendre tous les risques pour te mettre dans mon lit.

— Tu en es sûr ?

Il en était certain. A son regard, il sut qu'elle le croyait.

— Je suis une Texas Ranger, commença-t-elle. Toi, tu es marié à ton insigne, à cette ville. Tu n'as pas le temps pour une relation suivie. Par ailleurs, à la façon dont les femmes te regardent, tu sembles être le mâle à attraper dans ses filets. Tu feras certainement un bon mari et un bon père.

Reed ne se considérait pas comme un beau parti, mais dans une petite ville comme Comanche Creek, le fait qu'il soit célibataire et possède un bon travail faisait de lui, en effet, un objet de convoitise pour la gent féminine.

— Qu'y a-t-il ? demanda-t-elle. J'ai touché un point sensible ?

— Non. Il est vrai que j'espère un jour me marier et avoir des enfants…

Cet espoir lui paraissait néanmoins quelque peu illusoire.

— Et toi ?

Elle n'eut pas l'opportunité de lui répondre car on vint frapper à la porte.

— C'est moi, Kirby.

Reed tourna vivement la tête vers la porte.

— Tu l'as trouvé ?

— Pas encore, mais il y a quelqu'un qui veut vous parler. Il dit que c'est important.

Livvy ramassa ses vêtements en hâte et fila dans la salle de bains.

— Je vais m'habiller. Je me dépêche, assura-t-elle.

Vu que la porte de la salle de bains était hors de ses gonds, elle se réfugia dans la baignoire et tira le rideau de douche afin de se ménager un peu d'intimité.

— Parle fort que j'entende ce que vous dites, ajouta-t-elle en disparaissant.

Reed alla ouvrir la porte et tomba nez à nez avec un homme qu'il ne s'attendait absolument pas à voir de sitôt.

Ben Tolbert.

Reed dégaina son arme, ce qui surprit Kirby presque autant que le père de Shane. Ce dernier regarda l'arme, puis Reed, avec un air d'incompréhension. Ses grands yeux bleus rappelaient ceux de son fils, de même que ses cheveux noirs qui commençaient cependant à grisonner.

— Vous êtes revenu finir le travail ? lança Reed.

— Je ne vois pas de quoi vous parlez. Me braquer est-il bien nécessaire ?

— Ça l'est, rétorqua Reed en approchant son visage de celui de Ben. Maintenant, vous allez me dire pourquoi vous ne cessez de harceler le sergent Hutton.

— Je n'ai rien fait de tel ! se récria Ben.

Reed devait en convenir : Ben ne donnait pas l'impression d'avoir violenté quelqu'un et de s'être enfui en courant. Sa respiration était calme et sa peau sèche. Toutefois, Reed ne pouvait pas l'innocenter à si bon compte.

— Vous voulez me faire croire que c'est une coïncidence que vous débarquiez ici, ce soir, moins de vingt minutes après que le sergent Hutton a été victime d'une agression ?

Reed avait tenté, sans succès, de s'exprimer sans colère.

— Pensez ce que vous voulez, je n'ai agressé personne, et surtout pas la demoiselle. Je suis venu dans le but de clarifier la situation.

Bien. Reed s'attendait à ce que les explications de Ben recèlent leur lot de mensonges, mais son discours lui permettrait peut-être d'y voir un peu plus clair dans ce marasme, en effet. Il s'adressa tout d'abord à Kirby :

— J'ai les choses en main. Retrouve les autres et passez le périmètre au peigne fin dans les trois cents mètres à la ronde. Empreintes de pas, etc., tu connais la procédure.

Kirby assura son supérieur qu'il exécuterait ses ordres à la lettre et s'en fut sans demander son reste.

Reed entendit le cliquetis du rideau de douche et Ben aperçut Livvy.

— Ah, vous voilà. Je comprends à présent pourquoi vous êtes si déterminée à garder mon fils derrière les barreaux.

Elle traversa la pièce et vint s'arrêter devant Reed.

— En fait, je travaille sur les indices, mais je suis sans cesse interrompue. Est-ce vous qui avez tenté de me tuer, ce soir ?

— J'ai déjà répondu à cette question : non. Je n'ai aucune raison de vous en vouloir. Enfin, pas encore…

Reed était déjà tout près de laisser éclater sa colère, et cette dernière provocation fut la goutte d'eau qui fit déborder le vase : il saisit Ben au collet et le plaqua contre la porte.

— Menacer un représentant de la loi est un délit que je prends très au sérieux, Ben.

— Je n'ai rien fait de mal, grogna Ben entre ses dents.

— Et l'incendie du bungalow ?

— Je n'y suis pour rien, répondit Ben sans la moindre hésitation.

Reed n'était pas prêt à le croire ; après tout, Ben avait une excellente raison de vouloir éloigner Livvy de Comanche Creek.

— Non loin du bungalow, dans les bois, nous avons trouvé un morceau de tissu appartenant à l'une de vos chemises, dit Livvy.

— Oui. Je suis au courant de cette histoire. Jonah prétend que je l'ai achetée dans une vente de charité. Eh bien, vous savez quoi ? Jonah a menti. Il veut sauver ses petites fesses de riche, mais que je sois damné si j'accepte de porter la responsabilité d'un acte que je n'ai pas commis !

— Vous prétendez donc être innocent ?

— Que le diable m'emporte si je mens.

Ben se lança dans une longue explication sur les raisons pour lesquelles on l'accusait à tort, mais Reed ne lui accordait plus la même attention car il avait noté un détail.

Un détail qui pouvait tout remettre en question.

Reed le fit pivoter et le poussa vers l'escalier.

— Ben Tolbert, déclara-t-il, vous êtes en état d'arrestation.

11

Livvy avala une autre gorgée de café noir en priant le ciel qu'elle parvienne à clarifier ses pensées. Les effets de la montée d'adrénaline suite à l'agression avaient depuis longtemps disparu, la laissant dans un état d'épuisement qu'un court sommeil n'avait su réparer. Cet état était certainement en partie dû au relief accidenté du canapé du poste du shérif sur lequel elle avait dormi quelques heures.

Tout bien pesé, cet état de fatigue absolue était surtout la conséquence de l'arrestation de Ben Tolbert, que la déchirure présente sur la manche de sa chemise avait précipitée.

Elle remerciait Reed d'avoir su relever ce détail crucial.

Pour sa part, et malgré la qualité de son entraînement, elle avait été encore trop secouée pour remarquer quoi que ce soit. Elle s'était comportée comme une jeune recrue inexpérimentée, et elle en était profondément déçue.

Livvy consulta une nouvelle fois sa montre ; 9 heures précises. Alors que tous deux avaient travaillé sur l'affaire la majeure partie de la nuit, pour la plupart des gens, il était l'heure de se rendre au travail. Avec un peu de chance, ils sauraient bientôt si la déchirure suspecte avait été faite avec une paire de ciseaux. Si, toutefois, les techniciens du labo parvenaient à faire concorder les fibres… Reed avait chargé l'un de ses adjoints de leur remettre et la chemise de Ben et la paire de ciseaux, et il attendait les résultats de leur analyse d'un instant à l'autre.

— Je ne relâcherai Ben que lorsque son innocence sera prouvée, l'entendit-elle s'exclamer dans la pièce voisine.

Il devait, sans aucun doute, s'adresser à Jerry Collier, le responsable du cadastre, nouvellement promu défenseur de Ben Tolbert.

— Alors, lisez-lui ses droits et son mandat d'arrestation, répliqua Jerry. Je ne tolérerai pas que vous le gardiez de façon illégale une seconde de plus.

— Je le fais dans notre intérêt à tous. Tout ce que l'on gagnera à officialiser sa détention c'est une tonne de paperasse.

— Mais vous pouvez toujours le libérer en attendant de recevoir les résultats du labo…

Bien que captivée par la conversation, Livvy s'en détourna lorsque son portable sonna. Le laboratoire tentait de la joindre, et l'appel ne provenait pas du département de chimie, mais de celui des armes à feu.

— Sergent Hutton.

— C'est moi, Sam McElroy.

Sam, qu'elle connaissait bien, était expert en armes à feu et s'était vu confier l'examen du revolver utilisé pour tuer Marcie ainsi que de l'arme de service de Shane.

— Vous avez découvert quelque chose ?

— Oui. Votre instinct ne vous a pas trahie. On a trafiqué l'arme qui a servi dans le meurtre de Marcie.

Livvy poussa un soupir de soulagement. Elle avait tout fait pour conserver son objectivité, mais ses sentiments pour Reed l'avaient inexorablement amenée à prendre parti pour son adjoint. C'était là une faute professionnelle manifeste, mais au bout du compte, la fin justifiait les moyens pourvu que la vérité triomphe.

— On a volontairement apposé les doigts du suspect

sur la détente, déclara-t-elle, énonçant la conclusion à laquelle elle était parvenue.

— Exactement. J'ai comparé les détentes des deux armes, et sur celle de l'arme du crime, les empreintes sont à peine visibles. Les points de pression ne sont pas suffisants pour permettre d'affirmer que l'adjoint Tolbert a effectivement tiré, même si on l'a retrouvé l'arme au poing.

— Probablement placée là alors qu'il était encore inconscient par le véritable meurtrier.

Shane était tombé dans un piège, comme venait de le confirmer Sam.

Qui en était l'auteur ?

Son père avait-il tué Marcie ? C'était du domaine du possible, mais l'homme irait-il jusqu'à faire accuser son fils à sa place ? Cependant, il n'était pas le seul suspect dans cette affaire. L'avocat de Ben, Jerry Collier, figurait en tête de liste. Idem pour le maire, ainsi que Billy Withley… sans oublier Jonah Becker.

— Il y a plus encore, poursuivit Sam. J'ai vérifié au labo et une partie des résultats sont disponibles. J'ai pensé que vous aimeriez en être informée sans plus attendre…

Elle l'écouta attentivement commenter l'analyse des échantillons qu'elle avait prélevés au bungalow. Puis elle le remercia, raccrocha et quitta son bureau pour aller communiquer la bonne nouvelle à Reed.

— Je vous conseille de libérer mon client, disait Jerry à ce dernier. Maintenant.

Sur ce, il prit congé d'un air furieux.

Reed se passa la main sur le visage, but une gorgée de café et reporta son regard sur Livvy.

— Je viens d'avoir un coup de fil du labo : les fibres présentes sur tes ciseaux ne correspondent pas à la chemise de Ben.

Livvy encaissa le coup sans broncher.

— Et la déchirure sur la manche ?

Reed haussa les épaules.

— Elle n'a pas été causée par les ciseaux.

— Ben a très bien pu changer de chemise après m'avoir agressée.

— C'est possible.

La voix de Reed dissimulait mal son scepticisme. Du reste, elle-même n'y croyait pas.

— Je dois le relâcher, maugréa-t-il. Dès que Jerry aura signé les formulaires, il sera libre. Mais je garde un œil sur lui. Et je vais prendre des dispositions afin de m'assurer que tu ne seras plus jamais en danger à Comanche Creek.

Elle se rappela son invitation alors qu'il l'embrassait dans la chambre du motel.

— Tu aimerais que je vienne chez toi ?

— Oui. Je sais ce que tu penses : les langues vont aller bon train. Mais je ne songe qu'à ta sécurité. Je ne laisserai personne, y compris Ben, tenter de t'intimider.

Livvy était tentée de répliquer, de lui rappeler qu'elle était tout à fait capable d'assurer sa sécurité. Mais il fallait parfois mettre son orgueil de côté. Elle préféra changer de sujet :

— J'ai du nouveau, moi aussi. Les marques de pression sur la détente de l'arme qui a tué Marcie ne correspondent pas à celles de l'arme de service de Shane.

Elle vit la lassitude qui lui creusait les traits.

— Tu veux dire qu'il est innocent ?

Elle eut un petit clignement des paupières.

— C'est ce qu'indiquent les pièces à conviction.

Dans ce cas, pourquoi rechignait-elle à affirmer que Shane n'était pas un meurtrier ?

Tous les indices indiquaient qu'il avait été piégé. Et il était évident que quelqu'un rôdait dans Comanche

Creek avec pour objectif de les empêcher de découvrir la vérité. Shane ne pouvait être tenu pour responsable des derniers événements, étant derrière les barreaux lorsqu'ils s'étaient produits. Toutefois Livvy ne pouvait pas écarter totalement l'éventualité qu'il fût à l'origine de leurs tracas.

— Le technicien m'a aussi communiqué l'analyse des projections de sang, reprit-elle. Elles correspondent à la description que Shane a faite de son agression, et il s'agit bien de son sang.

Reed apparut soudain soulagé et sur le point de laisser éclater sa joie, mais il n'en fit rien.

Avait-il encore des doutes sur l'innocence de Shane ?

— Merci, dit-il.

Il tendit la main pour lui caresser les cheveux ; ce fut là un geste naturel, traduisant leur dégré d'intimité. Si Livvy fut choquée, ce fut à cause de sa propre réaction. Elle plaça sa joue dans sa main pour l'inviter à lui caresser le visage.

Un attouchement tendre… et, une fois encore, dans le mauvais timing.

Bien qu'ils fussent épuisés, ils avaient encore mille choses à faire relativement à leur enquête. Cependant leur attirance réciproque semblait s'être enracinée dans leurs consciences pour ne plus jamais les laisser en paix.

— Tu sais que je partirai dès que l'enquête sera bouclée, déclara-t-elle, même si ce rappel était superflu.

— Je sais, répondit-il d'un ton morne. Cela dit, Austin n'est pas si éloigné de Comanche Creek. Il y a moins d'une heure de route.

C'est suffisamment loin, ajouta-t-elle pour elle-même.

Si elle parvenait à tout arrêter maintenant… mais à quoi bon se voiler la face ? C'était peine perdue.

Elle n'avait pas le courage de mettre un terme à leur relation.

Ce n'était plus qu'une question d'heures avant qu'ils se retrouvent au lit et elle espérait que leur désir serait si intense qu'il se consumerait de lui-même, leur permettant ainsi de reprendre le cours de leur vie.

Reed eut un profond soupir, ôta sa main du visage de Livvy et se détourna.

— J'ai des formulaires à remplir en vue de la sortie de Shane. Tu es absolument sûre de son innocence ?

— Non, admit-elle. Cependant, les faits ne le désignent pas comme le coupable.

Reed hocha la tête et s'en fut, laissant Livvy seule avec sa conscience. Venait-elle d'offrir à un assassin un passeport pour la liberté ?

La ligne directe de Reed sonna, et Livvy, voyant qu'Elen n'était pas à son poste, prit sur elle de décrocher.

— C'est moi, Ben Tolbert.

— Vous êtes déjà sorti ?

— Oui, il y a à peine une minute.

Elle sentit les battements de son cœur s'accélérer.

— Où êtes-vous ?

— Je ne vais pas chercher à m'approcher de vous. Où est Reed ?

— Il est occupé. Je m'étonne que vous ne l'ayez pas vu car il s'est rendu à la prison.

Elle décida de laisser Shane informer son père qu'il était lavé de tout soupçon pour le meurtre de Marcie.

— J'ai dû le manquer. Je n'avais pas vraiment envie de traîner dans le coin, vous savez. J'ai tout de même pris le temps de promettre à mon fiston de le sortir de là au plus vite.

Plus vite que Ben ne le pensait, en fait.

— Reed ne sera de retour que dans une dizaine de minutes : je peux prendre un message ?

Ben observa un long silence.

— Dites-lui que j'ai mené certaines recherches.

— Monsieur Tolbert, vous n'êtes pas habilité à intervenir dans l'enquête.

— En tout cas, quelqu'un doit agir. Vous avez enfermé un innocent et j'entends faire tout mon possible pour le prouver. Je vais vous faire un confidence : j'ai appris de source sûre que Billy Withley a falsifié des documents afin de permettre à Jonah Becker de se porter acquéreur de ces fameuses terres qui causent tant de problèmes avec les Comanches.

Billy Withley, un des suspects.

— Pourquoi Billy aurait-il fait cela ?

— Pour de l'argent. Jonah l'a acheté. Il n'a certainement pas utilisé un moyen traçable de paiement, mais il doit tout de même subsister des traces. Il va vous falloir faire preuve de persévérance pour les retrouver.

Peut-être bien, à condition évidemment que cela reste dans la légalité.

— De qui tenez-vous ces informations ?

— Je ne peux pas vous le dire.

— Alors comment voulez-vous que je vous croie ? Vous me racontez peut-être cela afin de lever les soupçons qui pèsent sur vous.

— Je n'ai aucune raison d'agir ainsi vu que je n'ai rien fait de mal.

A cet instant, elle crut sentir l'odeur de son agresseur, son haleine fétide chargée d'alcool, et revit la violence avec laquelle il s'était jeté sur elle. Elle avait eu de la chance de ne pas être blessée. Ou tuée.

— Je suis persuadé que c'est Billy qui a tendu un piège à mon garçon, poursuivit Ben.

— Qu'est-ce qui vous fait penser cela ?

— Si Billy a effectivement falsifié ces documents, alors il est tout aussi suspect que Jonah.

— Il en va de même pour votre avocat. Jerry avait un sérieux mobile, lui aussi.

— Beaucoup de gens avaient un mobile, admit Ben, mais je mettrais ma main au feu que Billy, ou sa femme, est responsable de cette mise en scène.

L'instinct de Livvy lui soufflait, en effet, que Charla en était tout à fait capable.

— Une fois encore, avez-vous des preuves de ce que vous avancez ?

Ben eut de nouveau une longue hésitation.

— Quel est votre numéro de fax ? s'enquit-il soudain.

Surprise par sa demande, Livvy s'approcha du télécopieur et en lut à haute voix le numéro d'appel.

— Qu'allez-vous faire ?

— Je vais vous envoyer des documents. Considérez-les comme un cadeau de ma part.

Livvy ne voulait pas accepter la moindre faveur de la part d'un présumé meurtrier, mais le fax se mit en route avant qu'elle ait pu protester.

— La première page est une photocopie de l'acte de vente, expliqua Ben. Il date d'une vingtaine d'années. Regardez le paragraphe numéro huit. Lorsque vous aurez reçu la seconde page, vous noterez la modification. Il n'y est plus question du « peuple comanche ». Billy et Charla Withley y sont désignés comme les seuls propriétaires terriens.

En attendant que la seconde page soit imprimée, Livvy s'interdit tout commentaire et concentra son attention sur le paragraphe huit du premier document.

— Où avez-vous déniché cela ?

— Je ne peux pas vous le dire.

— Vous les avez volés, l'accusa Livvy avant de jurer entre ses dents. Si tel est le cas, nous ne pouvons pas les utiliser devant un tribunal. Il nous sera impossible de prouver que vous n'êtes pas l'auteur de cette falsification.

Son silence apprit à Livvy qu'il réfléchissait à la portée de ses paroles.

— Et si je jure sur la vie de mon fils que ces papiers sont des originaux ?

— Cela ne tiendra pas devant une cour.

Mais elle était à présent convaincue que Ben disait la vérité, en tout cas concernant cet aspect de l'affaire. Elle décida de le tester.

— Shane sera bientôt libéré car nous avons découvert qu'on avait intentionnellement apposé ses empreintes sur l'arme du crime.

— Vous en êtes sûre ?

— Assez pour que Reed se charge actuellement de sa procédure de libération.

Ben observa une pause.

— Ce ne serait pas un genre de piège que vous me tendez là ? C'est cela, n'est-ce pas ? Vous me dites ce que j'ai envie d'entendre. Vous voulez la peau de mon fils.

— Je veux la peau de celui qui a tué Marcie, rectifia Livvy. Et s'il s'agissait bien de Shane, il serait toujours derrière les barreaux. Il pourrait d'ailleurs y retourner si nous découvrons de nouveaux indices l'accablant. Mais pour le moment, nous ne pouvons le garder.

— Ce qui prouve que vous en avez toujours après lui, maugréa Ben.

Livvy poussa un soupir d'exaspération.

— Seulement si Shane est coupable de quoi que ce soit. Est-ce le cas ?

— Je le savais, dit Ben d'une voix grinçante. Je savais que vous ne laisseriez pas mon fils tranquille.

Livvy ne prit pas la peine de répéter à Ben qu'ils n'avaient aucune raison de harceler Shane. Mais Ben avait peut-être une vengeance personnelle à assouvir...

— Avez-vous falsifié ces documents de façon à impliquer Billy et ainsi lever les charges qui pèsent contre votre fils, monsieur Tolbert ?

— Non. Ces documents sont authentiques. Billy est intervenu afin que Jonah puisse acheter ces terres en toute légalité.

Livvy fut surprise de la rapidité et de l'assurance avec lesquelles il avait répondu. En outre, si la liberté de Shane avait été son seul objectif, Ben aurait raccroché et filé tout droit à la prison pour le voir.

Or il s'en était abstenu.

Il s'était accroché à son récit, lequel incriminait Billy.

Livvy parcourut de nouveau l'acte de vente ; il paraissait on ne peut plus officiel.

Il lui fallait appeler Reed sur-le-champ.

Et ils devaient se procurer un mandat d'arrêt au plus vite.

— Vous voulez un conseil ? reprit Ben. Soyez prudente, sergent Hutton. Car dès que tout le monde en ville aura eu vent de la supercherie montée par Jonah et Billy, il y aura du grabuge. Ça va chauffer.

Livvy savait que Ben avait pleinement raison. La ville était actuellement au bord de l'implosion et ces dernières révélations n'arrangeraient rien.

— Encore une chose, ajouta Ben. Je n'écarte pas la possibilité que quelqu'un espionne notre conversation, quelqu'un qui risque de courir chez Billy lui conseiller de détruire tous les documents le reliant à ce meurtre. Il sera désespéré et risque de commettre l'irréparable. Si j'étais vous, je ne perdrais pas un instant.

Livvy prit sa mise en garde au sérieux. Elle reposa le combiné sur ses fourches et partit retrouver Reed.

12

Reed ressassait les propos que Livvy lui avait rapportés de sa conversation avec Ben. A vrai dire, il avait consacré la majeure partie de la journée à se demander quelle tournure allait prendre l'enquête.

Il n'était pas plus avancé qu'au lever du jour.

Fort heureusement, Woody était de retour de sa partie de pêche. En fait, l'adjoint que Reed avait envoyé à ses trousses l'avait affranchi de ce qui se déroulait en ville et prié de rejoindre la civilisation. Woody était aussitôt rentré, à point nommé pour délivrer un mandat autorisant Reed à perquisitionner dans le bureau de Billy.

Reed avait lui-même inspecté chaque centimètre carré de son bureau et avait dû se rendre à l'évidence : il n'avait mis la main sur aucun indice de tentative de falsification de quelque document que ce soit. Il eût été préférable que Billy ignore tout de cette perquisition, mais il l'aurait su tôt ou tard. Reed se revit promettant à la secrétaire de Withley d'observer la plus grande discrétion.

Par ailleurs, une nouvelle inquiétude pesait sur sa conscience : grâce aux preuves que Livvy avait découvertes, Shane avait recouvré sa liberté et du coup, le véritable meurtrier errait en ville et devait être appréhendé.

A sa droite, sur le siège passager, Livvy s'octroyait quelques instants de sommeil. Elle en avait bien besoin. Elle était, à sa connaissance, la seule personne qui eût moins dormi que lui durant les dernières vingt-quatre heures. Bien entendu, elle s'était défendue d'être fatiguée. Au final, elle avait sombré dans le sommeil en reposant sa tête sur son épaule.

Reed sentait le souffle chaud de sa respiration sur sa nuque et son sein peser contre son bras. Cet attouchement, bien innocent au demeurant, lui rappelait combien elle était femme et le tenait éveillé avec une redoutable efficacité.

Bougeant légèrement de façon à chasser les picotements de son bras, Reed inspecta les environs du regard. Il faisait nuit à présent, et une chaleur suffocante montait du sol. Ils surveillaient depuis plus de trois heures la demeure des Withley, laquelle était située à un kilomètre du centre-ville, et nulle âme qui vive ne l'avait quittée ou n'y était entrée. Du reste, ces parages n'étaient jamais très fréquentés.

Plus tôt dans la journée, Reed avait appelé Billy, avant de procéder à la fouille de son bureau. L'homme avait prétendu souffrir d'un brusque dérangement intestinal et avoir rendez-vous avec un médecin de San Antonio ; il ne serait de retour à Comanche Creek qu'en fin d'après-midi. Les appels répétés de Reed, suite à ce premier coup de fil, étaient restés sans réponse. C'est pourquoi Livvy et Reed avaient décidé de se poster devant chez lui afin de pouvoir le coincer.

Où se trouvaient Charla et Billy ? Toujours chez le médecin ?

Billy avait-il été informé que Ben avait découvert le titre de propriété original ? Peut-être bien. Toutefois, en admettant qu'il fût au courant, prendre la fuite était la dernière chose à laquelle Reed s'attendait de sa part.

Enfin, à moins que Billy ne soit un meurtrier.

Reed consulta l'écran de son portable ; non, il n'avait manqué aucun appel. Le contraire l'aurait étonné, compte tenu du volume de la sonnerie. Kirby n'avait donc pas encore obtenu le mandat de perquisition. Woody avait autorisé Reed à pénétrer dans le bureau de Billy car il s'agissait d'un bâtiment administratif, mais un mandat était indispensable pour fouiller son domicile.

Il l'aurait tôt ou tard.

Aucun juge n'oserait le débouter au regard des documents en sa possession, notamment l'acte de propriété falsifié, mais Comanche Creek ne comptait qu'un juge, alors hors de la ville, et Kirby avait dû rouler jusqu'à Bandana, distant d'une bonne heure de route, afin de dénicher le juge Calder.

L'envie de s'introduire chez eux tenaillait Reed, mais la nullité de la découverte d'un indice sans mandat le retenait de passer à l'acte. Si Billy était effectivement le meurtrier, Reed voulait éviter toute infraction dans la procédure d'une arrestation dont il se délectait par avance. Certes, on pouvait estimer que les circonstances étaient suffisamment graves pour qu'un officier prenne sur lui de perquisitionner sans mandat, des pièces à conviction risquant d'être détruites ; néanmoins, par sûreté, il avait décidé d'appliquer la loi au pied de la lettre.

Livvy, la respiration entrecoupée, s'agita dans son sommeil comme si elle était la proie d'un cauchemar. Mais lorsqu'elle ouvrit les yeux et que leurs regards se croisèrent, Reed sut qu'il n'en était rien.

En dépit du faible éclairage dispensé par la pleine lune et le réverbère du bout de la rue, il pouvait clairement lire l'expression de son visage ; non, il ne s'agissait pas d'un cauchemar, mais d'un rêve mouvementé.

Ce rêve était peut-être d'ordre érotique, qui sait ?

Où peut-être se faisait-il des idées, ce qui ne manquait de survenir lorsqu'il se tenait près d'elle.

— Tu n'aurais pas dû me laisser m'assoupir, marmonna-t-elle en s'éloignant de lui.

Etait-ce dû à son humeur maussade, ou à sa fatigue ? Toujours est-il que Reed lui passa le bras autour des épaules et l'attira à lui pour l'embrasser.

Lorsqu'elle n'opposa aucune résistance et l'embrassa de plus belle, il sut dans quel état d'esprit elle se trouvait.

La chaleur grimpait rapidement dans l'habitacle du pick-up.

Livvy le saisit par les épaules et se plaça de façon à plaquer sa poitrine contre son torse. Cela ne fit qu'accroître le désir déjà bien éveillé de Reed.

Leur baiser s'intensifia, de même que leur étreinte. Ils commençaient à sentir la sueur perler à la surface de leur peau, et à cela s'ajoutait la moiteur de leur baiser, les invitant à des caresses plus intimes.

Bien entendu, le contexte ne le permettait pas.

Parce qu'ils se tenaient confinés dans l'habitacle de son pick-up, surveillant la demeure d'un présumé meurtrier, ce n'était ni le lieu ni le moment de se lancer dans des préliminaires avec la femme qu'il désirait le plus sur cette terre.

Il se recula et, bien que son corps protestât violemment, repoussa Livvy sur son siège.

— J'ai la sensation d'être de retour dans mes années de fac, se plaignit-elle.

Il n'en allait pas de même pour Reed. A cette époque, sa volonté, pas plus que le sentiment du danger, n'avait aucune prise sur son comportement lorsqu'il s'agissait de s'envoyer en l'air.

Son téléphone sonna, brisant l'insupportable silence qui s'était installé entre eux depuis la réplique de Livvy. Cet appel, s'il le contrariait, lui apportait de bonnes nouvelles.

— Kirby, répondit aussitôt Reed. Dis-moi que tu as obtenu ce fichu mandat ?

— Je l'ai. Le juge n'a heureusement fixé aucune limite de temps. Vous pouvez visiter sa maison, son garage, ses véhicules… tout ce que vous voudrez. Vous êtes toujours devant chez Billy ?

— Oui. Apporte-nous ce mandat.

— Je serai là d'ici quarante-cinq minutes.

Reed raccrocha. Il n'attendrait pas si longtemps. Le mandat avait été délivré et c'était là l'essentiel.

— Allons-y.

Livvy ne se fit pas prier ; attrapant son sac, elle le suivit jusqu'à l'entrée de l'immeuble.

— Tu vas enfoncer la porte ?

— Nul besoin.

Reed souleva le pot de fleurs à la gauche de la porte et mit la main sur une clé.

— C'est tout de même risqué, commenta-t-elle.

Certes, mais jusqu'à une période récente, les habitants de Comanche Creek n'avaient pas à se soucier de leur sécurité.

Reed déverrouilla la porte et entra.

— Il y a quelqu'un ? s'enquit-il d'une voix assez forte pour que Billy ou sa femme l'entendent, au cas où ils se seraient trouvés là.

Aucune réponse.

Reed se félicitait de la taille raisonnable de la maison et de sa connaissance des lieux pour être venu à maintes reprises chez les Withley.

— Le bureau de Billy est par là, dit-il en conduisant Livvy à travers le salon rangé au cordeau par une Charla maniaque de l'ordre.

Ils entrèrent dans la pièce, allumèrent le plafonnier et commencèrent aussitôt leur fouille. Le bureau, bien que de taille réduite, était chargé de meubles, le principal étant un petit secrétaire recouvert de papiers divers et de dossiers, et supportant un ordinateur portable dont l'écran était rabattu. Reed se chargea du portable tandis que Livvy se plongeait dans l'étude de documents rangés dans un classeur à tiroir.

— Dans quelle direction chercher ? demanda-t-elle.

— Nous intéresse tout ce qui a à voir avec les terres des Amérindiens ou un certain traité de Reston. C'est le nom d'une ancienne loi qui a doté les Comanches de ces terrains.

Livvy sortit de son sac deux paires de gants en latex ; elle en enfila une et tendit l'autre à Reed avant d'ouvrir le tiroir du classeur.

— Puisque cette loi figure dans la constitution de l'Etat, pourquoi ce titre de propriété n'a-t-il pas été remis en cause lorsque les problèmes sont apparus, il y a deux ans de cela ?

— Il a été remis en cause par l'Association des Amérindiens. Mais Billy a produit le nouvel acte, qui était censé annuler le Traité de Reston. La procédure semblait légale, le traité étant accompagné de divers documents attestant de son authenticité. En résumé, ces pièces expliquaient que la terre avait été seulement prêtée aux Comanches et appartenait au propriétaire originel, à savoir l'arrière-arrière-grand-père de Jonah.

— Bien pratique.

Reed enfila ses gants et se mit à fouiller l'amoncellement de documents divers.

— Peut-être a-t-on falsifié — ou fabriqué — ces documents. Les Amérindiens n'avaient pas les moyens financiers de soutenir un long procès, aussi se sont-ils tournés vers Marcie. Ils attendaient d'elle qu'elle témoigne que Jerry Collier avait orchestré cette opération frauduleuse sur les ordres de Jonah.

— Et nous savons ce qui est arrivé à Marcie, dit Livvy en marquant une pause dans ses recherches. A part Billy, qui avait accès à ces documents ?

Reed se doutait qu'elle n'allait pas apprécier sa réponse.

— Tous les employés du service du cadastre.

Woody, Billy, Jerry et aussi Jonah. En résumé, quiconque doté de la détermination nécessaire pouvait s'être faufilé jusqu'aux précieux documents tant la sécurité du bâtiment était inexistante.

Il n'en était plus de même aujourd'hui. Depuis les meurtres, Reed avait pesé sur le conseil municipal afin que le système de sécurité soit revu et complété par des caméras de surveillance. Cependant, ce délit — la falsification du titre de propriété — avait été accompli bien avant les meurtres.

— J'ai peut-être découvert quelque chose, dit soudain Livvy.

Reed se retourna. Elle avait abandonné ses recherches pour se concentrer sur un rayon de la bibliothèque.

— J'ai remarqué deux livres plutôt intéressants : l'un sur les rites funéraires des Comanches et l'autre sur les coutumes des Amérindiens.

La curiosité de Reed s'éveilla, surtout au sujet du livre sur les rites funéraires. Il s'en saisit et en parcourut l'index. Le chapitre consacré aux maquillages faits de peintures rouges et d'argile ocre attira aussitôt son attention. Les deux corps retrouvés quelques jours plus tôt avaient été mis en scène avec de la peinture rouge et de l'argile.

Il parcourut l'ouvrage. Chaque page traitant de ce rituel avait été cornée.

— Bon sang ! s'exclama-t-il.

L'épouse de Billy était amérindienne, mais si ces livres

lui avaient appartenu, ils ne se seraient pas trouvés dans le bureau de Billy…

— Ce n'est pas une preuve en soi, mais nous pourrons toujours utiliser ces livres pour étayer notre accusation au cas où Billy s'avérerait être le meurtrier de Marcie.

— Je pense qu'il nous faut des éléments un peu plus concrets, marmonna Livvy.

Reed leva les yeux du livre. Livvy était occupée à photographier le contenu de la corbeille à papier. Puis elle le fouilla et dénicha, au milieu des papiers froissés, un gant en latex en tout point similaire à ceux qu'elle portait.

— Qu'est-ce qui pourrait justifier la présence de ce gant dans le bureau de Billy ?

— Aucune idée. De toute façon, il n'y a rien d'illégal à utiliser des gants en latex.

Livvy déposa le gant sur le bureau.

— Nous pourrons peut-être récupérer un échantillon d'ADN.

Se saisissant d'un flacon de luminol dans son sac, elle en aspergea le gant.

Des zones bleutées indiquant la présence de sang apparurent aussitôt.

Reed jura entre ses dents.

— Y a-t-il assez de sang pour procéder à une analyse ?

— Il suffit d'une infime quantité, dit-elle en se penchant sur l'objet. J'aperçois une minuscule tache ; ce pourrait être un résidu de poudre. Ne tergiversons pas : nous allons mettre ce gant sous scellés et je l'apporterai au labo avec la corbeille, au cas où s'y trouveraient d'autres traces d'ADN.

Reed se chargea de placer le gant dans un sachet tandis que Livvy prenait d'autres photographies. Seul le laboratoire pourrait identifier ce sang, mais cette trouvaille ne penchait pas en faveur de Billy.

Withley était-il vraiment capable de commettre un meurtre ?

Reed dut bien admettre que c'était tout à fait plausible. Il connaissait Billy depuis toujours et n'avait été témoin d'aucun acte de violence de sa part ; pour autant, Billy était peut-être désespéré au point d'éliminer la pauvre Marcie.

— Dès que Kirby nous aura rejoint avec le mandat, je lui demanderai de boucler la zone pour nous permettre de poursuivre nos recherches dans de meilleures conditions.

Il aurait été judicieux qu'ils apportent eux-mêmes le gant et la corbeille au laboratoire. Avec un peu de chance, les tests pourraient rapidement confirmer les pressentiments de Reed et lui permettre de procéder à l'arrestation de Billy.

— Tout va bien ? demanda Livvy.

Reed réalisa qu'il était totalement absorbé dans l'étude du gant à travers son emballage protecteur.

— J'espérais que le meurtrier ne serait pas l'une de mes connaissances.

— Je comprends ce que tu ressens…

Elle lui effleura le bras du bout des doigts — un geste qui se voulait apaisant.

Un son ténu troubla alors le silence de la rue.

— C'est probablement le vent, murmura Livvy.

— Probablement.

Cependant, Reed reposa le gant afin d'avoir les mains libres si jamais il devait faire usage de son arme.

— Ce n'est pas Kirby ; nous aurions entendu le moteur de son 4x4.

De toute façon, considérant la route qu'il devait parcourir depuis Bandana, l'adjoint de Reed n'était pas attendu avant une bonne vingtaine de minutes.

Il y eut au-dehors un nouveau bruit que Reed ne put identifier.

— Je vais aller voir, dit-il en sortant son arme de son holster.

Livvy l'imita.

— Tu penses qu'il s'agit de Billy ? chuchota-t-elle.

Un bruit de pas résonnait sur le gravier de l'allée.

Reed se tourna vers la fenêtre et armait le chien de son revolver quand la pièce se retrouva plongée dans l'obscurité. Quelqu'un avait manœuvré le disjoncteur électrique.

Discernant une ombre à contre-jour dans l'encadrement de la fenêtre, Reed se précipita vers Livvy pour la mettre à l'abri. Mais ce fut une seconde trop tard.

Une détonation avait retenti.

13

Livvy entendit la détonation, mais fut incapable de voir qui avait fait feu, car Reed s'était jeté sur elle et l'avait plaquée au sol. Elle avait atterri brutalement, heurtant le vieux parquet de bois au point d'en avoir le souffle coupé.

Pour sa part, Reed avait fait preuve d'excellents réflexes.

Il roula sur le côté, s'agenouilla à demi derrière le bureau qu'il venait de renverser et se plaça en position de tir. De l'endroit où elle se trouvait, Livvy entendit plus qu'elle ne vit son intervention ; il fit feu et sa balle traversa ce qui restait de la vitre, la faisant voler en éclats.

— Qui s'amuse à nous tirer dessus ? murmura-t-elle en se plaçant elle aussi en position de tir.

— Je n'en sais rien.

En tout cas, le tireur semblait farouchement déterminé à les supprimer.

Vu la précision avec laquelle il les avait visés, il ne pouvait s'agir d'un tir de semonce. La partie ne faisait que commencer. Reed et Livvy étaient cloués au sol dans une pièce comportant trois grandes fenêtres par lesquelles le danger pouvait survenir à tout moment. Ce n'était malheureusement que l'un des nombreux angles d'attaque de leur agresseur.

Ils tournaient le dos à la porte donnant sur le salon, un moyen d'accès supplémentaire jusqu'à eux.

Livvy fit une roulade pour la claquer d'un coup de

pied, empêchant ainsi leur agresseur de les prendre par surprise. Qui donc en avait après eux ?

— Billy Withley, dit Livvy entre ses dents avant de ramper pour rejoindre Reed embusqué derrière le bureau.

Une autre détonation retentit à l'extérieur de la maison et Reed y répondit par une salve de tirs dissuasifs. Livvy leva la tête avec précaution, tâchant de scruter les ténèbres afin de découvrir la position du tireur.

Le projectile suivant se ficha dans le bois épais du bureau, faisant voler des éclats dans leur direction. Reed la plaqua de nouveau au sol et elle s'agrippa à lui pour s'assurer qu'il se mettait aussi à couvert.

D'autres détonations retentirent dans la nuit, les unes à la suite des autres, de façon presque mécanique.

Livvy en dénombra six, les projectiles sifflant autour d'eux et se logeant dans les différents meubles de la pièce. Un tableau se décrocha et tomba à leurs pieds à grand bruit. Livvy sentait son cœur cogner dans sa poitrine tandis que le chaos se déchaînait autour d'eux.

Puis les détonations cessèrent brusquement.

Livvy attendit, l'oreille tendue, espérant que l'attaque était terminée, tout en pressentant qu'il n'en était rien.

— Il recharge son arme, chuchota-t-elle.

— Oui, fit Reed. Combien de munition as-tu sur toi ?

— Un chargeur plein dans mon arme et un de réserve. Et toi ?

— Quelques balles dans mon magasin. Le reste de mes munitions se trouve dans mon pick-up.

La situation était critique : Reed et elle ne pourraient soutenir bien longtemps le feu d'un homme certainement muni d'une réserve de munitions. Toutefois, ce n'était là qu'un aspect du problème.

Elle songea à Kirby.

L'adjoint arriverait sur les lieux d'ici une quinzaine de minutes environ, et il ignorait tout du danger qu'il courait.

— Il faut prévenir Kirby, déclara Livvy.

Sans quitter les fenêtres des yeux, Reed lui passa son portable.

— Dis-lui d'établir un cordon de sécurité autour de la propriété. Demande aussi des renforts. Je veux qu'ils arrivent tous feux allumés en faisant hurler les sirènes ; cette ordure doit savoir qu'il est cerné et qu'il ne nous échappera pas.

Livvy opina et composa le numéro de Kirby. Elle était sur le point de délivrer ses dernières recommandations lorsque la fusillade reprit de plus belle. Le tireur s'en donnait à cœur joie. Ses balles déchiquetaient patiemment la pièce, en particulier le bureau derrière lequel ils avaient trouvé protection. A ce rythme, ils seraient bientôt contraints de se déplacer.

— Kirby se charge des renforts, dit Livvy en rendant son portable à Reed.

— Les tirs sont de plus en plus précis.

Reed avait raison. Ce qui laissait supposer que le tireur approchait inexorablement. S'il parvenait à se poster dans l'encadrement de la fenêtre, c'en était fini du duo Harding-Hutton…

— Il sait que nous n'avons pas assez de munitions pour tenir bien longtemps, dit Reed entre deux tirs. Nous devons quitter cette pièce sans plus attendre.

Livvy en était plus que convaincue. Ce dont elle doutait, c'est qu'ils parviennent à s'en tirer sans être blessés. L'homme était peut-être déjà embusqué de l'autre côté de la fenêtre brisée et attendait qu'ils se déplacent pour les canarder en toute sécurité.

Bien entendu, ils étaient prêts à riposter et n'allaient pas s'en priver !

Jusqu'à ce qu'ils soient à court de balles.

Ensuite, eh bien, ils se battraient jusqu'à leur dernier souffle. Elle n'avait aucunement l'intention de laisser s'échapper ce salopard, et Reed devait être dans les mêmes dispositions.

Tandis que les balles sifflaient en ricochant dans la pièce, Livvy rampa discrètement jusqu'à la porte et tendit la main pour en saisir la poignée.

— Fais attention, avertit Reed. Il n'est peut-être pas seul.

Dieu merci, Reed avait l'esprit toujours aussi vif, et Livvy s'en voulut de ne pas y avoir songé plus tôt. Si l'homme qui faisait feu sur eux était bien Billy, alors il était certainement secondé par son épouse. Charla était-elle cachée quelque part dans la maison ? Rien ne le laissait penser, mais Livvy préférait se préparer au pire.

Elle dégaina son arme et entrouvrit doucement la porte, assez pour jeter un regard dans le hall d'entrée. Fort heureusement, son regard s'était habitué à l'obscurité, ce qui lui permit de constater que le hall était désert.

— Rien à signaler, dit-elle à Reed.

Cette information le poussa à s'activer ; faisant face au danger, il recula prudemment pour la rejoindre et jeta à son tour un coup d'œil dans le hall.

— Je passe le premier et tu me suis de près. Reste bien baissée, aussi près du sol que possible. Tu te charges de l'aile droite du hall, et moi de l'aile gauche.

Livvy sentit son cœur tambouriner dans sa poitrine comme les tirs se faisaient plus précis encore.

Reed tira quelques balles vers la fenêtre. Il ne prit pas la peine de viser car cette manœuvre était surtout destinée à contenir la progression de leur agresseur, le temps pour eux de fuir cette pièce dans laquelle ils se sentaient pris au piège.

Livvy ne s'embarrassa pas de son sac, trop lourd et

encombrant ; elle espérait le récupérer après la fusillade. Au cas où les choses ne se dérouleraient pas comme prévu, elle prit le sachet contenant le gant en latex et le glissa dans la poche de son jean.

— Maintenant ! ordonna Reed.

Livvy ne se fit pas prier ; elle s'élança à sa suite dans le hall désert et se plaqua au sol à ses côtés.

Elle avait pour mission de surveiller l'aile droite du hall, au bout de laquelle se trouvait une porte close. Elle donnait probablement accès à une chambre. Le tireur pouvait pénétrer dans la maison par l'une des fenêtres et les prendre par surprise.

— Rien à signaler, rapporta-t-elle.

— Rien non plus de mon côté.

Ils demeuraient sur le qui-vive car le hall desservait de nombreuses pièces offrant autant de moyens d'accès au tireur, lequel, s'il s'agissait bien de Billy, connaissait parfaitement la topographie des lieux.

— Par là, fit Reed.

Son arme au poing, il se dirigea en rampant vers la porte d'entrée principale, celle qu'ils avaient empruntée pour s'introduire dans l'intimité des Withley. Livvy l'imita, non sans garder un œil sur la porte au fond du hall, d'où elle craignait de voir surgir le danger.

Les tirs cessèrent de nouveau.

Tous deux se figèrent et échangèrent un regard d'appréhension. Livvy ne sentait plus battre son cœur et respirait lourdement.

— Ne restons pas là, dit Reed.

En effet, ils se tenaient dans l'axe de la fenêtre du bureau de Billy, offrant au tireur une excellente cible.

Reed reprit sa progression et Livvy le suivit.

Tout était à présent calme, totalement silencieux.

Où se cachait le tireur ?

Aucune chance qu'il ait abandonné la partie ; il devait réfléchir à une nouvelle stratégie.

Parvenu à l'extrémité du hall d'entrée, Reed fit halte pour inspecter du regard le salon. Puis il scruta la direction opposée, vers la cuisine. Bien qu'il ne dît pas un mot, n'eût aucune réaction, Livvy sut que la voie était libre : il tenait baissé le canon de son arme.

C'est alors qu'elle entendit un bruit : quelqu'un faisait jouer la poignée de la porte de la cuisine. Ils se dirigèrent aussitôt dans cette direction, sans quitter le salon des yeux.

Un autre bruit, plus prononcé cette fois. Celui d'un violent coup de pied dans la porte. Il fut suivi d'un juron.

Livvy songea qu'il suffisait à Billy d'utiliser sa clé quand un nouveau son se fit entendre au loin : une sirène !

Kirby, ou une unité en renfort, arrivait enfin. Ce n'était plus qu'une question de minutes et ils seraient tirés d'affaire.

Seulement, le tireur allait peut-être s'enfuir.

Elle ne laisserait pas une telle chose se produire. Leur devoir leur commandait d'attraper le meurtrier et de libérer ainsi les rues de Comanche Creek de la menace qui pesait sur elles.

Reed se positionna pour accueillir leur agresseur au cas où ce dernier, paniqué par le hurlement des sirènes, aurait l'intention de défoncer la porte de la cuisine pour se réfugier dans la maison.

C'est exactement ce qui se passa. Et l'on peut dire que l'inconnu ne ménagea pas ses forces.

Livvy songea un instant à faire feu sur la porte mais se ravisa : il pouvait s'agir de Charla cherchant à fuir son enragé de mari. Ou d'un membre des équipes de renfort.

— Je suis le shérif Harding, lança Reed à haute voix. Qui est là ?

Les coups cessèrent brusquement.

Livvy n'aurait su dire si la personne s'était enfuie tant le bruit des sirènes les assourdissait.

Reed jura et s'élança vers le bar qui séparait le salon de la cuisine pour se placer de nouveau en position de tir. Livvy se recroquevilla dans l'angle de la pièce et fit jouer le chargeur de son arme.

— Appelle Kirby, dit Reed en lui lançant son portable. Assure-toi qu'il a bien quadrillé le secteur.

N'était-ce pas trop tard ? Le meurtrier n'était-il pas déjà en fuite ?

— De la fumée ! l'entendit-elle s'écrier.

Elle releva la tête et jura. On avait déjà essayé de les brûler vifs au bungalow…

Elle pressa la touche de recomposition et Kirby répondit dès la première sonnerie. Un coup de feu éclata comme elle l'invitait à attendre de nouvelles instructions.

Cette détonation provenait de l'extérieur et ne semblait pas dirigée contre eux.

Retenant leur souffle, les deux partenaires attendirent de longues secondes, le cœur battant par à-coups. Livvy ne quittait pas des yeux la porte menant à ce qu'elle supposait être une chambre et se tenait prête à faire feu lorsque son téléphone se mit à vibrer.

Elle sursauta et, tirant nerveusement son portable de sa poche, en consulta le cadran rétroéclairé.

Kirby la rappelait.

— Il y a le feu à la véranda ! Vous devez sortir de là !

Reed dut entendre les exclamations de son adjoint car il fit signe à Livvy de gagner la porte d'entrée au plus vite.

— Avez-vous localisé le tireur ? demanda-t-elle à Kirby.

— Il a pris position à l'extrémité ouest de la maison.

Le long de la route, tout comme elle s'en doutait.

— A-t-il l'intention de pénétrer à l'intérieur ?

— Non. Il est assis là, adossé au mur.

— Pouvez-vous voir de qui il s'agit ?

— Non. Mes jumelles à infrarouge ne sont d'aucune utilité. Le type porte un chapeau qui lui masque le visage.

— Comment se développe l'incendie ?

La fumée se faufilait à présent sous la porte du salon et envahissait progressivement le hall.

— Ça va encore, mais je ne m'éterniserais pas si j'étais vous. Oh ! j'ai l'impression que le type a été touché. Il a posé la main sur son ventre et il a lâché son arme.

Touché ? C'était tout à fait possible. La fusillade avait été telle qu'il pouvait avoir été blessé par l'un de leurs projectiles.

— Le tireur est peut-être touché, annonça-t-elle à Reed. Il se tient assis près de la route.

Reed observa un long silence.

— Demande à Kirby de nous couvrir. Nous allons sortir.

Livvy transmit l'info à l'adjoint et tous deux approchèrent de la porte d'entrée. Reed fit jouer la poignée et ouvrit lentement.

Rien ne se passa.

Il y avait peu de chances qu'un autre tireur les prenne pour cible.

Reed s'engagea le premier sur le perron. Comme lors de leur entrée, elle lui tournait le dos et marchait à reculons afin de couvrir leur retraite. Alors qu'ils parvenaient sains et saufs au bord de la route, Livvy aperçut Kirby au loin, embusqué derrière son 4x4 dont les gyrophares tournoyaient dans la nuit. Elle se mit à prier pour qu'il n'ait pas à utiliser son arme, un fusil d'assaut longue portée.

La nuit était moite et torride, et la fumée se mêlait à l'air étouffant. Livvy eut vite conscience du vrombissement des moustiques fondant littéralement sur eux. Reed la saisit par le bras et l'entraîna vers l'aile ouest de la demeure. Il observa une pause de quelques secondes afin d'inspecter les environs, puis se plaça en position de tir.

Il fit feu une première fois.

Livvy tenta de se porter à sa hauteur pour le seconder, mais fut aussitôt replacée à couvert d'une poigne solide.

— C'était un tir de semonce, lui dit-il. Le type n'a pas bougé d'un pouce.

Ce qui laissait supposer qu'il était trop mal en point pour réagir, ou qu'il leur tendait un piège destiné à les attirer à découvert.

— Couvre-moi.

Reed se releva, assujettit l'arme dans sa paume, et avança en direction du tireur.

Livvy l'imita, prête à faire usage de son Glock 9mm si la situation l'exigeait. C'est alors qu'elle vit le tireur. Vêtu d'un jean, d'une chemise sombre et coiffé d'une casquette de base-ball dont la visière lui masquait le visage, il était adossé au mur de la maison. Du sang maculait sa chemise. Sa main reposerait sur son ventre et son arme gisait à côté de lui.

Cet homme ne risquait pas de s'enfuir.

Reed vint se pencher sur lui et tâta son pouls tandis que Livvy demeurait sur le qui-vive au cas où ce serait une mise en scène.

— Il est mort, annonça Reed.

— Mort, répéta Livvy dans un soupir.

Elle s'approcha du cadavre. Malgré son soulagement, elle était un peu mal à l'aise à l'idée qu'il avait été tué par l'une de ses balles.

D'un geste lent, Reed releva la visière de sa casquette.

Livvy sentit son estomac se soulever.

Billy Withley.

— Nous devons déplacer le corps, dit Reed tout en le saisissant par les chevilles. L'incendie gagne du terrain !

Livvy jeta un regard aux flammes qui léchaient la pierre et montaient en tourbillonnant vers le toit. Reed avait raison : il n'avait plus beaucoup de temps avant que le feu les atteigne. L'incendie s'étendait à présent à la charpente et des flammèches pleuvaient sur eux en voletant.

Ils venaient de déplacer le corps de quelques mètres lorsque Livvy remarqua que quelque chose était tombé de la poche de Billy.

Un morceau de papier plié.

Puisqu'elle portait toujours son gant en latex, elle décida de le ramasser et se pencha dans ce but. A cet instant, toute la bâtisse émit un craquement sinistre. Livvy leva les yeux et vit une section du toit se détacher et fondre sur eux.

Ils lâchèrent aussitôt la dépouille de Billy et plongèrent au sol d'un même élan.

14

— Quelle est la cause du décès ? demanda Reed au légiste.

Il avait coincé le combiné de son téléphone contre son épaule afin d'avoir les mains libres pour saisir son rapport sur son ordinateur.

— Aucune surprise, dit le Dr McGrath avec son accent prononcé. Il est mort d'une balle en plein cœur, et je doute qu'il ait été vivant au moment de toucher le sol.

Le verdict avait beau être sans surprise, Reed avait besoin d'une confirmation officielle. Que les points soient mis sur les *i* une bonne fois pour toutes.

Installée au bureau derrière le sien, Livvy tapait son propre rapport. Lui jetant un regard par-dessus son épaule, il lut dans son expression une émotion sans nul doute identique à la sienne.

L'adrénaline les avait quittés depuis longtemps et ils se trouvaient actuellement dans un état oscillant entre l'excitation et l'épuisement, ce dernier prenant peu à peu le dessus. Reed avait tenté, sans succès, de convaincre Livvy de rentrer prendre quelque repos au motel.

Pourtant, il ne pouvait s'empêcher d'essayer…

— Il s'est tiré dessus ?

— C'est ma conclusion, répondit le légiste. L'angle de tir correspond, ainsi que la forme de la plaie que la balle a causée en entrant. Et sa main droite présente des résidus de poudre. Nom d'un chien, comment en est-il arrivé là, Reed ? Je connaissais Billy depuis tant d'années…

— Nous sommes tous dans le même cas, Doc. Si Marcie avait eu l'occasion de témoigner contre lui, Billy serait allé en prison pour un bon bout de temps, ajouta Reed.

C'était là un sérieux mobile pour commettre un meurtre. Tous les éléments de l'enquête concordaient, toutes les pièces du puzzle s'assemblaient. Billy avait éliminé Marcie, pris Shane au piège, puis tenté d'empêcher Livvy et Reed de découvrir la vérité.

— J'aurais besoin de votre rapport dans les meilleurs délais, conclut Reed avant de raccrocher.

Deux voyants lumineux clignotaient sur son poste téléphonique, indiquant deux appels manqués. Woody ou toute autre personnalité de la ville ? Peut-être même Charla, la veuve de Billy ? Elle avait appelé à cinq reprises dans les trois dernières heures, mais Reed n'avait pas souhaité se lancer dans une joute verbale avec elle, sachant par avance qu'elle tenterait de le convaincre que Billy était victime d'une mise en scène. Si Billy était innocent, alors les pièces à conviction en apporteraient la preuve.

— Que lis-tu ? demanda Reed en se tournant vers Livvy.

— Un fax du bureau du shérif du comté. Je leur ai demandé pour quelle raison ils avaient transmis à Jerry le dossier sur ma mère.

— Et quelle est la réponse ?

— D'après ce que j'ai découvert, Jerry a dû s'adresser à son cousin, clerc de notaire. Jerry a cru que j'allais me jeter sur cette piste et ainsi laisser tranquille Jonah.

Quel procédé abject et surtout immoral.

— J'espère que le clerc a été viré.

— Je te le confirme.

Cette nouvelle information permettrait à Reed de

cuisiner Jerry sur son intention de brouiller les pistes de l'enquête dans l'unique but de servir les intérêts de son client.

Il ignora ses appels manqués, se leva en s'étirant et, s'approchant de Livvy, la fit se lever de derrière son bureau pour la prendre dans ses bras. Elle protesta un peu. Ses mains tremblaient.

— Il est minuit passé, fit-il remarquer. Tu dois te reposer.

Elle ouvrit la bouche pour protester, mais Reed la prit de court, arguant qu'il pouvait gérer, seul, toute la paperasse. Puis il ajouta simplement :

— S'il te plaît.

Livvy battit des paupières et ferma la bouche. Ce « s'il te plaît » avait apparemment annihilé le peu de combativité qui subsistait encore en elle, et elle se blottit contre lui comme ils quittaient le bureau.

Elen avait fini sa journée depuis plusieurs heures et son comptoir était investi par une équipe d'adjoints, certains inconnus de Reed. Bien qu'il ait grand besoin de vacances, Shane se trouvait parmi eux car Reed voulait avoir un de ses hommes dans la place.

— Nous serons de retour dans quelques heures, lui dit Reed en sortant.

Il espérait bien profiter de la nuit pour se reposer, tout au moins jusqu'au petit matin. Peut-être lui faudrait-il user de quelques « s'il te plaît » supplémentaires pour convaincre Livvy d'accepter de se laisser aller à un sommeil réparateur.

— J'attends un appel au sujet du gant en latex que nous avons trouvé dans la corbeille à papier de Billy, dit-elle alors qu'ils traversaient la rue. Et aussi au sujet de ce morceau de papier tombé de la poche de Billy. Il était trop couvert de suie pour que je puisse le lire, mais j'espère que le labo saura le déchiffrer.

— Ne t'inquiète pas. Ils nous appelleront dès qu'ils auront quelque chose à nous dire.

Livvy trouva la force de se hisser dans le pick-up et secoua la tête de dépit.

— Ce gant est la seule pièce à conviction provenant de chez Billy, dit-elle d'un ton découragé. Tout mon équipement a péri dans les flammes.

Reed ne sut que répondre et se contenta de pousser un long soupir de frustration. Tout d'abord, l'incendie au bungalow, puis le serpent à sonnette et enfin la fusillade. Tout ceci dans le but d'atteindre Livvy. Billy avait fait preuve d'une détermination à toute épreuve.

Et peut-être n'avait-il pas opéré seul.

Cette idée s'était peu à peu développée dans son esprit depuis qu'il avait vu Billy affaissé contre le mur. Même si aucun rapport ne faisait état d'un complice, Reed se promit de mener des recherches dans ce sens quand l'enquête serait close.

Il vint garer son pick-up devant le motel et coupa le moteur. Livvy ne protesta pas lorsqu'il vint l'aider à sortir du véhicule et le suivit docilement à la réception. Son silence commençait à taper sur les nerfs de Reed qui, pour sa part, demeurait silencieux. Il prit sa clé au râtelier et la mena à l'étage.

— Tu te sens bien ? demanda-t-il en ouvrant la porte de sa chambre.

Un imperceptible soupir s'échappa de ses lèvres entrouvertes. Presque un rire, mais en aucun cas un rire de gaieté.

— Ça va. Et toi ?

— Moi aussi.

Tous deux mentaient. Elle se tint un instant sur le pas de la porte en l'observant.

— Ton ami a tenté de te tuer, ce soir.

Le penser était une chose ; entendre prononcer ces mots en était une autre. Reed ressentit comme une douleur aiguë au cœur.

— Il a tenté de te tuer, toi aussi.

— Oui, mais je ne le connaissais pas aussi bien que toi, et il était tout sauf mon ami.

Elle s'approcha de lui et lui prit la main d'un geste tendre.

— Je m'inquiète pour toi, Reed.

Reed eut un rire nerveux.

— Tu t'inquiètes pour moi ? Tu ne devrais pas. C'est moi qui m'inquiète pour toi.

Livvy détourna le regard et pénétra dans sa chambre sans prendre la peine d'allumer la lumière.

— Je ne me suis jamais retrouvée dans une situation aussi complexe avant de venir à Comanche Creek, mais ce baptême du feu m'aura appris beaucoup d'un point de vue professionnel, dit-elle.

Reed n'était pas dupe et savait qu'elle était en proie à une vive émotion. Il approcha d'elle mais elle s'éloigna, l'exhortant d'un geste à se tenir à distance.

— Ce n'est pas une bonne idée, reprit-elle. Si tu me touches, nous allons nous embrasser. Ensuite, nous coucherons ensemble. Cela n'aura aucune saveur. Nous le ferons uniquement pour oublier combien nous sommes passés près de la mort, ce soir.

Ses arguments sonnaient on ne peut plus juste, et de plus, elle avait raison sur toute la ligne : si Reed venait à s'approcher de trop près, alors ils s'embrasseraient et finiraient par faire l'amour. Mais Reed avait une autre opinion en ce qui concernait l'aspect « savoureux » de la chose et suspectait Livvy de partager secrètement son point de vue et d'en concevoir une réelle appréhension.

— Je vais tâcher de dormir un peu, dit-elle encore, ensuite je ferai mon sac.

Il pouvait entrevoir son visage à la faveur d'un rayon de lune tamisé par le voilage des rideaux.

— Si le labo confirme que le sang de Marcie se trouve bien sur le gant provenant de la corbeille de Billy, alors l'enquête sera close. Je dois rejoindre mon bureau. Et Comanche Creek pourra reprendre le cours paisible de sa vie.

Ce calme apparent lui portait sur les nerfs, ainsi que sa remarque sur la nécessité de faire son sac. Certes, sa réaction était un peu stupide, mais Reed sentait en son for intérieur que s'il n'intervenait pas tout de suite, comme il en mourait d'envie, il risquait de le regretter pour le restant de ses jours.

Il lui enlaça la taille et l'attira à lui pour l'embrasser.

Il s'attendait à ce qu'elle oppose un minimum de résistance, et fut surpris de la sentir s'abandonner. Elle se plaqua contre lui et lui rendit son baiser comme si l'instant ne devait jamais se représenter.

Le goût de sa bouche l'envahit et il ne ressentit soudain plus aucune fatigue, aucun stress. Ses lèvres étaient douces comme du satin, chaudes et voluptueuses, et leur baiser s'intensifia d'un cran.

Elle se suspendit à son cou, enroulant ses jambes autour de ses hanches tandis qu'ils s'embrassaient passionnément. Reed vacilla, espérant atterrir sur le lit, et sentit son dos heurter le mur en stuc ; ce n'était pas spécialement agréable, mais il s'en moquait totalement.

Rien n'avait plus d'importance que de posséder Livvy.

Elle se mit à déposer de petits baisers le long de son cou et il sentit les battements de son cœur s'accélérer. Lui rendre la pareille étant de bonne guerre, il l'embrassa farouchement dans le cou, la faisant gémir de plaisir.

Reed décida de s'attarder sur cette délicieuse partie de son anatomie.

C'est, du moins, ce qu'il s'efforçait de faire.

Pour sa part, Livvy avait d'autres idées en tête. Ses mains étaient parcourues de tremblements frénétiques et c'est avec une certaine fièvre qu'elle engagea la lutte avec les boutons de sa chemise, ignorant totalement la présence de son holster.

Reed tenta de calmer le jeu afin d'être en mesure de lui retourner ses faveurs, mais il perdit tout espoir lorsque Livvy fit céder le dernier bouton et ouvrit grand sa chemise. Elle libéra Reed de son étreinte et reprit appui au sol afin de déposer des baisers enflammés sur son torse, puis sur ses muscles abdominaux.

Très bien, au diable les règles du jeu…

Livvy jouait avec tous les atouts en sa possession et Reed, le corps brûlant de désir, sut qu'il allait faire l'amour à Livvy sur-le-champ.

Livvy était incapable de la moindre pensée cohérente, et ne cherchait pas non plus à en nourrir. Pour la première fois depuis une éternité, elle se sentait enfin pleinement vivante et assoiffée d'un désir trop longtemps contenu.

Reed ne demandait de toute évidence qu'à le satisfaire.

Elle le maintenait plaqué contre le mur, et chacun d'eux s'escrimait sur les vêtements de l'autre. Une lutte érotique s'engagea entre eux et, bien que Livvy ait un avantage sur lui en ayant déjà dégrafé sa chemise, elle perdit la manche lorsque Reed fit voler les boutons de son chemiser et ôta son soutien-gorge pour prendre possession de son mamelon offert.

Tout devint alors très vague dans l'esprit de Livvy.

Elle devait cesser de l'embrasser et tâcher de reprendre

son souffle, mais elle ne put que demeurer passive tandis que Reed la menait vers ce plaisir qu'elle convoitait tant.

Les baisers dont il parsemait ses seins la firent se cambrer et bientôt elle eut besoin de sensations plus fortes. Elle savait de quelle façon parvenir à ses fins.

Tandis qu'ils poursuivaient leur baiser, elle s'employa à dégrafer la ceinture de son pantalon. Elle y parvint sans difficulté et baissa d'un geste sec et déterminé la fermeture Eclair. Elle aurait bien inséré sa main à l'intérieur de son jean si Reed ne les avait brusquement poussés vers le lit.

De toute façon, elle n'attendait de lui aucune délicatesse particulière.

Non, avec Reed, elle s'attendait à ce que ce soit intense, incroyable, ardent, inoubliable…

La crainte d'avoir le cœur brisé lui effleura alors l'esprit. Leur relation ne pouvait pas durer éternellement, et il leur fallait l'accepter…

Mais Livvy aurait échangé tous les hommes de la terre contre ce moment dans les bras de Reed.

Cette pensée la faisait frissonner d'appréhension tout en la faisant se sentir femme comme jamais auparavant.

Parce qu'elle savait, même dans le délire de l'instant, que cette rencontre n'était certainement pas fortuite.

Reed était maintenant sur elle et leurs baisers s'élevèrent d'un cran sur l'échelle du désir. Il se baissa pour embrasser son ventre et encercler son nombril du bout de sa langue. Livvy se délecta de cette douce torture.

Elle comprit qu'il tentait de la déchausser et voulut l'imiter. Sans succès. Elle laissa échapper un petit juron et décida de les faire changer de position.

Elle fit pivoter Reed sur le dos de façon à pouvoir ôter ses chaussures pendant qu'il la délestait de son jean.

Il n'hésita pas une seconde à lui enlever sa petite culotte.

A présent en tenue d'Eve, offerte à ses regards, elle

prit conscience qu'il portait toujours son jean et entreprit de l'en débarrasser sans plus attendre.

Reed dut partager la même pensée car il les fit se retourner afin d'ôter son jean, opération à laquelle elle participa activement. Elle songea un instant à jouer les timorées afin d'accroître le désir de Reed, mais abandonna cette idée lorsque son caleçon glissa le long de ses jambes, lui livrant son amant au comble de l'excitation.

— Et le préservatif ? souffla-t-il. Je n'en ai pas avec moi.

— Je prends la pilule, répondit-elle sans prendre la peine de lui expliquer qu'elle le faisait pour réguler ses menstruations.

C'était d'ailleurs la première fois qu'elle bénissait cette pathologie puisqu'elle lui permettait de s'envoyer en l'air avec Reed sans craindre de tomber enceinte.

Sans cela, Livvy ne savait s'ils auraient survécu à cette soif de plaisir qui leur était devenue aussi vitale que le fait de respirer.

Tous deux portaient toujours leurs armes dans leurs holsters et elles cliquetaient l'une contre l'autre au gré de leurs mouvements. Reed la saisit par sa queue-de-cheval et lui pencha la tête en arrière pour saisir pleinement ses lèvres et lui offrir un baiser torride.

Il faisait de son mieux pour ne pas trop la bousculer, mais la douceur n'était pas au programme de ce soir. Elle enfonça les talons dans l'épais matelas afin de soulever ses hanches, ce qui permit à Reed de pénétrer en elle en une poussée lente et continue. Tous deux marquèrent alors une pause et leurs regards se rencontrèrent à la faveur de la pleine lune.

Livvy attendait de lui qu'il la prenne sans ménagement tandis qu'il faisait durer le plaisir. Son regard insistant et brillant d'une lueur particulière semblait la transpercer et lire en son âme. N'en pouvant plus, elle l'attrapa par les hanches et le contraignit à suivre sa propre cadence.

Mais bientôt, elle se laissa aller au va-et-vient de son amant, au rythme que réclamait son corps embrasé.

Alors qu'elle était au bord de l'extase, son désir exacerbé sous la pression de son sexe tendu en elle, elle cria son prénom.

Puis elle s'effondra, ivre de bonheur.

15

Reed se fit violence pour entrouvrir les yeux. Il ressentait encore la fatigue de la veille, mais son corps lui semblait étrangement léger et l'incitait à refaire l'amour à Livvy.

Il jeta un regard au réveil à affichage digital : 4 heures du matin. Il avait donc dormi environ trois heures, ce qui était mieux que rien. Mais il devait laisser la jeune femme se reposer.

Il songea à passer quelques appels pour s'enquérir de la situation au bureau.

Il repoussa délicatement la jambe de Livvy, ce qui provoqua son éveil. Elle s'accrocha à lui en minaudant et il déposa un petit baiser dans le creux de sa main avant de se lever. Malgré toutes ses précautions, Livvy finit par s'éveiller.

— Je me suis endormie, grogna-t-elle en se redressant.

— Tu dois te rendormir.

— Toi aussi, et pourtant tu es debout.

Dans l'incapacité d'argumenter, il tâcha d'ignorer ses pulsions lui dictant de la rejoindre au lit. Elle exposait son corps sans ressentir la moindre gêne et, à l'exception de son chemisier débraillé et son soutien-gorge dégrafé par le devant, elle apparaissait dans sa splendide nudité.

Reed jouissait d'une vue imprenable sur sa poitrine fièrement bombée.

Plus tard, lorsqu'il en aurait terminé avec les démarches

en cours, il verrait de quelle façon l'entraîner avec lui sous la douche. Reed fantasmait déjà sur la douceur de sa peau enduite de gel au parfum de fleur de tiaré.

Il lui fallait endiguer son érection naissante, aussi se hâta-t-il d'enfiler son caleçon et son jean. Lui aussi portait encore sa chemise, laquelle était en pitoyable état. Il remarqua alors une ecchymose laissée par son holster le long de ses côtes. Les deux amants n'avaient pris la peine de se débarrasser de leur artillerie qu'à la fin de leurs ébats amoureux.

— Il faut que j'appelle le labo, dit-elle en se débarrassant de sa chemise et de son soutien-gorge, se retrouvant totalement nue.

Toute sa conscience professionnelle ne put obliger Reed à ignorer cette opportunité. Il la saisit par le bras, l'attira à lui et lui plaqua d'autorité un baiser brûlant sur les lèvres.

Elle répondit aussitôt avec ardeur à son étreinte.

Il recula d'un pas et la regarda de toute sa hauteur.

— Donne-moi juste une minute pour prendre des nouvelles du bureau. Juste *une* minute, répéta-t-il en faisant une petite grimace de gamin têtu.

Lui souriant, elle piqua ses lèvres d'un baiser.

— Mmm… C'est très tentant, dit-elle en promenant ses doigts sur son torse. Mais nous avons tous deux des obligations. Nous aurons peut-être l'occasion de nous retrouver avant mon départ.

Avant mon départ…

Eh oui, Reed était prévenu depuis le tout début. Toutefois, le travail n'était pas à une demi-heure près, et il allait tâcher de l'en persuader quand la sonnerie du téléphone coupa court à leur petit jeu.

Reed jeta un coup d'œil excédé sur l'écran de son portable et sut qu'il n'avait pas d'autre choix que de répondre.

— Shane, fit Reed en décrochant.

Le portable de Livvy se mit également à sonner.

— Nous avons un souci, expliqua Shane. Charla Withley est campé devant le bâtiment avec le canon d'un revolver sur sa tempe. Elle prétend se tuer si nous tentons quoi que ce soit pour l'approcher. J'ai fait évacuer les environs sans pour autant parvenir à la convaincre de se rendre.

Considérant qu'elle avait perdu son époux quelques heures auparavant, Charla avait toutes les excuses pour divaguer.

— A-t-elle formulé une quelconque demande ?

— Elle ne veut s'adresser qu'à vous et au sergent Hutton, ce que je ne vous conseille pas, au passage. Personnellement, je pense que Charla veut vous tuer car elle vous tient pour responsable de la mort de son mari.

Le contraire eût été surprenant. Charla n'accepterait peut-être jamais la culpabilité de Billy dans cette affaire, quand bien même l'enquête la révélerait au grand jour.

— J'arrive tout de suite, dit Reed. J'emprunterai l'entrée arrière du parking afin de la surprendre, mais tiens-moi informé de ses moindres gestes et déplacements.

— Je n'y manquerai pas, Reed. A cet instant précis, elle se cache dans les arbustes qui longent la façade ouest du bâtiment. Soyez sur vos gardes.

Reed comptait bien jouer sur du velours et n'allait certainement pas prendre des initiatives inconsidérées. Il s'apprêtait à tenter de convaincre Livvy de se reposer lorsqu'il réalisa qu'elle avait presque fini de se vêtir tout en répondant au téléphone. Comme il lui était impossible de connaître le sujet de son appel, il termina de s'habiller de son côté.

— Charla est au poste, expliqua Reed dès qu'elle eut raccroché. Elle demande à nous parler.

Livvy poussa un long soupir et secoua la tête.

— Eh bien, nous allons l'écouter, fit-elle en enfilant ses chaussures. C'était le labo. Le sang présent sur le gant est celui de Marcie. Et l'ADN de Billy a été détecté à l'intérieur.

Ainsi Billy était bien le meurtrier de Marcie.

— Et au sujet du morceau de papier tombé de sa poche ?

Livvy s'assit sur le lit pour lacer ses bottines.

— Une note manuscrite expliquant son suicide. Billy confesse toutes ses actions dirigées contre nous deux. Les experts ont validé sa signature d'après l'original de son permis de conduire, et l'écriture semble concorder.

Semble. Reed ne se satisfaisait pas de cette approximation. Suite au fiasco de l'arrestation de Shane, il exigeait des preuves concrètes.

— Je leur ferai parvenir d'autres documents de la main de Billy afin qu'ils affinent leurs analyses. Ont-ils relevé des empreintes sur le papier ?

— Celles de Billy uniquement.

Reed ne voulait pas jouer les trouble-fête. Tout désignait Withley comme le meurtrier et il allait se contenter allègrement de cette version.

Ils enfilèrent leur holster et sortirent d'un même pas décidé. Tandis qu'ils descendaient l'escalier, Livvy rassembla ses cheveux en une queue-de-cheval. Ils devaient avoir réveillé Betty Alice car la vieille femme ouvrit la porte de son appartement et les dévisagea.

— Encore des ennuis ? demanda-t-elle.

— Possible.

Reed fit de son mieux pour masquer son inquiétude au sujet de Charla. Il espérait aussi que ses galipettes avec Livvy ne se devinaient pas sur son visage ; mais de toute façon, toute la ville ne manquerait pas de spéculer sur leur cas, d'autant plus que son pick-up avait passé la nuit sur le parking du motel.

Betty Alice referma les pans de sa robe de chambre. L'excitation se lisait dans son regard.

— Je peux vous venir en aide ?

— Restez tranquillement chez vous et verrouillez votre porte, répondit Reed.

La gérante écarquilla les yeux, approuva d'un petit signe de tête et referma sa porte sans demander son reste. Ils l'entendirent insérer la clé dans la serrure et faire jouer celle-ci à double tour.

Ils sortirent de l'établissement, s'assurèrent que l'accès à la réception du motel était bien fermé et se dirigèrent vers le pick-up. C'est alors que le portable de Reed sonna. C'était Shane.

— Reed, vous avez dit que vous vouliez être prévenu de tout changement dans la situation, débita Shane sur un ton paniqué. Eh bien, il y a du changement : Charla a disparu.

Reed ressentit comme un coup de poing à l'estomac.

— Comment ça, *disparu* ?

— Elle se cachait dans les buissons, comme je vous l'ai dit, et j'avais placé un adjoint à l'étage pour la surveiller avec des lunettes à infrarouge. Elle s'est soudain mise à courir et l'adjoint n'a pas osé lui tirer dans le dos.

Reed approuvait la décision de l'adjoint, d'autant que Charla n'avait menacé personne d'autre qu'elle-même.

— Je suis à sa poursuite, ajouta Shane en haletant. Et nous sommes tous deux à pied.

— Dans quelle direction se dirige-t-elle ?

— Elle vient tout droit sur vous.

Livvy imita Reed lorsqu'il dégaina son arme.

— Elle vient vers nous ? s'enquit-elle.

— Oui. Et selon Shane, elle est armée, et en a après nous.

Génial. Elle qui pensait que plus personne ne tenterait de les éliminer !

— Ne la perds pas de vue, dit Reed à Shane. Mais ne fais usage de ton arme que si c'est indispensable. Nous ne connaissons pas ses intentions et il se pourrait qu'elle ne nous veuille aucun mal.

Reed ne sembla pas très convaincu par cette dernière option. Il raccrocha et plaça son portable sur vibreur, mais ne se dirigea pas tout de suite vers son véhicule, lequel était garé à la vue des regards. Charla pouvait très bien s'y être embusquée, prête à faire feu sur eux à leur approche.

— Nous devons avancer à couvert, dit-il en désignant d'un mouvement de la tête le muret de pierres qui courait tout autour du motel.

Il contourna la grille d'entrée par la droite, Livvy par la gauche. Tous deux prirent position, recroquevillés sur eux-mêmes, à couvert derrière le muret.

Et ils attendirent.

A cette heure avancée de la nuit, les rues de la ville étaient désertes. Un profond silence régnait, que troublaient seuls le léger vrombissement de l'éclairage public et la brise nocturne jouant dans les feuilles des arbres. Livvy aurait entendu les pas de Charla si cette dernière s'était trouvée dans les parages, mais cela n'excluait pas le fait qu'elle était peut-être déjà en embuscade.

Elle était manifestement dérangée et capable du pire pour venger le suicide de son époux. Ils devaient se tenir sur leurs gardes et se préparer à défendre leurs vies si Charla ne voulait pas entendre raison. Livvy ne souhaitait pas en arriver là. Comanche Creek avait été le théâtre de tant de malheurs dans une période restreinte qu'il n'était pas nécessaire d'ajouter au tableau une pauvre femme, veuve depuis à peine quelques heures.

Livvy perçut un petit craquement et tendit la tête un bref instant pour tenter d'en localiser la source.

— Ça vient de derrière nous, chuchota Reed en se retournant vers le motel. Ne quitte pas l'entrée des yeux.

Livvy s'exécuta, tout en veillant à calmer sa respiration afin de ne pas trahir leur position. Il était en tout point préférable qu'ils parviennent à maîtriser Charla avant qu'elle ne fasse usage de son arme.

Il y eut un nouveau craquement ; était-ce seulement le vent dans les branches ? D'après la tension qu'elle ressentait dans son bas-ventre, Livvy en doutait.

Peut-être n'étaient-ce que des bruits de pas ?

Le son provenait de l'étendue de gazon, derrière eux, que Betty Alice entretenait avec amour. Charla avait-elle changé de stratégie et décidé de les prendre à revers ? Si tel était le cas, la veuve n'était pas aussi perturbée qu'elle le croyait.

Elle était peut-être complice de son mari.

— Mon téléphone, murmura Reed en sortant l'objet vibrant de sa poche.

Il lut le nom de Shane sur l'écran et décrocha sans hésiter.

Livvy se tenait trop loin de Reed pour entendre ne serait-ce que des bribes de leur conversation.

Elle patienta. Les secondes s'égrenaient dans sa tête et elle retint son souffle durant ce qui lui parut une éternité. Elle voulut faire le vide dans son esprit, mais le manque de sommeil et la montée d'adrénaline suscitée par les derniers rebondissements de l'affaire lui rendaient la tâche ardue.

Reed raccrocha enfin.

Son expression criait le mécontentement.

— Charla s'est enfuie au volant de sa voiture. Kirby et un autre adjoint sont à sa poursuite. Shane est retourné au poste au cas où elle reviendrait dans les parages.

— Shane est seul ?

Il acquiesça.

Livvy balaya la rue du regard et ne vit aucun véhicule approcher. Néanmoins, il suffisait à Charla de rouler tous feux éteints pour arriver en toute discrétion.

— Tu penses qu'elle va emprunter cette rue ?

— Non, répondit-il avant de hausser les épaules. A moins qu'elle n'ait décidé de nous prendre à revers.

Ce dont elle était fort capable.

La chose était même aisée ; après tout, la rue de la Mairie n'était pas le seul moyen d'accéder au motel. Elle pouvait se garer dans une des rues avoisinantes et parvenir jusqu'à eux en se faufilant par les jardins.

Toutefois, le motel n'était qu'une de ses destinations probables. Elle avait peut-être d'autres priorités, y compris celle d'affronter Jonah Becker.

— Tu devrais rentrer au poste afin de prêter main-forte à Shane, suggéra Livvy. Je vais rester auprès de Betty Alice au cas où Charla reviendrait dans les parages et tenterait de pénétrer dans l'établissement.

Livvy vit dans son regard le combat auquel se livrait sa conscience et profita de ses hésitations pour pousser son argumentation.

— Je ne suis pas une civile, Reed. Je suis entraînée à ce type de situation.

Reed fronça les sourcils.

— Mais si je te laisse, tu seras sans couverture.

— Juste. Mais je peux me poster dans le hall du motel et t'appeler en cas de problème.

Il la fixait intensément tout en pesant le pour et le

contre. Ils n'étaient plus de simples partenaires sur une même affaire. Le sexe avait modifié la donne.

Toutefois, la situation actuelle ne pouvait perdurer.

Tous deux étaient mariés à leur métier, et ne pouvaient décemment pas laisser le sexe — même s'il s'agissait de l'expérience la plus incroyable qu'ils aient jamais vécue — interférer dans leurs engagements respectifs.

Livvy fit de son mieux pour lui lancer un regard plein de confiance en elle et insista :

— Va rejoindre Shane.

— Non, répondit-il du même ton sec. Nous y allons tous les deux et emmenons Betty Alice avec nous.

Livvy fut forcée d'admettre que ce plan était le plus raisonnable, tout au moins s'ils parvenaient à assurer la sécurité de Betty Alice hors de chez elle. Elle n'était pas enchantée à l'idée de se promener en compagnie d'un civil dans une zone de fusillade potentielle.

— Le motel ne possède pas de garage, dit-elle en jetant un regard vers le bâtiment. Tu devrais contourner le motel et te garer devant la cuisine, par où nous évacuerons Betty Alice.

Reed approuva aussitôt ce plan.

— Appelle-la et informe-la de nos dispositions. Ensuite, nous gagnerons ensemble le pick-up. Je ne veux pas te laisser attendre seule dans la nuit.

Alors qu'elle sortait son portable de sa poche, Livvy entendit un son mat venant de derrière elle.

Des bruits de pas qui s'intensifiaient dans une course frénétique.

Ils se retournèrent d'un même élan, leurs armes chargées. Cependant, ni l'un ni l'autre ne fit feu.

Livvy plissa les yeux afin de tenter de discerner qui se faufilait dans l'ombre et assujettit son arme dans sa paume.

Elle attendit et adressa une prière au ciel.

Il y eut un nouveau son, cette fois un bruissement provenant d'un massif de fleurs à l'extrémité est du terrain.

Elle pointa le canon de son arme dans cette direction, juste comme une détonation déchirait le silence nocturne.

Livvy, si elle n'eut pas le temps de réagir, fut aussitôt au fait de la situation.

Une balle l'avait touchée.

16

Bien que tout ce soit déroulé en une fraction de seconde, Reed, pour sa part, vécut la scène au ralenti.

Il avait vu la balle pénétrer dans la clavicule de Livvy… Vu la stupeur modifier l'expression de son visage… Le sang sur son chemisier.

Jurant entre ses dents, il rampa jusqu'à elle afin de l'allonger au sol pour la placer hors de la ligne de mire du tireur. Une excellente initiative car un nouveau projectile fut tiré dans leur direction.

— Livvy ? parvint-il à articuler, sans oser s'enquérir de la gravité de sa blessure.

La gorge nouée, il se sentait incapable de tenir des propos cohérents.

Il fallait qu'elle s'en sorte.

— Ça va, murmura-t-elle.

Encore un mensonge. Le sang se répandait déjà le long de la manche de son chemisier. Son arme gisait près d'elle.

Les balles sifflaient autour d'eux, mais Reed ne riposta pas. Il déchira la manche de sa chemise et s'en servit pour confectionner un bandage dont il entoura sa blessure.

Le projectile s'était frayé un chemin au plus profond de la chair mais ne semblait pas avoir touché d'organe vital. Du moins Reed l'espérait-il, vu la proximité de l'impact avec la région du cœur.

Il avait bien failli la perdre.

La colère s'empara de lui et, tentant de la maîtriser, il prit la main de Livvy pour la placer sur sa blessure afin d'endiguer l'hémorragie. A présent, il pouvait riposter et ainsi ralentir la progression du tireur. Il se promit d'abattre ce salopard pour ce qu'il venait de commettre.

Ou plutôt ce qu'*elle* venait de commettre.

Charla.

Reed tira quelques cartouches dans sa direction et extirpa son portable de sa poche. Ne voulant pas perdre de temps à contacter le central, il appela directement Shane.

— Il me faut une ambulance. Livvy est touchée. Approche du motel avec précaution car nous sommes en pleine fusillade.

Reed raccrocha. Il devait rester concentré.

— Je me sens bien, insista Livvy.

Grimaçant de douleur, elle s'empara gauchement de son arme et s'employa à la tenir correctement, et ce, tout en faisant pression sur sa plaie.

— Non, tu ne vas pas bien, rétorqua Reed.

Il se blottit contre elle pour surveiller leurs arrières.

— Mais tu iras mieux bientôt. Shane sera là d'un instant à l'autre avec les secours.

Elle eut la force de secouer la tête.

— Il ne doit pas approcher tant que le périmètre n'est pas sécurisé.

Livvy avait raison ; c'était une condition à la survenue des équipes de secours. Néanmoins, Reed ne pouvait prendre le risque d'attendre que Livvy se vide de son sang. Par conséquent, il n'avait d'autre choix que de la conduire lui-même à l'hôpital.

Il considéra son pick-up.

Il se trouvait à une bonne vingtaine de mètres, en plein dans la ligne de mire du tireur.

Reed se décida à agir.

Les tirs provenaient de l'angle du bâtiment, près d'un amas de broussailles. Une zone d'ombre dont le tireur avait intelligemment tiré profit. Mais d'autres amas de buissons dispensaient une même ombre, et Reed comptait sur elle pour préparer sa riposte.

Il regarda Livvy par-dessus son épaule.

— Es-tu capable de tirer si la situation l'exige ?

Elle grimaça et exhala un soupir rauque.

— Oui.

— Je vais aller lui régler son compte.

Il voulut lui répéter de prendre soin d'elle, de demeurer à couvert, sans tenter l'impossible. Plus que tout, il aurait préféré rester à ses côtés jusqu'à l'arrivée de Shane et des secours ; mais le temps lui manquait.

Replié sur lui-même, il s'approcha du tireur, l'arme au poing au cas où ce dernier viendrait à surgir des buissons pour le prendre par surprise. Il ne releva pourtant aucun mouvement suspect, mais tandis qu'il gagnait du terrain il entendit des bruits de pas résonner derrière lui.

— Shane ? demanda Reed.

Il n'obtint aucune réponse. Les coups de feu cessèrent brusquement.

Reed se retourna. Livvy s'était déplacée le long du mur pour s'y adosser et tenait son arme à bout de bras.

Ils attendirent un bon moment dans cette posture, Livvy se vidant inexorablement de son sang.

— Shane ?

— Non, répondit une voix dans l'obscurité.

Il ne s'agissait définitivement pas de la voix de Shane. Reed échangea un bref regard avec Livvy.

— C'est moi, Charla.

La voix de Charla lui parvenant d'un point situé au-delà de la position de Livvy, il en déduisit que cette dernière se trouvait au centre d'un éventuel tir croisé. Il s'élança à son secours.

Charla surgit de derrière un arbuste et plongea au sol au même moment.

Reed aperçut un reflet briller sur le métal de son arme et sentit son sang se glacer. Il ne laisserait pas tirer sur Livvy, déjà assez mal en point.

Charla atterrit lourdement sur le sol terreux, son arme prise sous elle. Livvy ajusta sa position de façon à viser la veuve dérangée de manière optimale.

Reed, de son côté, s'élança pour s'abattre sur le dos de Charla et l'empêcher ainsi de faire usage de son arme.

Il n'était plus question de lui donner une dernière chance de se rendre, aussi Reed la saisit sans ménagement pour lui faire lâcher son revolver. Il s'en empara et le lança vers Livvy avant d'immobiliser Charla à l'aide de son avant-bras.

— Appelle Shane, dit-il à Livvy. Demande-lui d'envoyer l'ambulance au plus vite.

Le souffle court et le cœur battant, elle se saisit de son portable tandis que Reed menottait la veuve. Elle n'opposa aucune résistance, mais soulevait la tête par intermittence pour regarder autour d'elle. Son regard était hagard et Reed sentit, au contact de son bras contre sa nuque, son pouls battre de façon désordonnée.

— Qui vous tirait dessus ? demanda Charla.

La question les prit de court.

— Vous, non ? fit Reed.

La veuve secoua énergiquement la tête.

— Non ! Ce n'est pas moi. Je n'ai même pas tiré une seule cartouche. Quand j'ai entendu les détonations, je me suis tapie de l'autre côté de la rue.

Reed était sur le point de la traiter ouvertement de

menteuse, mais n'en eut pas l'occasion : on faisait de nouveau feu sur eux.

Livvy s'affala.

Son épaule meurtrie heurta violemment le mur de pierres, décuplant sa douleur. Elle poussa un gémissement, ce qui fit se retourner Reed.

— Ça va, mentit-elle une fois de plus.

La douleur était à peine supportable et le sang s'écoulait lentement de la plaie, humectant progressivement le devant de son chemisier. Il lui fallait un médecin dans les plus brefs délais, mais que pourrait faire ce médecin en plein chaos ?

S'il ne s'agissait pas de Charla, alors qui les prenait pour cible ? Dans quelle voie ce nouveau rebondissement allait-il les entraîner ?

Livvy était tellement sûre que les tirs provenaient de l'arme de Charla qu'elle en était toute déboussolée. Quelqu'un d'autre en avait après eux et cherchait à les éliminer.

De qui s'agissait-il ?

Il y eut une nouvelle détonation, puis une autre et encore une autre déchirèrent la quiétude de la nuit. Où les projectiles s'étaient-ils logés ? Livvy priait pour qu'aucun d'eux n'atteigne les fenêtres du motel et pour que Betty Alice n'ait pas l'idée de s'enfuir de chez elle au beau milieu de la fusillade.

Livvy demeura immobile, l'oreille tendue, alors que les tirs venaient de cesser. C'était à la fois un bon et mauvais présage. Bien sûr, elle ne voulait pas que Reed fût blessé, mais cette trêve pouvait signifier que le tireur se déplaçait.

Et peut-être venait-il droit sur eux.

Elle vit alors le reflet des gyrophares se réfléchir au

loin sur la voûte que formaient les arbres et perçut le hurlement des sirènes. Toutefois, les lumières demeurèrent à distance et les sirènes se turent, certainement parce que Shane, conformément aux ordres de Reed, avait bloqué leur progression. Livvy se félicita de ne pas avoir trouvé le temps de joindre Shane ainsi que Reed le lui avait demandé. Sans cela, nul doute que les secours se seraient précipités dans ce qui risquait d'être leur dernière intervention.

Reed sortit alors de nouveau son portable de sa poche. Il avait dû vibrer.

— Shane, répondit-il. Quelle est ta position ?

Alors que l'attention de Reed était partagée entre sa conversation avec son adjoint et la surveillance de Charla, Livvy s'installa sur son séant afin d'être en mesure de riposter en cas d'urgence. Elle espérait, le moment venu, que son corps lui obéirait. Son cœur cognait atrocement contre ses tempes.

— Nous ne connaissons pas encore l'identité du tireur, expliqua Reed à Shane. Mais ce n'est pas Charla. Elle est avec nous.

Il marqua une pause, attentif aux propos de Shane.

— Très bien. Mais Livvy et Charla restent à leur place. Appelle Livvy dès que la situation évolue.

Sur ce, Reed referma son téléphone et le rangea.

— Shane va tenter de surprendre le tireur, chuchota-t-il. Je dois me préparer à lui prêter main-forte.

Reed ne pouvait être d'aucune utilité tant qu'il avait Charla à surveiller. Bien que tout mouvement lui soit extrêmement pénible, Livvy saisit la veuve par la manche de son gilet et l'attira à elle. Reed l'assista et tous deux finirent par la placer hors d'atteinte des tirs.

Charla se laissa faire tel un pantin.

Elle appuya sa forte stature contre la grille d'entrée

pour aussitôt se cacher le visage dans les mains. Livvy ne croyait pas qu'elle simulait sa peur. De toute évidence, la veuve n'avait aucune idée de l'identité de leur assaillant.

— Je vais foncer tout droit, dit Reed.

Il marqua toutefois une pause afin de croiser son regard et s'élança dans l'obscurité.

— Ne prends aucun risque, souffla Livvy.

Il y avait peu de chances qu'il ait entendu sa mise en garde et pourtant elle regretta de ne pas avoir su trouver les bons mots, quelque chose d'émouvant ou d'important au regard des circonstances. C'était stupide : à cet instant, Reed n'avait que faire de ses ressentis. Sa priorité était de protéger les deux femmes, point barre.

Le tir suivant plaça Livvy en alerte maximum ; en effet, la balle s'était logée à quelques centimètres au-dessus de la tête de Charla. La veuve poussa un cri et se plaqua au sol tandis que Livvy tâchait de se recroqueviller sur elle-même.

Une autre détonation retentit et la balle s'écrasa tout près de la précédente. Livvy espérait que le tireur ne les avait pas localisées tout en se réjouissant qu'il ait détourné son attention de Reed.

Elle entendit son partenaire progresser dans la pénombre, se frayant un chemin à travers les jardins des riches villas. Livvy priait pour que cette stratégie ne lui porte pas préjudice. Et s'il était touché ? Parce que cette idée funeste lui causait une peine bien supérieure à la douleur que sa blessure lui infligeait, elle la repoussa au fond de sa conscience.

Près d'elle, Charla se mit à pleurnicher. Livvy était sur le point de la faire taire lorsque son téléphone sonna. N'ayant pas pensé à placer son appareil sur vibreur, ainsi que l'avait fait Reed, elle se maudit en réalisant que la sonnerie indiquait leur position au tireur.

Il y eut une nouvelle détonation.

Puis une autre, à quelques secondes d'intervalle.

Le troisième tir fit éclater un fragment de pierre qui se désintégra en projetant une multitude d'éclats. Tout en se protégeant les yeux, Livvy décrocha afin de faire cesser la sonnerie.

— C'est moi, Shane.

Livvy sentit le poids de l'inquiétude quitter ses épaules ; Dieu merci, il ne s'agissait pas de Reed lui annonçant qu'il était blessé.

— Où se trouve Reed ? demanda-t-elle aussitôt.

— Je n'en suis pas certain. Quelque part entre la grille d'entrée et le jardin de la façade ouest du motel.

Elle scruta la direction indiquée mais ne parvint pas à le localiser.

— Où êtes-vous, Shane ?

— Sur le perron, à l'arrière du motel. Je vais tenter d'atteindre le balcon à l'étage.

C'était une bonne initiative. Ainsi, il pourrait peut-être repérer le tireur, à condition que ce ne soit pas lui qui le repère le premier. L'escalier de secours était à découvert et offrait un bon angle de tir.

— Faites attention. Et dépêchez-vous. Celui qui fait feu sur nous n'est pas près de se rendre.

Elle en eut la preuve manifeste dans la seconde qui suivit. Le tireur fit feu de nouveau et la balle se logea cette fois, non pas dans la pierre, mais dans le montant de la petite porte de bois, tout près de Charla. Celle-ci poussa un petit cri grotesque, se couvrit la tête de ses mains et tâcha de se cacher derrière Livvy.

— Avez-vous été touchée ? s'empressa de demander Shane.

— Non, tout va bien.

Livvy logea son portable dans le creux de son épaule

afin de tenir son arme à deux mains, ce qu'elle ne fit pas sans peine. La douleur semblait investir chaque parcelle de son corps.

— Restez à couvert, lui intima Shane. Les secours ne vont plus tarder.

L'adjoint Tolbert avait certainement noté la souffrance dans le timbre de sa voix, et Livvy espérait que le tireur ne s'acharnerait pas sur elle car elle n'était pas en état de soutenir une fusillade à bout portant.

— Je dois raccrocher, poursuivit Shane. Je suis dans l'escalier et… Attendez !

Livvy frémit.

— Qu'y a-t-il ?

— Je vois le tireur. Il porte des vêtements sombres et se cache derrière le tronc d'un vieux chêne.

Il ne se terrait donc pas dans le massif de lauriers comme Reed l'avait supposé. Elle tenta de se remémorer la topographie des environs et en déduisit que Reed risquait, soit de dépasser le tireur, soit de se jeter dans la gueule du loup.

Shane jura et la connexion fut interrompue.

Livvy en profita pour égrener quelques grossièretés bien senties puis songea à appeler Reed, pour se rendre aussitôt compte qu'il était trop tard.

— Reed ? cria-t-elle. Prends garde !

Son avertissement fut couvert par le vacarme d'une nouvelle détonation, provenant cette fois de l'autre côté de la rue.

17

Reed eut juste le temps d'entendre la mise en garde de Livvy : il se plaqua au sol en espérant qu'aucun projectile ne l'atteigne.

Il eut une pensée pour Livvy.

Elle devait déjà souffrir le martyre et n'avait rien à faire au milieu de cette fusillade.

— Restez à couvert, cria Reed à l'intention de Livvy, Charla et Shane.

Il espérait qu'ils auraient l'intelligence de suivre sa consigne et le bon sens de se tenir hors de la ligne de tir. Shane, pour sa part, n'était pas à son avantage, ou du moins Reed le pensait-il après avoir vu son adjoint escalader les marches de l'escalier de secours avant de disparaître de son champ de vision. Il pria pour qu'il soit parvenu à trouver une cachette.

Parce qu'il s'inquiétait pour Livvy et qu'il n'avait aucun moyen de poursuivre sa progression, Reed fit demi-tour et revint dans sa direction. Il était à prévoir que le tireur allait se déplacer, et Reed n'entendait pas le laisser surprendre Livvy.

Se déplaçant aussi vite qu'il le pouvait tout en gardant son ouïe focalisée dans la direction d'où provenaient les tirs, Reed se fraya un chemin entre les buissons. C'est alors qu'il aperçut Livvy ; elle était couchée sur Charla, faisant barrière de son corps pour la protéger.

Le sang ne cessait de s'écouler lentement de sa plaie.

Veillant à éviter les balles qui sifflaient autour d'eux, il parvint jusqu'à elle et apposa la main sur sa blessure. L'hémorragie n'était pas spectaculaire, mais Reed savait que même un filet continu de sang pouvait entraîner la mort.

— Nous ne pouvons plus attendre l'ambulance, chuchota-t-il. Il faut que je te sorte de là.

Livvy n'eut pas la force d'argumenter. Cependant, Reed lut dans son regard qu'elle n'en pensait pas moins.

— Je vais me placer devant toi, expliqua-t-il. Tu penses être capable de franchir cette grille et de suivre la route ?

— Oui, mais je ne vais pas te laisser seul ici.

Reed esquissa un sourire ; malgré son état, il restait suffisamment d'énergie à la jeune femme pour lui tenir tête.

— Ne t'en fais pas, je vais te couvrir jusqu'à ce que tu sois en sécurité. Eloigne-toi le plus possible du motel ; je vais m'assurer que les secours viennent à ta rencontre.

Charla voulut se lever à la suite de Livvy, mais le regard dont Reed la gratifia la fit se rasseoir.

— Vous, vous restez ici.

Bien que la veuve ne semblât pas impliquée dans l'embuscade, il ne voulait pas que Livvy ait à surveiller ses arrières pendant sa fuite.

Livvy était parvenue à la grille lorsqu'il entendit un bruit de lutte à moins d'une dizaine de mètres d'elle.

Shane.

Bon sang ! Son adjoint s'était retrouvé face à face avec le tireur.

Reed fit signe à Livvy de poursuivre sa progression mais cette dernière n'en fit qu'à sa tête et, s'arrêtant, elle dirigea son arme dans la direction d'où provenaient les bruits. Quelqu'un jura — Shane, sans aucun doute — et il y eut un lourd impact. Reed s'était suffisamment bagarré pour savoir que le poing de l'un des deux hommes était entré en contact avec la mâchoire de l'autre.

Tout devint soudain silencieux, mais cette quiétude ne dura pas.

Des bruits de pas retentirent sur la chaussée ; quelqu'un venait droit sur eux en courant.

Reed n'osa prendre le risque d'interpeller son adjoint car cela aurait révélé leur position. Par ailleurs, il ne pouvait s'agir de lui ; Shane connaissait les consignes par cœur et ne se serait jamais présenté à eux sans décliner auparavant son identité.

Le tireur apparut au détour d'un massif de plantes et Reed fit feu… et le manqua.

Toutefois, il avait aperçu sa silhouette : il s'agissait assurément d'un homme et Shane avait vu juste au sujet de ses vêtements sombres.

Reed eut un mauvais pressentiment, pourvu que ce ne soit pas Woody !

Les tirs reprirent de plus belle et l'homme surgit de la pénombre pour venir sur eux. Le temps filait et Reed était à bout de patience ; il fallait évacuer Livvy au plus vite.

Il lui fit signe de rester prostrée le long de la grille, qu'elle le veuille ou non. Puis il prit un éclat de pierre qui avait volé durant la fusillade et le lança au centre de la rue. Quand la pierre heurta le sol, l'homme sortit à découvert.

Reed tira.

Et, cette fois, il fit mouche.

Le tireur poussa un cri de douleur et s'attrapa la cuisse des deux mains.

— Essaie de me couvrir, puis va rejoindre les secours, lança Reed à Livvy.

Il voulait ainsi créer une diversion au cas où le tireur serait en mesure de riposter.

Reed s'élança à la rencontre de l'homme qui avait tout tenté pour les éliminer. Cependant, la fête n'était pas finie : il n'avait aucune idée de la gravité de la blessure de Livvy et craignait que Shane fût touché car il était étrange que son adjoint ne se soit pas manifesté.

Le tireur portait une casquette de base-ball noire dont la visière était rabattue de façon à masquer son visage. Il leva le canon de son arme et en arma le chien.

Mais il n'eut pas le temps d'actionner la détente. Reed était déjà sur lui.

Tous deux roulèrent, empêtrés. Reed sentit son arme lui écraser la cage thoracique, lui coupant le souffle, tandis qu'il luttait pour désarmer son adversaire.

L'homme opposa une résistance farouche et frappa le bras de Reed avec une force telle qu'il envoya promener son revolver.

Reed ne s'avoua pas vaincu : il utilisa toute sa colère et les effets de la montée d'adrénaline pour assommer le type d'un terrible direct au visage.

Le résultat fut celui escompté.

La tête de l'homme fut projetée en arrière et heurta l'asphalte avec un bruit sinistre. Dans l'action, il perdit sa casquette et Reed put enfin découvrir son visage.

Il poussa un juron.

Il avait sous les yeux un homme qu'il ne connaissait que trop bien.

La révélation l'ébranla et l'homme mit sa stupeur à profit pour se ressaisir de son arme.

Reed reçut un coup magistral à la tempe.

Livvy ne souffrait plus. Cette trêve était la bienvenue.

Charla était toujours en pleurs et gémissait lamentablement. S'il était risqué de la laisser seule, il était encore plus risqué d'abandonner Reed en présence de cet homme armé. Shane devait se trouver quelque part dans les environs, pourtant il ne se manifestait pas. Livvy pria pour qu'il ne fût pas blessé, ou pire.

Elle fit un suprême effort pour se relever, son objectif étant de rejoindre Reed au plus vite.

Elle avançait avec une extrême lenteur.

Il lui semblait progresser sur des sables mouvants. L'exercice était d'autant plus difficile qu'elle devait maintenir une pression constante sur sa blessure et, pour ce faire, dévier le canon de son arme. Se sachant en mauvaise posture pour riposter, elle rassembla son courage. Elle ne pouvait laisser courir l'hémorragie, ou la mission de sauvetage dans laquelle elle s'était engagée était vouée à l'échec et elle se retrouverait dans la même situation que Shane et Reed.

Avançant à tâtons parmi les buissons, elle perçut les bruits d'une bagarre.

Il s'agissait sans nul doute de Reed et de l'homme armé.

Au moins n'utilisaient-ils plus leurs armes, et bien que Livvy déplorât ce corps à corps dangereux, elle ne doutait pas que Reed aurait le dessus. Tout serait bientôt fini, une bonne fois pour toutes.

Livvy entendit un son différent, à quelques mètres devant elle. Feutré, ce son exprimait la souffrance. Un homme à terre tentait de se relever.

Shane !

Il eut un gémissement en se passant la main dans la nuque.

— Quelqu'un m'a mis K.-O., murmura-t-il.

Livvy ne jugea pas opportun d'examiner l'impact ; l'adjoint était en vie et pouvait assurer sa défense le temps qu'elle vole au secours de Reed.

C'est alors qu'elle se maudit intérieurement.

Leur aventure sexuelle avait tout changé et Livvy comprit à cet instant pourquoi elle s'était donnée à Reed : elle était sérieusement éprise du beau représentant de la loi.

Autant l'admettre : elle était amoureuse de lui.

Le déclic s'était produit alors qu'il s'élançait à la poursuite du tireur, et ce, dans le seul but de la protéger. Il était ce genre d'homme, un homme qui méritait tout l'amour d'une femme. Mais l'amour ne pouvait résoudre, seul, tous les problèmes. De toute façon, ce n'était ni le lieu ni l'heure de disserter sur le sujet. Dans l'urgence du moment, elle devait concentrer toute son attention sur le sauvetage de son partenaire.

Elle ne devait, sous aucun prétexte, perdre conscience.

Même si elle pensait ne pas avoir perdu une quantité importante de sang, elle sombrait peu à peu dans un état de léthargie. Elle ne serait bientôt plus d'aucune utilité à Reed.

— Je reviens, chuchota-t-elle à Shane en s'éloignant.

Livvy ne parcourut que quelques mètres avant de discerner Reed et son adversaire. Ils étaient en pleine bagarre, et Livvy n'aurait su dire à qui appartenait tel ou tel membre tant leurs corps étaient enchevêtrés. Il n'était pas question, dans ces conditions, de faire usage de son arme.

L'homme se servit de son avant-bras pour écraser la gorge de Reed, lequel sembla un moment en difficulté. Le sang lui coulait sur le visage et tachait le devant de sa chemise.

Livvy crut que son cœur allait cesser de battre.

Elle prit une grande inspiration et s'élança pour tenter de les séparer. Les deux hommes étaient à présent à portée de tir, mais elle n'avait ni l'espace ni la confiance en elle pour faire feu.

Reed envoya son poing dans la mâchoire de l'homme et

ce dernier s'éloigna de Reed un instant, pas suffisamment longtemps pour que Livvy ajuste son tir, mais assez pour qu'elle aperçoive son visage.

Ben Tolbert !

Mon Dieu, Ben avait-il envoyé son propre fils à terre ? Pour quelle raison ? Pourquoi en avait-il après eux ?

— N'avance pas ! cria Reed.

Elle ne l'écouta pas : Ben était armé et non Reed. Le sang maculant sa chemise la rendait folle d'inquiétude.

A la faveur d'un rayon de lune filtrant à travers les nuages, elle vit le regard mauvais de Ben la dévisageant. Il leva le canon de son arme vers elle.

Son corps ne réagit pas avec la même vivacité que son esprit. Livvy mesura instantanément le danger de la situation et comprit qu'elle était sur le point de recevoir un second projectile. Pourtant, elle ne fit aucun mouvement. Sa main droite ne répondait plus et ses jambes se dérobaient sous elle.

Reed lui cria quelque chose qu'elle ne comprit pas. Le coup partit au moment où son corps touchait le sol et la détonation, d'une furieuse intensité, résonna abominablement dans son crâne.

— Reed, parvint-elle à articuler.

Se forçant à rester consciente, elle pivota lentement la tête pour voir Reed se jeter sur Ben. Cette fois, il n'y eut pas vraiment de combat ; Reed l'écrasa de tout son poids en poussant un cri féroce. Il en profita pour le désarmer et tous deux atterrirent lourdement aux pieds de Livvy. Reed appuya le canon de son arme contre la tempe de Ben.

— Un geste et tu es mort, gronda-t-il.

Les muscles de sa mâchoire étaient contractés, et son expression ne laissait présager rien de bon. Ben dut se faire la même réflexion car il leva les mains en signe de reddition.

Tout était terminé.

Hors de danger, Livvy et Reed n'avaient plus qu'à s'en remettre aux mains expertes de l'équipe médicale.

C'est en voulant se relever que Livvy perdit conscience et bascula dans les ténèbres.

18

Reed faisait les cent pas, n'ayant pas trouvé d'autre moyen de canaliser le cocktail explosif à base d'adrénaline et d'angoisse qui bouillonnait en lui. La patience n'avait jamais été son fort, et attendre de connaître l'état de santé de Livvy était sur le point de le rendre fou.

Il entendit des pas dans le couloir menant à la salle d'attente des urgences et avança dans cette direction. Kirby apparut, et non le médecin, ainsi qu'il l'espérait.

— Voici ce que vous m'avez demandé, dit-il en tendant à Reed un sachet en papier provenant de l'épicerie du quartier. J'imagine que vous n'en savez pas plus sur son état ?

— Non. Une infirmière est venue m'informer il y a environ dix minutes que j'aurais bientôt des nouvelles de sa santé.

Cependant, *bientôt* voulait dire *tout de suite* dans l'esprit de Reed lorsque Livvy était concernée.

— Comment va Shane ?

— Il a récolté une nouvelle bosse à la tête, mais il s'en tirera. Le médecin devrait signer son bulletin de sortie d'une minute à l'autre.

Bien. Un souci de moins pour Shane, lequel n'était pas au bout de ses peines vu que son père allait être accusé de tentative d'assassinat sur Livvy et Reed. Il y avait de grandes chances qu'il croupisse au fond d'une cellule pour le restant de ses jours.

— J'ai appelé le poste en venant, et il paraît que Ben s'est mis à table, reprit Kirby. Jerry s'escrime à le faire taire, mais Ben a confessé être l'auteur de l'incendie du bungalow et des tentatives d'intimidation envers Livvy. Il voulait effacer toutes les preuves qui auraient pu relier Marcie à Shane.

Reed aurait bien aimé avoir Ben sous la main pour lui flanquer une bonne raclée.

— Mais c'est tout de même Livvy qui est parvenue à innocenter son fils, rétorqua-t-il.

Kirby fit claquer sa langue.

— Apparemment, Ben ne le voyait pas de cet œil. Il a dû s'imaginer que Livvy était toujours à la recherche de preuves incriminant son fils dans le but de le renvoyer derrière les barreaux.

En résumé, la loyauté de Ben envers son fils avait failli coûter la vie à Livvy.

— Et à propos de Charla ? demanda Reed.

— Elle a été transférée à l'hôpital d'Austin, service psychiatrique. Ils se sont engagés à vous contacter dès qu'ils auront un diagnostic.

Reed entendit de nouveaux bruits de pas qui approchaient. Il s'agissait cette fois du Dr Callahan, lequel avait été contraint de chasser Reed de son service afin de s'occuper de Livvy.

— Comment va-t-elle ? s'enquit Reed en retenant son souffle.

— Elle a perdu pas mal de sang et nous l'avons mise sous perfusion. Elle est du groupe B négatif et, grâce à vos dons réguliers, nous en détenons une bonne réserve.

— Vous lui avez transfusé le sang de Reed ? s'écria Kirby, incrédule.

Le Dr Callahan opina. Reed était effectivement un donneur régulier et s'en félicitait grandement à présent.

— Elle est hors de danger, reprit le médecin. La balle n'a fait que traverser la chair et ne semble pas avoir endommagé d'organes vitaux et…

— Je veux la voir.

Reed n'attendit pas la permission du Dr Callahan pour foncer vers la salle dans laquelle Livvy se trouvait.

Il s'engouffra dans la pièce et se figea aussitôt ; Livvy, le visage pâle et l'épaule bandée, reposait sur son lit. Elle trouva la force de lui sourire, mais ce sourire s'évanouit lorsqu'elle baissa les yeux sur sa chemise.

Reed suivit son regard et secoua la tête.

— Ce n'est pas mon sang, ne t'inquiète pas.

C'était celui de Ben.

Livvy poussa un soupir de soulagement et reposa la tête sur l'oreiller.

— Vous ne devriez pas être là, marmonna l'infirmière qui venait d'entrer.

— Je ne partirai pas tant que je ne serai pas rassuré sur son état de santé, répondit Reed du tac au tac.

— Je vais en référer au médecin, fit l'infirmière en quittant la pièce.

Livvy fit signe à Reed d'approcher.

— Je vais bien, je t'assure. On m'a administré des antalgiques et je ne souffre presque plus. Je t'en supplie, dis-moi que Ben Tolbert est derrière les barreaux.

Reed marcha jusqu'à elle, le sachet en papier battant contre sa jambe à chacun de ses pas.

— Il y est, ou le sera très bientôt. Je l'ai fait transférer à la prison du comté.

— Dieu soit loué.

Livvy était peut-être sous sédatifs, mais une vive émotion se lisait dans son regard et infléchissait le timbre de sa voix. Elle avait vécu l'enfer durant cette interminable nuit et Reed ne l'avait pas abandonnée dans cette épreuve.

Il s'assit sur le côté droit du lit afin d'éviter de heurter accidentellement son épaule et, parce qu'il pensait qu'ils en avaient tous deux grand besoin, se pencha pour l'embrasser. Reed ne songeait qu'à un chaste baiser, doux et rassurant, mais elle lui passa la main autour du cou et l'attira à elle avec une force surprenante. Même après que leurs lèvres se furent séparées, elle le tint ainsi, leurs fronts posés l'un contre l'autre.

— J'ai cru te perdre, murmura-t-elle, lui ôtant les mots de la bouche.

Reed ne sut que répondre. Il se recula légèrement afin de croiser son regard et, avec une certaine émotion, déclara :

— Je suis désolé de n'avoir pas su veiller sur toi.

Elle posa l'index sur ses lèvres pour le faire taire.

— Tu n'es pas responsable. Au contraire, tu as tout tenté pour me sauver.

Il regarda le bandage qui enserrait son épaule et soupira ; il détestait l'idée qu'elle était encore en vie parce qu'elle avait eu beaucoup de chance. Selon lui, la chance n'avait pas sa place dans l'exercice de ses fonctions.

— Vous devez la laisser se reposer, dit alors une voix dans son dos.

Le Dr Callahan se tenait sur le pas de la porte et les considérait d'un air contrarié.

— Donnez-moi encore cinq minutes, tenta de négocier Reed sans prendre la peine de se retourner.

— Cinq minutes, et pas une de plus, finit par concéder le médecin avant de les laisser seuls.

— C'est court, dit Livvy.

— Ne t'inquiète pas. Repose-toi, et je serai là quand tu rouvriras les yeux.

Auparavant, il avait une tâche urgente à accomplir.

Il prit les barres chocolatées dans le sachet et les déposa sur le lit.

Le visage de Livvy s'illumina.

— Tu m'as apporté des friandises ? fit-elle en lui souriant. Tu sais, je pourrais bien tomber amoureuse d'un homme qui m'offre des chocolats.

Prenant brusquement conscience de ses paroles, elle se figea et son regard prit cette expression de biche apeurée qu'il adorait tant.

— Ne reviens pas sur ce que tu viens de dire, s'il te plaît.

Déroutée, elle cligna des yeux.

— De quoi parles-tu ?

— Du fait que tu puisses tomber amoureuse, parce que je veux être l'élu de ton cœur.

— Tu aimerais que je sois… amoureuse de toi ?

Elle n'eût pas été plus gênée s'il lui avait demandé de lui décrocher la lune.

— Oui, c'est exactement cela.

Reed sortit une carte routière de sa poche et la déplia sur le lit.

— Comanche Creek est ici, reprit-il, et voilà Austin. Je veux trouver une maison — ou la faire bâtir — à mi-distance de ces deux villes. Ainsi, nous aurons chacun une trentaine de minutes de trajet pour nous rendre à nos bureaux respectifs.

Et, parce qu'il craignait d'essuyer un refus, il l'embrassa.

Il y mit un bel enthousiasme, auquel Livvy répondit avec une ferveur surprenante. Malgré son séjour aux urgences, elle était toujours aussi avide de ses baisers.

Elle se recula à peine, juste assez pour darder le bout de sa langue et le promener sur la lèvre inférieure de Reed, puis elle lui sourit.

— Tu veux que nous vivions ensemble ? J'aime bien cette idée.

— Tu *aimes bien* ? se récria-t-il, contrarié.

— D'accord… J'adore cette idée. Tu n'as vraiment que l'amour en tête, ce soir, se moqua-t-elle gentiment. Je suis désolée que ce ne me soit pas venu spontanément. Ce doit être la faute des médicaments…

Cet aveu le fit hésiter à déployer ses arguments.

— Ton esprit est-il clair ?

— Pourquoi ?

— Parce que je suis sur le point de te déclarer que je t'aime, et j'aimerais être sûr que tu saisis la portée de mes mots.

Elle ouvrit grand la bouche de surprise.

— Tu… Tu es amoureux de moi ?

— Oui.

Retenant son souffle, Reed scruta son regard, la plus petite modification de ses traits, le moindre de ses battements de cils.

— Donc, tu ne m'aimes pas ? demanda-t-il après un long silence.

Affolée qu'il puisse douter de son amour, elle le serra tout contre elle et l'embrassa passionnément.

— Je t'aime. Je suis amoureuse de toi. Et je veux vivre dans une maison à mi-chemin de nos jobs.

Elle le gratifia d'un sourire tel que Reed n'en avait jamais contemplé de toute son existence.

— Bien, se contenta-t-il de répondre.

Un nouvel échange de baisers, et Reed s'en irait.

— Les cinq minutes se sont écoulées, fit le médecin en pénétrant dans la salle.

— Alors, allons jusqu'à six, grogna Reed.

— Quelle que soit l'urgence de ce que vous avez à lui dire, cela peut attendre, insista le Dr Callahan.

— Non, justement, rétorqua-t-il en plongeant son regard dans celui de Livvy. Je ne me contenterai pas de vivre avec toi…

Elle remua la tête en signe d'incompréhension.

— Mais, tu as dit…

— Je veux t'épouser. Ensuite, nous vivrons ensemble.

— Vous lui demandez sa main ? fit le médecin.

— Oui, je lui demande sa main, et je ne bougerai pas tant qu'elle ne m'aura pas donné sa réponse.

Livvy eut un sourire malicieux et feignit de réfléchir.

— Laisse-moi analyser la situation : j'ai là un shérif follement épris de moi et que j'aime de tout mon cœur. Il m'achète des chocolats et me protège des balles et des serpents à sonnette. Il est aussi très efficace au lit et souhaite devenir mon mari…

Reed lui sourit.

— Est-ce un « oui » ?

Elle l'attira plus près d'elle.

— Oui. Mais à une condition.

Reed crut que son cœur allait cesser de battre.

— Laquelle ?

Reed vit les larmes lui monter aux yeux bien qu'elle lui sourie.

— Ce sera pour la vie, chuchota Livvy.

La condition fut aussitôt acceptée.

— J'ai erré trente-deux années avant de te trouver, alors sache que je ne me séparerai jamais de toi.

Et, afin de lui prouver son amour, il l'attira à lui et l'embrassa comme si sa vie en dépendait — ce qui était le cas.

Le 1er juillet

Black Rose n°30

Menaces en Louisiane - Jana DeLeon

Série Les mystères du bayou 1/3

Dans la moiteur étouffante du bayou, les esprits maudits cherchent à s'emparer des âmes pures...

Depuis toujours, Alexandria s'est refusé à croire à cette légende typiqu du coin perdu de Louisiane où elle a grandi. Pourtant, le jour où s cousine lui apprend qu'Erika, sa fille de huit ans, a disparu dans le marais, Alexandria sent l'étau de la peur se resserrer autour d'elle. Voil pourquoi elle insiste pour participer à l'enquête. Quoi qu'il lui en coûte. E même si le policier chargé de l'affaire n'est autre que Holt Chamberlain son ex-fiancé...

L'innocence en doute - Dana Marton

Ne pas se fier aux apparences : telle a toujours été la devise de l'agen spécial Moses Man. La belle Molly Rogers peut bien arborer un ai d'innocence et de grands yeux bruns, il refuse de se laisser attendri par cette femme, soupçonnée de s'être livrée à un important trafic d drogue. Mais sa détermination à lui faire avouer son crime vacille trè vite quand il s'aperçoit que la vie de Molly est menacée. Ainsi, elle n' pas menti ? Elle est bel et bien victime d'une terrible machination.. Mortifié d'avoir douté de la jeune femme, il décide de la protéger...

Black Rose n°30

Un bébé disparaît... - Robin Perini

L'odeur âcre de la poussière tout autour d'elle. Et le goût du sang, dan sa bouche. Alors qu'elle vient tout juste de reprendre connaissance Raven dévisage, hébétée, l'homme qui lui fait face. Il s'appelle Danie Adams, lui apprend-il, et l'a retrouvée dans une mine désaffectée o quelqu'un l'avait laissée pour morte... Bouleversée, Raven tente d trouver une explication au cauchemar éveillé dans lequel elle se sen plongée, mais ne rencontre... que le néant. Qui est-elle ? Impossibl de se le rappeler. Pourtant, soudain, un souvenir – un seul – vient l frapper avec une violence inouïe : son bébé... On lui a volé son bébé

Danger et sentiments - Delores Fossen

Si tu parles, tu es morte.

Une lettre de menace. La troisième en trois jours. Bien qu'habituée en tant que journaliste d'investigation, à ne pas plaire à tout le monde Caitlyn sent que, cette fois, il faut prendre la chose au sérieux. Qu cherche à lui faire peur ? Et pourquoi ? Convaincue que ces tentative d'intimidation ont un rapport direct avec son passé et avec l'enquête qu vient de s'ouvrir sur l'assassinat du directeur de l'orphelinat dans leque elle a grandi, Caitlyn ne voit qu'une protection possible pour elle : cell de Harlan McKinney, son amour de jeunesse aujourd'hui devenu policier..

Black Rose n°306

Un troublant ravisseur - Kara Lennox

Travis Riggs vient de la kidnapper ! Bien que tétanisée par la peur, Elena s'en fait la promesse : si cet homme cherche à lui faire le moindre mal, elle se défendra bec et ongles. C'est pourtant le soulagement qui la gagne quand, bientôt, Travis lui assure qu'il ne l'approchera pas. Il l'a enlevée car, en tant qu'avocate spécialisée dans l'acquittement des innocents condamnés à tort, elle représente son dernier recours pour aider son frère, injustement accusé de meurtre... Touchée malgré elle, Elena prend alors une folle résolution : elle découvrira la vérité, aux côtés de son troublant ravisseur...

Une surprenante révélation - Cassie Miles

Nick Spencer. Un homme charismatique et profondément envoûtant... Dès le premier regard, Kelly est tombée amoureuse de ce richissime homme d'affaires ; en revanche, jamais elle n'aurait imaginé qu'en quelques jours seulement la tempête soufflerait sur sa vie calme et rangée. C'est pourtant ce qu'il lui arrive : les criminels qui poursuivent Nick sont persuadés qu'il lui a transmis des informations capitales à leur sujet. Unie à Nick par le danger, Kelly est entraînée avec lui dans une terrible course contre la montre... et contre la mort.

Black Rose n°307

Le voile de l'oubli - Adrianne Lee

Deux femmes assassinées. Une photo dans le journal. Un fait divers qui, malgré elle, bouleverse Jane. Car ces visages ne lui sont pas étrangers ; elle a connu ces femmes, elle en est sûre. Toutes deux les accompagnaient, sa fille Missy et elle, le jour du terrible accident qui, cinq ans plus tôt, l'a laissée amnésique... Mais qui sont-elles, et pourquoi ont-elles été tuées ? Animée du fol espoir de faire enfin la lumière sur son passé, Jane accepte l'aide de Chad Ryker, un journaliste ami des victimes, qui semble vouloir à tout prix résoudre le mystère de leur disparition...

Une dangereuse ressemblance - Merline Lovelace

Qu'a encore fait Becky ? Lorsque l'inspecteur Marsh Anderson vient lui annoncer qu'elle est en danger et doit être placée sous protection policière, Lauren comprend immédiatement qu'il se trompe et la prend pour Becky, sa sœur jumelle. Becky, qui multiplie depuis toujours les mauvaises fréquentations et les situations impossibles, au contraire d'elle-même, aussi timide et responsable que sa sœur est exubérante et rebelle... Pourtant, malgré ses protestations, le séduisant Marsh refuse de croire qu'elle n'est pas celle qu'il cherche. Et la force à le suivre dans un chalet perdu en pleine montagne, sans lui donner plus d'explications...

Best-Sellers n°605 • suspense

La coupable parfaite - Laura Caldwell

A Chicago, une femme est accusée d'avoir empoisonné sa meilleure amie dans le but de lui ravir son mari. Aux yeux de la police, la culpabilité de la prévenue ne fait aucun doute. En revanche, pour l'intrépide et brillante avocate Izzy McNeil, qui se lance alors dans sa première affaire pénale, rien n'est moins sûr. Sa cliente a beau se montrer étrangement secrète, Izzy n'est pas du tout convaincue par la thèse du crime passionnel. A tel point qu'elle décide de mener sa propre enquête pour éclaircir les zones d'ombre et découvrir la vérité. Mais ce qui s'annonce comme l'affaire de sa carrière ne pouvait pas tomber plus mal car la vie personnelle d'Izzy est en plein chambardement : son ex-fiancé fait un retour retentissant alors même qu'elle tente de construire une nouvelle histoire d'amour.
Entre sombres secrets et passions inavouables, Izzy plonge peu à peu dans un monde où les relations aux allures inoffensives peuvent se révéler dangereuses…

Best-Sellers n°606 • suspense

Dangereux faux-semblants - Heather Graham

Pétrifiée, Madison Darvil ne peut détacher son regard de l'épaisse flaque de sang qui macule le sol. Qui rôdait cette nuit dans les sous-sols sinueux des studios de cinéma où elle travaille, et a sauvagement égorgé la belle Jenny Henderson, une jeune actrice dont la carrière était en train de décoller ? La police soupçonne le petit ami de Jenny, mais Madison, elle, refuse de croire à sa culpabilité : jamais celui qu'elle considère comme son petit frère n'aurait pu commettre un crime aussi odieux ! Parce qu'elle veut à tout prix qu'il soit innocenté, mais aussi parce qu'elle veut faire enfermer le criminel qui peut de nouveau – et à tout instant – frapper, Madison accepte d'apporter son aide à Sean Cameron, l'agent du FBI dépêché sur place. Un homme auréolé de mystère qu'elle peine à cerner… et dont la présence la trouble plus encore quand il lui révèle qu'il connaît son secret et que, comme elle, il a le pouvoir de communiquer avec les morts.

Best-Sellers n°607 • roman

L'héritage des Granger - Brenda Jackson

Des années plus tôt, Jace, Caden et Dalton Granger ont laissé derrière eux Charlottesville, la maison de leur enfance, et les terribles souvenirs qui y sont attachés. Mais, aujourd'hui, ils sont de retour pour exaucer le dernier souhait de leur défunt grand-père : sauver l'entreprise dans laquelle des générations de Granger ont mis toute leur énergie et leur passion.

Lorsqu'il découvre que *Granger Aeronotics,* qu'il a toujours connue florissante et à la pointe du progrès, est aujourd'hui au bord de la faillite, Jace n'a qu'une envie : claquer la porte et retourner à la vie qu'il s'est construite loin de Charlottesville. Hélas, comment le pourrait-il alors qu'il a solennellement juré à son grand-père, sur son lit de mort, de reprendre les rênes de l'entreprise familiale ? S'il veut sauver *Granger Aeronotics* et démasquer le traître qui a vendu certains de leurs secrets de fabrication à leur plus grand concurrent, Jace n'a qu'une solution : faire appel à Shana Bradford, la meilleure consultante de la ville.

Mais à peine pose-t-il les yeux sur la jeune femme qu'il pressent que cette collaboration sera bien plus difficile qu'il ne l'avait envisagé. Comment consacrer toute son énergie à sauver *Granger Aeronotics*, comme la situation l'exige, alors que les formes pulpeuses, la voix douce et le regard lumineux de Shana l'obsèdent jour et nuit ?

Best-Sellers n°608 • historique

La scandaleuse - Nicola Cornick

Londres, Régence

Susanna, en chair et en os ? Impossible ! Et pourtant… James Devlin, stupéfait, doit se rendre à l'évidence : c'est bien sa première épouse qui rit et danse avec insouciance au bal le plus prisé de la saison, et qui fait mine de ne pas le reconnaître ! Comment Susanna ose-t-elle réapparaître ainsi comme si de rien n'était, après avoir disparu sans laisser de traces, neuf ans plus tôt, au lendemain de leur nuit de noces ? Et comment peut-elle croire que se présenter sous un faux nom suffirait à le tromper, lui ?

Alors que la colère le submerge avec la même force qu'autrefois, James se jure que Susanna ne quittera pas ces lieux sans lui avoir donné l'explication qu'il attend depuis neuf ans. Ni sans lui avoir avoué ce qu'elle fait aujourd'hui au bras de l'un des célibataires les plus en vue de Londres. Car même s'il refuse de se l'avouer, il ne peut supporter l'idée que Susanna soit à un autre homme que lui…

Composé et édité par les
éditions HARLEQUIN
Achevé d'imprimer en Italie (Milan)
par Rotolito Lombarda
en mai 2014

Dépôt légal en juin 2014